다시 보는
한하운의
삶과
문학

나병과 좌익,
이중의 배제를 넘는
생의 노래

필자 게재순

고 은 高 銀, Ko, Un | 시인, 단국대학교 석좌교수
최원식 崔元植, Choi, Won-sik | 한국작가회의 이사장
정우택 鄭雨澤, Jeong, Woo-taek | 성균관대학교 국어국문학과 교수
박민규 朴敃奎, Park, Min-kyoo | 부산외국어대학교 만오교양대학 조교수
김현석 金賢錫, Kim, Hyun-seok | 인천민속학회 이사
최옥산 崔玉山, Choi, Ok-san | 중국 대외경제무역대학교 교수
요시카와 나기 吉川 凪, Yosikawa Nagi | 일본 릿쿄대학 강사
박연희 朴娟希, Park, Yeon-hee | 동국대학교 한국문학연구소 교수
고봉준 高奉準, Ko, Bong-Jun | 경희대학교 후마니타스칼리지 교수
최서윤 崔瑞允, Choi, Seo-yoon | 한국방송통신대학교 강사

다시 보는 한하운의 삶과 문학
나병과 좌익, 이중의 배제를 넘는 생의 노래

초판인쇄 2017년 12월 1일 **초판발행** 2017년 12월 10일
엮은이 부평역사박물관 **펴낸이** 박성모 **펴낸곳** 소명출판 **출판등록** 제13-522호
주소 06643 서울시 서초구 서초중앙로6길 15, 1층
전화 02-585-7840 **팩스** 02-585-7848 **전자우편** somyungbooks@daum.net **홈페이지** www.somyong.co.kr

값 25,000원
ISBN 979-11-5905-230-9 93810

이 저서는 2016년 인천광역시에서 진행한 인천가치재창조 선도사업의 지원을 받아 수행된 연구임.

다시 보는 한하운의 삶과 문학

Explore again Han Haun's Life and Literature
The song of life overcoming exclusions
caused by leprosy and leftism

나병과 좌익, 이중의 배제를 넘는 생의 노래

부평역사박물관 엮음

소명출판

발간사

한하운의 곁에는 늘 '나병癩病 시인'이란 수식어가 따라 붙는다. 「파랑새」, 「보리피리」 등의 시로 우리에게 친숙한 시인 한하운은 '한센인'이었다. 천형에 맞닥뜨린 시인은, '나병'을 극복해야 할 운명으로 받아들임과 동시에 가슴 뭉클한 시를 이루는 바탕으로 삼았다. 가혹한 운명 앞에서 피를 토하듯 쏟아낸 시어들은 많은 이들에게 감동과 공감을 전하는 작품이 되어 세상에 모습을 드러냈다. 그러나 한하운은 문단의 배제와 견제를 받으며 주류가 되지 못하고 주변인에 머물렀고 여전히 소수 문학인으로 간주되어 왔다.

한하운은 1949년 인천에 정착해 부평을 터전으로 삼은 후, 왕성한 작품 활동과 한센인 복지사업을 펼쳐 나갔다. 그럼에도 불구하고 지역에서 시인 한하운에 대한 흔적과 기억을 찾는 것은 쉽지 않다. 부평역사박물관은 흐릿하게 남아 있는 시인의 자취를 좇아 한하운의 작품과 인생을 이 책에 담고자 하였다. 또한 국권피탈과 해방, 한국전쟁에 따른 분단 등 한국 근·현대사의 굴곡을 모두 경험한 한하운의 인생을 자기관찰의 심정으로 이해하고자 하였다.

다행히 인천문화재단이 2010년, 흩어져 있던 시인의 작품을 모아 『한하운 전집』을 앞서 내놓은 바 있다. 시작일 뿐이지만 그래도 중요한 진전이었다.

한하운 시인의 흔적을 찾기 위해 한·중·일의 연구자가 의기투합하여 오늘의 결과를 성취하였다. 그동안 의문으로 남아있던 시인의 행적에 관해서는 이 책에서 어느 정도 답을 찾았다고 자부한다. 여러 어려운 상황에서도 연구에 집중하여 오늘의 이 책이 엮어지기까지 힘써주신 필자들과 이 책이 나오기까지 도움을 주신 모든 분들께 깊은 감사의 말씀을 드린다.

『다시 보는 한하운의 삶과 문학－나병과 좌익, 이중의 배제를 넘는 생의 노래』가 한하운을 연구하는 연구자들에게 도움이 되길 바라며, 한하운 시인에 대한 활발한 연구가 이루어지길 기대한다.

고단한 삶에 공감과 위로의 시를 선물로 남겨주신 한하운 시인에게 이 책을 바친다.

2017년 12월

부평역사박물관장 정진철

축사_ 슬프지만 아름다운 시정신

「보리피리」로 유명한 한하운 시인의 시에서 사람들이 감동을 받는 것은 한센병이라는 육체적 고통을 아름다운 서정으로 극복하고 있기 때문이 아닐까 생각합니다. 한센병 환자들이 일반인과 격리되어 살아가던 시절, 한하운 시인은 보리피리를 불던 어린 시절 고향을 그리워하고 사람이 사람과 함께 사는 세상을 꿈꾸면서 자신에 대한 세상의 냉대를 내적으로 승화시키고 있습니다.

세상으로부터 소외된 시인이었기에 오히려 부대끼며 사는 삶, 평범한 일상의 세계가 얼마나 소중한지 사람의 삶을 그리워하는 작가의 마음을 헤아리면 가슴이 아파오고 그 감정을 뛰어난 문학으로 승화해 낸 작가의 재능에 새삼 놀랍니다.

2016년 인천가치재창조사업의 하나로 지역문화 활성화를 위한 한하운 재조명 사업이 선정되어 한하운 전시회, 백일장에 이어 국제학술심포지엄까지 개최하면서 큰 성과를 거두었고, 마침내 한하운 시인의 생애와 작품 연구 등 그 결과를 종합한 학술연구서가 발간되어 시인의 가치가 재조명된 것은 크나큰 의미가 있으며 이를 부평구민과 함께 하게 됨을 진심으로 감사드립니다.

시인은 1949년도 지금의 인천가족공원 골짜기에 들어와 새로운 삶을 시작하며 부평과 인연을 맺었고 이후 나환자 요양소 성계원을 설립하고 한센병 환자의 자식들을 위해 신명재단의 모태인 신명보육원을 설립하는 등 활발하게 사회활동을 했습니다.

1975년 인천 부평구 십정동에서 눈을 감기까지 부평 지역은 그가 반생을 지낸 제2의 고향으로서 이곳에 머무는 동안 사회적으로나 문학적으로 끼친 영향을 결코 가벼이 여길 수 없습니다. 다만 부평에서 그의 흔적을 찾기 어려운 점을 늘 안타깝게 생각해 왔습니다. 다행히 한하운 재조명 사업이 진행되고 이러한 성과를 내게 되었으니 참으로 기꺼운 일입니다.

이번 사업을 진행해주신 운영위원회 위원장님을 비롯한 여러 위원분들 및 실무추진단 분들께 감사드리고 참여해주시고 조언과 도움을 아끼지 않으신 많은 분들께도 감사드립니다. 이 책이 시인의 작품과 생애를 되돌아보고 그 가치를 제대로 발견하는 의미 있는 시작이 되기를 희망합니다. 모든 분들에게 행복이 깃들기를 기원합니다. 감사합니다.

2017년 12월

부평구청장

차례

1부

『한하운시초』 전말기

한하운 선생님을 기리면서
고 은

한하운과 『한하운시초』
최원식

이병철과 '한하운 시집 사건', 휴전 후 문단 '정화'의 시발
정우택

'한하운 사건' 이후의 한하운과 시세계의 변모 양상
박민규

한하운 선생님을 기리면서

고 은
시인, 단국대학교 석좌교수

한하운 선생님께 감사를 드립니다.

그 분이 여기 모인 여러분을 만나게 해주셨습니다. 참으로 감사합니다.

먼저 선생님의 시 하나를 제가 감히 읽어드릴까 합니다.

「삶」이라는 시입니다.

지나가버린 것은
모두가 아름다웠다.

여기 있는 것 남은 것은
욕(辱)이다 벌(罰)이다 문둥이다.

옛날에 서서
우러러보던 하늘은
아직도 푸르기만 하다마는.

아 꽃과 같던 삶과
꽃일 수 없는 삶과의
갈등(葛藤) 사잇길에 쩔룩거리며 섰다.

잠깐이라도 이 낯선 집
추녀 밑에 서서 우는 것은
욕이다 벌이다 문둥이다.

오늘날 시인들이 이렇게 절실한 삶을 노래할 수 있을까? 한 번 우리들이 함께 물어보아야 할 까닭이 있습니다. 오늘 한하운 선생님의 삶과 문학에 대한 진지한 학술토론을 처음으로 열게 되었습니다. 이 의미는 참으로 소중합니다. 이런 자리에 제가 와서 행여나 축사라고 하는 허튼 소리를 할까 두렵습니다.

한하운이라고 하는 인물은 오랫동안 무시 속에서 금기의 대상이었습니다. 그러나 저는 정직하게 처음부터 한하운을, 어렸을 때부터 이야기했었습니다. 그런 나머지 사적인 고백으로서 오늘 축사를 대신할까 합니다.

저는 식민지시대에 어린 시절을 보냈지요. 그러다가 해방으로 최초로 우리말과 우리 이름과 우리글을 찾았지요. 그 때에는 국문이라고 했던 한글말입니다.

그 전에는 몰래, 지나간 식민지 어느 날 밤, 제사상에서나 조선말로 혼령 혼백을 모셔서 증조할아버지의 보지 못한 증조할머니 신위를 모시고 제사를 올립니다.

그런 그때 조선말을 밤중에만 몰래 몰래 썼죠. 해가 뜨면 바로 우리는 일본어로만 살아야만 했지요. 조선말을 쓰면 정말 몽둥이지요. 큰일 나지요.

그러다가 1945년 해방이 되었습니다. 그 이후 얼마 있지 않아 1947년, 제가 일본 사람이 다니던 중학교에 한국 사람으로 처음으로 입학하였습니다. 그때 교과서에, 그 당시 교과서는 오늘날 교과서처럼 잘 정비된 교과서가 아니었습니다. 그저 임시로 몇 사람이 옛날 글 뽑아서 교과서를 만들었는데 거기에 시가 있었습니다. 중학교 1학년 국어 교과서였습니다. 그 시가 어떤 시였냐면 여러분도 잘 아시는 이육사의 「광야」였습니다. 그런데 어린 꿈 많은 농촌의 아이로서는 정말 아주 전혀 모르는 단어들이 그 시 속에는 있었죠. 첫 줄에 제목인 '광야'라는 것도 우리는 우리 동네에 이웃 동네에 또 십 리밖에 오십 리밖에 뭐 이런 것밖에 없었는데, 멀리 있으면 함경도가 있다, 멀리 가면 부산이 있다, 목포가 있다, 제주가 있다, 그런 것은 어렴풋이 알았지만 '광야'라고 하는 커다란 무한대의 공간 같은 것은 저의 세계에는 전혀 없던 충격이었습니다. 또 거기에는 '어데 닭 우는 소리 들렸으랴'라고 하였으니 닭이라는 것이 세상의 생명체도 생기기 이전에 저 거대한 태곳적의 큰 시간이 들어있습니다.

'야 이건 어제, 3년 전, 무슨 30분 전 또는 내일'의 이런 실시간 속에서의 생활의 시간과는 전혀 다른 엄청난 우주와 유사 이전의 어떤 시간이란 말이에요.

이건 뭐 전혀 나의 세계가 아니었죠.

또 거기에는 보통 사람이 나오는 것이 아니라 초인이 나와요. 초인도 그냥 초인이 아니라 백마 탄 초인이라.

여러분 아시겠지만 니체의 위버멘쉬도 초인이 있고 또 인도 철학자 오르빈도 초인이 있고 또 동양에도 초인사상이 있었습니다만 이런 건 전혀 모르죠. 지금 이렇게 말로 하지만, 초인이라고 하는 것은 우리들의 이런 사람살이하고는 전혀 안 맞아요.

그래서 '아 여기는 내가 발 디딜 곳이 아니다' 했습니다. 저는 그때 시로부터 절망한 사람입니다. 그래서 저는 화가가 되기로 했습니다. 미술부에 들어가서 방과후에는 그림을 그렸습니다. 교내전에서 일등도 딱 한 번 했죠. 그 후로는 그림 그리다가 방과 후 해가 저물면 십리 길을 걸어서 집에 옵니다. 그런데 그 내려오는 동안에 저무는 길가에 아주 빛이 번쩍했어요. 가까이 가보니까 책이에요. 더 가까이 가보니까 『한하운시초』에요.

그런데 지금 여러분 이게 참 평범하게 보이지만 그때 나로서는 섬광처럼 나한테 왔죠. 누가 사가지고 가다가 분실한 것입니다. 거기에 놓아둬야 옳지만 전혀 저는 그럴 생각이 없었죠. 그것을 내 것으로 가지고, 집에 가서 교과서 같은 걸 다 때려치우고 봤는데 여러 번 읽었죠. 그리고 눈물을 흘렸습니다. 하룻밤이 자고 나면 눈썹도 떨어지고 없어지고 또 하룻밤 자고 나면 발가락이 부서져 없어지고 아주 절실한 세계가 거기에 있더군요. 저는 그 당시에 어리니까 감수성이 좀 과민해서 누가 옆에서 코피를 흘리면 나도 그냥 가만히 있을 수가 없어서 내 코를 때려가지고 코피를 흘리고 그랬어요. 그렇게 예민할 때인데 이걸 읽으니까 참을 수가 없어요. 새벽 세 시나 네 시쯤 되었을 거예요. 막 몇 번씩 읽어서 통곡을 하면서 읽다가 나중에 결심을 했습니다.

'나도 어딘가로 가서 문둥병에 걸릴 것. 문둥이가 될 것. 그 다음에 나에게도 재능이 있다면 이분처럼 처절한 시를 몇 편 쓰면서 살다가 죽을 것, 집도 절도 없이 떠돌 것' 그랬어요.

사실은 저에게 그런 요소가 있었을지도 모르겠어요. 제가 그릴 때에는 장난처럼 그리지만 늘 배, 늘 새, 구름 이런 것만 그렸거든요. 이건 뭡니까? 이동하는 것이죠? 배는 어디로 가는 것이고 새는 어디로 날아가는 것이고 구름은 흘러가다 없어지는 것이고.

아버지가 저에게 '너는 왜 어디론가 떠나가는 것만 그리냐? 기와집 같은 것도 지어서 그려 보아라' 하셔서 어느 날은 기와집을 그리다가 며칠 지나면 기와집은 잊어버리고 또다시 새를 그리고 배를 그리고 그랬습니다. 제 내일에 그런 게 있었나 봐요. 그게 한하운 선생님의 이 세계와 딱 맞았어요. 제 사춘기 시절의 소년으로.

그러다가 한 5개월 뒤에 전쟁이 났죠. 6·25입니다. 그런 극한 상황에 있었기 때문에 무슨 시인이라든지 문둥이라든지 화가라든지 이런 것 다 내버리고 지금 사느냐 죽느냐 그런 속에서 살아간 거죠. 그러다가 제가 50년대 후반에 와서 어떻게 또 옛날의 병이 도졌는지 시인이 되어서 오늘날까지 살아왔는데 저는 시인이 되자마자 고백을 했습니다. 한하운은 이를테면 문단이라든지 정규적인 주류의 문학사 속에서는 소외되고 별도로 치지되는 시인입니다. 그러니 문단 안에서 얘기가 된 적이 없죠. 사실 만해 한용운도 그런 사람이었습니다. 그런 사람이 몇씩 있습니다. 바깥에 서 있는 존재요. 한하운은 그런 시인 중에서도 더욱 더 잊혀진 존재였습니다. 또 한하운은 멜로드라마처럼 알고 있기 십상입니다.

그러나 저는 그것과 상관없이 한하운으로부터 나의 시는 출발했다, 그렇게 나는 사방에 다니면서 고백을 하고 그랬었습니다. 그런 어떤 요소에 의해서 오늘 이 진지한 최초의 한하운학韓何雲學이 성립되는 이 자리에 와서 축사라고 하는 것을 하게 되었습니다.

여러분을 만나서 참 반갑습니다.

오늘의 우리 문학에서 한하운을 통해서 정말 아프게 성찰할 것이 하나 있습니다.

오늘날 우리 한국시는 의식의 시입니다. 그리고 꾀의 시입니다. 기술은 아주 늘어났죠. 그래서 신시 백 년 이상을 지나면서 이제는 우리가 서구 시의 여러 가지 열등감 같은 게 싹 없어진 그런 상태가 되었습니다. 이럼에도 불구하고 우리는 의식의 체제에서 헤어나지 못하는 시를 쓰고 있고 또 꾀를, 누구나 가지고 있는 그 자기 재능에 도취되어서 재능에 속박되어 있는 시를 많이 보여줍니다. 그런데 이럴 때 한하운의 삶의 시, 생동하는, 비록 서툴지만 정말 살아있는 그런 시, 생존의 시. 그리고 생존뿐만 아니라 생활에 아주 지치고 그럼에도 이 생활을 버릴 수 없는 이런 삶을 처절하게 노래하는 데에서 우리는 정말 한하운 학교를 다시 한 번씩 다녀야 한다고 생각을 하죠.

부평 여기는, 친구들에게 들었지만 부평이라는 이름은 중세의 전반 후반 십몇 년 동안 있어온 유서 깊은 이름입니다. 부평이란 이름. 조상이 어떻게 그랬는지 모르지만 이런 아름다운 시어의 이름을 가진 지역은 우리나라에 별로 없습니다. 나는 여기 와서 나의 민주적인 토대와 현실의 물질적인 토대가 완전히 평등해야 된다는 절대 의지를 앞으로 배울까 합니다.

여러 학자님들. 최초로 이루어지는 진지한 국제 토론회에서 한하운의 존재 이유와 한하운 문학의 당위가 더욱더 강건해지길 축하해 마지않습니다.

고맙습니다.

한하운과 『한하운시초』*

최원식
한국작가회의 이사장

1. 초대받지 못한 시인

명성에 비해 제대로 조명받지 못한 시인들이 없지 않다. 한하운韓何雲(1919~1975)도 그중 하나일 것이다. '나癩시인'이라는 호명[1]에서 보듯, '나병'이 '시인'을 압도한 탓인지 문단, 평단 그리고 학계 모두 그를 시인으로만 보는 데는 은연중에 인색한 듯도 싶다. 이 점에서 『한하운 전집』[2]의 출간은 획기적이다. 그럼에도 이 전집은 원전비판textual criticism과 전기비평biographical criticism이 미흡하다. 함경남도咸鏡南道 함주

* 이 논문은 『민족문학사연구』 54호, 2014.4에 실렸음.

1 이 호칭은 한하운을 발굴한 이병철(李秉哲)이 처음 사용하였다. 이병철 選, 「癩詩人 한하운시초」, 『신천지』, 1949년 4월호, 176쪽.

2 탄생 90주년이자 서거 35주기를 맞아 인천문화재단이 조직한 전집 편집위원회(윤영천 · 유성호 · 김신정 · 이현식)가 엮은 총 867쪽에 이르는 『한하운 전집』, 문학과지성사, 2010. 이하 『전집』으로 표기함.

咸州군 태생의 한센인으로 남쪽에서 논란을 거쳐 자리잡는 1950년대 중반, 더 정확하게 말하면 제2시집 『보리피리』(1955)를 내기까지 그의 전반생은 장막에 가려있었다고 해도 지나친 말이 아니다. 물론 이 전집에 전기비평적 성과가 없지는 않다. "그동안 1919년으로 알려졌던 그의 출생시점을 1920년 3월 10일로 바로잡"[3]은 것이다. 그런데 내가 소장한 파란 표지의 제2시집 『보리피리』에 수록된 연보에 의하면 "檀紀四二五二年二月二十四日生(當三七歲)",[4] 즉 1919년 2월 24일생이다. 이는 시인이 직접 작성한 가장 이른 연보이거니와, 첫 시집 『한하운시초』에는 초판·재판을 아울러 연보가 없다. 그러매 생년 역시 고증이 더 필요한 대목일 것이다. "3대를 과거에 급제한 선비집안으로 지방 지주"[5]라는 가계 또한 과연 그러한지 따져야 할 일이고, 유학 경력들도 검증되었어야 했다. 베이징北京 대외경제무역대의 최옥산崔玉山에 의하면 북경대에서 수학했다고 알려진 육사陸史의 흔적을 추적하니, 북경대가 아니라 베이징의 국민대학 출신이라는 것이다.

과연 한하운이 수학했다는 북경대에 농학원農學院이 있었는가? 내 중국제자 짱 옌옌張燕燕에게 탐문한즉, 북경대 농학원은 1946년에 잠깐 설치되었다가 3년 뒤 없어졌다고 한다. 그럼 한하운이 다녔다는 농학원은 무엇인가? 아마도 중일전쟁 발발(1937) 이후 왕 징웨이汪精衛 친일정부가 베이징에 세운 '북경대학' 농학원일 것이다. 1938년 12월에 개교하여 일제의 패망과 함께 1945년 8월 폐교된 '북경대학'은 원 북경대가 아니다. 원 북경대는 일제가 베이징을 점령하자 피란길

3 「책머리에」, 위의 책, 12쪽.
4 한하운, 『보리피리』, 인간사, 1955, 3쪽.
5 「시인 연보」, 『전집』, 858쪽.

에 올라 1938년부터 국립서남西南연합대학이란 이름으로 쿤밍昆明에 자리잡았다가 해방과 함께 베이징으로 복귀했던 것이다. 이 한간漢奸 '북경대학'은 일본인 교수가 1/3인데, 흥미로운 것은 개교와 함께 개설된 중국농촌경제연구소의 존재다. 더욱이 중국인뿐만 아니라 일본인과 조선인도 함께 수학했으니, 이쯤에서 한하운 연보를 맞춰보자. 먼저 『보리피리』 연보. "4. 이리裡里공립농림학교 수의獸醫축산과 졸업, 5. 일본 동경東京 성혜成蹊고등학교 졸업, 6. 중국 북경대학 농학원 축목학계畜牧學系 졸업, 7. 동同대학원에서 수년간 연구 귀국함"[6] 다음은 전집 연보. "1937년(18세) 이리농림학교를 졸업하다. 일본 동경의 성혜고등학교에 입학하다. 1939년(20세) 동경 성혜고등학교 2년을 수료하다. (…중략…) 1941년(22세) 중국 북경대학교 농학원 축목학계에 입학하다. 1943년(24세) 6월 중국 북경대학을 졸업하다. 귀국하여 함경남도 도청 축산과에서 근무하다. 5월 도내 장진군으로 의원依願 전근을 하다."[7] 우선, 한하운이 다녔다는 그 북경대는 친일정부의 '북경대'라는 점이 확인된다.[8] 둘째, 전집 연보에는 빠진, 시집 연보 7번의 대학원은 아마도 농학원 부설 중국농촌경제연구소로 추정된다. 셋째, 시집 연보에는 누락되고 전집 연보에 나오는 대로, 베이징 유학 후 함남 도청과 장진長津군에서 근무했다. 당시 함경남도 도청 소재지는 함흥咸興인데, 이는 한하운의 성장지다. 그는 이웃 함주군 태생이지

6 한하운, 『보리피리』, 3쪽.

7 「시인 연보」, 『전집』, 858~859쪽.

8 그런데 張仲葛의 『中國近代高等農業教育的發祥－北京農業大學創業史實錄 1905~1949』(北京農業大學, 1992)에 실린 졸업생 명단에는 한하운의 이름이 없다. 본명(泰英)이나 창씨명이나를 막론하고 함흥 출신 조선유학생은 부재다. 참고로 조선에서 온 유학생들의 명단을 보인다. 1943 농업공학계 吉川春海 조선 평북(318쪽) / 1943 농업경제학계 安田昌男 조선 황해도(318쪽) / 1944 농업공학계 富原賢一 조선 평북(319쪽) / 1944 축목학계 河成珍 조선 경북(319쪽) / 1945 임학계 桐川潤三郎 조선 평북(320쪽).

만 어린 시절 함흥으로 이사하여 그곳 보통학교를 졸업했다. 장진군 역시 개마고원蓋馬高原으로 유명한 함남의 한 군이니, 연고지 함남에서 기술관료로 충실했던 것이다. 그런데 두 연보에 빠진 근무경력이 하나 더 있다. 장진군 추위를 견디기 어려워 "다시 남쪽 지방을 지원하여 경기도 용인군으로 전근"했다는 것이다.[9] 경기도京畿道의 용인龍仁군 경력을 왜 건너뛰었는지 아리송한데, 연도가 들쭉날쭉한 점은 더 문제다.

그럼 그가 수료한 세이케이成蹊고등학교는 어떤 학교인가? 현 일본 수상 아베 신조安倍晉三의 출신대학으로 알려진 세이케이는 미쯔비시三菱의 강력한 지원 아래 발전했으니, 한하운이 1950년 3월 자치회장으로 봉직한 부평富平 나환자 정착촌의 이름이 '성계원'[10]이었다. '성계원'은 아마도 '세이케이'에서 유래할 것이다. 사마천司馬遷의 『사기史記』 「이장군열전李將軍列傳」이 출전으로 되는 '성혜'는 흉노를 물리친 전한前漢의 명장 이광李廣의 무공을 기린 고사에서 연원한바, 뜻은 물론 좋다. "복숭아와 오얏은 말하지 않아도 스스로 그 아래 길을 이룬다."(桃李不言下自成蹊) 복숭아나 오얏처럼 맛있는 열매가 열리면 자연히 사람들의 왕래가 잦아 샛길이 나듯이, 유덕有德한 사람의 공효功效가 큼을 비유한 말이다. 이를 정착촌의 이름으로 삼을 정도로 세이케이의 교육이 한하운에게 깊이 각인되었다는 증표이거니와,[11] 세이케이로 가는 징검다리였던 이리농림裡里農林 또한 그의 초기 지향을 잘 보여준다. 1922

9 김용성, 「한하운」, 『한국현대문학사탐방』, 국학자료원, 2011, 604쪽. 여기서는 전집 연보와 달리 한하운의 도청/장진군 근무는 1944년, 용인 근무는 1945년 봄이라고 밝혔다.

10 「시인 연보」, 앞의 책, 859쪽. 그런데 '성계원'의 정확한 독음은 '성혜원'이다.

11 일본 독협대(獨協大)의 신원섭 교수에게 세이케이 수학 여부를 부탁한 결과 한하운의 이름을 발견하지 못했다는 연락을 학교측으로부터 받았다고 한다. 후일을 기약한다.

년에 개교한 이리농림(현 전북대 익산캠퍼스)은 당시 식민지 유일의 갑종(5년제) 관립 농림학교였으니, 이농裡農―세이케이―'북경대' 농학원―함남도청―장진군청―용인군청으로 이어지는 한하운의 행보는 충직한 기술엘리트의 길 그 자체라고 해도 과언이 아닐 것이다.

나는 이 글에서 우선 원전비판을 통해 한하운 초기시의 텍스트를 정리하고 싶다. 특히 그의 첫 시집 『한하운시초』는 초판(정음사, 1949)과 재판(정음사, 1953) 사이에 중요한 수정이 개재介在한 바, 6·25전쟁(1950~53) 이후 강화된 반공을 의식한 시인 자신의 자발적 개작이다. 시인이 생전에 마지막으로 퇴고한 것을 정본으로 삼는다는 관행에 의하면 재판본이 정본일 수 있지만, 이데올로기가 강력하게 작동한 우리의 경우는 그렇게 기계적으로 처리하기 어렵다. 여기에 원래 『신천지新天地』(1949.4)에 발표된 시 13편을 고려해야 한다. 초판 시집의 바탕이 된 잡지본 13편이 한하운 시의 고향인데, 잡지본이 첫 시집으로 이행되는 과정에서도 수정이 이루어졌다. 잡지본―초판―재판 사이의 개작과정을 살펴 정본을 확정하는 원전비판이야말로 한하운 비평의 기초가 아닐 수 없다. 다행인지 불행인지 언론학자 정진석이 한하운 필화사건을 점검하는 과정에서 이 작업을 초보적으로나마 수행했다.[12] 나는 이를 바탕으로 그 전말顚末의 안팎을 살피면서 좀 더 엄밀한 원전비판을 수행할 것이다.

12 정진석, 「시인 한하운과 서울신문 기자 오소백의 필화―전후(戰後) 문단·언론 짓누른 적색 알레르기의 집단적 표출」, 『신동아』 2009년 7월호, 502~506쪽.

2. 이데올로기와 텍스트

가짜 또는 좌익 혐의로 한하운을 공격하는 필화사건이 일어난 발단은 『한하운시초』 재판의 출간이다. 재판은 1953년 6월 29일, 그러니까 휴전 직전에 나왔다. 전쟁 발발 1년 전(1949.5.25)에 출간된 초판과는 사뭇 다른 분위기다. 단적으로 표지를 보자.

〈그림 1〉『한하운시초』 초판

〈그림 2〉『한하운시초』 재판

노란색과 붉은색으로 이루어진 초판과 달리 재판에서는 붉은색을 제거하여 온통 노란색이다. 초판 목차 앞에 "장정裝幀 정현웅鄭玄雄"이라고 밝혔으니, 이 표지화 또한 정현웅의 작품일 것이다. 그런데 재판에는 이 대목이 삭제되었다. 정현웅(1910~1976)은 누구인가? 서울 출신의 화가로서 연재소설의 삽화가요 작품집의 장정가로도 이름을 날린 그는 해방 후 조선미술동맹에 참가하였으나 대한민국 정부 출범으로 전향하였다. 그러나 결국 6·25전쟁 발발 후 월북했다. 월북한 문인예술가들이 대체로 몰락의 길을 걸은 것과 달리 그는 조선화가로서 왕성한 활동을 보여, 특히 역사화가로서도 명성이 높았다. 재판을 낼 때 그는 북에 있었다. 월북화가의 표지화를 수정하면서 그 이름마저 지웠던 것이다.

무엇이 또 달라졌는가? 한하운을 발굴한 장본인 이병철의 이름과 발문이 사라졌다. 목차 정현웅 다음에 바로 이병철의 「한하운시초를 엮으면서」가 위치했었다. 시집 마지막 면 판권지에도 "이병철 편編"이 뚜렷했지만 이 역시 재판에서는 삭제되었다. 이병철은 누구인가? 경상북도慶尙北道 영양英陽 출신으로 1943년 이원조李源朝의 추천으로 등단한 그는 1946년 상경하여 조선문학가동맹에 가담, 김상훈金相勳·상민常民·유진오兪鎭五·김광현金光現·박산운朴山雲 등과 함께 『전위시인집』(1946)을 출간하였다. 대한민국 정부 수립 후 전향했다. 1949년 8월 남로당南勞黨 서울시 문련文聯 예술과 사건으로 투옥되었고, 1950년 6월 28일 출옥, 9월 28일에 월북하였다. 북에서 1995년 작고할 때까지 창작활동을 지속하였으니, 재판 나올 때 그도 정현웅처럼 북에 있었다. 변형된 표지화로나마 흔적을 남긴 정현웅에 비해, 이병철은 재판에서 완전히 삭제되었다.

초판에 실린 이병철의 발문은 원래 하운을 처음 소개한 『신천지』 1949년 4월호에 실린 글 「이병철 선選, 나시인 한하운시초」의 '한하운시초를 엮으면서'와 같다. 이 글은 매우 귀중한 정보를 담고 있다.

> 내가 불우의 시인 천작天作의 죄수 하운형을 처음 만난 것은 작년 첫 여

름이었다.

외우畏友 박용주朴龍周형의 간곡한 소개로 정처 없는 유리遊離의 가두街頭에서 방황하고 섰는 걸인 하나를 알게 되었던 것이었다.

성은 한가요 이름은 ×× 그의 관적은 함경남도 함주군 동천면東川面 쌍봉리雙峯里이며 당년 서른 살의 절세환자, 아호를 『하운』이라고 불렀으니……(…중략…)

일찍이 북경대학 농학원에서 자연과학을 연학鍊學수업타가 도색桃色반점이 육체의 양역陽域에 나타나자 (…중략…) 그날부터 문둥이가 되었다고 한다.[13]

아마도 한하운의 구술에 의거했을 이 대목에서 주목할 것은 걸인으로 떠도는 하운을 처음 알아보고 이병철에게 소개한 이가 박용주라는 점이다. 이병철은 하운을 처음 만난 때가 "작년 첫 여름"이라고 밝힌 바, 글 말미에 기록된 원고 집필 시기 "1949년 3월"에서 유추컨대, 그 때는 1948년 6월쯤, 바로 대한민국 정부 수립 직전이겠다. 나이와 고향과 출신대학이 처음 노출되었는데, 은폐도 동시에 이루어졌다. 북경대가 원 북경대가 아니라는 점은 물론이거니와 마치 북경대 재학중 나병에 감염되어 중퇴한 양 눙쳤다. 그는 식민지 기술관리 경력을 지운 셈이다. 혹 친일의 혐의가 드러날 학력이나 경력은 숨기거나 건너뛰었던 것이다.

원전비판과 관련해 유의할 만한 대목도 글 끝에 나온다.

13 이병철, 「한하운시초를 엮으면서」, 『한하운시초』, 정음사, 1949, 64~65쪽.

> 그러나 불우의 시인 하운은 오늘 시를 쓰고 싶어도 쓰지 못하게 되었다. 손가락이 떨어져버렸다. 지난 겨울의 추위에 시력마저 잃어버렸다. 시를 쓰지 못하는 반면에 시를 각설조却說調로 구송하고 다니는 바람찬 그의 길머리에서 이따금 만나는 대로 받아둔 원고를 엮어서 자랑삼아 여기에 소개하는 바이다.[14]

여기서 유의할 것은 하운이 손가락을 잃어 쓰기가 힘들어진 중 1948년 겨울 추위에 시력마저 상실, 이제는 시를 쓸 수 없게 되었다는 대목이다. 대신 "각설조로 구송"한다. 그런데 끝은 "받아둔 원고를 엮"었다는 것이다. 그렇다면 하운이 직접 쓴 원고도 있고, 이병철이 하운의 구송을 받아 정리한 원고도 있다는 것인가? 처음 만난 1948년 6월에는 시력을 잃지 않았으니 겨울 전까지는 혹 하운의 육필 시 원고도 있었을지 모르는데, 그런 원고가 더러 있었더라도 정리하고 뽑아서 잡지에 소개한 책임은 이병철에게 있으니, 초판 시집 판권에 뚜렷한 "이병철 편"이 침묵의 웅변일 터다.

과연 이병철의 개입은 어느 정도일까? 우선 이병철이 하운의 이름을 빌어 출판한 시집이라는 일각의 의혹은 지나치다 하겠다. 분명 이병철은 하운을 발굴하고 소개한 일 자체를 자랑으로 여겼으며 실제로 일본의 한센인 소설가 호오조오 타미오北條民雄(1914~1937)보다 높이 평가하고 있기 때문이다.[15] 그렇다면 일차 저작권은 하운에 있되 이병철이 적극적 편집자 역할을 맡았다고 볼 수 있을지 모른다. 가령 하운을 좌경으로 모는 데 흔히 거론되는 재판의 「행렬行列」이란 시가 좋은

14 위의 글, 68~69쪽.
15 위의 글, 66~68쪽. 그러나 과연 그러한지는 호오조오를 제대로 읽고 난 뒤 판단할 일이다.

예의 하나다. 이 시는 초판의 「데모」를 개제·수정한 것이다. '데모'라는 제목과 "피빛 기빨이 간다"는 강렬한 구절 등, 좌익 경향을 덜어내면서 하운은 변명한다. 이는 이병철의 개입이라고. 그 말을 전적으로 믿을 수는 없지만, 결국 적든 크든 하운의 초판 시집에 이병철의 숨결과 솜씨가 배어있다고 보아도 좋을 것이다.

삭제와 함께 첨가도 이루어졌다. 초판 수록시 가운데, 「게시판揭示板」이 빠지고,[16] 7편을 더해 재판은 총 31편으로 구성되었다. 그런데 이병철의 발문 대신, 조영암趙靈巖의 「하운의 생애와 시」, 박거영朴巨影의 「하운의 인간상」, 그리고 최영해崔暎海의 「간행자의 말」을 실었다. 강원도 회양淮陽 생의 시인으로 1948년 월남, 6·25 종군작가로 활약한 조영암은 다수의 전쟁시를 제작했을 뿐만 아니라 『우남찬가』(1954)를 간행하기도 한 우익문인이다. 함남 원산元山생의 박거영은 해방과 함께 중국에서 귀국, 출판사 인간사를 경영하는 등 문화사업을 활발하게 벌인 우익시인으로 이병철에 이어 하운의 파트론 역할을 맡았다. 하운의 제2시집 『보리피리』가 인간사에서 출판되었음을 기억하자. 최현배崔鉉培의 아들로 해방 직후 사장에 취임하여 정음사를 당대의 양서良書출판사로 키운 최영해는 하운을 일약 스타로 만든 『한하운시초』를 출간한 파트론 중의 파트론이다. 사실 그도 한때 '삼사三四문학' 동인이었다. 초판 『한하운시초』의 장정을 맡은 정현웅이 창간동인임을 상기하면, 정음사의 성취에는 문학청년 최영해의 안목과 인연이 그 기초로 되었음을 인지할 터다. 이러매 재판 말미를 장식한 세편의 글들은 말하자면

16 그런데 시집을 면밀히 검토하니, 「게시판」은 초판의 목차에만 나온다. 정작 안에서는 이 시가 나와야 할 36~37쪽이 없다. 이미도 출판시의 조판 실수로 보이는데, 재판은 목차에도 보이지 않는다. 제목만 남은 실전(失傳) 작품이다. 그러니 초판은 목차에는 25편이되 실제로 수록된 시는 총 24편이다.

하운에 대한 연대보증인 셈이다.

잠깐 내용을 살펴보자. 조영암에서 특기할 점은 하운의 시를 "왕년 일본 시단에 나癩문학의 기재奇才였던 아카시 카이진明石海人의 『백묘白猫』를 능가하는 바"[17]라고 상찬한 점이다. 이병철이 하운을 호오조오에 견준 것을 본딴 것인데, 하여튼 일본의 한센시인 아까시 카이진(1901~1939)의 존재를 알려준 것만으로도 귀중하다. 물론 하운이 아까시를 능가한다는 조영암의 평가 또한 검증되어야 할 과제이거니와, 하운의 비교문학적 또는 일반문학적 고찰에서 호오조오 타미오와 아까시 카이진의 문학을 누락할 수는 없을 터이다. 또 하나는 『한하운시초』에 대한 다른 증언이다. 황해도黃海道 은율殷栗생으로 해방 후 월남, 종군작가단에서 활약한 소설가 최태응崔泰應(1917~1998)의 목격담은 이렇다. "번화한 명동明洞거리와 다방거리에서 최태응형이 하운을 만났을 때는 (…중략…) 완전 실명은 아니었고, 낡은 수첩에 기천편의 시를 써 가지고 있었다 하며, 그것이 후일 정음사판의 『한하운시초』가 되었던 것이다."[18] 이 전언은 이미 써둔 하운의 시원고가 정음사 초판 시집의 바탕임을 강조한바, 이병철의 개입을 지우려는 의도가 강하지 않은가 의심스럽다.

하운이 "가벼운 곰보"[19]라는 점, 그리고 당시 그의 행방이 묘연하다는 점이 새로운[20] 박거영의 글도 글이지만, 최영해가 흥미롭다. 먼저 "초판에서 할애하였던 칠편의 귀중한 원고를 추록追錄"[21]했다는 것이

17 조영암, 「하운의 생애와 시」, 『한하운시초』, 정음사, 1953, 79쪽.
18 위의 글, 83쪽.
19 박거영, 「하운의 인간상」, 『한하운시초』, 정음사, 1953, 87쪽.
20 "하운! 그는 지금 어느 구름과 더불어 있는가", 위의 글, 92쪽.
21 최영해, 「간행자의 말」, 『한하운시초』, 정음사, 1953, 95쪽.

다. 추가된 7편이 신작이 아니라 초판에서 제외된 작품들임을 짐작케 한바, 이병철이 유보한 작품들을 끼워넣었다는 말이다. 그럼에도 이병철은 은폐된다. 또한 이병철 발문에 등장한 박용주를 꽤 부각한다. '거리의 신사' 박용주가 미군정기美軍政期 어느 초겨울 명동 카페 몬파레스에서 술 먹고 나오다가 문 옆 어두운 구석에서 영어로 노래하는 거지를 발견하고 수작하다가 "나는 / 나는 / 죽어서 / 파랑새 되어"로 시작하는 「파랑새」 자작시 낭송을 듣고 놀라 바로 자기 사무실로 데려갔다는 한하운 탄생의 첫 장면이 극적으로 기술되었던 것이다.[22]

> 이로부터 남산南山 어느 기슭에서, 양지받이에서 하운은 박형께 보이기 위하여 입으로만 부르던 시를 적어도 보았다. 그러나 이미 그의 육체의 기능은 글짜 위에 글짜를 쓰는 지경에 있었다.
>
> 주로 박형의 사무실에서 화로를 사이에 두고, 부르고 쓰고……책은 마련되었다.[23]

한하운과 박용주의 극적인 해후는 그럴듯하지만, 『한하운시초』가 박용주의 사무실에서 탄생한 양하는 발언은 전적으로 믿기 어렵다. 김용성에 의하면, 『신천지』에 소개된 시들, 특히 「전라도全羅道길」에 대한 세간의 반응에 고무된 "정음사에서는 무조건 시집을 내겠다고 해서 그는 명동성당의 방공호에서 원고를 정리했다"[24]는 것이다. 도대체 누구 말을 믿어야 할지, 아니 하운 자신도 그때그때 다른 소리를

22 위의 글, 95~98쪽.
23 위의 글, 98~99쪽.
24 김용성, 앞의 책, 604~605쪽.

한 형국이다. 이 모든 소동이 한하운 탄생의 산파 이병철을 누락하려는 데서 나온 무리수가 아닐까 싶다. 요컨대 지금으로서는 이병철의 발문이 가장 믿음직한 글이라고 판단된다.

3. 한하운의 재탄생

이처럼 시인 스스로 작품을 수정하고, 출판사는 정현웅과 이병철을 지우는 대신 우익시인들을 연대보증으로 세우고, 사장이 나서서 다른 탄생신화를 꾸미고, 판권란에 '우리의 맹세'까지 첨부하여 재판으로 살려냈건만, 휴전 직전의 분위기 속에서 필화의 발생을 막지는 못했다. 이에 관련한 글로는 당사자의 한분인 기자 오소백吳蘇白[25]이 남긴 증언록 『올챙이기자 방랑기』(신태양사, 1955) 속의 「나시인 사건」이 요긴하다. 이 책은 원래 1954년 2월부터 잡지 『신태양新太陽』에 연재한 것을 이듬해 7월에 출간한 터인데, 이를 바탕으로 이 사건을 새로 정리한 글이 앞에 거론한 정진석의 「시인 한하운과 『서울신문』 기자 오소백의 필화」(2009)다. 일련의 사건 속에서 한하운과 그의 시에 대한 또 다른 이야기들이 노출된바, 잠깐 사건의 추이를 따라가 보자.

먼저 오소백의 증언. 재판이 나오고 석달이 채 안된 10월 14일,[26] 하운이 문득 서울신문사 편집국에 나타났다. 사회부 차장 문제안文濟

25 평남(平南) 진남포(鎭南浦) 태생의 청오(靑吾) 오소백(1921~2008)은 해방 직후 언론계에 투신, 1952년 『부산일보』를 시작으로 『서울신문』, 『한국일보』, 『경향신문』, 『민족일보』, 그리고 『대한일보』에서 사회부장을 역임했다.

26 오소백, 『올챙이기자 방랑기』, 신태양사, 1955, 217쪽.(이하 이 책의 인용은 따로 주를 달지 아니함)

安[27] 기자에게 정확한 취재를 부탁하면서 사회부장 오소백이 직접 응대했다. 앉은 자리에서 하운은 「보리피리」를 오소백의 펜으로 써내려갔다(218~19쪽). 항간에 하운이 이병철이 내세운 유령인물이라는 소문도 있던 차라, 하운은 기자들 앞에서 우정 자신의 존재와 시적 능력을 과시한 것일 테다. 그리고 다음날 특종기사가 나갔다.(219쪽) "국립부평성계원(=문둥이수용소) 자치회 회장이며, 문둥이의 자녀를 기르는 신명보육원新明保育院의 원장"(219~20쪽)이라는 직함을 지닌 하운의 실존이 그의 사진 및 신작시 「보리피리」와 함께 처음으로 공개되었던 것이다. 제2시집의 표제작 「보리피리」가 태어난 배경도 흥미롭지만, 재판 낼 당시 불명이었던 하운의 소재가 '성계원'으로 처음 확인된 것도 기억할 일이다.

그런데 오소백의 증언이 실제 기사와는 차이가 있다는 것이다.[28] 과연 기사는 다르다. 우선 특종기사가 게재된 날짜가 10월 15일이 아니라 10월 17일이다. 그리고 신문사에 내방한 날짜와 「보리피리」 탄생의 장면이 오소백의 증언과 아주 다르다. "한씨는 15일 하오 본사에 내방해서 다음과 같은 최신작의 시 한편을 보내줌으로써 최근의 심경을 토로하고 있는 것이다.(사진은 본사에 내방한 한 씨와 그가 보내준 4286년 10월 14일부의 최신작시)"[29] 신문사를 찾은 날짜도 14일이 아니라 15일뿐만 아니라, 「보리피리」의 즉흥성이 사라졌다. 이 기사에 의거하여 사건을 재구성하면, 하운이 14일에 「보리피리」를 창작하고, 15일 하오에 신문사를 방문하고, 그 뒤 「보리피리」를 신문사에 보내고, 17일

27 서울 태생의 문제안(1920~2012)은 1943년 경성방송국에 입사, 광복 후 최초의 방송취재기자로 활동하다 언론계에 투신, 6·25전쟁 때 『서울신문』 종군기자로 활약하였다.
28 정진석, 앞의 글, 502쪽.
29 「何雲 서울에 오다」, 『서울신문』, 1953.10.17.

에 기사가 나간 것이다. 어느 쪽이 진실일까? 「보리피리」를 신문사에 와 즉석에서 써내려갔다는 증언의 정황이 너무 극적이라는 점이 나로서는 좀 걸린다. 이 시의 판본들을 점검할 필요가 있거니와, 우선 신문본(1953)을 한번 보자.

보리피리 불면
봄언덕
故鄕그리워
필—닐리리

보리피리 불면
꽃靑山
어린때 그리워
필—닐리리

보리피리 불면
人寰의거리
人間事 그리워
필—닐리리

보리피리 불면
放浪의幾山河
눈물의언덕과 눈물의언덕을
필—닐리리

그런데 오소백의 증언록에 실린 시(1954)[30]는 띄어쓰기와 행들이기 등에서 약간의 차이를 보이매 이는 신문본을 옮겨 적으면서 발생한 것으로 짐작된다. 조금 눈여겨 볼 대목은 4연 3행 "눈물의 언덕과 눈물의 언덕들"[31]인데, '들'보다는 '을'이 더 알맞아 전자가 오자일 것이다. 요컨대 오소백본은 신문본의 와전이다. 시집 『보리피리』(1955)에서는 어떤가?

보리피리 불며
봄언덕
故鄕 그리워
피—ㄹ 닐리리.

보리피리 불며
꽃 靑山
어린때 그리워
피—ㄹ 닐리리.

보리피리 불며
人寰의 거리
人間事 그리워
피—ㄹ 닐리리.

30 이미 지적했듯이, 책은 1955년에 나왔지만 잡지에 연재되기는 1년 전이다.
31 오소백, 앞의 책, 221쪽.

보리피리 불며
放浪의 幾山河
눈물의 언덕을 지나
피 ― ㄹ 닐리리.[32]

이 시집본이 퇴고를 통해 잘 정비된 정본임을 그대로 드러내거니와, 그럼에도 신문본과 결정적 차이를 보이지는 않는다는 점을 상기할 때, 과연 신문본이 기자들 앞에서 즉흥적으로 창작된 것일까? 신문본의 완성도로 보아 이 시는 이미 써진 것이다. 지금으로서는 뒤의 증언보다 앞의 신문기사가 진실에 가까울 듯싶다.

하여튼 마녀사냥에 시달리는 한하운의 진실을 밝히려 한 오소백과 문제안의 기사가 나가고, 국회에서도 논란이 일 정도로 오히려 의혹은 더 거세진다. 이에 오소백은 신문사 몰래, 하운을 안다는 시인 박거영, 하운에 비판적인 신문사 취재부장 C기자와 동행하여 부평 '성계원'으로 달려간다. 이 대화에서 하운은 검증을 무사히 통과한다. 오소백에 이어 박거영이 그의 새 보증인이 되는 순간이다.

더욱 흥미로운 것은 경찰인데, 이 대목은 정진석이 자세하다. "11월 21일 치안국장 이성주는 기자들에게 한하운은 실존인물이고 공산주의자가 아니며 시집 내용도 좌익을 동정하는 것으로 인정할 수 없다고 말했다. 정음사 사장 최영해도 조사했으나 사상이 온건한 사람이며 공산주의자가 아니라고 확언했다." 이병철의 가필문제에 대해 "가필하였다고 한이 말하고 있다고 간접화법으로 대답"하고, "원고료

32 한하운, 앞의 책, 1955, 21~23쪽.

에 대해서는 한하운이 명동에서 이병철을 만났는데 시집을 출판하지 않겠냐면서 1만 5,000원을 주기에 받았다고 했다." 요컨대 "우리는 현재 그 사람의 사상이 어떠한가를 검토해야지 과거 공산주의자였다는 것을 끄집어낼 필요는 없다"는 것이다.[33] 일제 때 평남平南에서 경찰서 서장을 지내고 해방 후 제주濟州 · 경남慶南 · 충북忠北 도경찰국장을 거쳐 9대 내무부 치안국장(1953~54)에 오른 이성주李成株(1911~94)의 이력을 감안컨대, 참으로 뜻밖이다.

그런데 사건은 이로써 종결되지 아니한다. 경찰의 발표를 기사화하려 하자 당시 서울신문사 사장이 「보리피리」 같은 건 장타령이라고 비난하면서 기사 축소를 지시하고 그것도 모자라 오소백과 문제안을 파면에 처한 것이다.(230~231쪽) "당시 문총文總 최고간부며 사장이며 소설가며 시인인 대신문사의 P사장"(232쪽)은 바로 월탄月灘 박종화朴鍾和[34]였다. 너무한 것은 월탄만이 아니었다. "한 사람의 불우한 시인문제가 국회의정단상에까지 올라 물의를 일으키고 있어도 시단詩壇을 위시한 일체 문단에서는 그대로 침묵을 견지했다."(233쪽) 왜 문단은 사건 내내 한하운에 대해 냉담했을까? 한센인까지 중첩된 반공 심리복합일 탓이겠지만, 이것만으로는 설명되지 않는다. 하운의 돌출적 등장과 유행에 따르는 대중적 취미에 대한 의식적 · 무의식적 무시, 다시 말하면 일종의 귀족적 경멸이 한하운과 그의 시에 그림자처럼 따라다녔던 것인가? 문단은 끝내 하운의 시민권을 허락지 않은 셈이다.

33 정지석, 앞의 글, 509~510쪽.
34 위의 글, 510쪽. 월탄은 1949년 6월15일에서 1954년 4월15일까지 『서울신문』 사장으로 재직했다.

4. 하위자의 시적 발화

하운의 자유를 위해 투쟁한 두 기자가 오히려 필화사건의 희생자로 된 곡절 끝에 이루어진 그의 사회적 복권은 제2시집 『보리피리』의 출간으로 확정된다. 『보리피리』는 앞에서 지적했듯이, 새 보증인으로 나선 박거영의 인간사에서 출판된바, 이로써 하운은 첫 시집의 멍에에서 결정적으로 벗어나게 되는 것이다. 그런데 그 구원이 시인 한하운에게 꼭 긍정적인 것만은 아니었다. 그나마 시꼴을 갖춘 게 「보리피리」 한 편뿐인데, 더욱이 이 시집을 지배하는 의식이란 체념과 제휴한 순명順命에 가깝다.[35] 한하운에게 보여준 문단의 냉담에서 짐작되듯, 하운은 소인素人이다. 처음부터 시인이 되려던 것이 아니라 한센인으로 전락하자 자연스럽게 그 격차로부터 시가 유로된 것이다. 더욱이 한센인은 요즘식으로 말하면 하위자subaltern다. 그 침묵의 장소에서 뿜어나온 말들은 그 자체로 경이였다. 그런데 하운을 하운답게 한 그 경이 즉 운명 또는 사회에 대한 실존적 저항이 실종한 것이다. 그러매 시인 한하운은 제1시집에 한정된다고 해도 과언이 아닐 터, 제1시집이야말로 한하운 비평의 초석이다.

이미 지적했듯이 『한하운시초』는 잡지본(1949), 초판(1949) 그리고 재판(1953)으로 구분된다. 우선 각본 수록작품들의 편수와 제목과 개제/개작/교정 상태를 살펴 일차적으로 꼬나볼 것이다. 편의상 숫자를

35 물론 이 시집에도 "문둥이가 살 地籍圖는 없어"(「癩婚有恨」, 75쪽)와 같은 절구(絶句)를 머금은 저항의 시가 없는 것이 아니지만, 이 시조차도 전체적으로는 감상(感傷)이다. 이러한 감정과잉은 순명 또는 체념과 멀지 않다.

붙여 각본 수록 시편들을 개관하자.

① 잡지본(13편)

1. 「全羅道길－小鹿島로가는길에」, 2. 「손꼬락 한마디」, 3. 「罰」, 4. 「목숨」, 5. 「데모」, 6. 「열리지않는 門」, 7. 「파랑새」, 8. 「삶」, 9. 「막다른 길」, 10. 「어머니」, 11. 「개고리」, 12. 「明洞거리」, 13. 「비오는 길」

② 초판(24편)

1. 全羅道길－小鹿島로 가는 길에, 2. 손가락 한마디, 3. 罰, 4. 목숨, 5. 데모, 6. 개구리, 7. 열리지않는 門, 8. 파랑새, 9. 삶, 10. 막다른 길, 11. 어머니, 12. 明洞거리, 13. 비오는 길, 揭示板(목차), 14. 自畵像, 15. 꼬오・스톱, 16. 愁愁夜曲, 17. 洋女, 18. 자벌레의 밤, 19. 業果, 20. 秋雨日記, 21. 秋夜怨恨, 22. 나, 23. 봄, 24. 女人

③ 재판(31편)

1. 全羅道길－小鹿島로 가는 길에, 2. 손가락 한마디, 3. 罰, 4. 목숨, 5. 行列, 6. 열리지않는 門, 7. 파랑새, 8. 삶, 9. 막다른 길, 10. 어머니, 11. 明洞거리, 12. 비오는 길, 13. 自畵像, 14. 개구리, 15. 꼬오・스톱, 16. 洋女, 17. 자벌레의 밤, 18. 業果, 19. 秋雨日記, 20. 秋夜怨恨, 21. 나, 22. 봄, 23. 女人, 24. 愁愁夜曲, 25. 何雲, 26. 追憶 Ⅰ, 27. 追憶 Ⅱ, 28. 昌慶苑, 29. 故鄕, 30. 버러지, 31. 冷水마시고 가련다

①에 실린 13편은 거의 그대로 ②에 수록된다. '손꼬락'이 '손가락'으로 바뀐 정도로, 띄어쓰기와 맞춤법에 의거한 약간의 교정이 이루

어졌다. 순서가 조정된 시도 한편 있다. ①-11이 ②-6으로 전진배치된 것이다. 그 이유는 무얼까? "가갸 거겨 / 고교 구규 / 그기 가. // 라랴 러려 / 로료 루류 / 르리 라."[36] 개구리 울음소리를 한글노래에 겹쳐 포획한 「개구리」는 재치가 빛나는 말놀음시로, ②의 주조를 이룬 침통한 시들과 구별된다. 아마도 편자 이병철이 긴장을 잠깐 늦추노라고 예외적으로 경쾌한 시 「개구리」를 앞으로 끌어온 듯하다. ②-14에서 24까지 총 11편의 시는 새로 추가된 작품들인데, 이미 지적했듯이, ②-13과 14 사이에 조판될 「게시판」은 목차에만 보이니, ② 수록시는 총 24편이다.

③은 수록순서가 다시 ①로 돌아간 느낌이다. ②-6을 다시 ①처럼 후진시키는 바람에 ①-1에서 10에 이르는 순서가 ③-1에서 10까지 동일하다. 그런데 ②-6을 ③-14로 ①-11보다 더 뒤로 빼면서 ③-11부터 24까지 ②의 수록순서가 살짝 살짝 바뀌었다. 그러니 크게 보면 ③-1~③-24는 ②-1~②-24와 유사하다고 하겠는데, 우선 교정이 눈에 띈다. 잘 고친 것도 있다. 가령 ①-13/②-13의 "비길을 갈까"에서 '비길'을 '비ㅅ길'(③-12)[37]로 바꾼 경우다. 고치는 데 더 신중했으면 하는 경우도 있다. 가령 ①-7/②-8의 '날러 다니며'를 '날아 다니며'(③-7)[38]로 고친 것은 표준어의 경쾌함이 오히려 가벼워 '날러'의 어눌함이 「파랑새」의 결에 더 맞춤이 아닐까 싶다. 더 심각한 문제는 물론 개작이다. ③-5가 ②-5의 개제·개작임은 이미 지적했거니와, "피빛 기빨이 간다"는 구절을 중심으로 삭제가 이루어진 통에 작품이

36 『한하운시초』, 정음사, 1949, 19쪽. 이하 이 시집 인용은 따로 주를 달지 않음.
37 『한하운시초』, 정음사, 1953, 32쪽.
38 위의 책, 23쪽. 이 교정은 뒤에도 한 번 더 나온다. ②-17의 '날를때면'이 ③-16에서는 '날을때면'(「洋女」, 43쪽)으로 수정되었다.

싱거워졌다. 못지않은 문제는 ③-25에서 31에 이르는 7편이다. ③에서 새로 추가된 이 시들은 한마디로 태작이다. 따라서 제1시집 중에도 초판이야말로 시인 한하운이 한국문학사에 헌정한 유일한 시집이라고 해도 결코 지나친 말이 아닐 테다.

그중에서도 앞부분에 배치된 시편들은 압권이다. "가도 가도 붉은 황톳길 / 숨막히는 더위뿐이더라."(6쪽) 이 시집을 여는 「全羅道길」은 이렇게 시작된다. 이 시의 부제는 '小鹿島로 가는 길에'. 그런데 소록도는 작은 사슴의 섬이라는 목가적 이름과 달리 저주받은 문둥이의 섬이다. 경기와 충청을 거쳐 전라도, 그것도 그 끝 고흥高興반도 너머 소록 길은 천리다. 그 머나먼 유적流謫, 마지막 도정에서 만나게 되는 전라도길은 "가도 가도 붉은 황톳길!" 전라도의 여름 황톳길을 황색이 아니라 적색으로 파악한 이 놀라운 감각이 하운에서 비롯되었거니와, 붉고 노란 색으로 구성된 이 시집의 장정은 그 뛰어난 짝이다. 3연에서 다시 반복되는 "가도 가도 붉은 황톳길"(8쪽), 그 팍팍한 도정은 우리 시가 일찍이 가지 못한 길이자, 하운이 새로이 연 지옥의 길이다. 하위자의 침묵에 혀를 단 이 미답의 길에 단숨에 빨려들어간 독자들은 5연에서 다시 소스라친다. "신을 벗으면 / 버드나무 밑에서 지까다비를 벗으면 / 발가락이 또 한 개 없다."(8쪽) 새삼 이병철의 감탄이 상기되는 지점이다. "하나는 썩어가는 육체요, 또 하나는 그 육체 밖에서 냉엄을 지키면서 관찰하는 눈",[39] 이 간극에서 하운의 리얼리즘을 파악한 이병철의 지적 또한 날카롭기 짝이 없거니와, 5연은 특히 일체의 감상을 통제한 산문적 진술이 어떻게 투명한 시로 상승하는가를

39 이병철, 앞의 글, 68쪽.

잘 보여주는 대표적 예가 될 것이다. 그러나 마지막 연은 허술하다. "앞으로 남은 두 개의 발가락이 잘릴때까지 / 가도 가도 千里 먼 全羅道길."(9쪽) 해설조로 떨어져 사족 비슷이 되었다. 하운은 끝내 소인이다, 그 소인성이 우리 시에 새로움을 헌정하게 된 바탕임을 잊을 수 없지만.

「全羅道길」의 "발가락이 또 한 개 없다"를 잇는 시가 바로 다음에 배치된 「손가락 한마디」다. "간밤에 얼어서 / 손가락 한마디 / 머리를 긁다가 땅우에 떨어진다."(10쪽) 지적 엄격함마저 감지되는 리얼리즘이 빛나는 1연이다. 그러나 역시 2,3연은 좀 긴장이 덜하다. 그 손가락을 붕대로 싸두었다가 날 따스해지면 남산南山에 묻겠다는 상想은 간절하지만, 조사措辭가 그를 감당하지 못하기 때문이다.

"罪名은 문둥이…… / 이건 참 어처구니 없는 罰이올시다"(12쪽)로 시작되는 「罰」은 가상법정의 시다. 시적 자아는 분명 엄청난 벌을 받고 있는데 "내 罪를 辯護할 길이 없다."(12쪽) 죄를 지었다면 벌을 받는 게 당연한데, 아무리 생각해도 이런 벌 받을 만한 죄를 짓지 않은 것 같다. 이른바 실존적 부조리不條理다. 한센병의 엄습으로 하루아침에 삶의 무의미성에 적나라하게 노출된 시적 자아의 분열을 그대로 드러낸 이 시 또한 소수자의 시적 발화로서 종요롭다.

「목숨」은 「罰」의 연장이다. 그러나 단순연장은 아니다. 전문을 볼 필요가 있다.

> 쓰레기 통과
>
> 쓰레기 통과 나란히 앉아서
>
> 밤을 새운다.

눈 깜박하는 사이에
죽어버리는 것만 같었다.

눈 깜박하는 사이에
아직도 살아있는 목숨이 굼틀 만져진다.

배꼽아래 손을 넣으면
三十七度의 體溫이
한마리의 썩어가는 생선처럼 밍클 쥐여진다.

아 하나밖에 없는
나에게 나의 목숨은
아직도 하늘에 별처럼 또렷한 것이냐.(14~15쪽)

명동에서 걸인노릇으로 한 경험에서 비롯된 듯한 이 시는 쓰레기통 옆에서 노숙하는 시적 자아를 '의식의 흐름'으로 사생한다. 쓰레기통 옆에서 밤을 새운다—깜빡 존다—죽은 것이 아닌가 놀라며 얼른 몸을 만진다—37도의 체온을 지닌 육체를 확인한다—별을 보며 '나'와 '나의 목숨'의 단독성을 상기한다. 부조리의 인식이 체념이 아니라 저항을 낳는 사유의 과정을 또렷이 보여주는데, 이는 모순 사이에서 찢긴 「罰」에서 한걸음 진경이다. 그 진경이 '굼틀'과 '밍클'의 즉물적 육체성에 말미암은 것이야말로 흥미롭거니와, 삶의 부조리에도 불구하고 그 간극을 응시하는 리얼리즘이 명석하다.

문세의 「네모」는 또 다른 각도다. 말썽 많은 작품이니 전문을 보자.

뛰어 들고 싶어라
뛰어 들고 싶어라.

풍덩실 저 江물속으로
물굽이 파도소리와 함께
萬歲소리와 함께 흐르고 싶어라.

물굽이 제일앞서 핏빛 기빨이 간다
뒤에 뒤에 줄대여
목쉰 조선사람들이 간다.
모두들 성한 사람들 저이끼리만
쌀을 달라! 自由를 달라!는
아우성소리 바다소리.

아 바다소리와 함께 부서지고싶어라
죽고싶어라 죽고싶어라
문둥이는 서서 울고 데모는 가고.(16~18쪽)

이 시를 두고 이데올로기를 따지는 것은 일종의 희극이다. 총 5연 14행으로 이루어진 이 시의 주제는 보시다시피 시적 자아의 소외다. '나'는 쌀과 자유를 외치는 조선사람들의 데모에 참여하고 싶은 마음 굴뚝 같다. 그런데 참여할 수 없다. 왜? 그는 (조선)사람이 아니라 '문둥이'니까. '문둥이'는 그야말로 하위자subaltern다. 그 데모대가 좌익인지 우익인지는 중요치 않다. 우익도 좌익도 '문둥이'에게는 닫혀있기 때문이다. 따라서 이 시는 이데올로기 시가 아니라 오히려 이데올로기 비판의 시로 되는 것이다. 재판에서는 어떻게 수정되었나? 「행렬」을 보건대, '피빛 기빨'이 등장하는 「데모」의 3연은 통으로 삭제하고, 그 4연에서도 제2행 "쌀을 달라! 自由를 달라!"를 빼서, 4연 10행의 시로 축소하였다.[40] 개작이라기보다는 편집에 가까운 것인데, 후일 '1946.3.13. 함흥학생사건에 바치는 시'[41]라는 부제를 달아 반공시로 둔갑한 일은 너무했다. 그나저나 「데모」 역시 상은 음미할 만하나 시로서는 손색이 있지 싶다.

「개구리」가 그 소리를 독창적으로 파악한 뛰어난 말놀음 시라는 점은 이미 지적했거니와, 「열리지 않는 門」은 범작이고, 대표작 「파랑새」는 앞의 시들과 다른 경향으로도 주목된다. "나는 / 나는 / 죽어서 / 파랑새 되어 // 푸른 하늘 / 푸른 들 / 날러 다니며 // 푸른 노래 / 푸른 웃음 / 울어 예으리".(24~25쪽) 이 시집의 주조를 이루는 '붉은 황톳길'과 대비되는 '파랑'과 '푸른'이 연속적으로 배치된 이 시는 슬프도록 아름답다. '파랑새'는 우선 "새야새야 파랑새야 녹두밭에 앉지 마라"의 파랑새, 즉 녹두장군을 공격하는 관군/일본군을 상징하는 그 파랑새와는 상관이 없을 것이다. 굳이 생각한다면 메테를링크Maurice Maeterlinck의 유명한 동화 『파랑새』(1908)에서 차용했겠지만, 사실 이 동화의 약간은 간지러운 낙관주의 또한 이 시와 썩 어울리는 것은 아니다. 하운의 파랑새는 독자적이다. 지상의 모든 속박으로부터 해방된 드높은 자유 그 자체이기 때문이다. 그런데 그 파랑새는 꿈이다.

40 『한하운시초』, 정음사, 1953, 16~17쪽.

41 위의 책, 53쪽. 이는 『정본 한하운시집』(1964)에 수록된 것이라는데, 내용은 「대열」과 같으나 제목은 다시 「데모」로 돌려놓았다.

파랑새가 될 가능성은 죽음 이후에야 이루어질 둥 말 둥 하니, 파랑새는 죽음일 수도 있다. 그러니 '나'에게 '파랑새'는 자유이자 동시에 죽음이다. 죽어서야 자유로워질지도 모른다는 비극을 내장한 이 시가 아름다우면서도 뭔가 어두운 이유가 여기에 있을 터이다. 그런데 1연을 거의 그대로 반복한 4연으로 끝낸 마무리가 헐겁다.

「罰」을 반추한 「삶」은 그런대로 수준을 유지하고 있지만, 「막다른 길」 이후의 시편들은 대체로 떨어진다. 그중 「어머니」는 가작이나 마무리 4연이 평범해 『보리피리』 이후의 시적 고갈을 이미 예고하는 듯하다. 그런데 서정시 두편이 눈에 밟힌다. "가느다랗니 靜脈에 살아서 숨쉬는 / 나무며 풀이며 잎잎 떨어지는데. // 싹 다린 옥색 모수치마 사뿐히 꽂아지른 옷맵시"(「秋雨日記」에서, 54~55쪽)라든가, "밤을 새워 귀또리 도란도란 눈물을 감아 넘기자. / 잉아 빗은 물레소리에 밤은 寂寂 깊어만 가고. / (…중략…) / 눈물은 속될진저 오리오리 슬픈 사연을 감아 넘기자"(「秋夜怨恨」에서, 56~57쪽) 같은 대목은 소인의 솜씨가 아니다. 더구나 하운의 시경향과 두드러지게 다르다. 일류의 서정시인 이병철의 숨결이 짙다. 편자가 아마도 하운의 시를 대폭 수정했거나 아예 자기 시를 슬쩍 끼워넣은 것이 아닌지 모르겠다. 후일을 기약한다.

이상의 거친 개관을 종합컨대, 초판 24편 가운데서도 주목할 시들은 「全羅道길」, 「손가락 한마디」, 「罰」, 「목숨」, 「데모」, 「개구리」, 「파랑새」, 「삶」, 「어머니」 등, 총 9편이다. 이는 모두 잡지에 실린 시들이니 이병철이 처음 소개한 시들이 하운시의 중심인 것이다.

5. 『한하운시초』의 계보

구체적 검토에서 더욱 드러났듯이, 한하운은 소인이다. 소인은 소인이되 프로페셔널의 임계점을 폭로하는 접경에 둥지를 튼 독특한 소인이기에, 어떤 점에서는 가장 급진적이다. 그에게 우익은 물론 그에 대항하는 좌익도 일종의 권력이기 때문이다. 하운은 우리 시 최초의 하위자다. 이 점에서 하운을 발견한 이병철의 공은 종요롭다. 그에 의해 침묵당한 하위자가 처음으로 놀라운 발화를 수행할 수 있었거니와, 당시 이병철의 위치도 흥미롭다. 이병철은 해방 직후 '좌익'이었다. 그런데 하운을 발견한 때의 이병철은 일종의 하위자였다. 전향자로서 남한에서 살아가는 좀 복잡한 경계인인바, 이 묘한 지점에서 하운에게 동병상련하였을 터다. 이 기막힌 합작은 전쟁으로 분쇄된다. 이병철은 월북하고 한하운은 남한에 홀로 떨어짐으로써 양인 모두 이데올로기 아래 편제된다. 남북의 이데올로기가 어떻게 시에 작동했는지는 불문가지不問可知, 이미 지적했듯이 하운은 필화를 거치면서 오히려 남한사회에 순치됨으로써 시인으로서의 삶을 마쳤던 것이다.

그럼에도 『한하운시초』 초판은 살아있다. 특히 1970, 1980년대 민족문학/민중문학의 부활에 직간접적 원천의 하나로 되었던 것이다. 고은高銀은 대표적이다.

> 제가 처음 만난 시는 이육사의 「광야」였어요. 해방 직후 중학교 1학년 교과서에 이 작품이 들어 있었죠. 그때만 해도 나는 문학보다는 미술을 하고 싶어서 미술반에 들었어요. 그러다가 1949년 하굣길에 한하운시초

를 주워 읽고서 문둥이 시인이 되어야겠다고 결심했습니다.[42]

고은 시인을 시로 인도한 『한하운시초』 초판은 이것만으로 축복이다. 다음은 김지하金芝河. 고은처럼 직접 언명하지는 않았지만, 그의 처녀시집 『황토』(1970)를 상기하면, 양자의 관계는 유추된다. '황토黃土' 라는 제목을 주황색으로 중앙에 크게 인쇄한 하얀 바탕의 겉표지와, 짙은 주홍색 바탕에 한글제목 '황토'(아마도 김지하의 필체)를 왼쪽에 박은 속표지는 『한하운시초』 초판 표지의 분위기가 물씬하다. 더구나 이 시집을 여는 첫시가 「황톳길」인데, 이는 전자의 첫시 「全羅道길」과 호응한다. 물론 양자는 차이가 있다. 후자가 문둥이라는 하위자의 노래라면, 전자는 죽은 애비, 아마도 해방 직후 내지 6·25 때 학살당한 좌익을 연상시키는 그 애비가 걸어간 길을 따르겠다는 아들의 혁명노래다. '황토'는 「황톳길」뿐만 아니고 이 시집 곳곳, 「비녀산」, 「남쪽」, 「매장」, 「결별」, 그리고 「사월의 피」에도 출몰하는 열쇳말이다. "칼날선 황토에 눈멀었네 / 뜨거운 남쪽은 반란의 나라"[43] 「남쪽」에 나오는 이 대목이 단적으로 드러내듯, 하위자의 팍팍한 삶, 그 끝없는 인내의 심상이던 하운의 황토가 지하에 이르러서는 반란과 혁명의 상징으로 상승하던 것이다. 남한의 반공독재 아래 침묵당한 프로문학 또는 혁명문학 전통을 계승하는 시사적 위치를 스스로 확보하고 있는 김지하의 첫 시집이 그럼에도 하위자 한하운의 '붉은 황톳길'을 전유하고 있음은 의미심장하다. 1970년의 상황에서는 그 혁명문학도 일

42 이는 널리 알려진 일인데, 최재봉 기자가 취재한 최근 고은 시인의 강화(江華) 전등사(傳燈寺) 강연에서 다시 확인되고 있다. 『한겨레』, 2013.11.20.

43 김지하, 『황토』, 한얼문고, 1970, 32쪽.

종의 유령, 그것도 하위자 유령과 중복되기도 하던 것이다.

이번에 한하운의 「전라도全羅道길」을 유심히 읽다가 2연에 눈길이 갔다. "낯선 친구 만나면/ 우리들 문둥이끼리 반갑다."(7쪽) 웬지 낯익다. 신경림申庚林의 「파장罷場」(1970), 그중에서도 "못난 놈들은 서로 얼굴만 봐도 흥겹다", 인구人口에 회자膾炙되는 이 명구가 상기되었던 것이다. 하운의 「손가락 한마디」는 또 어떤가? 땅에 떨어진 손가락 한 마디를 하얀 붕대로 덧싸서 잘 갈무리했다가 "날이 따수해지면 / 남산南山 어느 양지陽地 터를 가려서 / 깊이깊이 땅파고 묻어야겠다"(11쪽)고 마무리되는 이 시가 박노해의 「손 무덤」(1984)으로 재탄생되었음은 참으로 신통한 일이다. 영향 여부를 떠나서 유사한 사회적 조건이 유사한 감성/사유를 생성할 수도 있음을 보여주는 예로서 모자람이 없거니와, 이렇게 해방 직후 하위자의 시적 발화로서 분출된 『한하운시초』 초판은 어느 틈에 한국문학의 무의식으로 자리잡았던 것이다.

황토 초판 겉표지

참고문헌

1. 기본자료

이병철 엮음, 「나시인 한하운시초」, 『신천지』, 1949.4.

__________, 『한하운시초』, 정음사, 1949.

한하운, 『한하운시초』, 정음사, 1953.

______, 『보리피리』, 인간사, 1955.

인천문화재단 전집 편집위원회 엮음, 『한하운 전집』, 문학과지성사, 2010.

「何雲 서울에 오다」, 『서울신문』, 1953.10.17.

김지하, 『황토』, 한얼문고, 1970.

2. 논문 및 단행본

김용성, 『한국현대문학사탐방』, 국학자료원, 2011.

박거영, 「하운의 인간상」, 『한하운시초』, 정음사, 1953.

오소백, 『올챙이記者 放浪記』, 新太陽社, 1955.

이병철, 「韓何雲詩抄를 엮으면서」, 『韓何雲詩抄』, 正音社, 1949.

조영암, 「하운의 생애와 시」, 『한하운시초』, 정음사, 1953.

정진석, 「시인 한하운과 서울신문 기자 오소백의 필화—전후(戰後) 문단·언론 짓누른 적색 알레르기의 집단적 표출」, 『新東亞』 2009년 7월호.

최영해, 「간행자의 말」, 『한하운시초』, 정음사, 1953.

張仲葛, 『中國近代高等農業教育的發祥—北京農業大學創業史實錄 1905~1949』, 北京農業大學, 1992.

이병철과 '한하운 시집 사건', 휴전 후 문단 '정화'의 시발*

정우택
성균관대학교 국어국문학과 교수

1. 머리말

휴전을 앞두고 1953년 4월 20일부터 5월 12일까지 남한 각지에서 일어난 휴전 반대 궐기대회 및 민중대회는 7,500회, 지방의회대회는 540회, 동원 인원은 800여만 명, 결의문은 1,500통으로 발표되었다.[1] 휴전 반대 궐기대회의 슬로건은 '북진통일'이었다. 북진통일 슬로건은 곧 '빨갱이 소탕'이었고 휴전협정 조인이 임박하자 그 열기는 극에 달했다. 마침내 1953년 7월 27일 정전협정이 조인되었다. 휴전과 더

* 이 글은 성균관대학교 동아시아학술원 인문한국연구소 심포지엄 '비상시 검열-선전의 시대 1940~1950－두 개의 전쟁, 제국, 국가 사이'에서 발표했던 원고를 수정·보완한 것이다. 토론과 조언을 해주신 후지이 다케시 선생님과 정근식 선생님, 『한하운시초』 원본을 제공해주신 오영식 선생님께 감사드린다. 이 논문은 『상허학보』 40집(상허학회, 2014.2)에 게재되었던 것으로, 제목을 바꾸고 약간 첨삭했다.

1 서중석, 「이승만과 북진통일－1950년대 극우반공독재의 해부」, 『역사비평』 29호, 1995 여름, 117쪽.

「한하운시초」(정음사, 1949, 정현웅 장정) 표지.

불어 새로운 전선이 내부 곳곳에 구획되고 사람들을 분열시키고 분노와 증오의 경계를 만들어냈다. 새로운 전선은 내부에 침투한 것으로 상상되는 '간첩'에 의해 사회 곳곳, 사람 사이의 관계, 개인 내부 어디로든지 구획되고 확대되었다.

휴전 직전인 1953년 6월 30일 정음사에서 『한하운시초韓何雲詩抄』 재판을 발행하였다. 이에 "일부 신문에서는 마치 한하운이란 사람은 유령과 같은 가상인물"[2]이라는 소위 '유령' 논란이 언론계에서 촉발되어 치안국, 문교부, 보건사회부, 검찰청 더 나아가 국회에까지 번져나갔다. 이 '가짜 한하운 출몰 사건'은 휴전 직후 한국의 정세와 사회적 분위기를 보여주는 사건이자 반공 냉전체제 구축 및 문단 재분할의 신호탄이기도 했다.

지금까지 '가짜 한하운 사건'은 문학적 접근보다는 언론의 필화사건으로 다루어졌다. 한하운 출현을 기사화 했다가 "혼란을 일으켰다는 누명을 쓰고 이 사건 때문에 파면을 당했"던 기자 오소백吳蘇白이 신원伸寃의 일환으로 「癩詩人(나시인) 사건」[3]이란 글을 발표한 바 있다. 오소백은 "이 사건의 실마리를 만든"[4] 당사자로서 자기가 취재하며 겪었던 필화 사건의 전말을 기록하고, 이 사건을 언론 내부 권력 다툼으로 규정하면서 정론의 길을 제시하고자 하였다.

2 「'何雲' 서울에 오다—'레프라 王者' 환자 수용을 지휘」, 『서울신문』, 1953.10.17.

3 오소백, 「癩詩人 사건」, 『올챙이 기자 방랑기』, 신태양사출판국, 1955. 원래 『신태양』 1954년 2월부터 1955년 7월까지 연재했던 「올챙이 기자 방랑기」를 엮어 만든 책.

4 오소백, 위의 책, 217쪽.

이후 오소백의 위 기록과 한하운 자신의 자전적 기록 『나의 슬픈 반생기』(인간사, 1958)가 결합되어 다양한 서사가 재생산되고 반추되었다.[5]

최근에 언론학자 정진석은 「문둥이 시인 한하운과 올챙이 기자 오소백」[6]이란 글을 발표했다. 그는 기자 오소백을 중심에 놓고 이 사건을 언론사의 관점에서 정론을 향한 양심과 용기 대 '사이비 신문' 혹은 불순한 욕망이 부딪치는 현장으로 보고 추적하였다. 그는 이 사건은 '자유민주주의 대 공산주의 이데올로기'가 치열하게 투쟁하는 장이면서, '문단사와 언론사가 겹치는 필화사건'이라고 규정했다. 정진석은 사건의 당사자였던 오소백이 이 사건을 주관적으로 기술한 점이 있다고 지적하고, 여러 자료를 바탕으로 이 사건의 배경과 전말을 객관적으로 재추적했다. 특히 『한하운시초』 초판본(1949)과 재판본(1953)의 차이, 시 「데모」를 정밀하게 대조 분석하여 그 차이와 의미를 밝혔다.[7]

선행 기록이나 연구들은 주로 저널리즘의 장에서 이 사건을 다루거나 사태가 증폭되는 양상, 그 사이에 펼쳐진 저널리즘 내의 쟁투 등에 초점을 맞추고, 저널리즘의 정론과 윤리를 문제 삼았다. 이 사건은 '문둥이'[8]이라는 소수자로서의 시인이 감당해야 했던 필화사건 혹은 해프닝으로 처리되기도 했다. 언론학자 정진석이 언론인 오소백을 주인공으로 삼아 한하운 사건을 언론사적 관점에서 추적했다면,

5 성기조, 「한국문단, 남기고 싶은 이야기 · 6－문둥이가 아니란 한하운의 절규」, 『수필시대』 통권10호, 문예운동사, 2006.9, 120~122쪽.

6 정진석, 「문둥이 시인 한하운과 올챙이 기자 오소백」, 『전쟁기의 언론과 문학』, 소명출판, 2012.

7 위의 책, 324~329쪽.

8 '문둥이'라는 단어 대신 '한센인'이라고 하는 것이 옳겠으나, 당시 텍스트의 실감을 위해 '문둥이'라고 쓴다.

본 논문은 시인 이병철을 중심에 놓고 한하운이 발견되는 정황과 연동시켜 이 사건의 전후 맥락을 살피고 휴전 전후 문단 재편성과 관련시켜 논의하고자 한다. 본고는 이 사건에 관련된 당시의 신문 기사와 문학 텍스트를 꼼꼼히 찾아 검토・분석하여 '유령'의 실체와 의미를 파악할 것이다.

'가짜 한하운' 혹은 '유령'의 실체로 시인 이병철이 지목되었는데, 이는 이병철이 휴전 전후 '행방불명'되었다는 사태와 깊이 관련 있다고 보여진다. '행방불명'이란 출몰 혹은 기습의 잠재성을 가진 기표이다. 행방이 묘연하고 분명하지 않다는 것 그 자체가 불안과 공포를 증폭시킨다. '행방불명'이라는 사태가 지금 여기를 감시하고 억압하고 통제하기에 이르렀다. 공포와 적개심, 피해의식 등으로 말미암아 행방을 끝까지 추적하여 확인하고 사살해야 했다. 그럴수록 '배제'보다 훨씬 강도 높은 '소탕', '척결' 등의 언어가 난무했다. '소탕'은 '정화'라는 문화적 명목 하에 '분노'와 '증오'를 생성・유포시켰다. 휴전 직후 남한 사회에서 이병철은 끝까지 추적하여 '소탕', '척결'해야 할 '행불자'였다. 공포와 적개심이, 현존하지 않은 이 '행불자'를 불러내서 한바탕 굿판을 벌인 것이 이 사건의 전말이다.

본 논문에서는 '한하운 시집 사건'의 숨겨진 주연이었던 이병철의 행적을 추적하고자 한다. 해방기 '전위시인'으로 촉망받던 그가 한하운을 발견해야 했던 실존적・역사적 정황을 살펴보며 해방기 시문학의 풍경을 그려볼 것이다. 이병철이 '문둥이'라는 '천형'적 운명을 지닌 한하운에게서 수세에 몰린 '전위'로서 자신의 운명을 발견・투사하는 양상을 살펴보고자 하는 것이다. 또한 '한하운 시집 사건'이 전개되는 과정에서, 휴전 직후 반공 냉전체제 구축과 '문단 재분할과 재편'을 둘러싼 쟁투의 양상, 즉 가상의 '유령'을 상정함으로써 내부의 전선을 구축하고 이를 통해 자기 욕망이나 세력을 결집하면서 판을 재조직하고자 하는 사정도 일별할 것이다.[9]

2. 공산주의(자)라는 '유령' – '한하운 시집 사건'의 발단

'한하운 시집 사건'의 발단은 휴전 직전인 1953년 6월 30일, 『한하운시초』 재판이 발행되면서 시작되었다.

> 세간에 커다란 물의와 비난을 자아낸 가운데 전국 각 서점에서 팔리우고 있던 문제의 『한하운시초』(정음사 발행)는 **정부 수립 이전** 이미 **좌익 선동서적이란 낙점이 찍혔던 것**으로서 동 서적의 재판 발행에 즈음하여 경남 경찰국에서는 치안국의 지시에 의하여 지난 8월 초 내사를 거듭하여 오던 바 ○○○ 일제히 **압수하였다**고 하는데 앞으로 수사는 계속될 것이라고 한다.[10] (강조는 인용자)

위 기사는 사실을 왜곡하고 있다. 실제로 『한하운시초』 초판은 정부 수립 '이후'인 1949년 5월 정음사에서 발행되었고, "좌익 선동 서적"

9 한하운의 시세계에 대해서는 김신정의 「시인의 아픔, 시대의 고통」(인천문화재단 한하운 전집 편집위원회 엮음, 『한하운 전집』, 문학과지성사, 2010)과 고명철의 「'나해방'을 향한 울음의 시학」(고명철 엮음, 『한하운 시선』, 지식을만드는지식, 2013)을 참고할 수 있다. 이하 인천문화재단 한하운 전집 편집위원회 엮음, 『한하운 전집』, 문학과지성사, 2010을 인용할 때는 『전집』으로 표기한다.

10 「한하운시초 압수—문제의 좌익선동시집에 斷」, 『태양신문』, 1953.8.24. 이하 판독하지 못한 글자는 '○'로 표시.

으로 판정받은 바 없으며 "압수"된 적도 없었다. 그런데도 이 기사에서 더 나아가 "모주간지에서 '하운'은 실존인물이 아니고 허수아비 같은 유령인물이라"[11] 고 목소리를 증폭시켜 항간의 이슈로 부각시켰다.

그런 와중에, 1953년 10월 16일 오후 "신문사(서울신문사-인용자) 편집국에 덥수룩한 옷차림을 한 청년이 나타났다".[12] 그가 바로 한하운이었다. 당시 취재를 맡았던 오소백은 항간의 화제 인물을 특종 취재한다는 차원에서 알리바이 확증에 신경을 많이 썼다. 그리고 다음 날 「'하운' 서울에 오다-'레프라 왕자' 환자 수용을 지휘」(『서울신문』, 1953.10.17)라는 3단 기사를 내보냈다. 내용은 "① 4만 5천 명의 문둥병 환자를 지도하는 '하운'이 나타나서 서울시 위생과의 협조로 거리에 방황하는 문둥이를 수용 중에 있다. ② '하운'은 국립 부평 성계원(문둥이 수용소) 자치회 회장이며, 문둥이의 자녀를 기르는 신명 보육원의 원장이다. ③ '하운'은 실존인물이다. 기사의 정확성을 기하기 위해 '하운'의 시 「보리피리」를 2단으로 넣고, 또 그의 싸인을 동판으로 떠서 삽입했다. 뿐만 아니라 '하운'의 사진을 찍어 1단으로 넣었다."[13]

이 기사가 나가자 언론인 이정선은 『평화신문』에 4회에 걸쳐 『서울신문』의 한하운 관련 기사의 보도태도와 저의를 문제 삼으며 적개심을 드러냈다. 이정선은 「민족적 미움을 주자-赤旗歌(적기가) 『한하운시초』와 그 배후자」(『평화신문』, 1953.11.5~8)에서, 한하운은 유물변증법적 창작방법을 체현한 공산주의 지하운동자의 천분을 지닌 간사한 인물인데 『서울신문』이 그러한 그를 나병환자의 지도자로서 미화

11 오소백, 앞의 책, 218쪽.
12 위의 책, 218쪽.
13 위의 책, 219~220쪽.

시켰다고 신랄하게 공격했다. 이정선은 『한하운시초』=적기가라고 낙인찍었다. 그리고 이런 모든 과정이 공산당의 배후조종에 의한 적색선동의 일환일 것이라고 고발하여 언론과 문단, 정계에 충격을 주었다.

마침내 '한하운 사건'은 국회 대정부 질의에까지 상정되었다.

> 시인 한하운 시집은 좌익적 색채가 농후한데도 불구하고 왜 시집을 재판케 하였느냐? 하는 문제가 19일 국회에서 행하여진 질의전에서까지 논의되었으며[14]

> 국내정세가 긴박한 작금 19일 민의원에서는 국정 전반에 걸친 대정부 질의전을 전개하였다. (…중략…) 백(백두진—인용자) 국무총리를 비롯한 각 국무위원이 출석한 가운데 질의가 시작되었다.
>
> "지방민의 소리에 의하면 **공비**가 아직 출몰하여 양민을 괴롭히고 있다는 데 내무부의 토벌작전은 어떤가. 대한중석회사에 **공산당의 중요간부**였던 사람이 있다는 것인데 상공부장관은 조사해서 처리해 주기 바란다. 정부는 **공산간첩단**인 한국기업에다 국가의 중요한 保有弗을 불하한 것은 무엇인가. '**한하운시집사건**'을 총리는 어떻게 보는가(최원호 민주당 의원)
>
> 답 : "한하운 사건은 즉시 조사 규명하겠다."[15] (강조는 인용자)

민주당의 최원호 의원은 "공산주의 전쟁과 민주주의 전쟁은 그 방

14 「한하운 씨는 좌익이 아니다—이 치안국장 언명」, 『조선일보』, 1953.11.23.

15 「국회 대정부 질의전 개막—한일·한미회담 내용 규명, 정국은·한하운 사건도 추구」, 『경향신문』 1953.11.20.

식에 있어 다른 점이 있다. (…중략…) 우리 대한민국 문화전선에 이상이 있다"[16]고 주장하였다. 그는 '공비', '공산간첩단', '공산당 간부'의 '출몰'과 '침투'에 대한 '토벌', 색출, 척결, 정화 등의 대책을 질의・공박하는 가운데 '한하운 시집 사건'을 추궁함으로써, 한하운 시집 발간・판매를 '공산 간첩'의 '침투' 공작으로 몰아갔다.

'한하운 시집 사건'이 국회에서 논의되자 각 신문은 이를 대서특필하고 치안국에서는 본격적으로 수사하였다.

> 항간에 커다란 물의를 일으키고 있는『한하운 시집』사건에 대하여 경찰에서는 방금 ○○○○ 市警 ○○하여 맹렬한 수사를 거듭하고 있는데 치안국에서는 동 문제를 **정치문화계**政治文化係**로부터 사찰 중앙분실에 이관함**으로써 **사상 관계 사찰 대상**으로서의 적극적인 수사에 착수하였다. 23일 동 사건 관계관이 전하는 바에 의하면 경찰에서는 방금 남로당 극렬분자 **이**李秉哲가 행길에서 맞나 취재하였다.(이 부분은 착오. 조판 상의 문제인 것 같다—인용자) 문제의『한하운 시집』**작가가 과연 '전국한생총연맹' 회장인 현존 나병환자 한하운인지 아닌지**에 대하여 맹렬히 추궁 중에 있으나 아직 명백히 되지 않고 있다 하며 동 시집 속에 쓰여진 극렬 문구를 수정하여 가면서까지 전후 **3차에 긍하여 동 시집을 출판한 출판사의 의도**까지도 추궁할 것이라는 바 동 관계관은 이 치안국장이 한하운은 좌익분자가 아니라고 언명한 사실이 없을 뿐더러 아직 조사 중에 있는 사건임으로 그 정체는 판명되지 않고 있다 한다.[17]

16 오소백, 앞의 책, 222쪽에서 재인용.

17 「한하운 시집 사건—치안국서 본격 수사 개시」,『태양신문』, 1953.11.24.

'한하운 시집 사건'의 관건은 ① 시집의 실제 작가가 한하운인가 아니면 다른 누구인가? ② 한하운은 공산주의자인가? ③이 시점에서 『한하운시초』 재판을 출간한 저의가 무엇인가?였다. 이에 대해 치안국장은 "한하운의 시집을 간행한 정음사 사장 최崔暎海에 대한 조사도 해보았는데 그는 사상이 온건한 사람이며 공산주의가 아니다"[18]고 답변하였다.

> 지난 19일 국회 본회의에서까지 말썽을 일으킨 문둥이 시인 한하운 시집 문제는 방금 치안국 당국에서 예의 조사 중에 있다고 하는데 **항간에 유포된** 바와 같이 '한 씨를 **가공인물**로 혹은 동 시집 중 **「데모」라는 시에 불온한** 1구절이 있어 한은 좌익이다'는 **두 점이 문제의 초점**이 되고 있어 지금까지 치안국 당국 조사에 의하면 자진출두한 한하운 씨는 6·25 전 한하운 시집을 낸 본인임이 확정시 되고 있다 하며 다만 **「데모」라는 시 중에서 말썽을 일으킨 불온한 1구절**에 대해서만 한 씨는 자기의 **시집을 출판한 이병철(월북)**이 승인 없이 고친 것이라고 주장하고 있어 앞으로의 조사는 이에 집중될 것이라고 한다.[19] (강조는 인용자)

위의 기사는 '한하운 시집 사건'의 또 다른 핵심인물로 '이병철'을 거론하였다. '한하운 시집 사건'에 시비를 거는 사람들은 이 시집의 최초 출판 과정을 상세히 알고 문제 삼았다. 예를 들면 "「데모」라는 시 중에서 말썽을 일으킨 불온한 1구절"이 논란 대상인데, 초판 시집에 수록되었던 시 「데모」는 재판을 낼 때 「行列(행렬)」이라는 제목으

18 「한하운은 실재 인물—이 치안국장이 언명」, 『서울신문』, 1953.11.23.
19 「시집 중 「데모」 구절만 문제—한하운 씨 실존인물 판명」, 『동아일보』, 1953.11.25.

로 바뀌었을 뿐만 아니라, 소위 "불온한 1구절"("피빛 기빨이 간다")은 삭제되어 실리지 않았다.[20] 그럼에도 불구하고 수정된 재판 시집이 아니라 초판 시집의 시 「데모」를 계속 문제 삼고 있는 것은 "시집을 출판한 이병철"을 타깃으로 삼고 있기 때문이며, 이병철에 대한 공포와 적개심을 가지고 있었기 때문으로 보인다. 이병철은 한하운이라는 시인을 최초로 발견하고, 그의 시를 세상에 소개하고, 시집까지 편찬하였던 인물이다. 이병철은 "畏友(외우) 朴龍周(박용주) 형의 간곡한 소개로 정처 없는 遊離(유리)의 가두에서 방황하고 섰는 걸인"[21] 한하운을 알게 되어 그를 세상에 알린 장본인이다. 이병철은 무명의 한하운을 시인으로 등단시킨 은인이었다.

한하운은 1949년 4월 『신천지』(서울신문사 발행)를 통해 등단했다. '癩(나) 시인 한하운시초'라는 특별한 지면을 할당받아서 시 13편을 집중 수록하였다. 그것은 순전히 이병철의 배려에 의한 것이었다. 이병철은 「한하운시초를 엮으면서」란 글에서 잡지 『신천지』에 '나 시인 한하운시초'를 엮게 된 경위를 밝히고 한하운 시세계를 해설하였다. 그리고 한 달 후인 1949년 5월 정음사에서 『한하운시초』가 출간되었는데, 특이하게도 이 시집은 '한하운 작'이 아니라 '이병철 편'으로 출간되었다. 그리고 앞서 이병철이 쓴 「한하운시초를 엮으면서」를 시집 끝에 그대로 수록하였다.[22] 이병철은 한하운을 문단에 천거하여 매체

20 「데모」와 「행렬」의 비교 분석은 정진석, 앞의 책, 326~327쪽 참고.

21 이병철, 「한하운시초를 엮으면서」, 『신천지』, 서울신문사, 1949.4월호, 176쪽.

22 해방기에 정음사에서 출간한 시집은 모두 조선문학가동맹원의 시집 혹은 문학가동맹원 편이다. 『길』(김동석, 1946.1), 『병든 서울』(오장환, 1946.7), 『와사등』(김광균, 1946), 『기항지』(김광균, 1947.5), 『칠면조』(여상현, 1947.9), 『葡萄』(설정식, 1948.1.15), 『창』(유진오, 1948.1.30), 『피리』(윤곤강, 1948.1.30), 『하늘과 바람과 별과 시』(윤동주, 1948.1.30) 등이 있다. 윤동주 시집은 정지용이 주선하고 발문을 썼고, 『한하운시초』도 이병철이 편하고 정현웅이 장정을 맡았다.

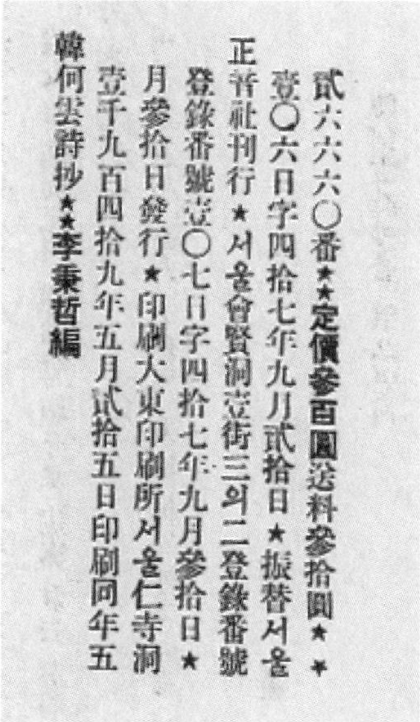
貳六六六〇番★★定價參百圓送料參拾圓★★
壹〇六日字四拾七年九月貳拾日★振替서울
正音社刊行★서울會賢洞壹街三의二登錄番號
登錄番號壹〇七日字四拾七年九月參拾日★
月參拾日發行★印刷大東印刷所서울仁寺洞
壹千九百四拾九年五月貳拾五日印刷同年五
韓何雲詩抄★★李秉哲編

『한하운시초』(정음사, 1949) 초판본 판권지

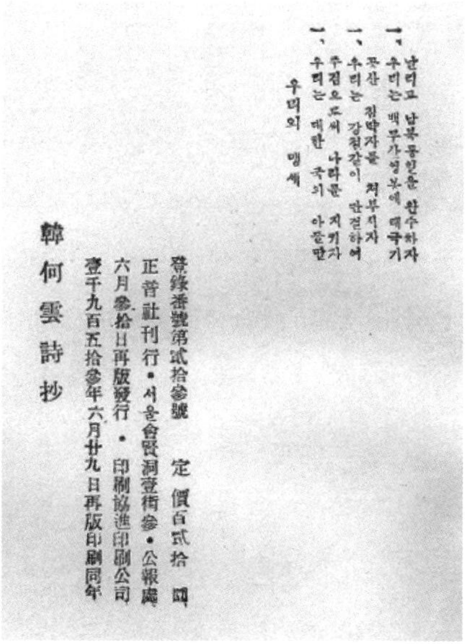
우리의 맹세
一、우리는 대한 국의 아들딸
죽엄으로써 나라를 지키자
一、우리는 강철같이 단결하여
공산 침략자를 쳐부수자
一、우리는 백두산 영봉에 태극기
날리고 남북통일을 완수하자

登錄番號第貳拾參號 定價百貳拾圓
正音社刊行・서울會賢洞壹街參・公報處
六月參拾日再版發行・印刷協進印刷公司
壹千九百五拾參年六月廿九日再版印刷同年
韓何雲詩抄

『한하운시초』(정음사, 1953) 재판본 판권지

(『신천지』)에 등단시키고, 작품을 모아 편하여 출판을 주선하고 해제까지 써준, 이병철은 한하운의 패트론이었다.

「한하운시초를 엮으면서」에서 이병철은 한하운을 이렇게 소개하고 있다.

> 정처 없는 遊離(유리)의 가두에서 방황하고 섰는 걸인 (…중략…) 이름은 ×× (…중략…) 아호를 '何雲'(하운)이라고 불렀으니 ……어찌 구름처럼 떠다니는 몸이었던고…… (…중략…) 그러나 불우의 시인 하운은 오늘 **시를 쓰고 싶어도 쓰지 못하게 되었다**. 손가락이 떨어져버렸다. 지난 겨울의 추위에 시력마저 잃어버렸다.[23] (강조는 인용자)

이병철이 묘사한 한하운은 나환자라는 극적인 사실과 함께 모호하기 그지없다. '문둥이 시인'은 손가락이 떨어져나갔고 눈까지 멀어서 이제는 시를 쓰고 싶어도 쓸 수 없는 사람이 되어 버렸다고 소개했다. 더군다나 시인 아호를 '何雲(하운)'='뜬 구름'이라고 하였으니, 뜬 구름 같이 꾸며낸 이야기라고 생각할 여지를 주었다. 이병철을 편자로 해서 시집이 발행되었으니, 일부에서는 한하운이 가공의 인물이거나 이병철의 아바타라고 의심했던 것 같다. 한하운의 현존을 의심한 사람들은 『한하운시초』 재판 발행을 해방기 '전위시인'으로 맹위를 떨치던, 행불자 이병철의 출현으로 보고 공포에 떨었고 그를 추적해서 처단하라고 외쳤던 것이다.

3. '전위시인' 이병철의 운명

이병철(1921~1995)[24]은 이원조李源朝의 추천으로 『조광』에 시 「낙향소식」(『조광』, 1943.12)을 발표하면서 등단하였으며, 일제 말기엔 징용을 피해 낙향해 있었다. 해방 후 이병철의 시 「나막신」이 미군정청 문

23 이병철, 「한하운시초를 엮으면서」, 『한하운시초』, 정음사, 1949.5, 64~68쪽.

24 이병철(李秉哲, 1921~1995) : 경북 영양군 입암면 병옥리에서 출생. 1935년 상경하여 수학하고자 했으나, 경제적 사정이 어려워 뜻을 이루지 못하고 만주로 가서 유리공장 노동자로 일하면서 중등부 과정을 이수하는 한편, 진보적 사상을 학습했다. 1940년 귀국하여 혜화전문학교를 다니며 문학에 뜻을 두었다. 조연현과 함께 시를 습작했는데 조지훈, 정태용, 조영암, 이원섭 등이 1,2년 상간의 동문이다. 이병철에 대한 선행 연구는 정영진의 「시인 이병철의 잃어버린 귀향도」(『통한의 실종문인』, 문이당, 1989), 이기성의 「해방기 신진시인 연구」(이화여대 석사논문, 1991), 조두섭의 「간주관성의 공동체적 삶의 탐색-이병철」(『대구·경북 근대문인 연구』, 태학사, 1999), 한경희의 「이병철 시 연구」(『어문학』 81집, 한국어문학회, 2003) 등을 참고할 수 있다.

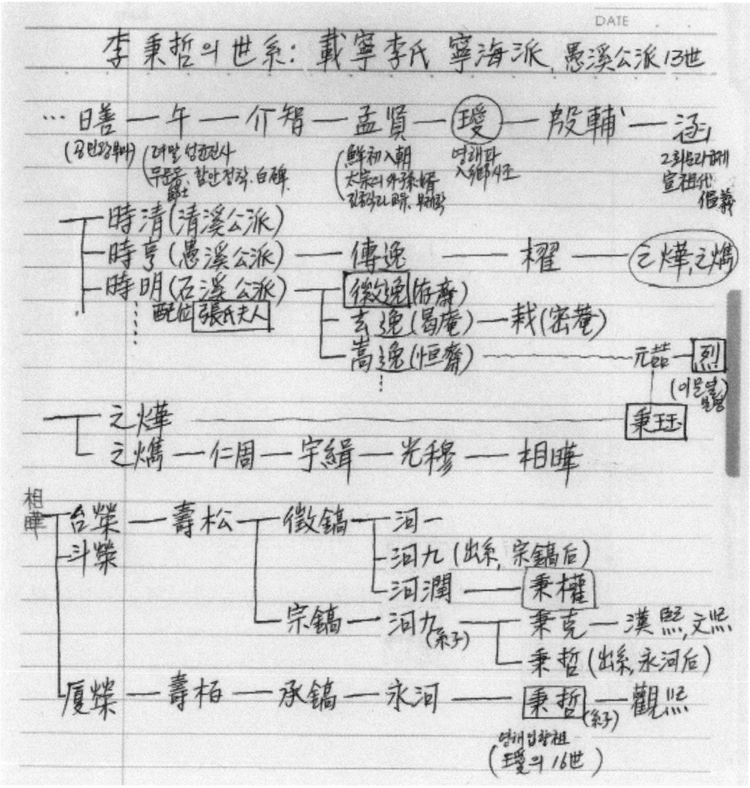

족보 설명 : 이병철은 생부(生父) 이하구(李河九)의 2남2녀 중 차남으로 태어나 이영하(李永河) 양자가 되었다. 친형 병극(秉克, 1911년생)도 6·25전란 중 행방불명이 되었다. 시 「뒷골목이 티일 때까지—감옥살이 병권에게」(『신조선』, 1947.2)의 주인공인 병권(秉權)은 4촌이다. 이 족보에는 시인 이병각(李秉珏), 소설가 이문열(李文烈), 이문열 소설 『선택』의 주인공 장씨 부인 등이 보인다. 이휘일은 연시조 「田家八曲」의 작가로 문학사에 실려 있다.(위 족보표는 族門인 李鉉祐(연세대 국학연구원 연구교수) 선생님께서 손수 작성 제공해주신 것이다.)

교부 발행 『중등국어교본』 상(1,2학년 소용, 1946)에 수록되었다.

은하 푸른 물에 머리 좀 감아 빗고

달 뜨걸랑 나는 가려다.

목숨 수 자 박힌 정한 그릇으로
체할라 버들잎 띄어 물 좀 먹고
달 뜨걸랑 나는 가련다
삽살개 앞세우고 좀 쓸쓸하다만
고운 밤에 딸그락 딸그락
달 뜨걸랑 나는 가련다

—「나막신」 전문

해방기에 학교 다닌 사람들은 「나막신」을 '서정시란 바로 이런 것'이라는 의식을 갖게 한 시의 표본으로 기억하곤 한다.[25]

해방기 이병철의 활동을 좀 더 살펴보자. 그에게 해방은 목을 뽑아 추켜드는 것, 목을 움츠리고 식민의 시대를 살아내다가 마침내 목을 뽑아 새벽을 맞이하는 계명성鷄鳴聲으로 표상되었다.

네
닭아

가만 가만
숨쉬면서
오래 밤을 숨쉬면서
(…중략…)
얼마나 이 아침을 기대렸느냐.

25 유종호나 신경림은 이 시 「나막신」이 자신들의 문학 공부와 시 의식에 지대한 감명과 영향을 미친 것으로 회고하고 있다.(유종호, 『나의 해방 전후』, 민음사, 2004, 232~233쪽)

샛사치
어둠을 떨고 나려와

벼슬
그윽히 목을 뽑아 울어라
하늘까지 울어라

—「새벽」(1945.8) 부분[26]

또한 해방은 목에 힘을 주어 "목소리를 가즈런히 만세를 부르면서, / 우리 모두다 함께 간다"(「대열—1946.6월 데모 속에서」, 『전위시인집』, 33~34쪽)는 행위로 실현되고 감각되었다.[27] 해방기에는 '거리에서' 대규모의 상징투쟁을 벌여나갔다.[28] 의례, 대회, 행진과 대열, 만세와 구호, 노래, 깃발과 삐라, 적기와 태극기, 적기가 등의 문화 형식과 시는 같은 차원에서 수행하였다.

1946년 이병철은 조선문학가동맹 서울시지부 서기국 총무부원으로 이용악과 함께 활동하였으며, 9월 총파업과 10월 인민항쟁을 문학적으로 총화하는 차원에서, 조선문학가동맹에 의해서 '전위시인'이 되었다. 『전위시인집』의 발행으로 김광현·유진오·박산운·김상훈·이병철은 일약 '전위시인'이 된 것이다.[29] 이들이 스스로를 전위시인으

26 김광현 등 합동시집, 『전위시인집』, 노농사, 1946.12, 31쪽. 이하 『전위시인집』 인용은 본문에 표기.
27 1946년 7월 29일 정판사 공판에 항의하는 대열에서 경찰의 총에 맞아 숨진 소년 전해련(全海鍊)을 동지로 호명하며 추도하는 집회에서 "해련아 / 너를 먼첨 뒤를 딸으는 많은 우리 모두가 다 굵다란 목성으로 너의 赤旗(적기)를 / 울면서 딸아가면서 부르겠노라"(「울면서 딸아가면서—동지 고 전해련 영전에」 부분, 『전위시인집』, 35쪽)에서도 같은 의식이 나타난다.
28 천정환, 「해방기 거리의 정치와 표상의 생산」, 『상허학보』 26, 2009.
29 『전위시인집』 서문은 조선문학가동맹의 시분과 위원장 김기림이 쓰고, 발문을 오장환이 썼다. 『전위시인집』은 조선문학가동맹 시분과를 통해 오장환에 의해 기획된 것 같다.

로 자임했다기보다 시대와 조직과 문학이 이들을 전위시인으로 호명・호출했다고 보아야 타당하다. '전위시인'이라는 타이틀은 '명예'이면서 그들의 생을 붙잡아매는 '멍에'이자, '목아지'-운명이 되었다. '전위시인'은 문학의 전위이자 시대・역사의 전위이며 사상의 전위이고 조직의 전위가 되어야 했다. 조선문학가동맹 시부 위원장인 김기림은 이병철의 시 「대열」에 주목하여 "이는 대중 속에서 나누는 생활의 감격에서만 올 수 있는 '리리시즘'이다. 시인은 자기의 호흡과 맥박에 맞는 자기의 말을 찾기 시작했다"고 높이 평가했다. 시대의 리듬과 자기의 개성적 언어를 창출한 남다른 시인으로 극찬한 것이다. 김기림은 작금의 "시대적 격동"-"사회적 정치적 시야와 맥동"이 비상한 것이라는 전제 속에, 이를 '새로운 시의 생리'로 만들어낼 수 있는 가능성을 전위시인들에게서 발견하고 그 임무를 부과하였다.[30]

정치・문화적 상황은 점차 어려워지고 있었다. 1947년 1월 30일 수도경찰청장 장택상은 '흥행취체에 관한 고시', 즉 "각종 흥행장소에서 (…중략…) 정치나 기타 선전을 일삼아 정치 교란을 양성하는 자는 포고령 위반으로 고발하야 엄형에 처할 것"[31]이라고 발표하였다. 이에 "극장은 모리배의 손에 들어가 있으며 극장 취체령에 의하여 일제 시대의 간섭이 재생되어 있으며 검열, 삭제, 간섭, 위협 등 문명한 국가에서는 찾아볼 수 없는 극도의 억압이 해방된 이 땅에 재현되고 있는 것입니다"[32]고 김남천은 통탄하였다. 마침내 2월 13일 민주적 문화인들은 '문화옹호 남조선문화예술가 총궐기대회'를 개최하며 저

30 김기림, 「새로운 시의 생리－일련의 새 시인에 대하여」, 『경향신문』, 1946.10.31.
31 유민영, 『한국근대극장변천사』, 태학사, 1998, 308쪽 재인용.
32 김남천, 「남조선의 현정세와 문화예술의 위기」, 『문학평론』 1947.4; 정호웅 등 엮음, 『김남천전집』1, 박이정, 2000, 836~837쪽.

항하였지만, 미군정은 공보부령 제1호인 '정기간행물 허가·정지에 관한 건'을 공포하고 신규간행물 허가를 억제하였다. 이즈음에 이병철은 시 창작에서 "악질적 무법 박해를 피하기 위해 상징"을 활용해야 하는 지를 김기림에게 질의한다.[33] 즉 검열과 삭제, 간섭, 위협이 난무하는 시대에 대응하는 시 창작 방법으로 상징의 활용을 타진했던 것이다.

미군정은 1947년 8월 2일 「8·15 기념일 축하행사 관청 주최 이외는 금지」라는 '행정명령 5호'를 공포하였다.[34] 전평과 민전 등 단체는 '행정명령 5호' 발동을 '8·15 반공 쿠데타'로 규정하고 격렬하게 항의하였지만, "좌익계열의 검거선풍으로 인하야 지명수배 중의 인물은 속속 검거되고 있는데 13일 밤에는 시내 모처에서 피신중인 남조선노동당 허헌 위원장은 종로서원에게 체포되는 한편 김기성, 김태준, 김오성, 이인동 등도 경찰에 체포되었다는데 나머지 수배인물도 체포코저 경찰에서는 맹활동"[35]하여 23일까지 전국에서 2000여 명이 검거되었다. 이 와중에 임화, 오장환 등은 월북했고, 좌파의 문화예술인들은 비합법적 지하활동을 모색했다.

마침내 남로당 등은 1948년 '2·7 단선단정반대 총파업 투쟁'을 감행했는데, 3일 동안(7~9일) 100만 명이 넘는 인원이 참가하여 57명이 사망하고, 1만 명 넘게 검거되었다. 이어 제주도에서는 4·3항쟁이 발발했다. 이 시점(1947년 12월)에 씌어진 이병철의 「목아지」는 그의 운명에 대한 비장한 결의를 나타낸다.

33 이병철, 「김기림 씨에게 드리는 편지」, 『예술신문』, 1947.5.5.
34 『경향신문』, 1947.8.3.
35 「허헌 노동당 위원장 등 좌익 간부 또 검거」, 『동아일보』, 1947.8.15.

칼날을 실고 지나가는 바람소리 요란한 바깥 날씨래서

자라처럼 비겁하야 부끄러운 어둠속에 너의 목아지를 숨겨버릴 것이 아니다.

(…중략…)

원통한 하늘을 呼哭(호곡)하면서, 참을 길 없이 추켜드는 목아지가 시리구나.

(…중략…)

천동 번개ㅅ불 어르렁 대는 하늘이여 남부조선이여!

(…중략…)

아 사뭇 위태로히 불러보는 우리들의 조국은 아직도 멀리 있는가.

칼날을 아니 바람을 차라리 명주고롬처럼 가벼히 감고,

한사람씩 뒤를 이어 상채기 금간 목아지를 자랑삼아 우줄우줄 나서는 길이 있다.

멀리 바래보이는 내 사랑 민주주의의 언덕 바삐 이르러

구름 머흘머흘 하늘 걷힌 뒤, 피에 젖은 獵衣(엽의)의 옷자락이며 목아지며,

환히 밝은 해ㅅ볕 아래 상채기 말릴 것을 믿으며 가는 길이 있다.

—「목아지」(1947.12) 부분[36]

움츠렸던 목을 길게 뽑을 수 있는 것이 해방이었는데, 압박해 오는

36 『문학』 7, 1948.4, 116쪽. 이 시는 "1947.12"에 썼다고 부기되어 있다.

탄압 정세 속에서 그의 목은 피에 젖고 상처투성이가 되었다. 사상과 활동이 불법화되고 지도부가 피신·월북한 마당에도, 비합법 지하투쟁은 가열차게 조직되고 전개되었다. 그는, 칼날을 "명주고롬처럼 가벼히 감고", "금간 목아지를 자랑삼아 우줄우줄 나서는 길"을 받아들인다. 그 길은 언젠가는 피에 젖은 모가지를 "환히 밝은 해ㅅ별 아래 상채기 말릴 것을 믿으며 가는 길"이었다. 그것이 '전위시인'으로서 이병철의 명命—목숨이자 운명이었다.

1948년 8월 15일 이남에서 단독정부가 수립되면서 정세는 더욱 급박하게 전개되었다. 1948년 10월 여순사건이 일어났고 1948년 12월 1일 국가보안법이 공포되었다. 1949년 4월까지 국가보안법에 의해 체포된 인원이 8만 9천 7백여 명에 달했다.[37] 이 검거를 피해 많은 문인들이 월북했다. 같은 '전위시인'이었던 박산운도 이때 월북했다.[38] 남쪽 문단은 우익이 헤게모니를 장악해 갔다. 이 시기에 이병철은 서울에 남아서 조선문화단체총연맹(약칭 문련) 서울시지부 예술과藝術課 지하운동의 운동원으로 활약했다. 당시 문련 서울시지부 예술과 책임자는 배호裵澔[39]였다. 1949년 2월을 전후한 남로당의 슬로건은 "① '유엔' 한위단을 배격하라, ② 미군 철퇴하라, ③ 유격투쟁을 지지하라, ④ 인민공화국 만세" 등이었으며, 이런 슬로건을 삐라로 만들어 배포하는 작업을 수행하고 있었다. 이병철의 바로 윗선은 이용악이었다.

37 송광성, 『미군점령 4년—우리나라의 자주·민주·통일과 미국』, 한울, 1995, 278쪽.

38 이 시점에 김남천, 이원조, 안회남, 허준, 김동석, 임학수, 김영석, 박찬모, 조영출, 조남령, 김오성, 주영섭, 윤규섭, 황민, 이서향, 한효, 이동규, 박세영, 박팔양, 송영, 윤기정, 신고송, 이갑기, 조벽암, 함세덕, 이근영, 지봉문, 박산운, 엄흥섭, 조운, 황하일 등이 월북했다.

39 1946년 2월 조선문학가동맹 발족 당시 배호는 조직부장이었다. 배호는 『신천지』에 중국문학 관련 평문을 다수 발표했다.

(이용악은 1949년—인용자) 3월 30일 오후 3시경 청구서점에서 전시 배호로부터 「조가弔歌」, 「전위의 노래」, 「애국인민의 노래」, 「숫자풀이」, 「장타령」 등의 종목의 작품을 작성하라는 지시를 받고 동일 오후 5시경에 서울시청 앞 노상에서 문학가동맹원인 **이병철**과 가두 접선하여 전기 지시사항을 전달 지시하였고, 4월 2일 오후 3시경 서울시청 앞 노상에서 전기 **이병철로부터** 지난 3월 30일에 지시한 전기 5종목의 작품을 받아 동일 오후 5시경 청구서점에서 전시 배호에게 전달하였고, 4월 5일 오후 4시경 서울신문사 앞 노상에서 전기 **이병철로부터** 동맹원에게서 징수한 기금 5천원을 받아 동일 오후 5시경에 청구서점에서 전시 배호에게 전달하였다."[40] (강조는 인용자)

이 자료는 이병철이 문학가동맹 조직부장 배호—이용악—이병철로 이어지는 '선'을 타고 비합법 활동을 수행했음을 보여준다. 정세의 급박한 국면마다 예술과藝術課 '오르그'는 슬로건을 개발하고 문장을 작성하여 5천 장에서 2만 장까지의 삐라를 제작·배포하였으며, 이를 위한 공작금도 자체 조달했다는 것을 알 수 있다. 5월 이후에는 "검거율이 격심하니 연락선을 소개疏開하는 동시에 '뿌럭'을 강화하여 만일의 경우에 대비하라"[41]는 지시가 내려지기도 했다. 이병철이 한하운을 발견하고 '癩(나) 시인 한하운시초'를 『신천지』에 소개한 시점은 바로 그가 지하활동을 전개하고 있을 때였다.

40 『좌익사건실록』 제4권, 대검찰청수사국, 1970, 24쪽.
41 위의 책, 25쪽.

4. 배제된 타자로서 '문둥이'와 '빨갱이'

이병철은 1948년 초여름 박용주朴龍周의 소개로 한하운을 처음 만났다.[42] 그가 1949년 4~5월에 한하운을 『신천지』에 소개하고 그의 시집을 편집 출간까지 하게 된 데는 이병철 자신의 실존적 이유도 작용했다고 판단된다. '天作(천작)의 죄인, 문둥이, 불운의 시인' 한하운의 운명에서 쫓기는 자기 운명을 발견하고 검열 당하는 자신을 한하운의 시 속에서 동일화하고 있었다. "人世(인세)의 하늘 밖에 쫓겨난 고독과 자학과 저주뿐이랴 참을 길 없는 그의 울음이 구천에 사모치도록 처절한 **생명의 노래**"[43](강조는 인용자)라고 칭한 문둥이 시인의 목소리는 바로 '칼날을 명주고름처럼 감고 상채기 금간 목아지'(이병철 시, 「목아지」)로 지하운동하는 전위시인으로서 자신의 운명을 겹쳐서 말하는 것이다. 세상에서 배제되어 감금되고 격리 또는 사살까지 임의적으로 당하는 존재로서 문둥이는 사회적 타자인 동시에 '비국민'[44]이기도 했다. 이병철도 남한의 단독정부수립과 함께 '비국민'의 처지가 되었다. 정부수립은 국민을 형성하는 것이면서 동시에 비국민을 창출·전향·배제시키는 과정이기도 했다. 이병철은 정부수립에 맞서 법의 바깥에서 지하활동을 계속하였다. 마찬가지로 문둥이 한하운도 세상에서 배제되고 격리되었다. 배제되고 격리되거나 무조건 검거

42 "내가 불운의 시인, 天作(천작)의 죄수 하운 형을 처음 만난 것은 작년 첫 여름이었다. 외우 朴龍周(박용주) 형의 간곡한 소개로 정처 없는 遊離(유리)의 가두에서 방황하고 섰는 걸인 하나를 알게 되었던 것이었다."(이병철, 「한하운시초를 엮으면서」, 『신천지』, 1949.4, 176쪽.)

43 위의 글, 176쪽.

44 "**호적도 없이** / 되씹고 되씹어도 알 수는 없어 / 성한 사람이 되려고 애써도 될 수는 없어 / 어처구니 없는 사람이올시다."(한하운, 「나는 문둥이가 아니올시다」, 『전집』, 673~674쪽)

되고 감금, 처단되었다는 점에서 문둥이와 빨갱이는 동일한 사회적 타자였다. 대통령 이승만은 검사 선우종원에게 "빨갱이는 무조건 포살捕殺해야 돼"라고 독려했다.[45] 1949년 4월까지 국가보안법에 의해 '반국가'적 혐의로 체포된 인원이 8만 9천 7백여 명에 달했다.[46] 단독정부의 수립과 국가보안법의 시행은 인민을 반공국민이 아니면 빨갱이로 양분하고 한쪽을 배제·감금·전향·추방시켰다. 이 와중에 이병철은 '문둥이'의 운명에서 '빨갱이'를 보았다. '사람의 간을 빼먹고 입에 피칠을 한 문둥이'와 '핏빛 깃발을 휘날리며 적기가를 부르는 빨갱이'는 동일한 존재로 간주되었다.

이병철은 한하운을 소개하면서 일본 문둥이 소설가 '호조 다미오北條民雄'와 비교하였다. '北條民雄'의 문학정신은 "自沒(자몰)과 厭世(염세)와 病理(병리)에 대한 수긍으로써 어떤 지배성 앞에 굴복한 것"인데 비해, "시인 하운의 문학정신은 항상 자기를 부정하고 그 부정을 또 부정함으로써 냉철한 객관성 우에 리얼리즘의 문학적 세계를 自若(자약)하고 있는 것이다. 해서 같은 문둥환자의 문학일지라도 여기 하운의 문학은 적어도 어떤 역사적 현실 앞에서 건강한 인간으로서 자기를 부정한 그것을 다시 부정해버린 다음의 높은 경지의 리얼리티를 살린 데서 높이 평가되어야 할 것이다"[47]고 반복해서 강조했다. '부정의 부정의 정신'은 곧 현재의 자기 운명을 부정하고 또 부정함으로써 완성될 것이다. "하나는 썩어가는 육체요, 또 하나는 그 육체 밖에서 냉엄을 지키면서 관찰하는 눈, 그것이야말로 하운의 문학태도가 아니

45 선우종원, 「초대 검찰과장으로 집무하며」, 『격랑 80년』, 인물연구소, 1998, 98쪽. "문둥이 죽여도 죄가 되나"(한하운, 「천형 시인의 비원」, 『전집』, 719쪽.)

46 송광성, 『미군점령 4년—우리나라의 자주·민주·통일과 미국』, 한울, 1995, 278쪽.

47 이병철, 「한하운시초를 엮으면서」, 『신천지』, 1949.4, 177쪽.

고 무엇이랴!"[48]는 설명은, 이병철이 한하운을 지칭하는 말이면서 동시에 한하운에 투사된 자신을 향한 주문이기도 했다. 점차 조여드는 체포의 위기감 속에서 현실을 엄중하고 냉정한 눈으로 직시하며 모가지를 곧추세우고 바람 앞에 나서는 자, 곧 전위이자 시인으로서의 위엄을 그는 지켜야 했던 것이다. 이러한 이병철 자신의 처지와 결단이 한하운을 발견하도록 했으며, 그의 시를 『신천지』에 추천하고, 『한하운시초』를 편찬·발행한 동인이 되었다.

이 시기 발표한 이병철의 시를 보면

> 바람 앞에 섰다
> 바람을 거슬러 달려야겠다
> (…중략…)
> **역풍을 紅布(홍포)처럼 목에 감고**
> 말은 바람 앞에 섰다
> **말은 바람 속에 흰 뼈를 묻으리라**
>
> ―「말―1949. 3·1절을 앞두고」 부분.[49] 강조는 인용자

이 시에서 "역풍을 홍포처럼 목에 감고" 달리다 그 바람 속에 "뼈를 묻으리라"고 결의하는 주체는 '말'이면서 '이병철'이고 '한하운'이다. 한하운을 통해 썩어가는 육체 속에서 "생명의 노래"를 발견한 것과 같이, '말'의 형상을 통해, 엄혹한 탄압과 긴박한 수배령 속에서 혁명의 '불길'을 일으키는 '전위'의 상징을 볼 수 있다. 이처럼 이병철은 문등

48 위의 글, 177쪽.
49 『새한민보』 3-1, 1949.3, 12~13쪽.

이 한하운을 통해 다시 전선에 서는 '전위'로서의 자기 위의威儀를 곧 추세웠다.

荊(형)아!

나는 너를 잊어버려야겠다.

밀물이 씻어간 모래 우에……사랑이라는 둥……눈물이라는 둥……썼다 지우고, 지우고 다시 써보던 그런 것들을 아주 잊어버려야겠다.

어쩌면 이쁘지도 못한 내가 잘못 아름다울 뻔 했던 것이 자꾸자꾸 뉘우쳐지는구나

(…중략…)

발뿌리를 흝으는 이 강물 거슬러 거기 높은 산이 있고 비분이 있고 노래가 있고.

아—쫓기는 형제들의, 코피 쏟으며 산골을 달리는 그리운 얼굴들

싸우는 형제들의 붉으레한 얼굴들 한 가람 가득히 떠나려오는 얼굴들……

이 강물과 함께 나도 흘러야겠다! 흘러야겠다.

—「다시 강가에서」 부분[50]

50 『신천지』 4-3, 1949.3, 77쪽.

이 시는 역사의 흐름에 운명을 동참시키는 혁명적 비장미로 충만해 있다. 그가 한하운의 시를 높이 평가하는 바, "부정의 부정 뒤에 오는 높은 경지의 리얼리티"는 그의 삶과 문학을 조율하는 핵심 방법이기도 했다. "이쁘지도 못한 내가 잘못 아름다울 뻔 했던 것이 자꾸자꾸 뉘우쳐지는구나"에서는 자기 부정을 통해 진정 '아름다움'에 도달하는 자의 중엄이 돋보인다. 시적 주체가 호명하는 "荊(형)"은 가시나무, 즉 고난의 언어이다. "荊(형)"은 시 「말」에서 "역풍"과 같은 시어이다. 시적 주체는 형극荊棘의 길을 자임하는 수난과 순교의 서사를 암시하고 있다. 그는 지금 강가에 있다. 강물의 흐름은 역사의 필연성을 비유한다. 강물은 "높은 산" "산골", "코피 쏟으며 산골을 달리는" 산사람들, "그리운 얼굴들", "싸우는 형제들"에게서 발원한다. 이 형상은 당시 빨치산 혹은 문화공작대를 연상시킨다. 1949년 2월 23일 동지이자 전위시인인 유진오는 배호의 지령을 받고 지리산문화공작대장이 되어 입산하였다.[51]

1949년 6월 5일 국민보도연맹이 만들어지고 세상은 전향의 소용돌이에 휘말려들었다. 이제 공산주의뿐만 아니라 중간의 지점도 용인되지 않았다.[52] 1949년 10월 18일 군정법령 제55호는 남로당 등 16개 정당과 조선문학가동맹 등 117개 사회단체를 등록 취소시켰다.[53] 바로 직전인 10월 8일 서울시 문련(조선문화단체총연맹) 서기장 김진항

51 전위시인 유진오는 2월 23일 서울을 떠나, 2월 28일 지리산 쌍계사 방면으로 입산하여 활동하다 3월 29일 남원군의 민보단에 체포되어 서울로 소환되었다. 9월 28일 재판을 받고 9월 30일 이적 및 간첩행위죄로 사형이 언도되었다. 문화공작대는 원래 조선문화단체총연맹에 의해 1947년 6월 조직되어 운영된 바 있다.

52 전위시인 중 박산운은 정부수립 직후 1948년 9월 월북했고, 유진오는 수감되었고, 김상훈과 김광현은 전향 국면에서 전향을 했다.

53 이봉범, 「8 · 15해방~1950년대 문화기구와 문학」, 『현대문학의연구』 44, 한국문학연구학회, 2011, 277쪽.

金鎭恒 등 40여 명이 서울시 경찰국에 일제히 검거되었다.[54] 이용악도 이때 검거되었지만, 이병철은 용케 피신하여 지하로 스며들었다가 1950년 2월 이후에야 체포된 듯하다.[55] 이병철은 한국전쟁 발발 후 1950년 6월 28일 출옥하였다. 7월 25일 의용군 동원 연설을 하는 등 활동을 하다가 9.28을 전후하여 가족과 함께 월북했다.

5. 휴전 직후 문단 '정화'의 시발로서 '한하운 시집 사건'의 의미

다시 '한하운 시집 사건'으로 돌아가 보자. 휴전 직전인 1953년 6월 30일에 『한하운시초』 재판이 발행되었다. 초판에 있던 이병철의 「한하운시초를 엮으면서」는 재판에서 삭제되었고, 대신 조영암의 「하운의 생애와 시」, 박거영의 「하운의 인간상」, 정음사 사장 최영해의 「간행자의 말」이 실렸다. 재판 표지는 초판의 장정을 그대로 사용했는데, 조선미술건설본부 서기장을 역임하고 월북한 정현웅이 그린 것이었다.

이즈음 '문화빨치산'에 대한 풍문이 횡행했다.

> 전국문화단체총연합회에서는 (1953년 7월--인용자) 2일 요지 다음과

54 「문연 서기장 등 40여 명, 시 경찰국에서 일제히 검거」, 『조선일보』, 1949.10.11, 2면.
55 위 '남로당 서울시 문련 예술과 사건' 구형일인 1950년 2월 6일에 이병철의 선고가 없는 것으로 보아 그때까지 이병철은 체포되지 않았던 것 같다.(『좌익사건실록』 제4권, 대검찰청수사국, 1970, 29쪽 참고).

같은 성명서를 발표하였다. 지금 자유당 징계위원장 신형식의 매국적인 망언이 세인의 여론을 비등시키고 있다. 특히 문화계에 잠복해 있을 **문화빨치산의 준동**에 당국의 예리한 감시를 촉구해 마지않는다.[56] (강조는 인용자)

이러한 '문화빨치산'과 관련하여 『한하운시초』가 문제되었다. 국회의원 최원호는 국회 대정부 질문에서 『한하운시초』를 '문화빨치산의 획책'으로 몰아붙였다.

이북 공산당의 선봉문학가로서 이병철이 쓴 것이 문둥이 시인 한하운이라는 이름으로 시집이 요 전번에 나왔다 이 말입니다. 이 시집을 들쳐볼 것 같으면 백 페이지 넘는 그 시집 가운데에는 "뛰어들고 싶어라 뛰어들고 싶어라 붉은 깃빨 핏빛 깃빨 물굽이치는 거기 뛰어들고 싶어라 목쉰 조선사람들의 만세소리" 이러한 등의 시가 백 페이지에 걸쳐 있다 이 말입니다. (…중략…) 그래가지고 이 책이 부산을 비롯해서 전국 가두에서 팔리고 있었다 이 말이에요. 그 결과가 그 후의 일이 어떻게 되었는지 나는 이것을 알고 싶습니다. (…중략…) **문화계에도 간첩이 있다**는 것을 지적하고 있는 것입니다. (…중략…) 지금 鄭國殷(정국은) 사건으로 말미암아 엷은 얼음을 밟었다는 오늘날 이러한 국민의 심경에 있는 오늘날에 있어서 이러한 문둥이 시인의 하나의 시집이 각 군데에서 애독되고 있는 이러한 사실은 이것은 결코 적은 사실이 아니라고 나는 보는 것입니다. (…중략…) 한하운의 배경관계가 과연 어떻게 된 것이 아니냐 하는 이것을 나는 의심하려고 하는 것입니다.[57] (강조는 인용자)

56 「문화빨치산 준동도 경계—문총서도 성명」, 『경향신문』, 1953.7.5.
57 「제17회 국회임시회의속기록 제8호, 1953.11.19—한하운시집사건에 대한 최원호 의원의 질문과 국무

최원호 의원의 논지를 요약하면, 한하운 시집은 공산주의자 시인 이병철이 쓴 것으로 전국에 팔려나가고 있다, 문화계에 간첩이 있다, 그 배후를 밝히라고 강변하고 있는 것이다. 이에 대해 백두진 국무총리는 잘 몰랐다면서 조치하겠다고 답변했다.

『한하운시초』에서 특히 문제가 되었던 부분이 시 「데모」의 "피빛 기빨이 간다"는 구절이었다. 초판본 『한하운시초』에 실렸던 시 「데모」는 다음과 같다.

뛰어 들고 싶어라
뛰어들고 싶어라.

풍덩실 저 강물속으로
물구비 파도소리와 함께
만세소리와 함께 흐르고 싶어라.

물구비 제일 앞서 핏빛 기빨이 간다
뒤에 뒤를 줄대어
목쉰 조선사람들이 간다.

모두들 성한 사람들 저이끼리만
쌀을 달라! 자유를 달라! 는
아우성소리 바다소리.

총리의 답변」, 계훈모, 『한국언론연표 III』, 관훈클럽신영기금연구기금, 1993, 1099~1100쪽.

아 바다소리와 함께 부서지고싶어라

죽고 싶어라 죽고 싶어라

문둥이는 서서 울고 데모는 가고.

―「데모」 전문(『신천지』 1949.4, 179쪽). 강조는 인용자

『한하운시초』 재판을 내면서 이 시는 제목을 「행렬」로 바꾸고, 강조 부분은 삭제하였다.[58] 그런데 최원호 의원은 재판再版이 아닌 초판을 문제 삼아 "피빛 깃발"이 '적기'를 상징하며 이 시는 '적기가'를 연상시킨다고 일방적으로 해석한 다음, 『한하운시초』에 관여한 모든 사람의 사상과 행태를 의심하였다. '행진하는 깃발'을 행불자의 출현, 기습, 그 사상의 표상으로 해석하고, '아우성 소리'는 소탕되지 않은 빨치산의 문화적 공세로 여기며 냉전 프레임으로 시대와 사상과 문학 예술을 규정하고 소탕하고자 했다. 『서울신문』(1953.10.17)의 기사 「하운 서울에 오다」는 공산당의 서울 침점侵占의 신호라며, 이에 민족적 적개심을 발동시켜야 한다고 역설하였다. 이 시를 쓴 사람(한하운 혹은 이병철)이나 시집을 출판한 사람(최영해), 시집 해설을 쓴 사람들(조영암과 박거영)을 싸잡아 사상이 불온하다고 몰아붙였다. 더군다나 한하운의 시를 한국 대표시로 소개한 『현대시감상』의 저자 장만영의 사상까지 의심하였다.[59] 한하운의 출현을 빌미로 전방위적인 색깔 공세, 매카시즘McCarthyism이 준동했다.

이정선[60]은 한하운의 시에서 "간밤에 얼어서 / 손가락이 한마디 /

58 「행렬」, 『한하운시초』, 정음사, 1953.6, 16~17쪽. 초판본 「데모」와 재판본 「행렬」의 차이는 정진석, 앞의 글, 326~327에서도 분별하였다.

59 이정선, 「민족적인 미움을 주자―적기가 「한하운시초」와 그 배후자」, 『평화신문』, 1953.11.8.

60 위의 글, 『평화신문』, 1953.11.7.

머리를 긁다가 땅위에 떨어진다"(「손가락 한 마디」 부분)는 구절을 놓고 "당국에 대하여 문둥이와 빨갱이를 판별 못하도록 하자는 농간이 있는 것을 엿볼 수 있기 때문"이라고 해석했다. 결국 『한하운시초』 재판 발행은 "문화빨치산의 남침 신호"이며, 이병철의 글을 조금 고쳐 조영암이 쓴 「후기」를 지목해서 "민족적인 것으로 캄푸라쥬하여 전국 서점에 배본하고 있음은 틀림없는 신각도의 북한괴뢰들의 대남공작으로 간파하여야 한다"고 역설하였다. 이 시집에 관여한 사람들은 "공산주의 프로파간디스트"이며, 수사당국에게 적극 조사하라고 요구하였다. 실제로 『한하운시초』와 관련된 사람들은 모두 조사를 받았으며, 한하운은 수차례 끌려가 고초를 당했다.

이 사태에 대해 나중에 한하운은 다음과 같이 기술했다.

> 단기 4286년(1953년—인용자) 8월 1일부 주간지(부산 소재—인용자) 『신문의 신문』이 「문둥이 시인 한하운의 정체」라는 타이틀로 **한하운은 문화빨치산**이라 말한 데서 사건은 일어나고 요원의 불갈이 꺼질 줄 모르고 타기만 하였다. 심지어 한하운이란 나의 아호마저 국가 멸망의 저주를 상징하는 것이라 하며 시 내용마저 적색 시라는 것이며……또한 혹독하게도 나 자신마저 허구의 인물이라고 날조하여 떠들어댔다. 그 후 몇몇 일간신문도 여기에 야합하여 사실을 밝히지도 않고 저널리즘의 근성 그대로 발악을 하였다.
>
> 이 덕분에 찬반의 각 신문은 저마다 보는 대로 보도하는 나날이 늘어가고 반년 동안이나 계속했으며 사건의 최고조로 흥분할 때에는 국회의 의정단상에까지 상정이 되고 국사를 논하는 자리에서 옥신각신하였다. 나는 이 바람에 일약 유명해지는 것이었다.

이 통에 나는 치안국 특수정보과를 비롯하여 문교부 보건사회부 검찰청 지방의 경찰서…… 등등에서 호출이나 문초를 받기가 구차한 정도였었다.[61] (강조는 인용자)

'한하운 시집 사건'에서 또 하나의 쟁점은, 저자 한하운이 가공의 인물이고 이 일련의 기획이 '문화빨치산'의 공작이며 그 배경에 이병철이 있다는 것이었다. 이병철은 문련 사건으로 지하활동을 하던 중 체포·투옥되었다가, 한국전쟁 시 출옥하여 서울에서 인민군으로 활동하였는데, 휴전 이후 남한에서 행방불명이 된 상태였다. 당시 남한에서 행불자 이병철은 '좌익문인의 전위대장'으로 인식되고 있었다.

6·25사변이 일어나던 전해 많은 좌익문인들이 검거되었다. 이때에 이병철은 주동자가 되어 10년 언도를 받고 서대문형무소에서 복역중이었으며 사변이 일어나자 공산천하가 된 서울거리에 개선장군처럼 나타났던 것이다. 그는 **좌익문인의 전위대장**이 되었던 것이다. (…중략…) 격정의 시인 이병철—거기에다가 좌익의, 목적을 위하여 수단 방법을 가리지 않는 수법을 배운 이병철[62] (강조는 인용자)

그런 이병철이 한하운을 가장해서 나타났을지도 모른다는 공포가 휴전 직후 남한사회를 엄습했다. 한하운도 유령이고 이병철도 유령이 되었다. 한편에는 이런 유령을 불러들이거나 창출하여 문단을 '정화'한다는 기획을 앞세우고 문단의 패권을 잡으려는 욕망들이 난무하였

61 한하운, 「오소백의 '나 시인 사건'에 부쳐」, 『전집』, 618~619쪽.
62 박성환, 『파도는 내일도 친다』, 동아출판사, 1965, 80~81쪽.

다. 유령을 불러들여 푸닥거리를 하는 형국이 벌어졌다.

'문화빨치산의 교묘한 책동 공작에 넘어가서 『한하운시초』 재판再版에 이병철 대신에 「후기」를 썼다고 지목된 조영암'[63]은 민족진영의 시인이자 반공주의 수호자임을 간증하는 차원에서 『평화신문』(1953.10.26~29)에 「문단정화론」을 펼쳐보였다. 그는 이 글에서 문단이 피난 3년 동안 불순할 대로 불순해져서 문단정화를 위해 오예물汚穢物을 깨끗이 청소작업을 해야 할 것이라면서, 순결을 잃어버린 구 도당을 문단에서 추방·숙청해야 할 것이라고 소리 높였다. 그러면서 백철을 "군사적 고등 간첩 정국은 일파의 조종과 지령에서 움직이는" 자라고 고발했다.[64] 그리고 '白矢世哲'(시라야세이데쓰) 백철의 친일행적을 들추어내고, 백철의 『조선신문학사상사』가 임화의 『신문학사』를 표절한 것이라는 점, 『문학개론』이 혼마 히사오本間久雄 『문학개론』의 모방품이라는 것, 적 치하에서 안회남의 비호 아래 문맹 사무계통의 일을 보며 붉은 군대를 찬양하였다는 사실을 폭로 고발하였다. 그리고 현재 백철은 조연현 그룹에게 아부하면서 '문단재분할운동'을 도모하고 있지만, 이는 남로당 파견 간첩 정국은의 조종 속에서 벌어지는 사업이라고 공격했다.

조영암의 주장에 대해, 공안검사 오제도의 파트너였던 김석영이 「문단정화재론」[65]을 발표해 반격했다. 김석영은 논쟁적 담론을 벌어

63 "민족진영 시인 조영암 씨를 교묘히 책동해 가지고 「후기」를 쓰게 해 시집 자체를 민족적인 것으로 갈무리하여 전국 서점에 배본"(이정선, 앞의 글, 『평화신문』, 1953.11.7)하는 '문화빨치산'의 대남전략을 나중에 간파하고, 조영암은 "금전에 유혹되어 실상 '한하운'을 알지도 못하면서 아는 것처럼 그 『시초』에 「후기」 등속을 첨가한 것을 통절히 회개"(위의 글, 『평화신문』, 1953.11.8)하고 시집에서 자기 이름의 「후기」를 빼달라고 했다는 것이다.

64 정국은(鄭國殷)은 족청계의 양우정의 권력을 등에 업고 다양한 권력투쟁 업무를 수행했다. 그런데 자유당 정권 내부의 이승만에 대한 충성 경쟁 과정에서 족청계가 밀리는 계기로 '정국은 정부 전복 음모 사건'이 조작되기에 이른다. 결국 '남로당 파견간첩 1호'로 지목되어 1954년 사형이 집행되었다.(정희상, 「정국은 간첩조작 사건」, 『말』, 1989.9, 149쪽).

자기를 관철하려는 조영암의 계략을 간파한다며, 조영암의 기획이 "모당 정치국의 지령을 받고 '문단감찰위원회'를 조직"해서 문단 내에 위협과 무고를 하는 불순한 동기는 준엄한 법의 제재를 받아야 할 것이라고 경고했다. 그러면서 반공주의 수호자, 친일파 숙청의 선봉이라 자부하는 조영암이 사실은 공산주의자 이태준, 안막, 임화, 친일파 이광수와 사이가 좋았다는 점을 지적했다.[66] 그리고 문단 패권을 잡고자 문단정화라는 미명 하에 문단을 위협하고 모의하고 폭력행위를 가하는 조영암은 자숙하라고 권고하였다.

이러한 폭풍과 같은 일련의 사태 속에서 '한하운 시집 사건'이 불거진 것이다. 한하운은 이 사태를 겪은 뒤, 시를 쓰고 나서는 시에 대해 속뜻을 해설하거나 창작배경을 부기하곤 했다. 이는 자기 시에 대한 오해를 방지하기 위한 강박증으로 보인다. 한하운의 이러한 행동에서 주목해야 할 부분은, 시어의 다의성에 대한 획일적인 단정, 자기 검열이 가해지고 있다는 것이다. 비유와 상징에 대한 사상 검열과 획일화, 특정한 언어에 대한 기피 등으로 시인들이 자기 검열을 하며 경색되어 갔던 것이 휴전 직후 시단의 현실이다. 그리하여 환유는 일방에 의해서 전유되거나 극도로 편향·제약되거나 초현실주의적 추상성이 난무하는 사태가 벌어졌다.

또한 '한하운 시집 사건'은 월북 문인에 대한 언급을 금기시 하는 시발점이 되었다. 남한의 문인들 사이에서 월북 문인들과의 관계를 자신의 과거에서 지우거나 해명하는 작업이 이루어졌다. 실제로 한하운은 '문화빨치산' 사건을 겪고 자기 사상의 '순결성'과 신원身元을 증명하기

66 김서영, 「문단정하재론」, 『평화신문』, 1953.10.31~11.4. 5회 연재.
66 김석영, 「문단정화재론(3)」, 『평화신문』, 1953.11.2.

위해 지나칠 정도로 과람過濫하였다. 그 일환으로 1955년 5월부터 1957년 1월까지 『희망』지에 「고고한 생명—나의 슬픈 반생기」(1958년 인간사에서 단행본으로 출간)라는 자서전을 연재하면서, 자신이 이북에서부터 '반공투사'였다는 점을 적극 증명해 보였다. 이 글은 '자유를 찾아 동토의 이북을 탈출하는 서사'로 끝을 맺는다. 그리고 「종착역 부산에서 빨갱이 아지트에 납치」라는 글에서 보듯이 '빨갱이'에 대한 적개심을 나타내 자기의 반공의식을 증명하는 서술 전략을 취한다.[67]

한하운은 문둥이 살갗보다 빨갱이가 더 두렵게 되었다. 한하운은 자기 기억에서 이병철을 철저히 지워버렸다.[68] 방대한 『한하운 전집』에 이병철이란 존재는 거의 등장하지 않는다. 자신이 『신천지』에 등단하는 과정을 기록할 때도 이병철의 주선은 언급하지 않고 자기 스스로 '투고했다'며 사실과 기억을 은폐 · 왜곡했다. 한하운에게 이병철은 그의 삶을 일거에 파산시킬 수 있는 기호, 나병균보다 더 무시무시한 빨갱이였던 것이다.

일각에서는 '한하운 시집 사건'을 저널리즘장에서 서울신문사 대 태양신문과 평화신문 등의 패권 다툼이나 단순한 필화사건으로 보는 경향이 있다. 그러나 앞서 살펴본 것처럼, '한하운 시집 사건'이 문단과 문학에서 어떤 맥락 속에 배치되는지 이해하는 것은 중요한 의미가 있다. 이 사건은 휴전 직후 서울로 복귀한 이후 문단의 재분할 쟁투의 신호탄이 되었다. 또한 이 사건은 1950년대 문단과 문학의 내부 검열과 관련하여 중요한 시사점이 될 것이다. 휴전 직후 반공 냉전 체

67 『전집』, 427쪽
68 그럼에도 불구하고, 그의 글에는 무의식적으로 이병철의 언어가 불쑥 살아난다. 예를 들어 "이래서 천작의 죄인이라 하는 지"(『황토길』, 신흥출판사, 1960)라는 『황토길』 서문은, 바로 이병철이 「한하운시초를 엮으면서」에서 한하운을 지칭한 언어였다.

제의 구축과 연동된 문단재편성 과정의 쟁투 및 양상, 그에 따른 문학 내적·미학적 변화 등에 대한 자세한 고찰은 지면 관계상 추후로 미룬다.

6. 맺음말

1953년 6월 30일 『한하운시초』 재판(초판은 1949년 5월 발행)이 출간되고 이어 「하운 서울에 오다」라는 기사가 『서울신문』에 특필되자, 「민족적 미움을 주자—적기가 『한하운시초』와 그 배후자」라는 글이 발표되어 파장을 일으켰다. 이 글은 시집 『한하운시초』에 적개심을 표시하고 시집 재판 배경과 저의, 실체에 대해 의문을 제기하였다. 『한하운시초』는 적기가처럼 공산주의 선전 선동의 기제이고, 한하운 작으로 출간되었지만 한하운은 유령에 불과하고 실제 작가는 뒤에 숨어서 이 사태를 조종하고 있다는 고발이었다. 마침내 이 사건을 해명하기 위해 치안국, 검찰청, 국회까지 개입하였으며, 그 파장은 휴전 직후 문학장에 반공 냉전 프레임을 조성하고 문단 재분할 및 재구축이 이루어지는 시발점이 되었다.

한하운은 아바타에 불과하다며 그 배후 조종 주체로 이병철이 지목되었다. 본고는 이런 사태가 발생하게 된 저간의 사정을 이병철을 중심에 놓고 파악해 보았다. '전위시인' 이병철이 '문둥이 시인' 한하운을 발견하고, 자신의 운명을 한하운을 통해 재발견 혹은 자기 투사하는 과정을 역사적 국면에 비추어 살펴보았다. 전위로 호명 받은 이병철은 자신의 운명을 '목아지'라는 시적 표상으로 창출하고, 격동하는 해방기의 국면에 대응하는 전위의 위엄과 삶을 보여주었다. 해방기라는 충만한 에너지와 자기 가치를 증식시킬 수 있는 열린 정세를 바탕으로 '전위'로 호명되던 이병철은 정세의 급박한 경색으로 수세에 몰리게 되었다. 1948년 8월 남한 단독정부 수립과 12월 국가보안법 공포 이후 이병철은 법의 바깥에서 지하활동을 전개하다 '비국민'으로 내몰렸으며 "역풍을 홍포처럼 목에 감고 / (…중략…) / 바람 속에 흰 뼈를 묻으리라"(「말」 부분)는 결의로 활동했다. 이때 이병철은 배제와 감금·추방·살상의 사회적 타자, 또 다른 비국민인 문둥이 한하운을 통해 자기 운명을 역사화하였다. 이병철은 문둥이의 표상에서 쫓기는 전위로서의 자기 운명을 보았다. 사람의 간을 빼먹고 입에 피칠을 한 '문둥이'와 핏빛 깃발을 휘날리며 적기가를 부르는 '빨갱이'는 '비국민' 사회적 타자라는 동일 표상으로서 포살捕殺 가능 대상으로 내몰렸다. 이 형국에 이병철은 한하운의 시에서 '부정의 부정의 정신'을 도출하여 체념이 아닌 극복의 내적 동력을 통해 높은 리얼리즘의 문학 정신을 역설하고, 조여 오는 체포의 위기감 속에서 현실을 엄중하고 냉정한 눈으로 직시하며 '목아지'를 곧추세우고 바람 앞에 나서는 전위의 위엄을 견지하였다.

1950년 이병철은 결국 체포되었다가 한국전쟁 때 출옥하여 인민군과 종군작가 등으로 활동하다가 월북하였다. 포살되지 않고 월북했다는 것은 남한에서 볼 때, 다시 출몰할 가능성을 가진 '행방불명'으로 처리되었다. 1953년 휴전 전후, 북진통일이라는 슬로건 하에 '빨갱이 소탕'을 주장하며 반공 냉전 체제 구축을 통해 권력 재편성을 시도하는 정국이 펼쳐졌다. 군사적 휴전이 확정되자, 전선이 내부에 형성되고 '정화' '재편성'을 이용한 권력투쟁이 가열되었다. 이때는 '간첩', '문화빨치산', '빨갱이', '남침', '배후', '조종', '대남공작', '출몰', '준동', '침투', '엄습', '소탕', '숙청', '정화' 등의 언어가 난무하며 사람들을 분열시키고 공포에 떨게 하고 감시하고 '반공주의자'로서의 존재 증명을 요구하였다. 『한하운시초』가 바로 이 와중에 재발행되었고, 행불자 이병철이 문화빨치산으로 출몰, 침투했다는 가상의 사태가 조성되었으며, 이 파장은 사회와 문단을 분열하고 상호 고발과 증오와 통제, '정화', 재조정하는 사태를 낳았다. 이 사건은 1950년대 한국문학장을 반공 냉전 프레임으로 재편하는 신호탄이 되었다.

참고문헌

『전위시인집』, 노농사, 1946.

『한하운시초』, 정음사, 1949.

『한하운시초』(재판), 정음사, 1953

한하운, 『황토길』, 신흥출판사, 1960.

인천문화재단 한하운 전집 편집위원회 엮음, 『한하운 전집』, 문학과지성사, 2010.

오소백, 「나시인 사건」, 『올챙이 기자 방랑기』, 신태양사출판국, 1955.

『좌익사건실록』 제4권, 대검찰청수사국, 1970.

계훈모, 『한국언론연표』 Ⅲ, 관훈클럽신영기금연구기금, 1993.

정호웅 외 엮음, 『김남천전집』 1, 박이정, 2000.

『경향신문』, 『동아일보』, 『문학』, 『새한민보』, 『서울신문』, 『신천지』, 『예술신문』, 『조광』, 『조선일보』, 『평화신문』, 『태양신문』, 『신태양』

고명철, 「'나해방'을 향한 울음의 시학」, 고명철 엮음, 『한하운 시선』, 지식을만드는지식, 2013.

김신정, 「시인의 아픔, 시대의 고통」, 인천문화재단 한하운 전집 편집위원회 엮음, 『한하운 전집』, 문학과지성사, 2010.

서중석, 「이승만과 북진통일－1950년대 극우반공독재의 해부」, 『역사비평』 29호, 1995 여름.

선우종원, 「초대 검찰과장으로 집무하며」, 『격랑 80년』, 인물연구소, 1998.

성기조, 「한국문단, 남기고 싶은 이야기 · 6－문둥이가 아니란 한하운의 절규」, 『수필시대』 통권10호, 문예운동사, 2006.9.

이기성, 「해방기 신진시인 연구」, 이화여대 석사논문, 1991.

이봉범, 「8 · 15해방~1950년대 문화기구와 문학」, 『현대문학의연구』 44, 한국문학연구학회, 2011.

조두섭, 「간주관성의 공동체적 삶의 탐색－이병철」, 『대구 · 경북 근대문인 연구』, 태학사, 1999.

정영진, 「시인 이병철의 잃어버린 귀향도」, 『통한의 실종문인』, 문이당, 1989.

정진석, 「문둥이 시인 한하운과 올챙이 기자 오소백」, 『전쟁기의 언론과 문학』, 소명출판, 2012.
정희상, 「정국은 간첩조작 사건」, 『말』, 1989.9.
천정환, 「해방기 거리의 정치와 표상의 생산」, 『상허학보』 26집, 상허학회, 2009.
한경희, 「이병철 시 연구」, 『어문학』 81집, 한국어문학회, 2003.

박성환, 『파도는 내일도 친다』, 동아출판사, 1965.
송광성, 『미군점령 4년－우리나라의 자주·민주·통일과 미국』, 한울, 1995.
유민영, 『한국근대극장변천사』, 태학사, 1998.
유종호, 『나의 해방 전후』, 민음사, 2004.
후지이 다케시, 『파시즘과 제3세계주의 사이에서』, 역사비평사, 2012.

‘한하운 사건’ 이후의 한하운과 시세계의 변모 양상

박민규
부산외국어대학교 만오교양대학 교수

1. 서론

1920년(또는 1919년)에 함경남도 함주군에서 태어나 유년을 함흥의 제일공립보통학교에서 보낸 한하운에게 “얼굴이 붓기 시작”하는 나병 증세가 시작된 것은 자전적 회고록인 『고고한 생명—나의 슬픈 반생기』에 의하면 1931년 봄 12살의 어린 나이로 알려져 있다. 이리농림학교 수의축산과에 재학 중이던 1936년 봄, 결국 “뇌성벽력” 같은 천형의 나병 확정 진단을 받은 그는 이후 치료를 병행하면서 1941년부터는 북경대학교 농학원 축목계에서 학업을 이어간다.[1] 1943년에

1 한하운이 수학했다고 알려진 북경대란 오늘날의 북경대가 아니라 중일전쟁 이후 왕 징웨이의 친일정부에 의해 세워졌다가 1945년에 폐교된 위(僞) 북경대를 말한다. 이 사실은 최원식 교수의 최초 문제제기(「한하운과 『한하운시초』」, 『민족문학사연구』 제54집, 민족문학사학회, 2014.4, 477쪽) 이후 최옥산

졸업 후 귀국, 함남도청·장진군·경기도 용인 등지에서 축산 증식을 연구하던 중 병세 악화로 고향 함흥에 돌아가 칩거하며 병마와 싸우던 한하운에게 해방은 누구에게나 그러하듯 불현듯 찾아온 것이었다.

"청천감우" 같던 해방의 기쁨은 잠시였다. 부호 지주의 자제였던 한하운에게 토지개혁을 위시한 소군정의 통치는 집안의 몰락과 그에 충격받은 모친의 별세를 가져왔다. 특히 "김일성 타도"를 모의하던 동생과의 연루 혐의로 한하운은 1947년 4월부터 삼 개월간 옥고를 치르기도 한 것으로 술회하고 있다. 이 같은 자전적 술회를 잠시 밀쳐두더라도 '반동'의 지주계급 출신으로서 겪어야 했던 인공 치하가 그에게 결코 호의적일 리 없었음을 예상하기란 어렵지 않다. 치료약의 구득 차 1947년 6월에 월남, 약을 구해 월북한 한하운은 고향으로 가던 중 체포되어 원산 형무소에 이감됐다가 고초 끝에 탈옥, 7~8월에 재월남을 시도하여 동두천을 거쳐 서울로 들어온다.

이상은 『고고한 생명—나의 슬픈 반생기』(1958, 『반생기』로 약기함)의 내용을 요약한 것이다. 사건들의 디테일한 전개에 상상적 요소가 가미됐을 테지만, 어쨌든 『반생기』는 해방 후의 그가 북조선에서 겪은 우여곡절의 거시적 윤곽과 사회주의 체제에 대한 반감 및 비판적 시선을 선명한 형태로 제시해주고 있다. 후술하겠지만, 『반생기』는 남한 사회에서 '유령 시인'으로 내몰린 한하운 자신의 과거에 대한 결백과 자기증명을 구체화한 정치적 고백을 이면에 취하고 있다. 'R'이나 'S'와의 연애 서사가 부각됐지만, 월남 직전까지의 다시 말해 삼팔선 이북에서의 행적까지를 다룬 『반생기』를 통해 한하운은 '반공'을 적극 부각하

교수의 현지 답사로 확인되었다(「베이징 농학원 시절과 중국의 한하운」, 『인천가치재창조 국제학술심포지엄—한하운, 그의 삶과 문학』, 부평역사박물관, 2017.9.23).

면서 자신의 월남 동기가 '순결'했음을 항변하고 있는 것이다.

이는 사실 『반생기』에 누락된 월남 이후 그의 행보를 별도로 추적해 보아야 확인 가능한 문제이다. 이 문제에 대해 최근 정진석, 정우택, 최원식의 글들은 일차 자료의 정밀한 검토를 거쳐 그간 베일에 가려져 왔던 '한하운 사건'(1953)의 실체와 의미를 해명한 바 있다. 정진석은 한하운을 둘러싸고 제기된 남한 사회의 소위 빨갱이 논란을 "필화"로 규정한 뒤, 진상 규명을 위해 고군분투한 기자 오소백의 활동에 주목하였다.[2] 정우택은 한하운 사건을 "반공 냉전체제의 구축 및 문단 재분할의 신호탄"으로 보고, 특히 이 사건에서 논란이 된 해방기의 한하운과 이병철 관계를 검토하였다.[3] 최원식은 한하운의 『신천지』 발표작과 『한하운시초』의 초판본 및 재판본을 비교하면서 한하운 "탄생 신화"의 사실 관계에 관한 여러 의문점들을 제기하였다.[4] 그렇다면 '한하운 사건'이란 무엇이며, 사건의 논란 속에서 재소환된 해방기 한하운과 이병철의 관계란 또 무엇일까. 정진석, 정우택, 최원식의 분석과 필자가 더 찾아낸 자료들을 종합하여 우선 이 사건의 맥락부터 정리하도록 하자. 물론 이 글은 여기에 그치지 않고 한하운 사건을 거친 뒤의 한하운 시가 변모해간 과정을 조명하려는 데 목적이 있다. 한하운 사건을 통해 전후 남한 사회의 이념적 재편을 읽어내는 것도 필요하지만, 궁극적으로 이 사건이 시인 개인에게 내면화된 양상을 살피는 일이야말로 한하운 시의 새로운 독법을 위해 긴요한 일이 될 것이기 때문이다.

---

2 정진석, 「문둥이 시인 한하운과 올챙이 기자 오소백」, 『전쟁기의 언론과 문학』, 소명출판, 2012.
3 정우택, 「'한하운 시집 사건'(1953)의 의미와 이병철」, 『상허학보』 제40집, 상허학회, 2014.2.
4 최원식, 앞의 글.

2. 전후 반공주의 체제의 형성과 한하운 사건

1947년 한여름에 원산 형무소에서 가까스로 탈옥, 도보로 월남을 시도하여 8월에 서울로 온 한하운은 혈혈단신의 신세로 명동 등지에서 노숙을 시작한다. 사람들이 꺼리는 나환자로서 생계를 도모할 수 있는 유일한 수단이란 걸식뿐이었을 것이다. 당시 생활을 회상한 글에 의하면, 그는 그해 겨울의 혹한 속에서 다방과 술집을 전전하며 「파랑새」, 「비 오는 길」, 「개구리」 등의 시를 팔았고, 그렇게 모은 돈으로 황해도 백천온천에 가 있다가 1948년 초봄에 서울로 돌아와 순화병원에 입실, 봄이 만개하자 명동에서 다시 걸식 생활을 이어간 것으로 나와 있다.

한하운의 시가 세상에 처음 공개된 것은 1949년 4월 25일의 『신천지』에 「전라도 길」을 비롯한 13편의 시가 "이병철李秉哲 선選" 명의로 실리면서부터이다. 당시 배호, 이용악과 함께 좌익의 조선문화단체총연맹에서 지하 운동원으로 활동하고 있던 이병철은[5] 「한하운시초를 엮으면서」란 제목으로 "유리遊離의 가두假頭에서 방황하고 섰는 걸인" 한하운을 『신천지』에 소개하며 해제까지 덧붙여주었다. 곧이어 한 달 뒤인 5월 20일에 첫 시집 『한하운시초』가 정음사에서 출간되는데, 마찬가지로 "이병철李秉哲 편篇"이며 『신천지』의 해제를 그대로 실었다. 수록된 한하운 시는 『신천지』 게재작 13편에 「자화상」, 「꼬오·스톱」 등 새로 12편을 더하여 25편이었다.[6] 국가보안법(1948.12.1)이 공포된

5 정우택, 앞의 글, 163~164쪽.

6 『신천지』 게재작은 「全羅道길－小鹿島로가는길에」, 「손꼬락 한마디」, 「罰」, 「목숨」, 「데모」, 「열리지않

지 반년이 된 시점이자 보도연맹(1949.6.5)이 결성되려는 찰나였지만, 그럼에도 좌익의 전위시인 이병철이 편한 『한하운시초』는 당시뿐 아니라 이후 전쟁 중에도 아무 논란거리가 되지 않았다. 오히려 이 시집이 문제시되기 시작한 것은 정전협정(1953.7.27)이 조인되기 한 달 전인 1953년 6월 29일에 『한하운시초』 재판본이 발간되면서부터였다.

재판본 『한하운시초』는 초판본과 마찬가지로 정음사에서 나왔지만, 초판에 없던 시 7편이 추가됐으며,[7] 발문 및 해제도 초판의 이병철 글이 빠진 채 우파 문인인 조영암과 박거영, 정음사 사장 최영해의 글들로 대체된 차이를 보이고 있다. 해방기에 좌익의 조선미술동맹에서 활동한 정현웅의 초판 장정은 색채만 바꿔 그대로 살렸으나, 목차 앞에 표기돼 있었던 "장정裝幀 정현웅鄭玄雄"이란 문구가 삭제되었다. 특히 시 「데모」의 경우 제목이 「행렬」로 바뀌었으며 "물구비 제일 앞서 피빛 기빨이 간다 / 뒤에 뒤를 줄대어 / 목쉰 조선사람들이 간다"(3연)와 "쌀을 달라! 자유를 달라!는"(4연 2행) 등 정치적으로 해석될 여지가 있는 구절들이 소거되었다. "논란이 일 수 있는 부분을 출판사에서 사전에 삭제"한 것으로,[8] 정음사의 이 같은 노력에도 불구하고 시집은 곧바로 필화에 휘말리는 곡절을 겪는다.

휴전을 전후한 당시의 남한 사회는 북진통일을 외치는 각지의 궐기대회에서 보듯 극우 반공 이념의 구축을 위한 체제 개편이 가속화되

는 門」, 「파랑새」, 「삶」, 「막다른길」, 「어머니」, 「개고리」, 「明洞거리」, 「비오는길」로 13편이다. 여기에 더하여 『한하운시초』에는 「自畵像」, 「꼬오 · 스톱」, 「愁愁夜曲」, 「洋女」, 「자벌레의 밤」, 「業果」, 「秋雨日記」, 「秋夜怨恨」, 「나」, 「봄」, 「女人」 등 11편이 추가되었다. 참고로 훗날의 『정본 한하운 시집』(1964)은 『한하운시초』와 『보리피리』의 기수록작 및 신작시들을 싣고 있는데 『한하운시초』의 경우 전편을 수록하고 있다.

7 「河雲」, 「追憶 Ⅰ」, 「追憶 Ⅱ」, 「昌慶苑」, 「故鄕」, 「버러지」, 「冷水먹고 가련다」가 그것이다.

8 정진석, 「문둥이 시인 한하운과 올챙이 기자 오소백」, 『전쟁기의 언론과 문학』, 소명출판, 2012.7, 330쪽.

고 있었다. 김일성을 따르자고 외친 자유당 징계위원장 "신형식의 매국적인 망언"을 거론하면서 문총文總은 문화계에도 잠입했을지 모를 "문화 '빨치산'"을 감시하자는 내용의 성명을 발표하였다.[9] 공보처 국장 이근상은 "적군에게 이로운 행위를 하는 것의 일체"를 이적 행위로 규정한 후, 민주국가라도 표현의 자유를 제한할 필요가 있다는 내용의 감시와 검열에 관한 이론화를 시도하였다.[10] 그에 따라 월북 작가를 비판적이나마 '다뤘다'는 이유 하나로 공보처는 조연현의 『현대한국작가론』에 판금 조치를 내리기도 한다.[11] 특히 족청계와 비족청계의 알력에서 비화된 정국은鄭國殷 사건은 1953년 하반기 내내 정국을 강타한 초미의 관심사였던 바,[12] 침투 간첩에 대한 공포감을 사회 전반에 확산하는 계기가 되었다. 정국은이 정치계 간첩으로 표상화됐다면, 그런 점에서 한하운 사건은 문화계 영역에서 간첩 혐의를 받은 사건으로 볼 수 있을 것이다.

주목할 것은 사회적 소수자였던 나환자가 전쟁 직후 국책의 시선에 의하면 "일반인들에게 위생교통상 악영향"을 끼칠 수 있는 존재로 각인됐다는 점이다.[13] 환자촌의 재배 농산물이 유입되는 것을 극히 우려할 정도로,[14] '문둥이'는 '빨갱이'와 함께 공중公衆을 위협하고 파괴하는 불온성의 양대 축으로 표상화되었다. 보건부는 서울 시내에 "'문둥병' 환자가 백주횡행"하는 것을 막고자 인천 부평에 수용 시설을 확충

9 「문화 빨치산 준동도 경계–문총서도 성명」, 『경향신문』, 1953.7.2.
10 이근상, 「문화와 이적 행위」, 『태양신문』, 1953.9.15~16.
11 「비판의 자유를 침해–판금에 문협서 공보처에 항의」, 『평화신문』, 1953.12.6.
12 정희상, 「정국은 간첩조작사건」, 『말』, 1989.9.
13 당시 국무총리였던 백두진의 발언이다. 「문둥이 행패 방지–백 국무총리, 삼부 장관에 지시」, 『평화신문』, 1953.12.23.
14 「참외, 수박 위험! 문둥이 재배한 게 나온다」, 『태양신문』, 1953.8.21.

하고,[15] 서울의 나환자 110명을 그곳 수용소로 강제 이송시켰으나 경상도와 강원도에서 밀려들어오는 나환자들로 골머리를 앓으며 "입성 방지책"을 촉구하고 있었다.[16] 치료 방법에 관해 말 한 마디 없이 "수용시설의 부족"만을 문제 삼은 당국자의 태도는 나환자를 감시, 통제해야 할 비국민으로 분할하고 배제한 당시 사회상을 극명하게 보여준 사례였다.[17]

이처럼 나환자는 사회주의자와 마찬가지로 경계와 의심의 대상이었던바, 『한하운시초』의 시인 한하운이 '문둥이'라는 사실이야말로 '빨갱이'와의 연루 가능성과 그 의혹을 증폭하는 데 기폭제가 된 것으로 보인다. 의혹은 『신문의 신문』의 발행자 최흥조, 언론인 이정선, 아동문학가 김영일에 의해 시작됐으며,[18] 특히 이정선과 김영일은 「문화 정책의 맹점」이란 글을 통해 초판본 『한하운시초』부터를 문제 삼아 간행 경위와 이병철과의 관계를 추궁하였다. 이들은 초판의 시인 한하운이 실은 "허구의 문둥이 시인"이며(이정선), "처음부터 문둥이 이름을 빌려 공산주의자 이병철이가 자기의 사상과 시를 썼던 것"이라 주장하였다(김영일). 초판의 시 「데모」에 보이는 "상투적인 선전 선동"의 구절들이 그 근거이며(이정선), 재판 시 문제되는 구절을 지웠음에도 시집의 불온한 시선은 여전히 살아 있다는 것이다(김영일). 이병철의 해제가 재판에 와서 우파 문인 조영암과 박거영의 글로 대체된 것도 연막전술로 보이는 바, 정음사 사장 최영해와 그를 사주한 배후가 의심된다는 것이 이들의 주장이었다.[19] 이 같은 주장은 휴전 직

15 「거리의 나병환자 일소—부평 수용소를 배로 확충」, 『평화신문』, 1953.8.10.
16 「없어지는 나병 환자—일주간 백십 명을 부평으로 이송」, 『평화신문』, 1953.8.28.
17 「문제는 수용소 부족—'문둥이' 대책이 긴요」, 『평화신문』, 1953.12.24.
18 정진석, 앞의 글, 335쪽.

후 이북이 새로운 대남 공작의 일환으로 "문화선전과 사상적 공격"을 시작했다는 정세적 판단에 기초하고 있었다.[20] 특히 이들이 지목한 배후란 사실상 좌익 문인의 전위대장 이병철을 뜻했던 바, 『한하운시초』의 초판과 재판 간행 전반에 나환자로 위장한 간첩 이병철의 암약이 의심된다는 것이었다.

이에 따라 경남 경찰국은 치안국의 지시에 의해 8월 초부터 "내사"에 착수하여 20일 만에 시집을 일제히 압수,[21] 시집의 배후와 출판사와의 관계를 "엄중구명"하리라 선언한다.[22] 이에 한하운은 서울신문사에 찾아가 신작시 「보리피리」를 주면서, 자신이 가공의 인물이 아니라 직접 '시초'를 집필한 실제 저자이며 현재 대한한센총연맹 위원장이자 부평의 성계원 회장이며 신명보육원 원장임을 밝힌다.[23] "사만 오천 명의 나병환자를 지도하는 '문둥이의 왕자'" 한하운이 실존 인물이며 시초의 저자라는 이튿날 『서울신문』의 기사로 논란은 가라앉을 듯 보였다. 하지만 이정선은 「민족적인 미움을 주자」라는 글로 서울신문의 보도 태도를 비판하면서 시초의 작품 낱낱을 공격하였다. 추위에 손가락이 떨어져 나갔다는 내용의 시 「손가락 한 마디」는 당국으로 하여금 "'문둥이'와 '빨갱이'를 판별 못하도록" 하기 위한 술책일 뿐이며 "자기를 부정한 그것을 다시 부정해본 다음의 높은 경지"를 표현했다고 평가한 이병철의 해제는 곧 "유물변증법"에 부합한 글에

19 이정선, 「문화 정책의 맹점—빨치산적 출판의 고발을 기하는 문단과 관련하여」(상)~(중), 『태양신문』, 1953.8.13~14; 김영일, 앞의 글(하), 『태양신문』, 1953.8.15.

20 이정선, 앞의 글.

21 「한하운시초 압수—문제의 좌익 선동시집에 단」, 『태양신문』, 1953.8.24.

22 「한하운 시집 출판을 조사」, 『태양신문』, 1953.9.1.

23 「'하운' 서울에 오다—"레프라 왕자" 환자 수용을 지휘」, 『서울신문』, 1953.10.17; 오소백, 『올챙이 기자 방랑기』, 신태양사, 1955.

불과했다. 그는 한하운에게 1949년 4월 하순 "명동일가 '청탑다방靑塔茶房'"에서 이병철과 무슨 일을 벌였는지 밝히라고 요구한다.[24] 강한 어조였지만, 한하운이 곧 이병철이라는 기존 주장에서는 한 발 물러난 모양새였다.

이정선의 글이 발표되기 시작한 11월 5일에 한하운 사건은 공보처의 의뢰로 경찰국에서 치안국으로 이관되는 새 국면을 맞이한다.[25] 수사가 더욱 본격화된 것이다. 곧이어 11월 19일에 국회 제8차 본회의의 대정부질의전에서 민주당 최원호 의원은 한하운 사건의 철저한 조사를 국무총리 백두진에게 촉구한다. 이정선, 김영일 등이 제기한 의혹에서 더 추가된 것은 없으나, 정국은 사건으로 혼란한 시점에 『한하운시초』가 "각 군데에서 애독되고" 있음을 우려한 그의 발언에서[26] 이 시집의 사회적 파장력을 당시 정부가 얼마나 심각하게 여겼는지 알 수 있다. 실제로 치안국은 이 사건을 정치문화계에서 사찰중앙분실로 넘겨 3차에 걸쳐 조사하고 있었다.[27] 그러나 한하운의 신원은 의심할 바 없으며 정음사 사장의 사상 또한 온건한 편이므로 문제 될 것 없다고 한 치안국장 이성주의 기자회견 발표로(11월 21일),[28] 사건은 사필귀정의 방향으로 흐르게 되었다.

조사 과정에서 한하운은 『신천지』 발표작과 시집 초판을 자기가 썼으되, 이병철이 시 「데모」의 일부를 자신의 승인 없이 가필했으며, 이를 따지자 원고료 만 오천 원을 주길래 사양했지만 사측에서 주는 공

24 이정선, 「민족적인 미움을 주자—적기가 『한하운시초』와 그 배후자」, 『평화신문』, 1953.11.5~8.
25 「한하운은 실재 인물—치안국서 조사 경위를 발표」, 『평화신문』, 1953.11.26.
26 「한하운 시집 사건에 대한 최원호 의원의 질문과 국무총리의 답변」, 계훈모 엮음, 『한국언론연표 III 1951~1955』, 관훈클럽신영연구기금, 1993, 1099쪽.
27 「한하운 시집 사건—치안국서 본격 수사 개시」, 『태양신문』, 1953.11.24.
28 「한하운은 실재 인물—이 치안국장이 언명」, 『서울신문』, 1953.11.23.

금이라 하여 받았다고 진술하였다.[29] 언론의 공격에 침묵으로 대응해 온 그였지만 11월 24일에 평화신문사, 12월 초에는 중앙일보사에 내방하여 그간의 의혹을 해명함과 동시에 자신이 "정치적으로 이용"된 것 같다고 호소하였다.[30] 치안국 수사는 시의 가필 여부에 국한하는 방향으로 축소되면서[31] 점차 무혐의로 가닥 지어졌다. 12월 3일에 치안국은 한하운 사건을 검찰에 송치하겠다고 발표하며 조사를 마무리 한다.[32]

3. 정치적 무의식의 형성과 무하공화국 재론

시인 한하운이 휴전 후의 신정세에서 "문화선전과 사상적 공격"을 위해 암약 중일 문화 빨치산 이병철이라는 주장은 하나의 정치적 헤프닝으로 끝나고 말았지만, 당시 부평에서 나환자들을 이끌고 있던 한하운으로선 "치안국이니 검찰청이니 하여 불이 나게 불려 다니"면서 가짜 시인이자 간첩으로까지 의심받았으니,[33] 이 사건이 그의 내면에 남겼을 거대한 트라우마를 예상하기란 어렵지 않을 것이다. 특히 극우 반공 체제에서 월남민이자 나환자라는 이중의 제2국민으로서 감당해야 한 필화였던 만큼, 이후 그의 문학이 '한하운 사건'과 전연 무관하

29 위의 글; 『평화신문』, 1953.11.26.
30 「한하운은 실재 인물—치안국서 조사 경위를 발표」, 『평화신문』, 1953.11.26.
「정면에 나타난 한하운—"피빛 깃빨이 지나간다" 어구의 배후는?」, 『중앙일보』, 1953.12.4.
31 「시집 중 「데모」 구절만 문제—한하운 씨 실존 인물 판명」, 『동아일보』, 1953.11.25.
32 「한하운 시집 사건—금명 검찰로 송치」, 『태양신문』, 1953.12.5.
33 한하운, 『황토길』, 신흥출판사, 1960, 67쪽.

게 전개됐다고 본다면 오히려 그것이 이상한 일일지 모른다.

사건이 종결되자 한하운은 성계원과 신명보육원 원장 및 대한한센 총연맹 위원장으로서 바쁜 나날을 보내면서도 1955년 3월에 두 번째 시집 『보리피리』를 상자한다. "이 사건(한하운 사건－인용자)에 분발하여 약 2개월 동안 쓴" 시집이라고 한 자술과 "새 보증인으로 나선" 박거영의 인간사에서 출판한 점을 보아도,[34] 첫 시집의 필화가 『보리피리』 집필에 미쳤을 일종의 자기 검열기제를 짐작해 볼 수 있다. 실제로 같은 해에 간행된 『한하운 시전집』(1955)에서 그는 『한하운시초』 재판의 시 「행렬」의 제목을 초판의 원제목 「데모」로 다시 돌려놨으되, 작품 본문은 문제적인 구절들을 삭제한 재판의 것을 그대로 유지했으며 거기다가 "1946・3・13일 함흥학생사건에 바치는 노래"라는 각주까지 새로 추가해놓았다. 「데모」가 해방기의 남한이 아니라 북한의 실정失政을 겨누어 쓴 시였음을 부각한 셈인데, 사실 관계의 여부를 떠나 중요한 것은 그 같은 알리바이를 부기하면서까지 월남민으로서의 '순결'을 강조해야 했던 일종의 자기 검열 및 고백의 강박에 그가 시달리고 있었다는 사실이다.

정치적 무의식으로서의 강박은 『보리피리』 발간 후 곧바로 집필되기 시작한 회고록 「나의 슬픈 반생기」(반생기)에서 더욱 본격화된다. 1955년 5월부터 1957년 1월까지 『희망』에 연재한 이 글에서 한하운은 몸소 겪어야 했던 삶의 비운과 고통, 울분과 죄의식, 사랑의 욕망과 좌절 등을 포함한 '서러움'의 자전적 연대기를 써내려간다.[35] 서사

34 인용한 순서대로 위의 책, 170쪽; 최원식, 「한하운과 『한하운시초』」, 『민족문학사연구』 제54집, 민족문학사학회, 2014.4, 490쪽.

35 「반생기」의 다양한 감정들을 포괄하는 감정으로 '서러움'을 제시한 논자는 한순미이다. 그는 「반생기」에 난만한 "부끄러움과 죄의식, 슬픔과 아름다움, 두려움과 분노 등" 온갖 종류의 양면적 감정을 관통한

의 내용으로 볼 때, 한하운은 나환자라는 불구의 신체를 일관되게 내세우면서도 해방 이후부터는 정치적 격변에 휘말리게 된 자신의 역사적 신체를 새롭게 부각하고 있다. 집안의 몰락, 생활고, 책장사, 모친의 별세, "김일성 타도"를 모의한 동생과의 연루 혐의, 체포와 투옥, 취조와 고문으로 이어지는 「반생기」의 후반부 서술은 궁극적으로 "한 달 남직이 주검과 싸워 탈출"해야 했던 자신의 월남 동기가 '반공'에 따른 결백한 것이었음을 강조하고 있다. 이는 '한하운 사건'의 온갖 의혹을 불식시키기 위한 정치적 고백의 장치로도 볼 수 있다. 사실 그는 '한하운 사건'에 대해선 「반생기」에서 일언반구하지 않았다. 「반생기」는 월남하여 서울에 오기까지의 사건만을 다뤘기 때문이다. 하지만 연재가 끝나갈 무렵인 1956년 12월부터 그는 『현대문학』에 「나의 시작 수업」을 발표하면서 월남 이후 겪은 남한 생활에 관해 진술하기 시작한다.

주목할 것은 나환자로서 겪어야 했던 "가진(갖은-인용자) 학대"와 "문전걸식" 속에서도 열심히 시를 써서 "십여 편의 시작을 일구사구년 삼월에 잡지 『신천지』에다 투고하였다"라고 진술한 점이다.[36] 이는 이병철의 주선에 의해 시를 실었다는 치안국에서의 진술과 다른 것으로, "기억에서 이병철을 철저히 지워"버리고자 한[37] 그의 심경을 엿볼 수 있게 하는 대목이다. 이처럼 한하운은 치안국의 무혐의 처분을 받은 뒤에도 '빨갱이'와의 연루설에 대한 불안과 공포 속에서 이병철과의

서러움이야말로 "한하운의 자기정체성, 사회정체성, 민족정체성을 구축하는 근원적 감정"이라 보았다. (「'서러움'의 정치적 무의식-역사적 신체로서 한하운의 자전(自傳)」, 『사회와 역사』 제94집, 한국사회사학회, 2012.6, 300~301쪽)

36 한하운, 「나의 시작 수업」, 『현대문학』 제3권 제1호, 1957.1, 132쪽.

37 정우택, 「'한하운 시집 사건'(1953)의 의미와 이병철」, 『상허학보』 제40집, 상허학회, 2014.2, 176쪽.

우연한 만남까지 애초에 없었던 일로 은폐하고 있었다. 게다가 한하운 사건에서 겪은 그 우여곡절은 이북에서의 우여곡절과 마찬가지로 북한뿐 아니라 남한 사회에 대한 주변인적, 나아가 비판적 자의식까지를 공고히 하는 계기가 되었다. 1949년 가을부터 본격적으로 나 구료를 펼쳐 왔던 그에게 여전히 "이 사회는 나환자가 살 수 있는 조건을 모조리 박탈"하고 있을 뿐만 아니라,[38] "순성純性이 점점 없어지고 악으로만 나빠져 가고" 있는 사회로 여겨진다.[39] 월남 직후의 서울은 "북한 땅에서는 도저히 볼 수 없는 돈이 뿌려지"는 곳이자 향락・방종・권력・금력 등 "인간의 가장 심한 타락"이 판친 부정적 공간으로 회상되며,[40] 전쟁이 끝난 뒤에도 서울은 나환자들을 여전히 차별하는("동화하려고 하여도 외면하는") 인간성 상실의 공간으로 진술된다.[41]

이 같은 남한 체험의 환멸과 함께 한하운은 정부 주도 구라 사업의 부작용과 비효율성을 지적하면서 나환자의 이상적 자치 정착촌인 '무하공화국' 설립을 구상, 구체적인 운영 계획을 1958년 4월에 발표하기도 한다.[42] 하지만 "무하공화국의 / 꿈은 / 유토피아를 / 연구하게 되었다. // 이 / 실험은 / 용인龍仁에 이상촌 동진원東震園을 낳았다"라고 한 발언과[43] 동진원이 실제 만들어진 시기가 1953년 상반임을 고려해보면, 무하공화국은 그보다 더 이전인 전쟁이 한창이던 때부터 구상된 것으로 보인다.

---

38 한하운, 「천형 시인의 비원-'무하공화국'의 수기」, 『현대』 제2권 제4호, 1958.4, 인천문화재단 한하운 전집 편찬위원회 엮음, 『한하운 전집』, 문학과지성사, 2010, 719쪽.
39 한하운, 「인간에 대한 반항 정신으로」, 『신문예』 제3집, 1958.9, 21쪽.
40 한하운, 「명동 거리 1」, 『황토길』, 신흥출판사, 1960, 96쪽.
41 한하운, 「명동 거리 2」, 위의 책, 188쪽.
42 한하운, 「천형 시인의 비원-'무하공화국'의 수기」, 『현대』 제2권 제4호, 1958.4.
43 한하운, 「새 물결 치는 내일」, 『황토길』, 신흥출판사, 1960, 247쪽.

이 문제와 관련하여 과거 그가 펼쳤던 나 구료 사업을 잠시 짚고 가도록 하자. 1950년 3~5월에 나환자 정착촌인 '성계원'과 정착민의 자녀 보육을 위한 '신명보육원'을 설립한 한하운은 이후 전쟁을 거치면서 무하공화국을 구상, 그에 따라 1953년 상반에 완치자癱者들의 자급자족 공동체인 '동진원'을 건설한 후 나아가 환우들의 교양 계몽을 위한 문화 복지관인 '신횡예술원' 건립을 추진한 바 있다. 실제로 한하운은 정부의 허가로 1953년 여름 "대방동大方洞에 약 이만 평"의 부지까지 얻어낸 상태였다.[44] "이럴 때"인 8월경부터 하필 그에게 '한하운 사건'의 회오리가 불어닥치기 시작한 것이다. 그해 하반기 내내 메카시즘에 시달리면서 그의 "피와 땀으로" 추진된 신횡예술원 계획은 결국 정부의 해산 명령에 따라 무산되고 말았다. 무하공화국 수립을 위한 사업이 차질을 빚으면서, 특히 '빨갱이'라는 의혹의 시선 속에서 나환자를 위한 그의 자치 공동체 건설은 수면 아래로 가라앉아야 했던 것이다.

그렇다면 무하공화국 설립을 대략 5년 뒤인 1958년 4월 정부에 다시 요구하게 된 사실은 무엇을 의미하는 것일까. 주목할 것은 1957년 초부터의 그의 글들에서 「반생기」에 가득했던 반공의 수사와 이를 통한 이념적 자기 항변이 현격히 줄어드는 추세를 보인다는 점이다. 「반생기」 연재가 완료되자 한하운은 월남 후 남한 체험을 다루기 시작하면서 반공의 수사를 동원하는 일을 멈추게 된다. 오히려 그는 나환자를 차별, 소외시키는 삼팔선 이남에 대해 "동화되지 않는 이방인" 같은 곳이라 말하기까지 한다.[45] 1957년을 경과하면서 남한 사회

44 한하운, 「운명의 반항 (1)」, 위의 책, 147쪽
45 한하운, 「명동 거리 2」, 위의 책, 187쪽.

에 대해서도 거리 두기와 비판적 발언을 개시하게 된 것이다. 특히 1960년에 그는 해방기의 미 군정을 "아주 개판인 지리멸렬의 혼란의 세상"이자 "나에게는 지옥"이었다고 술회하기까지 했는데,[46] 당시의 반공 체제 하에서 이 같은 위험한 발언은 한때 불온성 혐의로 고초까지 치른 그에게 결코 쉽지 않은 일이었음에 분명하다. 메카시즘의 광풍을 겪은 그에게 '무하공화국'과 '남한 비판'은 자기 검열이 작동되는 지점으로서, 생각할 수는 있으나 실제 발화되선 안 되는 금기의 기표들이었기 때문이다. 그럼에도 이 기표들을 과감하게 드러낸 사실에서 우리는 과거 '한하운 사건'의 레드 콤플렉스와 심리적 위축에서 점차 벗어나게 된 그의 내적 변화를 읽어낼 수 있을 것이다. 이 변화의 전개 과정과 양상을 실제 작품 분석을 통해 보다 상세히 살펴보도록 하자.

4. 『보리피리』의 자연 서정과 60년대 시의 실천

1949년 5월에 첫 시집을 내고 나환자촌에 정착, 이후 구라사업에 뜻을 두게 된 한하운이 전쟁기를 거치면서 무하공화국을 구상, 실천했으나 전후戰後 메카시즘의 광풍 속에서 차질을 빚게 됐음을 살펴보았다. 특히 한하운 사건을 통해 그의 내면에 형성된 레드 콤플렉스를 「반생기」에서 읽을 수 있으며, 그럼에도 1957년부터는 반공의 수사

46 한하운, 「생명과 자학의 편력」, 위의 책, 36쪽.

를 탈각하고 월남 후 남한 체험을 다루기 시작, 1958년부터 무하공화국 재론과 함께 나환자에 대한 차별적 현실을 비판하면서 레드 콤플렉스로 인한 위축에서도 점차 벗어나게 됐음을 논하였다. 『보리피리』(1955)는 이 일련의 과정 중에서 한하운 사건을 겪은 직후이자 「반생기」의 직전에 발표된 시집이다. 『한하운시초』(1949)와 5년 남짓 격차가 있지만, 가속화된 극우 반공체제와 신변상의 필화, 이를 투영한 「반생기」의 반공 이념을 고려해 볼 때, 『보리피리』의 자연적 서정을 '시적 후퇴'로 치부하는 것은 보다 면밀한 검토가 요구되는 문제라 할 수 있다.[47]

『보리피리』는 『한하운시초』에 비해 매우 변화된 시세계를 보여준다. 해방 공간 체험을 주조로 한 『한하운시초』에는 불구의 나환자가 겪는 천형의식과 죄의식을 중심으로(「벌」·「삶」), "발가락이 또 한 개 없다", "손가락이 한마디 / 머리를 긁다가 땅 우에 떨어진다" 등의 신체 손실을 그로테스크하게 표현하거나(「전라도 길」·「손가락 한 마디」), 혹한의 공포 속에서 "아직도 살아있는 목숨"을 재확인하며 강렬한 생명 욕구를 토로하는 등(「목숨」), 극한의 상황과 대치하는 실존적 주체의 몸부림이 가득 차 있다. 이 같은 몸부림은 나환자이자 월남민이라는 이중의 제2국민으로서 겪게 된 단절감과 소외감을 통해 설움, 울분 등의 격한 감정으로 변주된다. 스스로를 사람도 짐승도 못 되는 자이자 "하늘과 땅과 / 그 사이에 잘못 돋아난 / 버섯"(「나」)으로 인식하

47 일례로 최원식 교수는 하위자 주체의 경이로운 언어를 담아낸 『한하운시초』를 한하운 시세계의 정점으로 본 후 『보리피리』에 대해선 "운명 또는 사회에 대한 실존적 저항이 실종"했다고 평가절하하였다(「한하운과 『한하운시초』」, 『민족문학사연구』 제54집, 민족문학사학회, 2014.4, 490~491쪽). 『한하운시초』의 성취를 기준으로 놓고 보면 적절한 평가로 보인다. 이에 동의하면서 본고는 시적 후퇴가 유발된 맥락과 동기들에 관한 종합적이자 면밀한 검토를 시도하고자 한다.

는 주변적, 경계인적 자의식 속에서 시인은 "낯선 문패와 / 서투른 번지수를 우정 기웃거리며" 구걸로 생계를 연명해야 했다(「막다른 길」). 해방기의 남한 땅에서 다시금 비국민 신분으로 살아야 했던 혼란감은 "또 다시 나에게 어데로 가라는 길이냐"(「꼬오·스톱」), "그래 여기가 바로 어느 동서남북이란 말이냐"(「업과」) 등의 방향 상실감으로 확대되면서 "아— 여기서 / 나는 누구의 이름을 불러보아야 하나. // (…중략…) // 아모리 불러 보아야 / 답 없는 밤이었다"(「자벌레의 밤」)에서 나타나듯 전망 부재의 현실에 대한 막막한 호소로 귀결되었다. 천형과 원죄의 자의식, 신체의 변형과 상실에 따른 불안, 현실로부터의 단절과 소외 및 방향 상실감을 전면화한 『한하운시초』에는 타자화된 제2국민으로서 한하운이 겪게 된 슬픔과 설움, 나아가 울분과 항변의 비극적 파토스가 넘치고 있었던 것이다.

남한 현실과의 긴장적 관계에서 산출된 『한하운시초』가 4년 후 극우 반공체제를 맞이하여 한하운 사건이라는 필화를 겪게 됐음은 앞서 살핀 바와 같다. '빨갱이'라는 의혹과 누명을 벗기까지 전후戰後의 그가 감당해야 했던 고초가 실로 해방기에 '문둥이'로서 치러낸 설움과 울분 못지않았으리란 점은 충분히 예상되는 바이다. 그럼에도 『보리피리』는 첫 시집의 비극적 파토스와 현실 대결 의지를 상당 부분 희석한 채 서정적 자연의 품으로 귀의하는 모양새를 취한다. 실제로 『보리피리』는 무지개(「무지개」), 벚꽃(「답화귀」), 잔디밭(「청지유정」), 달(「추석달」), 부엉이(「부엉이」), 느티나무(「국토편력」) 등 과거와 달리 자연물을 주 소재로 다루면서 자연의 아름다움에 도취된 화자를 전면에 부각하고 있다.

남몰래 恨이 가도록 울고 싶어서
파랑 잔듸를 찾어 갑니다.

人間 廢業,
天刑 怨恨을 울었읍니다.

몇 백번 죽엄을 고쳐 죽어도 자욱 자욱 피 맺친
그리움과 뉘우침이 가득찬 문둥이 아니겠읍니까.

(… 중략 …)

눈 감고 눈 감고 누어서 조는
靡寧의 피로한 몸에
폭신한 파랑 잔듸는
生命의 胎盤인양
地靈의 血脈이 이다지도
내 血管에 싱싱한채 循環합니다.

—「青芝有情」 2~4, 6연[48]

"인간 폐업"의 나환자로서 느낀 "천형 원한"과 이로 인해 내면에 각인된 "피 맺친 그리움과 뉘우침"을 진술한 것은 『한하운시초』와 유사하지만, 이 비극적 감정을 다루는 방식이 시초의 경우 자학과 울분 또

48 한하운, 「청지유정」, 『보리피리』, 인간사, 1955.

는 자기 항변으로 나타났다면, 위 시에서는 "폭신한 파랑 잔듸"에 누워 "생명의 태반"과 "지령의 혈맥"을 느끼는 서정적 자아의 자연 합일 속에서 해소되고 있다. 특히 대자연의 혈맥이 혈관에 "싱싱"하게 돌고 있다고 한 표현은 시초에서 보기 힘든 것으로, 현실에서 불가능한 소속과 소통의 감각을 자연에서 찾게 된 내적 변화를 알려주고 있다. 무지개의 출현과 소멸을 관조하면서 인간사의 "아름다운 공허"를 자각하거나(「무지개」), 대자연이 빚어내는 "축연"과 "세월의 다사 움(다사로움-인용자)"을 노래한 것(「국토편력」) 또한 시초에서의 방향 상실감을 자연과의 동화를 통해 해소하고자 한 시도로 볼 수 있다. 그렇다면 『한하운시초』와 『보리피리』의 이 같은 시적 간극을 어떻게 보아야 하는 것일까. 이 문제는 『보리피리』 간행 후 발표된 일련의 시론들과 연관 지어 살필 필요가 있다.

① 越南하여 滿二年間 人間와 社會에서 쫓기고 다시 그 人間과 社會의 가진 虐待를 받고 門前乞食의 辛酸苦楚에서 精神異常이 걸릴 것만 같은 露命을 허덕거리며 現實의 殘虐을 否定하고 썩은 肉體에서 內燃하는 詩魂의 白光이 나의 삶을 이었다.

무너져가는 肉體에 拍車를 부비고 찢어진 紙幅에다 언손을 불어가며 十餘篇의 詩作을 一九四九年 三月에 雜誌 『新天地』에다 投稿하였다.

② 나는 이 詩作授業에서 癩病을 克服하였고 슬픔과 孤獨을 超克할수가 있었다. 슬픈 輪廻속에서 이 人生의 하나하나가 더욱 아름다워지고 山川草木이 아름다운 흐느끼는 切痛으로 燦爛히 祖國땅에 길이 깔아 앉는 (… 중략 …)

詩는 하나의 '道'인 것을 確實히 認識한다. 또 高遠한 곳에 있다. 世界運行의 根底와 無限 無窮의 叡智와 奧妙를 探究하여 정말로 人間에게 眞實한 理想을 줄수 있는 새로운 神話의 創造를…… 아니 豫言을…… 나는 써야 하겠다.

—「나의 詩作修業」[49]

앞에서도 언급했지만 「나의 시작 수업」은 월남하기까지의 과거를 술회한 「반생기」 연재가 마무리되면서 발표된 글이다. ① 1953년 하반에 한하운 사건으로 홍역을 치른 뒤, ② 시집 『보리피리』(1955.3)를 내고, ③ 「반생기」(1955.5~1957.1)를 통해 이북의 사회주의를 비판, 자신의 월남 동기가 반공에 따른 '순수'한 것임을 항변해야 했던 한하운은 곧이어 ④ 「나의 시작 수업」(1956.12)을 기점으로 남한에서 겪은 삶을 진술하기 시작한다. 인용문 ①은 월남 직후 나환자로서 감당해야 했던 "가진 학대"와 "현실의 잔학"을 거론하면서 이에 맞선 내면의 고투가 『신천지』 발표작과 시집 『한하운시초』로 이어졌음을 밝히고 있다. 주목할 곳은 "십여 편의 시작을 일구사구년 삼월에 잡지 『신천지』에다 투고하였다"라고 한 부분이다. 이병철의 주선에 의한 문단 데뷔를 은폐한 것으로, 실제로 이 글 어디에서도 이병철과의 만남이 언급되지 않은 점에 유의할 필요가 있다. 즉 1953년 하반기에 빨갱이 논란을 치른 후 만 3년이 지나도록 한하운은 여전히 레드 콤플렉스 속에서 이병철의 존재를 숨겨야 하는 일종의 자기 검열에 시달리고 있었던 것이다. 그런 의미에서 그 이전에 산출된 『보리피리』 또한 불

49 한하운, 「나의 시작 수업」, 『현대문학』 제3권 제1호, 1957.1, 132~133쪽.

온성 문제를 의식하던 때의 작품이자 한하운 사건의 구속력에서 자유로울 수 없었던 때의 시집으로 볼 수 있다.

인용문 ②는 이 같은 정황에서 접근해야 할 필요가 있다. ②는 슬픔과 고독의 초극, 생의 아름다움에 대한 발견, "산천초목"과 "찬란히 조국 땅에 길이 깔아 앉는" 자연에 대한 감동을 부각한 것으로 보아 『보리피리』와 그 이후의 시적 지향을 밝힌 부분에 해당한다. 그는 『보리피리』의 집필 과정에서 시가 우주 자연의 섭리를 탐구하는 "하나의 '도道'"임을 자각한 바, 앞으로 근원적인 "예지와 오묘"의 탐구를 계속 이어가리라 다짐한다. 한하운 사건과 불온성 문제를 의식한 자기 검열적 글쓰기 속에서 예지와 오묘의 탐구라는 초월적 작풍의 필요성을 선뜻 제기하고 있는 것이다.

뒤집어 보면 이는 억압적 현실로부터의 도피 욕구를 자연적, 초월적 세계의 탐구라는 형이상학적 논리의 구축을 통해 정당화하고 나아가 현실로부터 보증 받고자 한 시도로 볼 수 있다. 『보리피리』에 빈번하게 나타난 자연물 및 그 자연과 함께 하려는 서정적 동일시의 태도는 분명 주체와 대상의 갈등 및 분열로 일관된 『한하운시초』의 경우와 판이한 것이자 단절적이며 느닷없기까지 하다. 이렇게 그의 시세계가 급변하게 된 배경에는 한하운 사건을 통해 가해진 정치적 현실의 하중을 간과할 수 없다. 불온성 논란을 계속 의식하는 자기 검열 속에서 한하운은 『보리피리』의 자연 서정과 「반생기」의 반공 서사를 써내려가고 있었던 것이다. 『보리피리』의 시편은 『한하운시초』에 가득했던 현실과의 긴장과 대결 국면을 희석한 채 우주 자연의 미적 가상 속에서 자족하는 서정적, 낭만적 주체로 채워져 있다. 이를 두고 초월적 도피이자 미학적 긴장의 완화라고 비판할 수도 있겠지만, 실은 『보리피리』의 서정성과 낭만성을 현실로부터의 거세 불안 속에서, 더 이상 현실의 불온성 추궁에 휘말리지 않고자 선택된 내적 고충의 결과로 이해해야 할 필요가 있는 것이다.

뿐만 아니라 우주 자연의 세계는 그에게 위로처이자 휴식처가 되었다. 간첩 혐의의 고초까지 치른 시인에게 비극적 파토스와 현실과의 대결이 계속 연장, 심화되기를 바라는 것은 극소수 시인에게겐 가능할지 모르나 모든 시인들에게 기대되어야 할 성질의 것은 아니다. 산천초목의 자연은 핍박 받던 제2국민으로서의 시인 한하운이 삶의 고통과 상처를 달랠 수 있는 유일한 공간이었다. 그러나 이 대자연의 향유에만 만족했다면 『보리피리』 이후 그의 시세계는 평면적인 자기 복제를 반복했을지 모른다. 이를 의식한 듯 실제로 한하운은 『보리피리』를 낸 이후 1963년 초에 시 「세월이여」를 쓰기까지 무려 8년 동안 시를 발표하지 않았다. 대신 그는 이 공백기에 「나의 시작 수업」을 비롯한 일련의 시론을 발표하면서 자기 시세계를 점검하고 향후의 방향성을 모색하게 된다.

또한 「나의 시작 수업」(1956.12) 이후 한하운은 「천형 시인의 비원」(1958.4)을 통해 무하공화국 문제를 다시금 꺼내 들면서 나환자를 위한 이상 공동체 건립을 적극 주장하기에 이른다. 앞 장에서 살폈듯 무하공화국을 향한 그의 꿈은 한하운 사건에 휘말리면서 무산된 바 있다. 이를 다시 꺼내 들면서 나환자에 대한 차별적 현실을 비판적으로 성토한 것은 그만큼 한하운 사건의 레드 콤플렉스에서 벗어나기 시작한 그의 내적 변화를 알려준다. 실제로 곧이어 발표한 「인간에 대한 반항 정신으로」(1958.9)에서 한하운은 자신이 "무엇보다도 인간이 되기를 바라"는 존재이며 이를 위한 투쟁으로 "인간에 대한 반항"을 외치기에 이르렀다고 말한다.

> 악에 가득 찬 이 시대를 아름답게 정화淨化하여야 한다. 그러자면 현실에 대한 냉엄한 파악과 비판을 갖고, 잃어져가는 인간성의 반성과 인간복귀를 이룩할 수 있는 눈물 같은 그 옛날의 목가 '리리시즘'을 이 세상의 가슴에 부어주고, 자연을 신 같이 모실 수 있는 순진 소박한 시시대詩時代의 형성을 최촉하지 않으면 안되겠다.
>
> —「人間에 對한 反抗精神으로」[50]

당대 현실을 "악에 가득 찬" 인간성 상실의 시대로 규정하고 이의 정화를 위해 "현실에 대한 냉엄한 파악과 비판"을 부각한 태도에서도 한하운 사건의 심리적 위축에서 벗어나기 시작한 징후가 확인된다. 나아가 그는 상실된 인간성 회복의 한 방편으로 자연적 서정의 "목가 '리리시즘'"을 최촉하기도 한다. 이 글은 『보리피리』 간행 후 3년이 지난 뒤에 발표되었다. 그런 점에서 이 글에 나타난 비판적 현실의식을 『보리피리』의 시세계에까지 소급적으로 적용할 수는 없을 것이다. 『보리피리』의 자연적 서정은 분명 한하운 사건의 여파 속에서, 불온성 논란의 재발에 대한 두려움과 자기 검열 속에서, 유일하게 의지할 수 있는 심적 위안처로서 선택된 초월적 · 진공적 세계에 가까웠던 것이다. 그럼에도 3년이 지난 뒤에 나온 이 글은 『보리피리』에 구사된 미적 가상으로서의 자연적 서정을 현실 비판의 적극적 도구로 전환시킨 점에서 주목할 만하다. 『보리피리』 이후 자연적 서정에 대한 그의

50 한하운, 「인간에 대한 반항 정신으로」, 『신문예』 제3집, 1958.9, 21쪽.

인식에도 변화가 일어난 것이다. 변화는 다음의 글에서 보다 구체적으로 확인된다.

> ① 詩道를 닦음으로서 학대와 저주에서 일어서는 인종忍從—자학自虐과 자학을 넘어서는 눈물은 오히려 후련한 희열喜悅에 찬 청조靑條 같은 밝은 길이 터져 있는 것이다.
>
> ② 나는 앞으로 더욱 문둥이의 참된 영가靈歌를 읊을 것이다. 이 영가를 통하여 사람으로서 버림 받은 문둥이의 인권人權을 선언하며 인간으로서 해방解放을 부르짖을 것이다.
>
> —『黃土길』 서문[51]

①은 『보리피리』의 시세계를 자설한 대목에 해당한다. 시의 도를 닦으면서 그는 『한하운시초』를 지배한 "학대와 저주", "자학과 자학"의 세계에서 벗어나 "인종"과 절제된 "눈물"을 통해 대자연의 "후련한 희열"을 맛보게 됐다고 진술한다. 여기서 주목할 부분은 ②이다. "나는 앞으로"에서 알 수 있듯 ②는 『보리피리』 이후, 정확히 말하자면 이 글이 써진 1960년에 그가 구상 중이던 시의 방향성을 암시해주고 있다. 앞으로 그는 시를 통해 "문둥이의 인권을 선언하며 인간으로서 해방을 부르짖"는 나환자의 "참된 영가"를 노래하리라 선언한다. 무하공화국 수립을 제창한 「천형 시인의 비원」(1958.4)과 자연적 서정시로 인간성 회복을 도모한 「인간에 대한 반항 정신으로」(1958.9)를 통

51 한하운, 「서문」, 『황토길』, 신흥출판사, 1960.

해 한하운 사건의 상처를 딛고 현실과의 대결 및 비판의식을 회복해 낸 한하운이 이 글에 와서는 나환자의 인권과 해방을 위해 적극 실천하는 시까지를 쓰겠노라 다짐하고 있는 것이다. 이 같은 다짐은 곧이어 오마도 간척을 다룬 「세월이여」(1963.1~2), 「오마도」(1963.3~4), 「1964년 우리 생의 전쟁을 하자」(1963.11~12) 같은 시들에서 본격화된다.[52]

땅에서 못 살고 쫓겨난 한에
바다에 땅을 만든 인공육지의
오마도 대간척지에도
눈부시게 눈부시게 햇빛이 비친다.

새해가 왔어도
언제나 천대만 받고 우리끼리만 살았던 세월은
죽음밖에는 의지할 바가 없었지만
인제는 버려진 생에 불을 붙이자
활활 타는 거화의 솟는 불길은

내일을 위하여
모험에 뛰어들어
그리고 운명을 넘어
운명을 지배하는

52 한하운, 「세월이여―어느 정착지에서」, 『새빛』, 1963.1~2월; 「오마도」, 『새빛』, 1963.3~4월; 「1964년 우리 생의 전쟁을 하자」, 『새빛』, 1963.11~12월.

생의 전쟁을

생의 전쟁을 하자꾸나

그리고 만세 소리 만세 소리

인권선언을 목쉬게 외치자꾸나.

—「1964년 우리 생의 전쟁을 하자」 3~7연[53]

오마도 간척이란 1962~65년까지 소록도 자혜병원장인 조창원을 중심으로 한 나환자 이천여 명이 자활용 농지 확보를 위해 소록도 인근의 오마도 일대 바다를 메꾼 사건을 말한다.[54] 나환자의 자치 공동체에 많은 관심을 둔 한하운으로서 이 시는 "천대만 받고" 살아온 나환자들에게 "버려진 생"을 딛고 자활을 위한 간척 사업에 "불을 붙이자"고 독려하고 있다. 그에게 간척 사업은 단순히 생계 터전의 마련을 넘어서 사회에서 배척되고 멸시된 소수자의 "인권선언"을 위한 "생의 전쟁"을 치르는 것이기도 하다. 이 작품의 직접적 서술체와 감정의 분류奔流를 두고 시적 완성도를 문제 삼을 필요는 없다. 왜냐하면 이 작품은 나 구료 기관지 『새빛』에 실린 것으로, 처음부터 문학에 문외한인 환우들을 대상으로 하여 쓴 시이기 때문이다. 그보다도 이 시는 『보리피리』의 위축된 자아를 넘어서 비판적 현실의식을 회복해내고 사회적 실천으로까지 확장된 60년대 한하운의 시적 변모를 알려주는 사례로 평가될 필요가 있다. 나환자의 이상 공동체 수립에 심혈을 기

53 한하운, 「1964년 우리 생의 전쟁을 하자」, 『새빛』, 1963.12. 이 시의 인용은 인천문화재단 한하운 전집 편찬위원회 엮음, 『한하운 전집』(문학과지성사, 2010)의 것으로 하였다.

54 조창원은 이청준의 소설 『당신들의 천국』에 등장하는 소록도 병원장 조백헌 대령의 모델이 되기도 하였다.

울여온 한하운으로서,[55] 시를 통해 소록도 환우들의 간척 사업을 적극 의미화하고 지원한 것은 실로 의미심장한 대목이라 할 것이다.

그러나 소록도 나환자들의 숙원이었던 오마도 간척은 완공 직전인 1965년 정부의 개입으로 무산되고 만다. 나환자와 함께 살 수 없다면서 간척을 성토한 내륙 주민들의 총선 표를 의식하여 당시 정부는 간척지 땅을 내륙 주민들에게 분양해주고 만 것이다. 이에 대한 한센인들의 실망과 울분이 더할 나위 없이 컸음은 주지의 사실이다. 한하운의 시 또한 60년대 후반에 이르자 당대 정치권과 모순된 현실에 대한 전면적인 비판으로 나아가게 된다.

> 永久執權에
> 나라를 私有하려는 無限政治에
> 살 길이 막히고
> 내다보이는 來日이 없이 캄캄한
> 백성은 꿈만 먹고 사는 貘일 수 없어
> 못 살겠다 갈아 보자고
> 일어선 貘들은
>
> (… 중략 …)
>
> 뒤엎었어도

55 「천형 시인의 비원」(1958.4)을 통해 무하공화국 설립의 필요성을 적극 제기한 한하운은 이후 실제로 1960년 2월에는 운영난에 처한 청운보육원을 재건하였고, 1962년 9월에는 안성 공도면에 고아들의 재활을 위한 20만 평 규모의 안평농장을 건립한 상태였다.

빈대떡 맛은 아무리 해도 빈대떡 맛이라
케세라세라 케세라세라
세상은 諸味十八湯.

무엇을 하라는 나라인지
무엇을 할 나라인지.

—「自由黨」 51~55연[56]

자유당 정권의 부패와 부정선거를 부각한 작품이다. 그에 따르면 과거 자유당 정부는 사실상 "악의 경연대회"가 펼쳐진 "이권운동장"이자 "국가 자유시장"을 명분으로 한 "정부 노다지주식회사"였으며(17연), 그 시절의 사회상 또한 "돈 따라 / 상품처럼 팔려"나가는 속물 자본주의의 "요정 정치", "호텔 정치", "관광 정치"가 판친 데 불과하다(45연). 반공주의의 서슬이 여전한 60년대에, 과거 한때 억울한 누명을 써야 했던 자로서 자신에게 그 혐의를 씌운 정권을 두고 날카로운 비판을 가한다는 것은 실로 적지 않은 용기가 필요한 일이었을 것이다. 뒤이어 한하운은 인용문에 나타나듯 "영구집권"을 꿈꾼 정권에 맞선 4·19혁명까지를 진술한다. 흥미로운 것은 혁명의 실패에 따른 체념과 울분이 제시된 점이다. 새로운 시민사회 질서가 물 건너가고 세상은 될 대로 되라는 식("케세라세라")의 혼란에 다시 처하게 되었다. "무엇을 하라는 나라인지 / 무엇을 할 나라인지"라고 묻는 마지막 연은 시대적 방향 상실감 및 그에 따른 한탄과 걱정, 자조와 울분을 압

56 한하운, 「자유당」, 『현대한국문학전집』 18, 신구문화사, 1965.

축적으로 드러내고 있다. 동시기의 김수영 시에서도 발화된 이 같은 현실 인식은 그간의 한하운 시 연구에서 간과된 것으로,[57] 한하운을 『한하운시초』의 '문둥이' 시인으로만 한정 지어야 하는가에 대한 의문을 남겨준다. 물론 위 시에 나타난 체념과 자조, 한탄과 울분의 감정은 『한하운시초』와 유사한 데가 있지만, 그럼에도 그 감정들의 성격이 달라지게 된 배경에는 그의 시의 시선이 개인적 비극에 머물지 않고 동시대의 사회적 비극을 성찰, 투시하는 방향으로 확산된 데서 찾아져야 할 것이다.

5. 결론

최근 한하운 사건의 실체와 의미를 밝히려는 연구들이 대두하면서 한하운을 독특한 소수자 문학, 다시 말해 한센인 문학으로만 파악해오던 기존의 관점을 넘어서는 시야의 확대가 이루어져 왔다. 이들 연구들은 해방기와 전후戰後의 문학적, 정치적 장과 연동지어 한하운 시를 통해 거꾸로 극우 반공주의 체제의 억압과 공포, 역사적 상흔을 읽어낸 의미가 있다. 그럼에도 해방기의 좌익 시인 이병철 및 전후 반공주의 체제와의 상관성을 부각하느라 『한하운시초』에만 치중한 것은 한하운을 '유령 시인' 논란의 당사자이자 피해자로만 기억되게 할 우려를 낳고 있는 것이 아닌가 생각된다.

57 최근 고명철 정도만이 60년대의 한하운 시가 성취한 사회 참여와 비판적 현실의식에 주목하고 있는 실정이다. 고명철, 「'나해방(癩解放)'을 향한 울음의 시학」, 『한하운 시선』, 지식을만드는지식, 2013.

이 같은 문제의식에서 본고는 우선 제2장에서 한하운 사건을 최대한 실증적으로 복원하되, 제3장을 통해서는 한하운 사건으로 고초를 치른 후의 한하운이 전개한 일련의 활동들에 주목하였다. 이 과정에서 시인의 궁극적 염원이 나환자의 이상적 공동체, 즉 무하공화국 건설에 있었음을 확인하였다. 한하운에게 무하공화국이 지닌 의미는 각별하다. 왜냐하면 무하공화국은 나환자이자 월남민으로서 겪은 남한 사회에서의 이중적 질곡을 극복하고자 그가 기획한 실천적 프로그램이었기 때문이다. 물론 성계원과 신명보육원 발족으로 시작되어 전쟁기에 구체화된 그의 무하공화국 계획은 신횡예술원 추진을 앞두고 한하운 사건(1953)에 휘말리면서 좌초되지만, 반공의 수사 속에서 스스로의 이념적 정당성을 항변한 「반생기」(1955.5~1957.1) 연재를 완료지은 후 그는 본격적으로 나환자를 소외, 차별하는 남한 사회에 대한 환멸과 비판적 발언들을 개시하면서 레드 콤플렉스의 위축된 자아로부터 점차 벗어나는 면모를 보여주었다. 무하공화국 건설을 다시 꺼내들면서 "나환자가 살 수 있는 조건을 모조리 박탈"하고 있는 현실을 성토한 글 「천형 시인의 비원」(1958.4)이야말로 결정적 증거가 된다 할 것이다.

한하운의 시세계는 한하운 사건과 레드 콤플렉스 및 무하공화국 추진에 따른 이상의 정신적, 활동적 변모를 고려하지 않고는 온전한 접근을 기대하기 어렵다. 천형과 원죄의식, 자학과 울분, 신체 상실의 공포, 현실과의 단절 및 방향 상실감을 전면화한 『한하운시초』(1949)와 대자연과의 서정적 합일을 도모한 『보리피리』(1955) 사이에 놓인 시적 간극을 해명하고자 제4장에서 필자는 이들 시집의 특징을 개괄하면서 일련의 시론들을 함께 검토하였다. 반공에 따른 월남 동기를 서사화한 「반생기」와 이병철에 의한 문단 데뷔를 숨긴 「나의 시작 수업」(1957.1) 때까지만 해도 한하운은 첫 시집의 필화로 형성된 레드 콤플렉스 및 자기 검열기제로부터 자유로울 수 없었다. 그런 의미에서 그 이전에 산출된 시집 『보리피리』는 『한하운시초』를 거꾸로 비춘 거울 텍스트에 해당한다. 『보리피리』에 나타난 서정적 자연의 세계는 한하운 사건의 구속력 속에서, 불온성 시비의 재발에 대한 두려움과 자기 검열 속에서, 남한 사회로부터의 거세 불안 속에서 구축된 미적 가상의 세계이자, 유일하게 의지할 수 있는 심적 도피처 및 위안처로서의 성격을 띠고 있었던 것이다.

그럼에도 이후의 그는 자연과 서정의 리리시즘을 현실의 도피처 정도로 여기던 『보리피리』의 수준을 넘어서 "악에 가득 찬" 인간성 상실의 시대를 정화하기 위한 실천적 도구로 인식하기 시작하였고, 나아가 "현실에 대한 냉엄한 파악과 비판"의 필요성을 천명하기에 이른다. 금기시된 무하공화국을 「천형 시인의 비원」(1958.4)을 통해 다시 주장할 정도로 레드 콤플렉스의 심리적 위축에서 벗어나게 된 한하운이 「인간에 대한 반항 정신으로」(1958.9)를 통해서는 『한하운시초』에서 보여준 바 있었던 현실과의 대결 및 비판 정신까지를 회복하게 된 것이다. 뿐만 아니라 이 시기에 이르러 그가 획득한 비판적 현실 인식은 『한하운시초』의 일개 '문둥이'로서 가졌던 개인적, 내향적인 자학과 울분을 넘어서 나환자 전체의 복리를 향한 공동체적이자 외향적인 실천의 방향성을 띠게 된다. "문둥이의 인권을 선언하며 인간으로서 해방을 부르짖"기 위한 "참된 영가"를 노래하리라 다짐한 한하운은 실제로 1963년에 오마도 간척을 독려하는 시들을 제출하면서 "생의 전쟁"을 통한 나환자의 "인권선언"을 외치기에 이른다. 오마도 간척은 실패로 돌아갔지만, 한하운은 60년대 후반의 시편을 통해 자유당 정권의 부패상을 강도 높게 비판하였다. 한때 자신에게 억울한 누명을 씌운 정치 세력에 대하여 서슴지 않고 날카로운 비판을 가한 점이야말로 그의 시적 이력에서 간과되어선 안 될 부분이라 할 수 있다. 극우 반공주의 체제의 직접적 피해자였던 한 사람으로서, 그의 시세계는 개인적이자 역사적 상흔을 딛고 일어선 실존적 분투의 궤적을 역동적으로 보여준 사례에 속하기 때문이다.

참고문헌

1. 일차 자료

『경향신문』, 『동아일보』, 『서울신문』, 『중앙일보』, 『태양신문』, 『평화신문』

『새빛』, 『신문예』, 『신천지』, 『현대』, 『현대문학』, 『희망』

한하운, 『한하운시초』, 정음사, 1949.

_____, 『한하운시초』(재판), 정음사, 1953.

_____, 『보리피리』, 인간사, 1955.

_____, 『한하운 시전집』, 인간사, 1956.

_____, 『고고한 생명—나의 슬픈 반생기』, 인간사, 1958.

_____, 『황토길』, 신흥출판사, 1960.

_____, 「자유당」, 『현대한국문학전집』 18, 신구문화사, 1965.

인천문화재단 한하운 전집 편찬위원회 엮음, 『한하운 전집』, 문학과지성사, 2010.

2. 단행본 및 논문

계훈모 엮음, 『한국언론연표 Ⅲ 1951~1955』, 관훈클럽신영연구기금, 1993.

고명철, 「'나해방(癩解放)'을 향한 울음의 시학」, 『한하운 시선』, 지식을만드는지식, 2013.

정우택, 「'한하운 시집 사건'(1953)의 의미와 이병철」, 『상허학보』 제40집, 상허학회, 2014.2.

정희상, 「정국은 간첩조작사건」, 『말』, 1989.9.

정진석, 「문둥이 시인 한하운과 올챙이 기자 오소백」, 『전쟁기의 언론과 문학』, 소명출판, 2012.

최명표, 「한하운 시의 정치시학적 연구」, 『현대문학이론연구』 제26집, 현대문학이론학회, 2005.12.

최옥산, 「베이징 농학원 시절과 중국의 한하운」, 『인천가치재창조 국제학술심포지엄—한하운, 그의 삶과 문학』, 부평역사박물관, 2017.9.23.

최원식, 「한하운과 『한하운시초』」, 『민족문학사연구』 제54집, 민족문학사학회, 2014.4.

한순미, 「'서러움'의 정치적 무의식—역사적 신체로서 한하운의 자전(自傳)」, 『사회와 역사』 제94집, 한국사회사학회, 2012.6.

2부

새로 찾은 한하운 연보

한하운의 '역사만들기'와 '인간개업' 선언

김현석
인천민속학회 이사

1. 한센인의 망향亡鄕과 생의 연대기

한하운의 본명은 태영泰永이다. 함경남도 함주군咸州郡 동천면東川面 쌍봉리雙峰里에서 태어났다. 1947년 월남한 후, 고향땅을 밟지 못한 채 1975년 사망했다. 한하운에게 고향은 '성한 사람'으로 살았던 시절의 기억이 남은 곳이다. 월남은 그 시절과의 단절을 의미했다. 남한에서의 삶은 온전히 한센인의 삶이다. 고향을 읊은 글들이 적지 않지만, 말년에 쓴 「「함흥차사」의 내 고향함흥」은 한하운이 부르는 마지막 망향곡望鄕曲과도 같다.

나에게는 고향이 있으면서도 고향이 없는 사람인 것같다. 실향失鄕이란 말도 있다. 그러나 망향亡鄕이란 말이 있을까. 또 사향死鄕이란 말이 있을까. 이런 말이 있다면 나는 나의 고향 함흥咸興을 나에게는 망향亡鄕 또는 사향死鄕이라고 하고 싶다.

내가 고향이 없다는 것은 다 고향이 남북이 분단이 되어서 고향에 갈 수 없다고 해서 말하는 것이 아니다. 내가 나병자癩病者라서 영원히 영원히 고향에 갈수 없어서 없다는 것이다.[1]

이 글을 쓴 1973년은 한하운이 '나해방癩解放'을 위해 동분서주하던 시절이다. '인간폐업령'까지 선언했던 한센인의 굴레를 벗고 한센인의 정착과 복지에 나머지 여생을 맡겼다. 그러한 때, 다시 고향을 전면에 드러내 '고향이 있으면서도 고향이 없는 사람'이라고 자조하는 모습은, 아무래도 이 무렵의 한하운과 어울리지 않는다. 한하운은 결국 귀향하지 못하고 김포에 영면永眠했다. 묘비에는 「보리피리」와 함께 생몰년만 단출히 새겨서 남겼다.

한하운에게 한센인의 삶은 기본적으로 유랑流浪과 걸식乞食의 삶이고, 은둔과 자조의 삶이었다. 앞날을 기약할 수 없는 한센인에게 생의 연대기란 무의미했다. '산 송장'인 '문둥이'가 개인의 '사史'를 의식하는 건 사치였을 뿐이다. 사람들과 동화同化할 수 없는 것이 한센인의 운명이었다. 그렇기 때문에 집에 찾아온 손님을 피해 벽장 속에 숨은 한하운의 기억은 아프게 읽힌다.

이렇게 컴컴한 벽장 속에서 울다가 잠이 들면 손님이 간 후에 어머니는

1 한하운, 「「함흥차사」의 내 고향함흥」, 『북한』 1973년 3월호, 북한연구소, 1973, 243~244쪽.

손님이 갔다고 벽장문을 열어서 나를 부르는 것이었다. 내가 대답이 없으면 쭈그리고 자는 나를 깨우고는 어머니도 울고 나도 울곤 하였다.[2]

한센인에게 비로소 계보가 생기는 것은 유랑이 정착으로 바뀌고, 자조의 삶이 치유의 삶으로 변할 때다. 한하운은 1950년대 중반 정착과 치유를 화두로 삼아 '나계癩界' 사업에 몸을 던지며 '인간개업人間開業'을 선언했다. '문둥이'를 '인간'으로 치환하자, 한하운은 잊었던 자신의 연대기를 다시 쓰기 시작한다. 그 결과물 중 대표격이 1958년 묶어 낸 『나의 슬픈 반생기』(이하 '『반생기』')다. 이외에도 『현대문학』, 『새빛』 등의 잡지 지면을 빌려 간간히 자전自傳을 써 나갔으나, 다만 아쉬운 것은 작품마다 드러낸 일관성의 오류다. 특히 월남 이전의 삶은 허점이 많다.

대개 저서 등을 통해 정리된 한하운의 연보는 한하운 본인의 진술에 의지하는 경향이 컸다. 『보리피리』, 『한하운시전집』, 『정본 한하운시집』 등에 실린 '저자약력'이 그렇다. 여기서 밝힌 이력은 한하운이 글 속에 서술한 이력과 또 한차례 어긋남을 보이니, 한하운의 완결된 연대기를 기대하는 건 아직도 쉽지 않다.

그런 탓인지, '한하운 연보'에 대한 관심도 적지 않아서 서거 35주기가 지난 시점에서 나온 『한하운 전집』[3]에서야 비로소 작가 연보가 정리되어 실렸고, 연보 검증 작업의 일환으로 원전비평이 진행되기도 했다.[4] 한하운은 문학외적 관심의 대상이기도 하다. 1953년에 있었던

2 한하운, 『나의 슬픈 반생기』, 인간사, 1958, 64쪽.
3 인천문화재단 한하운 전집 편집위원회 엮음, 『한하운 전집』, 문학과지성사, 2010. 이하 『전집』.
4 최원식, 「한하운과 『한하운시초』」, 『민족문학사연구』 54, 민족문학사학회 민족문학사연구소, 2014.

'한하운 시집 사건'이 대표적이다. 발단은 시집 『한하운시초』이나 사건의 본질이 '반공 냉전 프레임'으로 분석되기도 했다.[5]

한하운의 이력은 기본적으로 월남 이전과 이후로 나눌 수 있다. 『반생기』도 월남하는 광경에서 끝을 맺는다. 하지만, 보다 명확한 경계선은 1955년 『보리피리』의 발간이다. 그것은 '문둥이'와 '인간'의 경계이며, '인간폐업'과 '인간개업'의 경계이다. 이 글은 한하운이 『보리피리』 성공에 힘입어 자신의 연대기를 작성해 가는 과정을 살펴보고, 주변 자료들을 통해 생애 고증을 함께 진행하였다.

2. 한하운의 '연보' 개작改作

한하운은 1965년 1월, 잡지 『새빛』에 본인의 연보(이하 '『새빛』 연보')를 직접 정리해 발표했다. 11회째 연재 중인 「세계나문학소사」를 통해 나문학가로서 '시인 한하운'을 소개하는 형식이었다. 『새빛』은 '나병계몽지'를 표방한 『서광曙光』의 후신이다. 선명회 특수피부진료소에서 발간을 주도했고, 발행자는 유준柳駿이다. 1963년 2월 15일 격월간으로 발간해 오다가 1964년 8월호부터 제호를 고치고 월간으로 바꿨다. 한하운은 개간된 『새빛』 첫 호에 「새빛―축 「새빛」 창간」이란 축시를 썼다. 연세대학교 교수로 있던 유준은 1969년 『새빛』 창간 등의 공적을 인정받아 「5.16민족상」을 수상했다.[6]

5 정우택, 「'한하운 시집 사건'(1953)의 의미와 이병철」, 『상허학보』 40, 상허학회, 2014.
6 유준, 「개간사」, 『새빛』 제2권 제4호, 1964; 「(특집―창간6주년을 맞으며) 편집자 방담」, 『새빛』 제7권

『새빛』 연보에서 한하운이 평가하는 '시인 한하운'은 나문학의 선구자이며, 여전히 '나자해방癩者解放'을 위해 투쟁하는 이론가이자 실천가이다. 연보의 끝에 사족처럼 붙인 한하운의 자평을 직접 읽어보자.

> 그가 세상에 발표한 작품으로 말미암아 이 땅의 나환자에 대한 인식을 달리하는 전기를 마련했으며 이 땅에 나문학을 탄생케 하다.
>
> 그는 그의 예술세계를 오직 나자해방癩者解放에 쏟아 이론과 실천으로서 투쟁하며 사신捨身을 두려워하지 않고 한걸음 한걸음 앞을 나간다.[7]

『새빛』 연보는 한하운이 작성에 관여했을 가능성이 있는 연보 중 거의 최종판에 해당한다. 연도 등에 오류가 있긴 하지만, 내용이 비교적 상세하다. 기간을 따져 보더라도 저서 등에 밝힌 연보에 비해 최근의 족적을 담고 있어서, 자서전인 『반생기』가 월남에 성공해 동두천을 떠날 때까지의 일대기를 다뤘다면, 여기서는 1963년 경인종축장京仁種畜場 개설까지 언급했다.

내용이 서로 다른 여러 종의 연보가 존재하는 상황에서 비교 대상이 될 기준을 정하는 일이 선행되어야 할 텐데, 이 글은 한하운의 생을 편년編年하는 데 지표로 삼을 만하다. 이후 한하운 '연보'를 정돈하는 작업은 『새빛』 연보를 기본 텍스트로 하여 검토해 가도록 하겠다.

우선, 월남 이전까지의 서술이다.

제2호, 새빛사, 1969, 6~9쪽; 「(나병연구에 5·16민족상) 학예부문 본상에 유준 박사」, 『새빛』 제7권 제4호, 새빛사, 1969, 6~13쪽.

7 한하운, 「세계나문학수사」 제11회, 『새빛』 제3권 제1호, 새빛사, 1965, 18쪽. '한하운' 소개는 한 페이지에 모두 서술되어 있다. 이후 출전은 별도로 표시하지 않는다.

시인. 1920년(음) 3월 10일. 함남 함주군 동천면東川面 쌍봉리雙峰里 출생. 중국 국립 북경대학교 농학원 축목학계畜牧學系 졸업. 동同 대학원에서 연구중 나병의 재발로 귀향.

치료후 1943년 함경남도.경기도청.수의사로서 1년여 근무하다가 다시 나병의 악화로 고향인 함흥에 돌아가다.

위의 서술을 꼼꼼히 들여다보자. 생년월일은 1920년 음력 3월 10일이라고 썼다. 한국천문연구원KASI에서 운영하는 '천문우주지식정보'[8]의 도움을 빌리면, 이 날은 양력으로 환산할 때 1920년 4월 28일이 된다. 간지干支 표기는 경신庚申년 경진庚辰월 병진丙辰일이다. 다른 자료들 속에서 생일을 3월 10일로 밝힌 건, 뒤에서 살펴 볼 「약력 및 작가연보」[9]가 유일하다. 이곳에는 약력과 음력 표시는 없다. 음력 3월 10일이란 날짜는 『새빛』 연보에만 보인다.

학력은, 출생 이후부터 중국 유학 사이의 이력을 밝히지 않았다. 한하운은 학력을 모두 생략하고 국립북경대학교 수학만을 기재한, 이러한 형식의 이력 표기를 대략 1950년대 중반부터 일관되게 유지한다. 『새빛』 연보에는 국립북경대학교 입학년도와 졸업년도조차 밝히지 않았다.

1943년에는 직업과 관련해 세 번의 변화가 있었다. '함경남도,' '경기도청,' '수의사'다. 1년 동안 이 모든 과정을 거친다. 그 후 고향으로 돌아갔다. 원본에는 세 단어 사이에 가운뎃점이 찍혀 있다. 각기 다른 근무 경험이었다는 말이다. 하지만, 광복 이전 한하운이 수의사

8 한국천문연구원 천문우주지식정보(https://astro.kasi.re.kr).

9 한국근대문학관 소장.

로 개업했다는 기록은 확인되지 않는다. '수의사'는 직업이기보다 자격 요건으로 이해하는 편이 합리적이다. 이리농림학교를 정상적인 과정을 거쳐 졸업했다면, 한하운은 조선총독부가 발급하는 수의사 면허증을 받을 수 있었다.[10] 수의사 면허 제도가 시행된 것은 1937년 9월 1일 공포된 「조선수의사규칙」(조선총독부령 제132호)을 통해서다. 이미 한하운이 이리농림학교에 입학하던 해부터 수의사에 면허를 발급해 제도적으로 통제하기 위한 정책 수립이 시도되었다.[11] 1937년 공포돼 1938년 1월 1일부터 시행된[12] 「조선수의사규칙」은 기존에 수의축산과가 설치돼 있던 이리농림학교, 의주농업학교와 더불어 1937년 학과를 새로 설치한 수원고등농림학교 학생들에 한정해 면허를 인정하는 것을 원칙으로 하고 있다.[13] 1년여의 공무원 생활에 관한 전모가 명확히 드러나지 않는 상황에서 수의사로서 한하운의 위상은 향후 별도의 연구가 필요한 주제이다.

『새빛』 연보를 통해 확인 가능한 월남 이전 한하운 연보를 정리해

10 이리농림육십주년기념사업추진위원회, 『이리농림육십년사』, 1982, 42~43쪽.

11 『동아일보』, 1935년 11월 17일자, '수의도 면허.'

12 『매일신보』, 1937년 11월 25일자, '수의규칙 명년부터 시행.'

13 『매일신보』, 1937년 9월 1일자, '조선수의규칙 금일에 공포.' 일제강점기 수의사 제도 속에서 한하운의 위치에 대해서는 좀 더 세밀한 연구가 필요한 부분이다. 1938년 제정된 「국가총동원법」 이후 1939년 2월에 발포된 「수의사직업능력신고령」에 따라 수의사는 '특별등록'으로 취급되는 징용 대상이 되었다(『매일신보』, 1939년 3월 3일자, '국책상 협력요망, 수의사직업능력신고에 대하여'). 1941년에는 「조선수의사시험규칙」이 발표돼 '학설(學說)시험'과 '실지(實地)시험'을 거쳐 수의사를 배출했다(『조선총독부관보』 4318호, 1941.6.17). 이리농림학교 졸업 후 수의사 시험에 별도로 응시한 경우는, 한하운의 1년 후배인 청운 이기석(1923~2005)의 경우가 있다. 윤태석의 글에 의하면, 계룡산자연사박물관 설립자인 이기석은 재학 시절 한하운으로부터 문학과 문화에 대한 영향을 받기도 했다고 하는데, 졸업 후 독학으로 수의사 자격증을 취득한 뒤 '도청 수의사'에 취직한다(윤태석, 「관장 명감(12) - 그저 일만 하다간 사람 계룡산자연사박물관, 이기석」, 『Seoul Art Guide』 165, 김달진미술연구소, 2015. '김달진미술연구소' 홈페이지에서 재인용). 한하운의 일본인 졸업 동기생들 중 일부인 富坂米作, 德永昭夫, 今村久雄 등도 1940년부터 1943년 사이의 수의사 면허 발급자 명단에 이름이 나타난다(『조선총독부관보』, 4030.4348.4784호).

보면 다음과 같다.

—출생 : 1920년 음력 3월 10일.

—학력 : 국립북경대학교 농학원 축목학계 졸업 및 대학원에서 연구

—직업 : 함경남도, 경기도청, 수의사

이제 위의 연보를 여타의 자료들과 비교하여 검토해 볼 텐데, 아무래도 한하운 묘소에 있는 묘비를 먼저 살피는 것이 순서일 것이다. 한하운 묘는 경기도 김포시 장릉로 75에 있다. 묘 앞에 검은색 묘비가 서 있으며, 여기에 새긴 문구는 '1919년 2월 24일생 / 1975년 2월 28일 졸 / 미망인 유임수'다.

묘비 이외에 한하운 사후, 한하운을 기릴 목적으로 세운 시비도 여러 곳에 있다. 우선, 소록도에는 한하운의 '보리피리'를 새긴 넓직한 바위가 있다. '메도 죽고 놓아도 죽는 바위'란 별명이 붙은[14] 이 바위에 시인의 연보는 없다. 수원 세류동 수원천변에 있는 시비에도 연보가 없다. 시비 중 연보를 새긴 것은 옛 이리농림학교 교정에 있는 한하운 시비가 유일하다. 이리농공전문대학총동문회에서 1997년 세운 비석 뒷면에 출생과 학력이 아래와 같이 적혀 있다.

—1919년 2월 24일 함남 함주군 동천면 쌍봉리 한종규의 2남3여 중 장남으로 출생

—1940년 21세 이리농림학교 수의 축산과 졸업

14 『한겨레신문』, 1990년 3월 16일자.

—1943년 24세 중국북경대학 농학원 축목과 졸업후 귀국

사후 제작된 묘비와 기념물에는 생년월일이 동일하게 1919년 2월 24일로 정리됐다. 옛 이리농림학교의 시비는 1940년의 학교 졸업을 덧붙였는데, 나이가 걸린다. 1919년생이라면 이 해가 21세가 되는 건 만滿 나이로 따질 때 그렇기 때문이다.

한하운 생전에 발간한 저서들에도 연보가 삽입되어 있다. 아래의 것들은 1975년 이전 발간된 저서들 중 저자가 한하운으로 표기된 것들이다.

—『한하운시초』, 정음사, 1949.
—『보리피리』, 인간사, 1955.
—『한하운시전집』, 인간사, 1956.
—『나의 슬픈 반생기』, 인간사, 1958.
—『황토길』, 신흥출판사, 1960.
—한하운 · 이항성, 『(한하운 이항성) 시화집』, 문화교육출판사, 1962.
—『정본 한하운시집』, 무하문화사, 1964.

위의 저서들 중 저자의 '약력'을 첨부한 것은 『보리피리』, 『한하운시전집』, 『정본 한하운시집』, 『나의 슬픈 반생기』(3판에 수록), 모두 네 책이다. 『나의 슬픈 반생기』는 초판에는 '약력'이 없으나 1961년 펴낸 3판에 '저자약력'을 실었다. 각 책들에 수록된 약력 중 출생과 학력에 관한 내용을 옮겨 적으면 다음과 같다.

① 『**보리피리**』(1955년 3월 20일 발행, 초판본)

함남 함주군 동천면 쌍봉리 출생 / **단기 4252년 2월 14일 생(당當 37세)** / 함흥제일공립보통학교 졸업 / 이리공립농림학교 수의축산과 졸업 / 일본 동경 성계成蹊고등학교 졸업 / 중국북경대학 농학원 축목학계 졸업 / 동대학원에서 수년간 연구 귀국함

② 『**한하운시전집**』(1956년 6월 15일 발행, 초판본)

함남 함주군 동천면 쌍봉리에서 출생 / **1919년 2월 24일 생(당當 38세)** / 함흥제일공립보통학교 졸업 / 이리공립농림학교 수의축산과 졸업 / 일본 동경 성계成蹊고등학교 졸업 / 중국 북경대학 농학원 축목학계 졸업 / 동대학원 농학원 축목학계 졸업

③ 『**나의 슬픈 반생기**』(1961년 7월 25일 발생, 3판본)

함남 함주군 동천면 쌍봉리에서 출생 / **1919년 2월 24일 생(당當 38세)** / 함흥제일공립보통학교 졸업 / 이리공립농림학교 수의축산과 졸업 / 일본 동경 성계成蹊고등학교 졸업 / 중국 북경대학 농학원 축목학계 졸업 / 동대학원 농학원 축목학계 졸업

④ 『**정본 한하운시집**』(1964년 12월 15일 발행, 초판본)

생지 함남 함주군 동천면 쌍봉리 / 학력 중국 국립북경대학교 및 동대학원 졸업 (강조는 인용자)

위 약력들 중 특이사항은 『보리피리』와 『한하운시전집』, 『나의 슬픈 반생기』(1961년 3판본)에 삽입된 '저자약력'의 형태가 동일하다는 점이다. 세 책 모두 인간사에서 발행하였고, 활자의 모양이나 형식이 같은 것으로 볼 때, 조판한 틀을 그대로 가져다가 쓴 듯하다. 『보리피리』는 '당當 37세,' 나머지는 '당當 38세'라고 밝히고 있고, 『한하운시

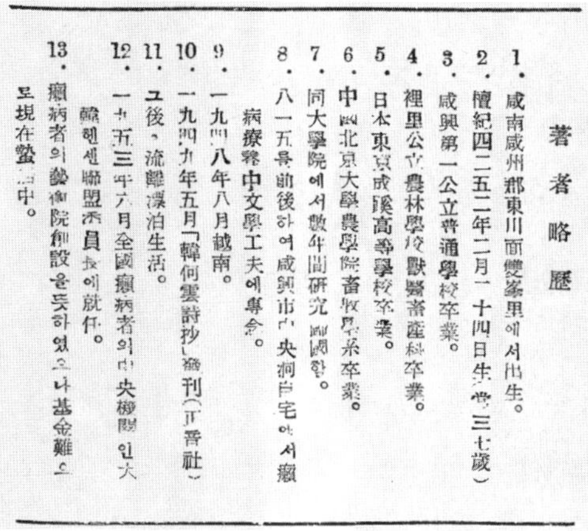

著者略歷

1. 咸南咸州郡東川面雙峯里에서出生。
2. 檀紀四二五二年二月二十四日生(當三七歲)
3. 咸興第一公立普通學校卒業。
4. 裡里公立農林學校獸醫畜産科卒業。
5. 日本東京成蹊高等學校卒業。
6. 中國北京大學農學院畜牧學系卒業。
7. 同大學院에서數年間研究歸國함。
8. 八一五를前後하여咸興市中央洞自宅에서癩病療養中文學工夫에專念。
9. 一九四八年八月越南。
10. 一九四九年五月「韓何雲詩抄」發刊(正音社)
11. 그後、流離漂泊生活。
12. 一九五三年六月全國癩病者의中央機關인大韓한센聯盟委員長에就任。
13. 癩病者의藝術院創設을뜻하였으나基金難으로現在蟄居中。

『보리피리』(1955) '저자약력'

〈著者略歷〉

1、咸南咸州郡東川面雙峰里에서出生。
2、一九一九年二月二十四日生(當三八歲)。
3、咸興第一公立普通學校卒業。
4、裡里公立農林學校獸醫畜産科卒業。
5、日本東京成蹊高等學校卒業。
6、中國北京大學農學院畜牧學系卒業。
7、同大學院에서數年間研究歸國함。
8、八一五를前後하여咸興市中央洞自宅에서癩病療養中文學工夫에專念함。
9、一九四八年八月越南。
10、一九四九年五月「韓何雲詩抄」發刊(正音社)。
11、그後流離漂泊生活。
12、一九五三年六月全國癩病者의中央機關인大韓한센聯盟委員長에就任。
13、癩病者의藝術院創設을뜻하였으나基金難으로中斷。
14、一九五五年三月詩集「보리피리」發刊(人間社)。
15、現在仁川近處에서大長篇小說四部作을執筆中。

『한하운시전집』(1956) '저자약력'

전집』 이후 '14'번과 '15'번 항목을 첨가한 것만 다르다. 여기서 생년월일은 모두 1919년 2월 24일로 한데 모인다. 1964년 발간된 『정본 한하운시집』에는 '일본 동경 성계고등학교 졸업'이 생략되었고, 국립 북경대학교 학력부터 기재하였다.

이들 작품들 중 한하운이 직접 쓴 자전自傳 성격의 글은 두 가지다. 『반생기』와 『황톳길』에 수록된 「나의 시작 수업」이다.

『반생기』는 1955년부터 『희망』지에 연재한 글들을 모아 단행본으로 엮은 것이다. 1955년 5월호에 첫 회분이 수록됐다.[15] 『희망』지는 '대중종합잡지'다. '오락물만재娛樂物滿載'를 광고 문구로 쓸 만큼 대중성이 강했다.[16] 한하운이 『반생기』를 연재하던 무렵은 『희망』을 비롯해 『아리랑』, 『실화』, 『전망』, 『신태양』, 『청춘』 등 이른바 대중잡지

15 희망사가 발행한 『희망』지는 국립중앙도서관에 1952년 6월호부터 1955년 6월호까지 일부가 보존되어 있고, 국회도서관에 1953년 12월호, 1955년 3월호~8월호, 1958년 1월호~6월호, 1962년 1월호~3월호가 소장되어 있다. 한하운의 「나의 슬픈 반생기」는 1955년 5월호부터 8월호까지 확인이 가능하였다.

16 『경향신문』, 1952년 1월 7일자, '대중종합잡지 희망' 광고.

들의 경쟁이 격화되어 가던 시기였고, 일반학술잡지에 『사상계』와 『학총學叢』, 문학잡지에 『현대문학』과 『문학예술』 등이 거론되는 정도였다.[17]

1951년 6월호부터 1962년 2월호까지 발행한 『희망』은 신문기자 출신인 김종완이 창간했다. 광복 후 『한성일보』 등에서 기자 생활을 하던 김종완은 '수준을 약간 대중적인 방향으로 낮추는 중간지' 형태의 잡지를 지향하며 『여성계』 등의 대중지를 연이어 성공시켰다.[18] 엄동섭의 '김종완 출판 연보'에 따르면, 1950년대부터 1980년대까지 김종완이 출판한 대중잡지는 『희망』(1951)을 비롯해 『여성계』(1952), 『문화세계』(1953), 『야담』(1955), 『주간희망』(1955), 『동아춘추』(1962), 『올다이제스트』(1964), 『동서춘추』(1967), 『수상』(1977), 『사담』(1986) 등 모두 10종에 이른다.[19] 한하운은 『반생기』의 후기에서 '「희망」 잡지의 사장 김종완 선생님과 송지영 선생님의 간곡한 청으로' 이 글을 쓰기 시작했다고 밝힌 바 있다. 송지영 역시 희망사의 주간으로 광복 전 『동아일보』와 『상해시보』 경력을 갖고 있었고, 광복 후 『한성일보』 편집부장을 지냈다.[20]

『희망』에 연재한 한하운의 「나의 슬픈 반생기」는 '문둥이 시인 애절한 생에의 백서'란 부제가 달렸다. 1회분에는 '필자약력'도 실렸다. 여기 수록된 '필자약력'은 『보리피리』의 '저자약력'과 동일하다. 『보리피리』 초판본의 발행일이 1955년 3월 20일이고, 『희망』 1955년 5월

17 『동아일보』, 1955년 4월 22일자, '잡지문화의 실태'; 『경향신문』, 1955년 9월 15일자, '대중잡지의 현재와 장래'; 『경향신문』, 1955년 11월 22일, '약진하는 출판계.'

18 『경향신문』, 1968년 1월 13일자, '(잡지계) 과당경쟁 속에 판도 달라져'; 정진석, 『한국잡지역사』, 커뮤니케이션북스, 2014, 81쪽.

19 엄동섭, 「잡지 출판인 김종완 연보」, 『근대서지』 9, 근대서지학회, 2014, 121쪽.

20 한국민족문화대백과사전(http://encykorea.aks.ac.kr/).

호의 발행일이 5월 1일이니 한 달 열흘 정도의 사이를 두고 시집과 수기가 함께 나온 셈이다. 약력이 동일하지 않은 편이 오히려 어색하다.

한하운의 연재를 허락받은 편집자는 감격이라도 한 듯, 첫 회의 머리말에 다음과 같이 기획의도를 밝혔다. 사뭇 신파적이다.

> 외롭고 슬프기만한 인생의 길에서 어쩔수없이 몸부림치며 한줄기 생명의 새움터를 더듬어 애처로운 숨결을 길게 길게 뿜어보려는 여기 한사람 사회의 물결밖에 표면히 서 있는 시인이 있다. 누구보다도 행복스럽고 단란한 가정환경에서 온실속 고귀한 식물처럼 곱게 자라난 남유달리 풍부한 감정의 소유자이면서 불치의 문둥병 때문에 폐업하나 다름없이 청춘을 매장하여버린 시인! 그가 한하운씨다. 문둥병의 시인으로써 너무도 유명하게 알려져 있으나 그가 걸어온 오늘까지의 인생행로를 아는 사람도 없고 그자신 말하기를 거부하여 왔다. 이제 씨는 본지를 위하여 정열과 낭만으로 일관하여온 그의 어린 시절로부터 오늘에 이르기까지의 피눈물의 반생기를 연재하여 주기로 하였다. 절박한 생명감에서 우러나오는 씨의 문장을 일고 눈물을 먹음지 않을자 없으리라.[21]

신문기자 출신들이 만든 잡지답게 연재마다 거의 모든 페이지에 걸쳐 삽화를 넣어서 가독성을 높였다. 첫 회에는 '한하운 제이시집 보리피리'를 소개하는 작은 박스광고가 삽입돼 있으며, 한하운과 같은 '문둥이 시인' 윤지영의 작품이 두 편, 한 귀퉁이를 차지하고 앉았다. 「코쓰모쓰」와 「대풍자유주사」다. 거기에 모윤숙의 평, 「윤지영과 그의

21 『희망』, 1955년 5월호, 희망사, 1955, 72쪽.

시」가 덧붙었다. 몇 해 전 출판예정이었던 윤지영의 시집에 서문으로 쓴 글이라는 설명이 달려 있다. 한하운이 구하려고 애썼던 대풍자유大楓子油를 소재로 한 윤지영의 시는 한하운의 글과 묘하게 어울리며 자리를 잡는다.

少女야

너는
이렇게 살아야 할게다

天刑病 고친다는
大楓子油
누런 기름약 注射

하얀 바늘 끝이
너의 굵은 視線을 스쳐가면

징그러운
꽃뱀이 몸을 휘감는다

살을 저민다
뼈를 깎는다

그래도

황소처럼

부득 부득 참으면

또렷한

너의 生命이

하루의 꿈을 더 엮을게다

— 윤지영, 「大楓子油注射」[22]

윤지영은 한하운과 성계원 생활을 함께 했으며, 1947년 창간한 『소록小鹿』을 통해 배출된 시인으로 알려져 있다.[23]

한하운의 두 번째 수기인 「나의 시작 수업」은 『현대문학』 1956년 12월호부터 1957년 1월호까지 연재한 글을 『황토길』을 발간하면서 묶은 것이다. 두 차례에 걸쳐 쓴 이 글은 『현대문학』 1956년 10월호와 1957년 2월호에 수록된 「나의 문학수업」이란 기획물의 연장선상에 있는 듯한데, 여러 명의 작가들이 같은 제목으로 글을 쓰는 형태다. 「나의 문학수업」은 한희기, 임희재, 정창범, 최인희가 맡았다. 한하운의 「나의 시작 수업」을 포함한 이 다섯 편의 연재물은 서술 구조가 유사하다. 대개 문학을 하는 자신의 처지를 이야기하고 가계에 대한 서술이 뒤를 잇는 형식이다. 일부를 발췌해 비교해 보면 다음과 같다.

이제 겨우 습작과정에 들어선 창백한 연륜에 이렇다 내 세울 문학과정

22 위의 책, 76쪽.

23 한순미, 「분홍빛 목소리－소멸되지 않은 말들의 유산」, 『보다 나은 미래를 위하여－한센문화유적의 역사적 중요성』, 역사문화학회·(사)한국한센총연합회 공동학술세미나 자료집, 2016, 7~8쪽.

이 있을 리도 없다.

(…중략…)

나의 출생지는 만주 봉천이다. 나는 거기서 열살 때 천애고아가 되었다. 어머니는 대농장을 손수 경영하던 여장부였고……

—정창범, 「나의 문학수업」

이렇게 생각할 때 이 수업이란 두 글자는 나에게 너무나 사치스럽고 부끄럽기까지 하다. 나는 오늘날까지 인간을 수업해온 것은 결코 아니다.

(…중략…)

나는 인삼산지로 유명한 전북금산 진락산 산록 성곡리란 한촌에서 출생했다.

—임희재, 「나의 문학수업」

아직도 시작 수업 도상에 있는 중에 이 명제에 대하여 집필한다는 것은 주제 넘는 일이라 하겠다.

숙라宿癩의 반생半生 속에 시세계의 환상을 쫓으면서 사유思惟의 무한을 여과 표백하는 시정신의 추구에서 시작 수업이라 하는 이 수업이 하나의 도道라는 것을 인식하게 되고

(…중략…)

나의 가계를 대대로 소급하면 조상들은 황권黃卷 속에서 일생을 묻은 선비의 가계이다.

—한하운, 「나의 시작수업」

내가 이제 문학수업의 도상途上에 있어서 남들이 이미 수립해 놓은 사

유권 외의 조박糟粕을 맛보는 한 사람으로 무슨 문학수업이니 하는 이를테면 자기 자랑같은 것을 엮어가는 듯한 쑥스러움을 먼저 금할 길이 없다.

(…중략…)

아버지 등에 업히어 구슬처럼 쏟아지는 소란한 물 소리를 들으면서 산골 목교를 건너가면……

—최인희, 「나의 문학수업」

『희망』지, 『현대문학』지, 『반생기』, 『황토길』의 한하운 원고들 사이에는 미묘한 차이가 나타난다. 특히 이리농림학교 입학 이전, 함흥 이주와 보통학교 입학을 서술하는 과정에서 그러한 면을 엿볼 수 있다. 이들 사이의 차이점을 비교해 보면 아래와 같다.

A. 함흥 이주

A-1. 내가 **여덟살되든** 해 나를 공부 시키기 위해서 함흥에 이사를 하였다고 한다.(『희망』 1955년 5월호, 73쪽)

A-2. 내가 학령이 되어 나의 교육을 염려한 부친은 함흥으로 이사를 하였다.(『현대문학』 1956년 12월호, 156쪽)

A-3. 내가 **여섯살 되던** 해 나를 공부 시키기 위해서 함흥에 이사를 하였다고 한다.(『반생기』, 21쪽)

A-4. 내가 학령이 되어 나의 교육을 염려한 부친은 함흥으로 이사를 하였다.(『황토길』, 11쪽)

B. 보통학교 입학

B-1. 나는 보통학교때 학교공부는 내내 우등생으로 특히 음악과 미술

이 남보다 뛰어났었다.(『희망』 1955년 5월호, 73쪽)

B-2. **보통학교에 입학한 나는** 4학년때부터 학교공부는 차치하고 함흥 공자묘의 도서관에서 날마다 닥치는 대로 무슨 책이곤 독서하였다.(『현대문학』 1956년 12월호, 156쪽)

B-3. **나는 보통학교때** 학교공부는 내내 우등생으로 특히 음악과 미술이 남보다 뛰어났었다.(『반생기』, 21쪽)

B-4. **유치원을 마치고** 보통학교에 입학한 나는 4학년 때부터 학교공부는 차치하고 함흥 공자묘의 도서관에서 날마다 닥치는 대로 무슨 책이건 읽었다.(『황토길』, 11쪽. 이상 강조 모두는 인용자)

먼저 함흥 시내로 이주한 시기에 대해서 『희망』에는 '여덟살'이라고 했으나 『반생기』로 묶을 때 '여섯살'로 고쳤고, 『현대문학』에는 밝히지 않았으나 『황토길』로 묶을 때는 유치원 경력을 첨부해 넣었다. 「나의 시작수업」에는 출생년월일을 밝히지 않았고, 「나의 슬픈 반생기」에는 '기미년'이라고 했다.

한하운의 이력과 관련한 서류는 광복 후에 작성한 것으로 두 종류가 남아 있다. 「이력서」(1956년 12월 29일 작성)[24]와 「약력 및 작품연보」(1964년 작성, 이하 「약력」)[25]다. 「이력서」와 「약력」의 내용 중 출생과 학력에 관련된 것을 비교해 보면 다음과 같다.

24 인천광역시 소장.

25 한국근대문학관 소장. 유사한 형태의 「약력」이 두 종류 있다. 하나는 '약력 및 작품연보 (한하운)'라는 제목으로 되어 있고, 다른 하나는 '한하운의 약력 및 작품연보'다. 출생 및 학력과 관련된 내용은 둘이 모두 같다. 여기서는 전자의 것을 사용한다. 이 자료는 1964년 친필로 작성한 것이라고 『전집』에 소개되어 있다.

①「이력서」

1919년 2월 24일생 / 1939년 9월 중화민국 국립북경대학 농업원 축산학계 제1학년에 입학함 / 1943년 6월 우右대학교 제4학년을 졸업함

②「약력」

1920.3.10. 함남 함주군 동천면 쌍봉리 출생 / 1943.6 중국 북경대학교 농학원 졸업

쉽게 눈치챌 수 있지만 두 자료 모두 '북경 유학' 이전의 학력을 기입하지 않았다.「약력」은 1964년에 발간한『정본 한하운시집』의 약력과 같아서 여기에 수록하기 위해 작성한 것으로 추측된다.「이력서」와「약력」, 두 자료를 조합해 보면 한하운이 밝힌 '북경 유학'은 1939년 9월부터 1943년 6월까지다. 무엇보다 큰 차이점은 출생년도다.「이력서」는 1919년 2월 24일,「약력」은 1920년 3월 10일로 되어 있다.『전집』은 '1919년으로 알려졌던 그의 출생 시점을 1920년 3월 10일로 바로잡을 수 있었다'고 밝혔는데 아마도「약력」을 근거로 한 듯하다. 현재까지 한하운의 출생년도가 1920년으로 표기되어 있는 자료는「약력」과『새빛』연보, 그리고 뒤에서 살펴볼 청주 한 씨 족보뿐이다.

이상의 자료들을 바탕으로 한하운이 월남 이전까지 자신의 출생과 학력을 서술한 이력을 시기별로 정리해 보면 다음과 같다.

〈한하운이 서술한 출생 기록 변화〉

출전	발행년도	출생년월일
『새빛』 연보	1965	1920년 음력 3월 10일
「약력」	1964	1920년 3월 10일
「이력서」	1956	1919년 2월 24일
『보리피리』	1955	1919년 2월 24일

위의 표에서 한 가지 의문이 드는 것은 2월 24일과 3월 10일이란 날짜의 관계다. 적어도 1919년부터 1975년 사이에 두 날짜는 양력과 음력으로 조합되지 않는다. 미리 언급해 두면, 2월 24일은 공식적으로 인정되어 온 한하운의 출생일로 파악된다. 그렇다면 3월 10일은 한하운이 특별한 의미를 부여한 날짜라고 볼 수 있을 텐데, 그 의미가 무엇인지, 현재로서는 새로운 자료의 발굴을 기대하는 수밖에 없다. 한 가지 추측해 볼 수 있는 것은 한하운이 한센병 음성 판정을 받은 때가 1960년 3월이다. 혹시 이와 관련한 날짜는 아닐지, 과제로 남긴다.

출생 및 학력과 관련해 광복 이전 자료로 「이리농림학교 학적부」(이하 「학적부」)[26]가 있다. 「학적부」에 대해서는 뒤에서 다시 살펴보겠다. 우선, 이 글에서는 「학적부」의 기록을 한하운의 원原 출생기록 및 이리농림학교 재학 기록으로 활용한다는 점을 밝혀 둔다. 광복 이전의 공적자료로서는 거의 유일한 자료이기 때문이다.

26 전북대학교 소장.

3. 이리농림학교와 학적부

한하운은 1935년 3월 이리농림학교에 입학했다. 이리농림학교는 「조선총독부전라북도고시 제25호」에 따라 이리농림학교에서 이리공립농림학교로 명칭을 바꾸었다.[27] 이리농림학교 재학 시절은 한하운의 인생에 전환점이 됐던 시기이다. 『반생기』에 따르면, 학교를 다니며 습작을 시작했고, 한센병 확진을 받았으며 R이란 여인을 만났다. 이리농림학교 시절에 대해서는 『전집』 연보에 1932년 입학해서 1936년 졸업한 것으로 되어 있다. 『전집』 연보뿐만 아니라 한하운과 관련된 연보에는 대개 그렇게 적혀 있다. 이러한 연도는 한하운의 출생년도를 1919년으로 보았기 때문이다. 한하운은 입학년도를 말하지 않고, '열네 살'에 이리농림학교에 들어갔다고 이야기했다. 『반생기』의 경우, '열네 살 때 봄이었다. 호남 땅 이리로 공부하러 갔었다.'라고 적었고, 「나의 시작수업」에는 '14세의 나는 3월이라는데 보리가 파랗게 우거지고 매화꽃이 피어 있는 교정의 아경雅景에 황홀하였다.'라고 하였다. 1919년을 출생년도로 하여 계산하면 1932년이 14세가 된다. 학적부와의 오차 때문인지 옛 이리농림학교, 즉 전북대학교 익산캠퍼스 교정에 서 있는 시비에는 입학년도는 없고, 졸업년도만 1940년으로 되어 있다. 이 시비에 적힌 출생년도 역시 1919년이다.

그렇다고 해서 『새빛』 연보에 맞춰 1920년으로 출생년도를 잡는다고 해도, 14세의 이리농림학교 입학이 맞는 건 아니다. 1935년은 16

27 『조선총독부관보』 3806호, 1925.4.25.

세가 되기 때문이다. 이 부분과 관련해 한하운의 학적부가 중요한 정보를 제공한다. 학적부의 내용은 다음과 같다.

소화 17년(1942) 9월 29일 호적 초본戶籍 抄本

소화 17년(1942) 8월 24일 엽서葉書

淸原 薰

韓泰永

大正 10년(1921) 2월 24일생

입학 : 소화 10년(1935) 4월 5일 수의축산과 제1학년

졸업 : 소화 15년(1940) 3월 4일 수의축산과 제7회

입사 : 소화 10년(1935) 4월 5일

咸興府 中央町 2丁目 26番地(移動通知)(17년(1942) 8월 24일)

호적초본에 근거해 작성했을 것으로 추측되는 출생 연월일은 '대정大正 10년 2월 24일'이다. 대정 10년은 1921년이다. 거주지인 중앙정中央町은 1932년 개정된 동명이다. 본래 운흥리雲興里였던[28] 이곳은 반룡산의 남쪽 기슭에 위치해 있었다.

1935년~1940년을 이리농림학교 재학시절로 파악할 때, 한 가지 문제가 발생한다. 이후 학력인 일본 성계고등학교와 중국 북경대학

28 『조선총독부관보』 제1801호, 1933.1.12.

농학원 재학 시기와의 불일치다.

한하운은 5학년 때 봄, 성대부속병원 기다무라北村淸一 박사로부터 한센병 최초 진단을 받고 '최박사'로부터 확진을 선고받은 후, 금강산으로 요양차 들어갔다. 이때 학교에는 '휴가원'을 냈다고 했다. 우선 정확한 확인 과정을 거치기 위해 『반생기』와 「나의 시작수업」에서 밝힌 한하운의 일본, 중국 진학 과정을 적어 보면 아래와 같다.

A. 성계고등학교 시절

이듬해 나는 농림학교를 졸업하고 일본으로 건너갔었다. 그래서 동경의 성계고등학교에 입학할 수 있었다.

동경의 2년 나머지 생활은 나의 지금까지의 반생에 가장 즐거웠던 시절이라고 생각한다.

—『반생기』, 31쪽

이듬해 도일하여 고교에 무난히 입학할 수 있었다.

동경의 3년간은 일본문물의 견문과 사조의 첨단의 흡수와 더 고답적인 문학공부도 하고 (…중략…) 좋은 서적들이 많은 분위기 속에서 독서에 열중되고……

재차 나병이 재발되어 학업을 중단하고 다시 금강산으로 입산하였다.

—「나의 시작수업」

B. 북경대학교 농학원

R은 여름방학 내 내 곁에서 병시중을 보았다.

10월달에 나는 산해관 경유 북경으로 갔었다.

(…중략…)

북경대학을 수험하려면 먼저 주중일본대사관의 자격시험과 신원조사에 통과되어야 한다.

나는 열 달 동안이나 북경관화를 공부하였다.

(…중략…)

나는 졸업을 1년 앞두고 졸업논문을 준비하지 않을 수 없었다.

(…중략…)

다음 해 7월달 하기방학에 귀국하였다. 서울 총독부 도서관이나 고서점을 샅샅이 돌아다니면서 고서를 수집하여 논문의 뼈다귀를 추려보았다.

초가을 북경에 갔다. 다음 해 3월달에 논문을 제출하였다.

—『반생기』, 42쪽

인생포기의 도피행으로 봉천 산해관 경유로 중국 북경으로 갔다.

(…중략…)

학적은 북경대학 농학원 축목학계에 두고 걷잡을 수 없는 대륙과 인류의 원시적 목가경인 몽고를 방랑하며 독한 술을 마시며 5년 가깝게 살았다.

—「나의 시작수업」

앞의 기록에 근거한다면 어림잡아도 이리농림학교 졸업 후 일본 성계고등학교를 거쳐 북경대학 농학원에 졸업논문을 제출할 때까지 적어도 7년 이상의 시간이 걸린다. 그런데 이상하게도 「이력서」와 「약력」에는 북경대학교 농학원 졸업이 1943년 6월로 기재되어 있다. 「이력서」에는 입학 사항을 추가하여서 1939년 '중화민국국립북경대학농학원축산학계 제1학년에 입학함'이라고 하였고, '4학년을 졸업'

하였다고 썼다. 문제는 「이력서」나 「약력」 모두 북경대학 농학원 이후부터 이력을 밝히고 이전의 학력에 대해서는 기록하지 않았다는 점이다.

그렇다고 해서 동경과 북경의 경험을 불신만 할 수는 없으니, 『반생기』에 서술한 북경시절이 구체적일 뿐더러 『황토길』에서 '양자강'이란 시를 해설하면서, '이 '양자강'은 내가 중국에 유학할 때의 작품이다.'라고 서술하는 등 자못 구체적으로 이야기를 하고 있기 때문이다.

한하운의 서술을 우선 신뢰하며 북경시절을 검토해 보자.

한하운은 시험을 거치는 과정을 참고할 때 사비유학생으로 추정되는데, 1939년 7월 26일, 재중화민국(북경) 대사관 참사관 호리우찌堀內干城는 외무대신에게 보고서를 보내 북경대학 사비유학생을 대상으로 한 입학시험이 1939년 7월 11일부터 13일까지 진행됐다고 하였다.

> 국립북경대학은 종래 개강開講해 있는 농農, 의醫, 공工, 이里의 각 학원學院 외에 본년 9월부터 문학원文學院도 재개하기로 하였는데, 방인邦人 사비유학생은 본방本邦 중등학교 졸업자로 재지在支 일본대사관 및 영사관의 소개서를 제시하고 중국인과 마찬가지로 소정의 입학시험에 합격한 자가 입학을 허가 받도록 하였던 바, 앞서 당관으로부터 소개서를 발급받고, 7월 11일부터 13일 사이에 행한 필기시험을 받은 자는 내지인 19명, 조선인 15명, 합계 34명으로 이번에 내지인 10명, 조선인 5명, 합계 15명이 합격하였다.[29]

29 「國立北京大學入學試驗邦人應募者二関スル件」, 大使館參事官 堀內干城, 1939.7.26.

이 문서에는 '학원學院'별 응모자와 합격자 수도 나누어 밝혀 두었다. 한하운은 10월에 산해관을 거쳐 북경에 들어가서 열 달 동안 '북경관화'를 공부했다고 했으니, 한하운이 1939년 7월 입학시험에 합격했다면 농학원 조선인 사비유학생 입학자 2명에 포함된다. 이리농림학교 재학중에 시험을 본 셈이다. 하지만 그럴 경우, 한하운은 1938년에 이미 이리농림학교를 그만뒀다는 계산이 나온다.

〈1939년 7월 국립북경대학교 사비유학생 입학시험 응시자 및 합격자〉

구 분	문학원		공학원		농학원		의학원	
	응모자	합격자	응모자	합격자	응모자	합격자	응모자	합격자
내지인	9	6	4	2	6	2	-	-
조선인	5	2	1	1	2	2	7	-
합계	14	8	5	3	8	4	7	-

마침 한하운이 입학했다는 1939년, 국립 북경대학 농학원은 9월 2일부터 9월 29일까지 일본 중공업의 발전상을 경험하기 위해 오오사카大阪로 '일본견학여행'을 간다. 주로 공장 견학을 목적으로 한 여행단 규모는 교직원 10명, 학생 81명, 총 91명에 달했지만 아쉽게도 1학년은 참석하지 않아 명단이 포함되지 않았다. 다만 여행의 목적을 설명하는 가운데 국립북경대학의 연혁을 간략히 서술해 두었는데, '민국 27년'(1938년) 2월 25일 축목계畜牧系를 포함한 4계系로 설립했다고 밝히고 있다.

국립북경대학은 사변事變 후 구舊 국립북경, 북평남대학北平南大學을 합

> 병하여 문文, 리里, 법法(미설), 공工, 농農, 의醫의 6학원學院으로 구성되며, 본 농학원은 이 일원一院으로 민국民國 27년 2월 25일 설립한 것으로 농예, 축목, 농림공정農林工程, 농림경제의 4계系(科)로 구성된다. 본 학원의 사명은 동아신질서의 건설을 농림부문에서 담당할 유능한 인재를 양성하는 데 있다.[30]

일본 성계고등학교 학력을 잠시 한켠으로 옮겨놓더라도 북경대학 농학원 1939년 입학, 1943년 졸업이란 학력은 국립북경대학 입학을 1939년 7월로 보고, 이리농림학교 졸업을 1940년으로 보았을 때 아무리 끼워맞추려고 해도 맞출 수가 없다.

그렇다면 「학적부」의 내용은 신빙성이 있는 것일까?

이리농림학교 합격생은 매년 신문에 발표되었다. 한하운의 본명인 '한태영'이란 이름이 합격자 명단에 나온 것은 1935년 3월 24일자 『동아일보』 석간이다. 합격자 중에서 조선인 명단을 추려 게재했다. 이 해 이리농림학교에 총 114명이 합격했는데 그중 54명이 조선인이었다. 수의축산과는 32명의 합격생 중 16명이 조선인이었다. 당시 한하운과 함께 합격한 조선인 동기생들은 윤오홍尹五洪, 남궁욱南宮욱, 조병욱趙炳郁, 박익서朴益緖, 나용석羅龍錫, 심상엽沈相燁, 임대홍林大洪, 김기천金基天, 박종선朴鍾宣, 김복열金福烈, 한현석韓賢錫, 백룡기白龍基, 김영학金영學, 최형규崔亨圭, 한형섭韓衡燮 등이다.

1935년 3월에 입학한 신입생들은 이리농림학교 수의축산과 제7회 졸업생이 되며, 제7회 졸업생 명단은 『소화 17년 12월 회원명부』(이하

30 「국립북경대학농학원학생 공장 견학의 건」, 북경대학 농학원, 1939.8.5.

『소화 명부』),[31] 『회원명부』(1972),[32] 『이리농림 동창회원명부』(1992),[33] 『이리농림 익산대학 총동문회원 명부』(2002) 등에 실려 있다. 『소화 명부』에는 한하운이 '淸原 薰(韓泰永)'과 같이 창씨개명한 이름과 본명이 함께 기재되었고, 다른 명부에는 '한하운'으로 기록되었다.

이리농림학교 수의축산과 제7회 졸업생은 모두 33명이다. 그중 '합격자 명단'에 있으나 졸업생 명단에 빠진 인물은 심상엽이 유일하고, 이남표李南杓는 졸업생 명단에 있으나 합격자 명단에 없다. 한하운은 이리농림학교 동창회 명부상 입학 동기들과 함께 졸업했다. 참고로, 제7회 졸업생 중 일본인은 岩田武彦, 今村久雄, 川村君雄, 城戶榮一, 北浦貞義, 富坂米作, 德永昭夫, 富田(中村)壽人, 野村忠輝, 林朝彰, 長谷川敬, 比嘉弘海, 福間正基, 小野覺郞, 河上博, 新井戊, 上村忠幸 등 17명이다.[34]

게다가 한하운은 이리농림학교 50년사에 찬시讚詩를 쓸 만큼 학교와 관계를 맺어왔다. 동창회가 자연스럽게 이리농림학교 학적을 검증해 온 셈이다.

(50년 찬가) 우리는 裡里農林을 자랑한다[35]

아 50年

---

31 『소화 17년 12월 회원명부』, 이리공립농림학교동창회.

32 『회원명부 1972』, 이리농림동창회, 1972.

33 이리농림70주년기념졸업추진위원회, 『이리농림 동창회원명부 1992.5.5』, 이리농림동창회, 1992.

34 이리농림 · 익산대학 총동문회명부 편찬위원회, 『이리농림 익산대학 총동문회원명부』, 이리농림 · 익산대학총동문회, 2002, 95쪽.

35 이리농림고등학교 50주년기념사업 추진위원회 엮음, 『이리농림 50년사』 부록 Ⅱ, 이리농림동창회, 1972, 12~14쪽.

開校 50年

年年 50 歲歲.

三千里땅 13道에서

精選에 精選의 英才들만의

裡里農林은 이땅의 빛이요 자랑이여.

이제

빛나는 그 傳統을 세워 50年.

殘惡한 日帝에

日人共學의

나라를 빼앗긴 우리 學生은

겨울을 견디는 果木

추운 겨울을 견디는 果木들.

凍土에 움트는

봄을 기다리는 꽃봉오리는

헐벗은 三千里땅의

光復을 기다리는 흙의 開拓者들.

샛푸른 숲. 숲속

侍女堤의 파아란 湖水

꽃 爛漫과 常綠의 언덕위의
學園. 아름다운 學園
모든 사람들의 羨望의 學園.

우리는 裡里農林을 자랑하며 배웠다
우리는 裡里農林을 자랑하며 자랐다
아 50年
우리는 정말로 裡里農林을 자랑하며 살고 살아왔다.

아득한 옛날부터
大地는 祝福이 가득찬 땅.
大地에 씨를 뿌려
農者天下之大本이라

機械文明이 아무리 하여도
大地의 豊饒만 할까.

우리가 選擇한 大地와의 삶은
永遠으로 사는 길.

어서 활 활 불타 오르는
綠色革命의 횃불을 들어라

무지개 영롱한

흙의 神話를 엮는
裡里農林이여.

빛나는 傳統의 裡里農林에
矜持를 드높이자.

우리는 裡里農林을 자랑한다.
아 50年
우리는 정말로
不滅의 裡里農林을 永遠히 자랑한다.

4. 함흥 이주와 보통학교 시절

한하운은 유치원을 다닌 후 보통학교에 들어갔다고 했다. 유치원 경력은 『반생기』에는 나오지 않고 「나의 시작수업」에 스치듯이 언급해 놓았다.

함흥으로 이사한 때는 '여섯 살 되던 해'였다. 한하운이 보통학교에 들어갈 무렵인 1929년 이전까지 함흥군에 있던 유치원은 함산유치원咸山幼稚園이 유일하다. 중하리교회 건물을 빌려 1921년 설립됐으며 초대 원장은 한영호韓永鎬가 맡았다. 모집 원아는 5세부터 8세까지였다. 설립자 명단에는 함흥 출신 변호사였던 허헌許憲도 이름을 올렸다.[36] 허헌은 1921년 함흥 영신학교 교장으로 있었다.[37] 초대 원장인 한영호韓永鎬는 함흥군에 대동야학, 사립숙명여자학원 등을 설립하며 교육운동을 이끌어 간 인물이고, 1927년 설립된 신간회 함흥지회 회장이기도 했다. 1929년 당시 함산유치원의 원아는 92명이었다.[38] 당시 유치원의 보육 연한은 2년이었다.[39] 당시 신문기사 등을 참고하면 일반 가정에서도 유치원은 1~2년을 적당한 보육 시기로 보았다.

한하운은 14세에 함흥제일공립보통학교를 졸업하고 이리농림학교에 진학했다고 밝혔다. 함흥제일공립보통학교 졸업은 시집 『보리피리』의 '저자약력'에 처음 나온다. 「학적부」에 따르면, 이리농림학교에 입학한 해가 1935년이 되니, 역산하면 1929년 보통학교에 입학한 셈이 된다. 한하운은 '제2차 조선교육령' 세대다. 1922년 3월 공포된 '제2차 조선교육령'의 보통학교 학제는 '지역에 따라 4년제, 5년제로 한다'는 단서가 달리긴 했지만 4년제에서 6년제로 개정하는 것이 골자였다. 교육과정 개정의 핵심 목표는 '일선공학'이었다.[40]

게다가 한하운은 보통학교를 다니던 시절 '소년당이 함흥에 처음 창설되었다.'고 하였다. 한하운의 보통학교 시절을 추적할 수 있는 거의 유일한 단서가 되는 서술이다.

> 당시 소년당이 함흥에 처음 창설되었다. 대부분 일본 아이들인데 한국 아이들은 각 학교에서 몇 명씩 추천한 극소수였다. 그중의 하나에 나도

36 『동아일보』, 1921년 5월 8일자, '함흥유치원 설립'; 『매일신보』, 1926년 12월 1일자, '함흥교회와 유치원 알력.'

37 심지연, 『허헌연구』, 역사비평사, 1994, 48쪽.

38 『동아일보』, 1929년 1월 13일자.

39 咸鏡南道教育會, 『大正十三年度 咸鏡南道要覽』, 咸鏡南道教育會, 1924, 72쪽.

40 김한종, 「제2차 조선교육령 시기 일선공학 정책과 조선인의 반응」, 『역사와 담론』 48, 호서사학회, 2007.

끼게 되었다.

그때의 친구들 중에는 박범집朴範集 씨나 신응균申應均 씨가 머리에 떠오른다.

박범집 씨나 신응균 씨는 그 후 일본 육군사관학교를 거쳐 박 씨는 공군소장으로 9.28 후 전사하였다고 하며 신 씨는 지금 육군중장인가로 있다는데 나는 어렸을 때 신 씨 집에 놀러 잘 갔었다.

어린 마음에도 신 씨의 부친인 신태영 씨가 한국 사람으로서 일본 육군대위로 계시는 것이 퍽 신기하였고 나는 이 신태영 장군의 사랑도 많이 받은 것을 기억한다.

—『반생기』, 21~22쪽

함흥에 처음 창설됐다는 '소년당'은 함흥소년단을 가리키는 것으로 보인다. 보통학교를 다니는 일본인과 조선인이 함께 가입할 수 있었던 단체는 현재까지 확인한 바로는 이것 밖에 없다. 함흥소년단을 만든 이유는 이른바 '불량단체'를 견제하기 위해서였다.[41] 함흥소년단이 발단식을 가진 건 1930년 10월 4일이다. 단원은 모두 50명으로, 소학교 학생 30명과 보통학교 학생 20명으로 구성되었다. 단원이 되려면 소속 학교로부터 추천을 받아야 했다. 단장은 이노우에井上通다.[42] 함흥소년단에 가입했다면 적어도 1930년도에는 보통학교를 다니고 있었다는 말이다.

보통학교 시절에 만난 친구로 언급한 이들이 박범집과 신응균이다.

41 『매일신보』, 1930년 8월 28일자, '함흥소년단 설립'.
42 『부산일보』, 1930년 9월 27일, '咸興少年團 十月四日發會式'; 1930년 10월 7일자, '咸興少年團の發團式'.

이 둘은 1940년도에 함께 일본육군사관학교를 졸업한 동기생이다.[43] 광복 후 신응균은 국방부 차관까지 하고, 박범집은 공군 참모부장이 되었다. 박범집은 한국전쟁중인 1950년 11월 12일, 고향인 함경남도 상공에서 전사했다.[44]

신응균의 부친 신태영 역시 일본육군사관학교를 나왔다. 한하운이 자주 집에 놀러가 사랑을 받았다는 신태영은 광복 후 국방장관을 지낸다. 부자가 함께 일본 육사를 나온 신씨 집안은 당시에도 이름을 알리던 군인 가정이었다. 1943년 『매일신보』는 신씨 부자를 '반도의 자랑 우리의 군국가정'이란 제목의 특집으로 다루며 가족사진까지 첨부해 가정 방문기를 게재하기까지 했다.[45]

> 일찌기 서백리아西伯利亞 출정 당시에 중대장으로 빛나는 무훈을 세운 아버지가 지금은 현역중좌로 있고 아들은 방금 국방 제일전선에 나서서 중대장으로 활약하고 있는 귀하고 자랑스러운 우리의 군국가정 — 현재 ○○사령관으로 있는 히라야마平山輔英(43) 중좌는 대정 3년 소위에 임관된 이래 30년동안 오늘의 징병제실시를 몽매에 그리며 솔선하야 제국군인의 숭고한 길을 걸어왔을뿐 아니라 맏아들로 하여금 뒤를 이어 사관학교에 입학시켜 만 열아홉살에 소위로 임관을 보도록 자제교육에 힘써 왔던 것이다. 그 맏아드님 가쓰도시勝敏(23) 중위는 지금 중대장으로 용약 ○○방면 국방제일선에 나서 있다.(인용자 윤문)

---

43 『동아일보』, 1940년 3월 2일자. '금년 2월 27일 졸업'.

44 『동아일보』, 1950년 11월 20일자, '장하다! 호국 초석으로 산화 박(朴)공군참모부장 서(徐)작전참모 전사'; 1950년 11월 21일자, '박서양군신 전사경위'.

45 『매일신보』, 1943년 8월 6일자, '반도의 자랑 우리의 군국가정'.

위 『매일신보』 기사에 나오는 히라야마 중좌와 가쓰도시 중위는 신태영, 신응균 부자를 가리킨다.

신태영이 함흥에 있던 시절은 제19사단 제74연대 보병소좌로 근무하고 있던 때다. 1934년경 대구중학교 배속장교로 옮겼다.[46] 1929년 조선총독부 육지측량부에서 발행한 지도를 참고하면, 함흥에 있던 보병연대는 함흥군 북동쪽 외곽 창상리倉上里 쪽에 위치해 있었지만 '육군관사'는 한하운이 '날마다 닥치는 대로 무슨 책이건 읽기 위해' 갔다는 '공자묘 도서관' 동쪽의 넓은 부지를 차지하고 있었다. 한하운이 찾아간 신응균의 집은 아마도 이곳이 아닐까 싶다. 공자묘 건물들은 한때 사립고등학교 교사로 사용하기도 했다.[47]

신태영은 광복 후 국방장관에 임명되었다가 1953년 6월 30일 사퇴하고, 한달 후인 7월 30일 재향군인회장을 맡은 뒤 8월에는 민병대 총사령관직에 취임했다.[48] 민병대는 1953년 7월 23일 「대통령령 제83호」로 공포된 「민병대령」에 따라 창설된 조직이다. 창설 직후 인원만 1,277,055명에 달할 만큼 거대 조직이었다.[49] 신태영은 한하운의 「나의 슬픈 반생기」가 『희망』지에 연재되기 시작하던 1955년 5월 바로 그 달에 민병대 해체와 함께 사령관직에서 물러난다. 한하운이 자서전을 쓰며 신태영과 신응균을 떠올린 것도 우연은 아닐 텐데, 당시 민병대는 횡령 사건에 연루되며 세간에 오르내리던 때였다.[50]

46 『삼천리』 제6권 제9호, 「군부에 있는 조선인 사관」, 1934.

47 『咸南誌資料』, 咸興憲兵隊.咸鏡南道警務部, 1913, 258쪽.

48 『동아일보』, 1953년 7월 1일자, '국방장관 경질 후임에 손원일 중장'; 『경향신문』, 1953년 7월 30일자, '재향군인회장 신태영씨 임명'; 1953년 8월 9일자, '민병대업무토의'; 『동아일보』, 1953년 8월 14일자, '만전통일에 대세 각도민병대 월내 발족'.

49 『민병대일년지』, 민병총사령부, 1954.5, 52쪽.

50 『경향신문』, 1955년 5월 1일자, '민병대 해체하라. 이대통령 유시'.

지주 출신 집안의 아들과 일본군 장교 집안의 아들이 서로 친교를 가질 수 있었던 건 동년배로서의 친밀감도 있었을 테지만 소년단이란 활동도 매개 역할을 했을 터이다. 한하운의 노스탤지어에는 이러한 시절들도 포함돼 있는 것이다. 의도하든, 그렇지 않든, 한하운은 소년기를 보내며 주변을 맴도는 군국주의의 그림자를 아슬아슬하게 밟아가고 있었다. 성계고등학교나 북경대학교도 같은 연장선 위에 있다.

일제강점기라는 시대 속에서 유치원, 소년단, 이리농림학교, 일본과 중국 유학(검증이 필요한) 코스를 무난히 거쳐 간 학창시절을, 한하운은 가계의 내력과 연결시켰다. 한하운의 가계에 대한 연대기적 검증이 미비한 상황에서 우선, 계보학의 기초가 되는 족보를 참고하여 한하운의 선대를 추적해 가도록 하겠다.

5. 가계

한하운은 청주 한 씨 집안에서 태어났다. 본명은 '태영泰永'이다. 한센병을 진단받은 후 투병하던 와중에 '하운何雲'이란 이름으로 바꿔 사용하기 시작했다. 창씨개명한 이름은 '청원 훈清原 薫'이다. 고친 성姓인 '청원清原'은 공교롭게도 일본 성 키요하라清原와 같았다. 이와 관련해서 1940년부터 1943년까지 함흥소학교를 다녔던 키요하라 마사오清原昌雄의 회고가 흥미롭다. 일본인으로 함흥에 정착했던 키요하라는 교장이었던 아버지를 따라 조선인 학교인 덕산심상소학교를 다니던 중, 3학년 때 일본인 학교인 함흥소학교로 전학을 갔다. 아버지가 함흥

교외의 패동소학교로 전근을 갔기 때문이다. 일본학생들만 있던 이 학교에서 키요하라는 뜻하지 않은 반응을 교실에서 경험하게 된다. '키요하라'란 성을 쓰는 자신에게 급우들이 거부감을 보이기 시작한 것이다.

> 당시, 비교적 많은 성姓이 한韓 씨였다. 아버지의 말에 의하면, "한 씨 발상지가 충청남도 청주이니, 그 청淸을 따서 청원淸原으로 이름을 바꿨을 것이다"라는 것이다. 하지만 나로서는 큰 충격이었다. 이지메의 대상이 되어 급우는 말할 것도 없고 상급생까지 합세해 나를 향해 '너는 조선인 일거야!'라든가, '이 학교에서 나가!'라는 심한 폭언을 퍼붓는, 괴롭힘을 당했던 것이다.[51]

창씨개명 조치는 1940년 황민화정책에 따라 강요됐다. 개명改名은 허가제였지만 창씨創氏는 신고제였다. 창씨에 특별한 원칙이 있는 것은 아니었다. 한 씨를 청원으로 바꾼 것은 한 씨 시조의 재실이 있는 청원군에서 가져왔거나 키요하라의 언급처럼 김金 씨가 본성을 남기기 위해 '금원金原'으로 바꾼 것처럼 본관을 살리기 위해 청주淸州에 근원이란 뜻을 담은 '원原' 자를 조합해 만든 것일 수도 있다. 한하운이 창씨개명한 시기는 이리농림학교를 졸업하던 때다. 조선민사령이 개정돼 공포된 건 1939년 11월이지만 시행은 이듬해인 1940년 2월 11일부터 적용됐다.[52] 졸업 이전, 조치에 따랐을 가능성이 크다.

---

51 淸原昌雄,「咸興の少年期」,『海外引揚者が語り繼ぐ勞苦』, 平和紀念事業特別基金, 2007, 177쪽.

52 최재성,「'창씨개명'과 친일 조선인의 협력」,『한국독립운동사연구』37, 독립기념관 한국독립운동사연구소, 2010.

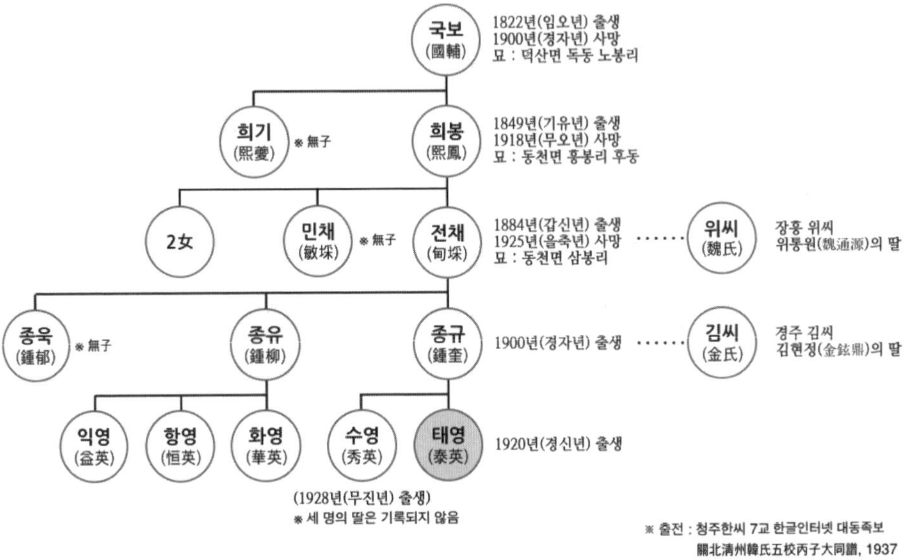

〈한하운의 가계도〉

한하운의 집안은 함경남도 함주군 동천면 쌍봉리에 세거하던 청주 한 씨 연안운공파의 가계다. 부친은 한종규韓種奎, 조부는 한전채韓甸埰, 증조부는 한희봉韓熙鳳이다.

청주 한 씨 족보는 1617년에 간행한 『청주한씨세보』가 초간본이다.[53] 조선 광해군 때 서원현감 한효중과 희릉참봉 한혁이 만들었다. 여기에 고려 개국공신 한란韓蘭이 '한씨의 비조鼻祖'로 나온다. 그후 청주 한 씨는 여러 분파로 갈린다. 한하운은 예빈운공파, 일명 관북청주 한 씨의 계보에 속한다. 예빈운공파는 『관북청주한씨오교병자대동보關北淸州韓氏五校丙子大同譜』(이하 『관북보』)를 별도로 제작했다.[54] 여기에 한

53 『청주한씨보』 159호, 청주한씨 중앙종친회, 2004.
54 『關北淸州韓氏五校丙子大同譜』, 關北淸州韓氏五校丙子大同譜所, 1937.

하운의 부친 한종규와 조부 한전채 등 가계의 기록이 전하며, 한하운은 '경신庚申 생生'으로 기록되었다. 경신년은 1920년이다.

아버지 한종규는 '딴살림을 차려' 나가 살았다. 한하운의 기술에 아버지의 이야기가 그리 많지 않은 건 그런 이유도 한 몫 한 듯하다. 부친의 이력에 대해서 서술한 부분은 아래와 같다.

> C-1. 아버지는 기미년 독립운동때 **함흥농업학교 재학중에** 만세를 부르다가 퇴학을 당하고 그후 일본으로 유학을 하셨다. 나는 바로 이 기미년에 이 세상에 태어났었다.
>
> —『희망』 1955년 5월호, 73쪽

> C-2. 아버지는 기미년 독립운동 때 **학교 재학중에** 만세를 부르다가 퇴학을 당하셨다. 나는 바로 이 기미년에 이 세상에 태어났었다.
>
> —『반생기』, 21쪽, 강조는 인용자

한하운은 부친의 함흥농업학교와 일본 유학 경력을 1955년에 처음 언급했다가 『반생기』에서는 삭제했다. 함흥농업학교는 1910년에 도립함흥농업학교로 설립됐다.[55] 함흥에서의 만세운동은 1919년 3월 4일 시작돼 이 날 60여 명이 검거됐다.[56] 이 사건으로 한영호가 1년 6개월을 선고 받는 등 40명이 재판에 넘겨졌다.[57]

할아버지 한전채韓甸垜는 갑신甲申 생이다. 『관북보』에는 고종 21년

55 『조선총독부관보』 126호, 1911.2.2.
56 『매일신보』, 1919년 3월 8일자 '함흥, 육십명을 검거'.
57 『매일신보』, 1919년 4월 25일자.

인 1884년에 태어나 을축乙丑년에 사망한 것으로 되어 있다. 을축년은 1925년이다. 순릉純陵 참봉參奉을 지냈고, 묘는 삼봉리三峯里에 있다고 한다. 부인은 장흥 위씨長興 魏氏 통원通源의 딸이다.[58]

한전채는 뜻하지 않게 이웃 마을 사이에 일어난 친족 간 폭행사건에 개입했다가 갑작스러운 죽음을 맞이했다. 이 사건은 '함흥군 덕산면에 의문의 상해치사傷害致死'란 제목으로 『매일신보』 1926년 8월 10일자에 실렸다.

> **함흥군 덕산면 쌍봉리 66번지에 거주하는 한희원**韓熙元(47)은 그의 아들 태혁台赫(26)과 같이 그 이웃에 거주하는 친족 한희태韓熙泰, 한종건韓鍾健, 한희림韓熙林 외 9명을 상대로 함흥경찰서에 상해치사급상해죄傷害致死及傷害罪라는 명목하에 고소를 제기하였다는데 이제 그 자세한 내용을 들은즉, 전기 한희원은 저의 친척되는 모씨某氏의 미망인 이수신李壽信(32)이란 과부와 몇해 전부터 불의의 쾌락을 맛보게 되었음으로 그 부근에서는 그에 대한 소문이 자자할 뿐외라. 얼마전에는 한희원의 처가 저의 남편이 사람의 이목을 피하여 전기 이수신과 추한 관계를 맺는 현장을 발견하여 소동한 일까지 있은 터이 있음에도 불구하고 그 동네 구장되는 전기 한희태韓熙泰가 육월 이십이일 밤에 술이 대취하여 그 두 남녀의 비행을 성토한 일이 있었는데 이 소문을 들은 전기 한희원은 동월 이십사일 저녁 여덟시경에 저의 처와 맏아들을 데리고 한희태의 집에 이르러 네가 직접 목도하지 못한 거짓말을 함부로 지껄이어 그 소문이 세상에 반포되었은즉 너같은

58 한기방(韓基邦) 엮음, 『관북청주한씨오교병자대동보(關北淸州韓氏五校丙子大同譜)』, 咸興 : 關北淸州韓氏五校丙子大同譜所, 1937, 20쪽.

자는 마땅히 때려 죽여 아깝지 않은 자라고 야료를 부리게 되었는데 이것을 구경하고자 모였던 오륙십명의 군중은 그러한 사실이 있음에도 불구하고 그러한 말을 하였다고 도리어 구타하는 것은 온당치 못한 행동이라는 의분義憤에 끌렸던지? 전기 오륙십명의 다수한 군중은 그 길로 한희원의 집에 몰려가 가지고 인륜을 무시한 패덕자悖德者를 그냥 두면 마을의 풍속을 괴탄케 할 염려가 있은즉 이러한 자의 집은 떠엎어 어디로 몰아보내일 수 밖에 없다 하여 한희원의 집 울타리를 뜯어 엎은 후 집안에 들어가 한희원의 가족을 함부로 구타하는 등 한참동안 일대 난투가 일어나게 되어 결국 쌍방에 중경상자를 내는 불상사를 야기한 사실이 있었는데 **그때에 한전채韓甸埰(43)라는 자가 한희원의 편으로 좌단左袒하게 되어 싸움을 말리느라고 하는 사이에 어디를 상하였든지? 며칠을 지나지 않아서 그 자는 드디어 사망하게 되었음으로 이것은 그날에 여러 사람에게 구타를 당한 까닭이라 하여 그와 같이 고소를 제기한 것이라는데 고소를 접하게 된 당서에서는 곧 도립함흥의원道立咸興醫院 의관으로 하여금 한전채의 사체를 검시檢屍하였으나 별로히 확실한 감정이 없다더라** (인용자 윤문 및 강조)[59]

사건이 일어난 해가 1926년이기는 하지만 이 기사에 등장하는 한전채는 한하운의 조부와 동일 인물로 보인다. 무엇보다 『관북보』의 비슷한 시기에 '전채'란 이름은 한 명밖에 없다. 또, 사건 현장이 쌍봉리 66번지이고, 기사에 한전채의 나이가 43세로 표기되어 있다. 한하운이 「이력서」에 기재한 본적 주소는 '쌍봉리 705번지'이며, 갑신 생으로 따져 볼 때 1926년은 만 43세가 된다. 더구나 사건의 발단이 된

59 『매일신보』, 1926년 8월 10일자, '함흥군 덕산면에 의문의 상해치사'.

〈한전채의 순릉 참봉 경력〉

임명	면직	출전
1906.12.25	1906.12.26	승정원일기
-	1907.02.08	관보
1907.05.10	1907.12.08	승정원일기, 관보
-	1908.01.11	관보

동네 구장 한희태는 족보에서 찾아볼 수 있는, 1870년 경오庚午 생인 한국서韓國瑞의 아들 '희태'로 보이는데 그럴 경우, 한하운의 조부인 한전채와 7촌간이 된다. 기사에 함께 등장하는 한희림도 9촌 내에 이름이 수록돼 있다.

족보에 기록된 조부 한전채의 사망년도를 1926년 중순경으로 수정한다면, 한하운이 함흥 시내로 이주하는 시기도 이 이후가 아닐까 싶다. 한하운의 부친 한종규의 입장에서 생각해 본다면, 아버지가 같은 마을에 사는 친척들끼리 벌어진 싸움에서 급서急逝를 한 데다가 장남의 교육을 위해서도 시내로 나가 사는 선택을 할 수 밖에 없었을 것이다. 만일 한하운이 유치원을 다녔다면 1927년부터 1928년까지 두 해 사이에 수학했을 가능성이 크다.

한전채가 근무했던 순릉純陵은 태조 이성계의 할머니이자 이자춘의 친모인 경순왕후敬順王后 박 씨의 능이다. 이성계는 즉위 직후인 1392년 8월, 아들인 이방원을 동북면 쪽으로 보내 사대四代의 능실에 제사지내도록 하고 능호를 올렸는데 이때 '순릉純陵'이란 이름을 붙였다.[60] 1910년대 순릉에는 참봉 2명, 사정使丁 10명이 있었다.[61]

60 『태조실록』, 1년 8월 8일자.

한전채가 능참봉에 임명된 기간은 1906년부터 1908년 사이다. 그 후 무슨 이유에서인지 '한태규韓泰奎'로 개명한다는 광고를 갑자기 『황성신문』에 낸다.[62] 족보에는 '전채甸埰'로 기록되어 있고, 앞의 기사에서도 본명을 그대로 쓰는 것으로 보아 정식 소청疏請 과정을 거치지 않았거나 후에 환원했다고 볼 수 있을 텐데, 능참봉직의 실직 과정이 무난하지는 못했던 모양이다. 당시는 사업의 성공 등을 위해 이름을 바꾸는 것이 유행처럼 번지고 있어서 사회의 '폐습'으로 인식되고 있던 시절이었다.[63]

한하운의 증조부인 한희봉은 자字는 성의聖義이고, 기유己酉 생, 즉 1849년에 태어나 신축년戊午年인 1918년에 사망했다. 묘는 동천면 홍봉리에 있다. 부인은 둘이다. 모두 원주原州 사람으로, 변석룡卞錫龍, 원윤진元允鎭의 딸과 차례로 혼인하였다.[64] 한희봉은 관직을 가졌던 흔적은 나타나지 않으며 부친인 한국보韓國輔가 1860년 정시庭試 병과에서 4위를 한 기록만 남아 있다.[65] 선대인 한정두韓挺斗나 한민준韓民俊의 경우에는 과거 경력은 찾아볼 수 없다. 그렇다면 한하운이 자랑삼아 이야기했던 '과거를 삼대나 계속하여 급제한 집'이란 설명은 다소 어색하다. 고조부인 한국보를 제외하고 과거에 급제한 기록이 나타나지 않기 때문이다.

관직운은 오히려 한하운의 외가 쪽이 좋았다. 한국보의 사위인 위종민魏鍾敏은 맹산현감을 지냈다.[66] 한 씨 집안은 대개 장흥 위씨 쪽과

61 『咸南誌資料』, 咸興憲兵隊・咸鏡南道警務部, 1913, 264쪽.

62 『황성신문』, 1908년 6월 2일자.

63 『매일신보』, 1911년 8월 31일자.

64 한기방(韓基邦) 엮음, 『관북청주한씨오교병자대동보(關北淸州韓氏五校丙子大同譜)』, 咸興 : 關北淸州韓氏五校丙子大同譜所, 1937, 20쪽.

65 『국조방목(國朝榜目)』, 105쪽.

〈위통원 형제의 과거(科擧) 및 관직 경력〉

성명	과거	출전	관직	출전
달원(達源)	무과 급제(丙子)	『관북장흥위씨족보』,[70] 14쪽	부호군(副護軍)	『승정원일기』, 고종 15년(1878) 6월 20일
도원(道源) (1838~ 1886)	병자(丙子) 함경도도과(咸鏡道道科) 병과(丙科) 5위 /고종 13년(1876)	『국조방목(國朝榜目)』, 50쪽	-승정원 부정(副正) -성균관 전적(典籍) -사간원 정언(正言) -함경도 도사(道事) -홍문관 수찬 -지제교 겸 경연 검토 - 춘추관 기사관 교리	『관북장흥위씨족보』, 14~15쪽
익원(翼源)[71] (1846~ 1894)	경진(庚辰) 정시(庭試) 갑과(甲科) 장원 / 고종 17년(1880)	-『국조방목(國朝榜目)』, 75쪽 -『고종실록』, 17년 10월 29일자	-사간원 정언(正言) -장령	『관북장흥위씨족보』, 13쪽
			-성균관 전적(典籍)	『승정원일기』, 고종 18년(1881) 7월 11일자

혼인 관계를 맺어 왔다. 장흥 위씨 역시 함주군에 오래 전부터 터를 잡아 온 세거 씨족이다.

한전채의 부인 또한 장흥 위씨 집안이었다. 장인은 위통원魏通源이다. 갑인년(1854) 생으로 1남 2녀를 두었다. 그중 차녀가 한전채와 혼인을 하였고, 아들 정림楨林은 청주 한 씨 한창식韓昌植의 딸과 결혼을 하였다. 위통원은 대한제국기인 융희년간에 함흥군 지방위원을 지냈다.[67] 임명 기간은 1908년 10월 28일부터 이듬해 4월 12일까지다.[68] 1907년 각 지역에 설치된 지방위원회는 탁지부의 관할 하에 지방의 재정을 담당하던 기구다. 여기서 활동하던 지방위원은 각 군에서 '신용, 자산,

66 『철종실록』, 1년(1850) 3월 1일자.
67 『관북장흥위씨족보』 권3, 1916, 15쪽.
68 『관보』, 1908년 10월 28일자 · 1910년 4월 12일자.

지식'을 가진 자 중 1인을 선발해 임명했는데, 일본이 추진하던 이른바 '시정개선'에 협조적인 인물이 후보군에 올라 선발되는 경향이 있었다고 한다.[69]

위통원의 부친은 종곤鍾崑이다. 호가 사헌沙軒이며 정릉定陵 참봉,[72] 숙릉淑陵 봉사奉事,[73] 지릉智陵 직장直長,[74] 창릉昌陵 영令[75] 등을 거쳐 흡곡歙谷 현령[76]을 지내다가 1868년 사망하였다. 위종곤의 부인 역시 청주 한씨 한백래韓百來의 딸이다. 위종곤은 위통원을 포함해 모두 8남을 두었다. 그중 진원晉源, 술원述源, 달원達源, 통원通源이 청주 한 씨 집안과 통혼을 한다. 위통원의 형제 중 과거에 급제한 이들은 달원達源, 도원道源, 익원翼源이다.

6. 월남과 성계원 정착

한하운은 1947년, 월남했다. 이후 1949년 12월, 부평에 정착했다. 2년여 간의 시절에 대해 쓴 가장 근래의 것은 『새빛』 1968년 3월호에 수록한 「새 인생을 찾는다」[77]란 글이다. 이 글을 시기별로 나누어

69 이상찬, 「1906~1910년의 지방행정제도 변화와 지방자치논의」, 『한국학보』 42, 일지사, 1986.
70 위대원, 『관북장흥위씨족보』 권3, 함흥선명인쇄소, 1916.
71 위종오(魏鍾晤)에 출계(出系)함.
72 『승정원일기』, 헌종 9년(1843) 6월 25일자.
73 『승정원일기』, 헌종 11년(1845) 6월 25일자.
74 『승정원일기』, 헌종 14년(1848) 12월 22일자.
75 『승정원일기』, 철종 9년(1858) 12월 20일자.
76 『승정원일기』, 철종 11년(1860) 12월 20일자.
77 한하운, 「새 인생을 찾는다」, 『새빛』 제6권 제3호, 새빛사, 1968, 21~23쪽.

내용을 정리하면, 월남→강원도 유랑→서울 거주→수원 걸식촌 이주→부평 성계원 발족으로 이어진다.

① **월남**

1947년 7월 원산형무소를 탈옥 주검의 삼방협三防峽 추가령지구대의 길 없는 험준한 산악을 타고 장마비를 맞으며 38선을 넘고 한탄강을 헤엄쳐 건너 동두천까지 한 달을 걸어서 월남하였다.

② **강원도 유랑**

학대를 피하여 깊은 산 속에 들어가 화전火田이나 하는 화전민 생활을 하려고 강원도 진부珍富의 대화大和 지방으로 갔었다. 그러나 대자연의 평화와는 달리 인심은 험악하고 검문이다 뭐다 하여 못살게 매질로 내쫓는다.

③ **서울 거주**

잡지와 시집이 발표된 뒤 서울을 비롯한 여러 곳에서 동환들이 같이 살자고 찾아 오곤 하였다.

내가 거처하는 남산이나 삼각지 다리 밑으로 찾아 와서는 자기들이 사는 곳으로 가자고 하였다.

④ **수원 걸식촌 이주**

나는 초려삼고草廬三顧의 지우知遇라 여러 차례 찾아 와서 간청하는 수원의 걸식촌乞食村으로 가기로 하였다. 이때가 1949년 8월 경이었다.

나는 이곳에서 총무직을 맡게 되었다.

⑤ **부평 성계원 발족**

구걸과 구호를 병행하여 이상촌 창립자금을 마련하려는데, 당시 정부는 서울, 춘천, 부평, 수원의 4개소 환우를 통합하려는 방안을 서둘렀다.

(…중략…)

결국 통합은 되었지만 부평계곡의 사태는 30여 명의 무장경관을 출동케 했고 불화는 오래 계속되었다.

「桃李不言 下自成蹊」의 뜻을 살려 원명園名을 「成蹊園」이라 하고 집단부락을 발족하였다.

한하운은 1946년 3월 13일 함흥학생사건으로 고초를 겪는다. 그때의 상황을 이렇게 적어 놓았다.

1946년 3월 13일 이북 공산치하에서 함흥 학생의거사건으로 소련군에 체포되어 함흥형무소에 입옥入獄.

1947년 5월 아우가 주동한 북괴北傀전복사건에 연좌되어 입옥. 원산으로 이감. 탈옥하여 추가령지구대를 거쳐 월남.

—『새빛』 연보

「따라락」 「따라락」 하는 다발총의 총소리가 파상적波相的으로 고막을 찢고 (…중략…) 그 순간 「데모」대가 파동을 일으키고 혼선된 불연속선으로 이리 몰리고 저리 몰리고 하면서 여울목처럼 구비치다가 맴도는 데에서 외마디소리의 단말마斷末魔의 아우성이 높아진다.

나는 어찌어찌 하다가 이 수라장의 제일 앞장에 서있는 나를 발견하였다. 마치 「데모」대의 선봉의 투장鬪將 같이 나도 모르는 사이에 고함소리를 질렀다. 「예욕穢欲 같은 놈들과 싸우자!」 무슨 전투지휘관戰鬪指揮官이 공격명령을 내리는 바로 그 시늉 그대로 총소리에 질린 「데모」대에 억센 함성을 보낸다.

—『반생기』, 156~157쪽

함흥학생사건은 1946년 3월 11일 함흥의학전문학교 전교생들이 식량 문제를 해결하여 달라고 함경남도 인민위원회 사무실로 찾아가면서 시작되었다. 학생들은 이날 도인민위원회 부위원장이었던 교장 최명학의 설득을 받고 해산했다. 이튿날 함흥농업학교 전교생과 흥남공업학교 학생들이 시민들과 함께 천여 명의 군집을 이루며 다시 인민위원회를 찾아갔다. 협상이 순탄히 진행되지 못하자 인민위원회는 소련군사령부에 통보했고 소련군대가 학생과 시민들을 위협해 해산시켰다. 3월 13일, 학생과 시민 5만여 명이 이번에는 황금정黃金町에서 태극기를 들고 행진을 시작했다. 이날 소련군이 발포해 사망자가 발생한다. 이 사건으로 4백여 명이 구금되었다. 이상이 북선청년회北鮮青年會가 전한 사건 내용이다.[78] 한하운은 이 일로 보안서에서 조사를 받은 후 며칠 뒤 풀려났다. 그리고 곧 월남을 계획하기 시작했다.

한하운이 마지막 월남을 한 것은 1947년이다. 이 때는 남한 내에 '부랑 나환자' 문제가 사회문제로 대두되던 때였다. 인천도 예외는 아니었다. 광복 후 갑작스럽게 늘어난 한센병 환자들로 인해 정부의 대책을 요구하는 목소리가 높았다.

·

> 나병환자를 일소코저 부에서는 보건과 윤기홍 기수를 비롯한 16명의 수사대를 편성하고 9일 하오 8시부터 10일 아침 7시까지 밤을 새워가며 숭의동, 부평 등지를 수사한 결과 18명의 환자를 발견, 즉시 **수송선 송환松丸으로 소록도에 보내었다** 한다.
>
> —『대중일보』, 1947.3.12

78 『한성일보』, 1946년 3월 31일, '쌀에서 발단한 유혈극, 함흥학생사건의 상보'.

인천에 문둥병 환자—최근 인천시내에는 문둥병 환자가 부쩍 늘어 환자수는 무려 수백명에 달한다고 한다. 이 나병환자의 횡행은 시민을 불안케 하고 있는데 시 당국의 급속한 대책이 요망되고 있다.

—『독립신문』, 1947.5.6

요즈음 인천에는 문둥병자가 몰려들어 사람들에게 불쾌한 감을 주고 있다. 즉 어디서 온 환자들인지 인천에는 문둥병환자 수백명이 횡행하고 있는데 앞서 관계당국에 자진출두하여 소록도로 보내달라는 자들을 보낸 외에는 그 나머지는 아직도 아무런 대책이 없이 방임하여 둔 상태인데 이에 대하여 시민은 시 당국의 급속한 대책을 요망하고 있다.

—『중외신보』, 1947.5.6

이번에는 문둥이 절도단竊盜團이 체포되었다. 부내 주안동朱安洞 인근 학교 근처 토막에 웅거하고 있는 문둥이 최상열崔相烈 외 7명이 작당하여 지난 20일 새벽 4시경 부평富平 모 양복점과 주택에 침입하여 내리 나시 내의의 기타의류 2백4점과 시계時計 3개를 훔쳤다는 사실을 탐지한 부내 숭의동崇義洞 9번지 한재욱韓在旭 외 11명의 청년들이 작23일 상오 5시경 범인 8명 중 6명을 체포하여 인천서로 인도하였는데 인천서에서는 범인들이 문둥이니만치 다른 범인과 함께 수감할 수도 없고 하여 그 신원조치에 곤구하고 있다.

—『대중일보』, 1947.7.25

기보와 같이 현재 부내에는 약 1백여 명의 문둥이가 선박의 편으로 제주도 방면에서 모여들어 토막같은데 분산적으로 웅거하여 구걸로 생계를 유지하고 있는데 이로 말미암아 부민 각 가정에서는 적지 않는 공포와 횡폐를 당하고 있다.

즉 자고로 문둥이는 소년들의 육체의 일부를 떼어먹으면 낫는다 하여 살륙의 참화를 연출하던 과거의 사실도 있어 이 점에 대하여 특히 자녀를 가진 가정에서는 문둥이는 공포의 대상이 되어 왔던 바, 설상가상으로 엊그제 본지 보도와 같이 일부 문둥이들은 대규모의 작당으로 부민 주택에 침입하여 절도를 하다가 경찰에 체포된 사실이 있어 더욱 주목을 하고 있는데 이에 대하여 일반 부민은 취체관청인 부당국의 방임과 속수무책에 크게 분개를 하고 있다.

—『대중일보』, 1947.7.26

관계 당국에 부탁하오니 부내 각 공원의 풍기를 단속하라—지루하게 계속된 장마기로 말미암아 금년의 여름은 가는 줄도 모르게 어느덧 지나가고 벌써 입추立秋가 지난지도 4, 5일이다. 숲속에서는 매미소리가 서늘하고 가을은 머지않았다고 차차 부민은 산으로 들로 가을의 산책을 즐겨할 납량기가 되었는데 요즈음 부내 **월미도月尾島, 서공원西公園 등에는 난데없는 문둥병자, 걸인 등이 운집하여 여기 저기에 천막을 치고 많은 노숙을 하고 있다.** 이들은 직접 공원의 나무 등을 잘라 집을 짓기도 하고 불을 때어 밥을 짓는가 하면 분간없이 각처에다가 대소변까지 눌뿐더러 다시 산책하는 부녀에게 반강제적인 구걸까지 하고 있다 한다. 그런데 첫째 이는 공원을 황폐화할 뿐 아니라 위생적으로 기분으로 공원을 더럽히어 가장 신선하고 깨끗하여야 할 공원의 성격을 없애고 있어 부민에게 큰 위협거리가 되고 있으니 관계당국은 아직 보지를 못하였는가 보고도 자비심으로 묵과를 하는 것인가. 일반은 의심을 마지 않는 바이니 하루바삐 그들 문둥환자를 공원에서 없애주기를 바라는 바이다.

—『대중일보』, 1947.8.12

인천에는 현재 문둥병 환자가 120명이나 있어 매일 작당하여 거리를 헤매이고 있는데 그중에는 담배장사까지 있어 부민들은 커다란 위협을 느끼고 있다.

—『현대일보』, 1948.9.2

일제강점기에 격리됐던 한센병 환자들이 흩어져 나오면서 사회는 불안감에 빠졌다. 이런 현상은 전국 몇몇 대도시에 공통으로 나타난 상황이었지만 한센병 환자들이 인천을 이주지 중 한 곳으로 선택한 이유를 정확히 알 수는 없다. 서울과 가깝기 때문이기도 할 테고, 일제강점기부터 인천에 있던 결핵요양소도 한몫하지 않았을까 싶다. 한센병은 결핵과 유사한 성질을 갖고 있어서 BCG란 균을 접종하면 양쪽을 모두 예방할 수 있는 것으로 알려져 있었다.[79] 인천의 결핵요양소는 '연수리'에 있었다. 일제강점기 경기도 위생과와 일본적십자사 조선본부가 제휴해 추진하던 요양소 건설 부지는 당초 '주안-부평간 구릉지대'와 '송도' 일대로 검토되다가 1938년 '연수리延壽里'에 건설하기로 결정하고 공사에 들어갔다.[80] 1947년 3월 1일 발생한 '제주 3.1절 발포사건' 이후 제주도를 빠져 나온 사람들도 있었을 텐데, 위의 『대중일보』 기사에 '제주도 방면'에서 모여 든다고 언급한 것은 그런 측면에서 이해할 수 있지 않을까 한다. 광복 후 전재민이 대거 인천항을 통해 들어올 때, 그 속에 한센병 환자들도 포함됐을 것이다. '부랑하는 나환자'들이 사회 문제가 되던 무렵, 부평지역에는 간석동

79 유준, 『나병』, 연세대 출판부, 1962, 29쪽.

80 『매일신보』, 1937년 2월 21일자, '인천양요양소 교외에 신축 계획'; 1937년 7월 13일자, '인천결핵요양소 기지매수교섭도 순조로 진척'; 『동아일보』, 1938년 1월 13일자, '폐결핵의 요양소 부평군 문학동에 신축키로'.

일대에 1948년 11월, 한센병 환자들을 위한 임시수용소가 마련됐다. 일종의 격리 조치였다. 수용 인원은 103명이었고, 숙소는 텐트를 이용했다. 식량은 인천부에서 제공됐지만 다른 경비들은 조달할 방법이 없었다.[81] 간석동 임시수용소를 운영하는 데 협력한 단체가 대한나예방협회다. 초대 회장이 이용설이었는데 경기도 보건후생부장이었다. 민간단체인 대한나예방협회는 첫 사업으로 전국에 흩어져 있는 한센병 환자들을 한 곳에 모으기 시작했다. 이를 위해서는 숙식을 해결할 수 있는 공간이 필요했고, 그 장소로 서울 망우리를 비롯해, 훗날 성계원이 들어서는 부평농장과 경북 칠곡 등지에 임시수용소를 설치했다. 사업이 성과를 보이자 정부의 재정지원이 뒤를 따랐다. 대한나예방협회는 1954년 대한 나협회로 이름을 바꾼다.[82]

이에 앞서 한센병 환자들의 전국 단위 조직인 성좌회星座會가 1948년 7월 14일 대구 애락원에서 창립 총회를 개최하며 결성됐다.[83] 이 단체는 전국에 흩어져 존재하던 한센병 환자들의 집단부락 지도체제 같은 것인데 1948년 9월 14일, 서울 내에 있던 한센병 환자 150여 명을 망우리 천막촌에 집단 수용할 때 서울시가 성좌회와 협력할 만큼 힘을 갖고 있었다.[84] 이 시기의 집단부락은 한하운이 언급한 소위 '왕초'들이 이끌고 있었다. 한하운은 도시 걸인과 농촌 걸인을 구분하면서 왕초가 지배하는 '유걸流乞' 집단 내에는 '계급과 비슷한 「동무법」'이 있어서 '절대 침범할 수 없는 헌법 이상의 것'이라고 설명하고 있다.

81 『동아일보』, 1948년 11월 24일.
82 「초대대한나협회회장 이용설 박사를 찾아」, 『복지』 1972년 11월호, 대한나협회, 1972, 22~23쪽.
83 『평화일보』, 1948년 7월 1일자, '나환자 통일체 성좌회를 결성'.
84 『동아일보』, 1948년 9월 15일자, '나환 150명 망우리에 수용'.

> 걸인乞人들은 도시걸인을 '양아치'라고 하며 농촌걸인을 '목내'라고 한다. '양아치'들은 복장들이 남루하고 추잡스럽지만 꿀림통(거처居處)을 방공호나 다리 밑, 또 히라이집(치롱을 메고 고물줍기들의 집거처)……등등의 도시와 도시 외곽지에 자리잡고 조식을 깡통을 들고 걸을 다닌다.[85]

이렇게 흩어져 '부랑'하던 한센인들을 한 곳에 수용해 놓기는 했으나 문제는 겨울이었다. 10월을 전후한 시기에 임시수용소를 만든 탓에 추위를 견딜 준비가 전혀 되어 있지 않았다. 인천부는 여기에 소용되는 비용을 140여만 원으로 계상해 두었으나 마련할 길은 없었다.[86] 인천부는 이곳을 동인同仁 요양소로 이름 붙였다. 초기 수용자는 10명에 불과했으나 곧 70여 명으로 증가했다.[87]

한하운은 각지에서 한센인들을 집단수용하는 움직임이 나타날 무렵, 한탄강을 넘어 서울로 들어갔다. 이 과정이 『반생기』의 마지막을 장식한다.

> 삼팔선의 밤은 닥아 온다. 어둠의 정적속에 뻐국새의 울음은 황천의 죽은 영혼들이 우는 울음같이 들리고 암록색暗綠色 어둠의 슬픔이 나를 덮고 나를 절망속에 빠뜨린다.
>
> 며칠동안이나 쉬었다. 곤비困憊의 몸은 좀 회복되었지만 발바닥의 상처는 아직도 시일이 걸려야만 나을 것 같다. 그러나 여기서 언제까지고 쉴 수 없는 몸, 그렇다고 가보아야 별 수 없는 몸에는 갈곳도 없는 몸이지만

85 한하운, 「유걸기(流乞記)」, 『신사조』 1962년 4월호, 신사조사, 1962, 328쪽.
86 『독립신문』, 1948년 11월 28일, '인천나환자 과동이 문제'.
87 『성 라자로 마을 50년사』, 성라자로마을, 2000.

그냥 동두천東豆川 길을 떠나 버린다.

동두천에서 서울 가는 차를 탄다. 막상 서울로 간다고 작정하니 삼팔선 남방의 초막집 생각이 난다. 그 집에서 그냥 치료나 하고 있을 것을…… 하는 후회가 앞선다. 집도 절도 없는 문둥이가 서울로 가면 무엇하랴……

—『반생기』, 313쪽

『천주교구라사』에 따르면, 정부가 한센병 환자들을 수용하는 '격리부락' 건설 계획을 수립한 건 1949년이다. 이 해 '정부나병대책 기본정책 및 사업연차계획'을 발표했다. 정부는 '격리부락'을 '理想村(이상촌)'이라고 이름 붙였다. 한국전쟁으로 정부의 나병 대책이 실행되지 못하다가 1951년 전국 4개의 나요양소를 국립화하며 다시 이상촌 건설 계획을 들고 나왔다. 정부의 이상촌 건설 구상은 아래와 같다.

연然이나 객년客年 괴뢰군의 불의남침으로 인한 초 비상시의 곤란으로 일시 정돈상태에 빠졌다가 최근 점차적 복구 발전하게 되었으나 동란으로 인하여 국가재정은 국방치안에 위주하게 되었으므로 본 구라사업 역시 기其 여파를 면치 못하였음은 자타가 공인하는 바이며 견감지사였다. 극소한 예산과 모든 악조건 하에서라도 최대한의 효과를 획득코자 다각적으로 검토한 결과 현 기설 요양원(부산 상애원, 칠곡 애생원, 인천 성혜원, 부산 소생원)을 확충하여 환자 2천여명을 증가 수용하는 한편, 기설 요양원에 수용중인 개방성 환자와 부랑 환자 중 개방성 환자의 수용을 위한 이상촌을 설치하면 현재 건강사회에서 부랑 배회하며 걸식하는 환자를 일소하게 되리라는 결론에 도달하였다.[88]

1951년 국립화 당시 설치된 나요양소는 모두 네 개였다. 전라북도 고흥군 금산면의 갱생원은 소록도에 위치한 중앙나요양소를 개명한 것이고, 성계원 이외에 소생원(전라북도 익산군 삼례면), 애생원(경상북도 칠곡군 기천면) 등이 있었다.[89]

인천에 국립수용소를 설치한다는 계획은 1949년 초부터 조금씩 나오기 시작했다.[90] 10월이 되면서 수용소를 부평에 둔다는 구체적인 내용이 발표됐고,[91] 12월부터는 각지에 있던 한센병 환자들의 부평 이주가 시작됐다.[92] 이주 대상은 서울, 부평, 강원 등지에 있던 한센인들이었다. 망우리 임시수용소에 있던 300여 명의 환자들은 1950년 1월 부평으로 들어왔다. 한하운은 수원의 집단부락에 머물다가 1949년 12월 30일, 부평으로 들어갔다고 밝히고 있다.

> 시집 출판 후 몇 군데 환자 대표들의 동거同居의 권에 8월 수원 세류동細柳洞 하천河川가 부락에 입주하여 이 부락의 외무부장外務部長을 거쳐 총무를 맡다.
>
> 동년同年 12월 부평에 4개처 집단부락의 육성에 노력하였으며 환자 자립의 가능성을 보였다.
>
> —『새빛』 연보

나는 그들을 설득시키고 수원시의 알선으로 서력 1949년 12월 30일 밤

---

88 『천주교구라사』, 한국가톨릭나사업연합회 · 천주교 구라사 편찬위원회, 2002, 106~107쪽.
89 위의 책, 106쪽.
90 『연합신문』, 1949년 4월 17일자, '인천에 국립수용소 계획'.
91 『대중일보』, 1949년 10월 3일자, '나환자수용소 부평에도 설치'
92 『대중일보』, 1949년 12월 15일자, '나환자 집단 과동(過冬)'.

8시에 70명 환자를 인솔하고 (일부 환자는 이탈하였다) 부평으로 갔다.

—『황토길』, 144쪽

앞서 말했듯이 부평 성계원 자리에는 1948년 설치된 동인요양소라는 임시수용소가 있었다. 여기 거주하고 있던 한센인들 입장에서는 1949년 겨울이 되며 대규모로 이주해 오는 다른 지역의 한센인들에 대한 불만이 적지 않았다. 각자 다른 지역에서 집단부락을 이루며 살고 있던 사람들이 모여 통합되기는 쉽지 않았다. 한하운이 부평에 들어오는 과정도 순탄치 않았던 것 같다. 무장경관까지 동원된 싸움 속에서 한하운은 무사히 성계원에 정착한다.

감투를 좋아하는 우리 국민성이라 문둥이라고 다를 것이 없다. 원 부평의 환자와 서울 환자 사이에 치열한 싸움이 소, 대한의 백설에 덮인 죽음의 이 골짜구니에 벌어진다.

세상에서 버림받은 문둥이가 서로 피를 흘리며 유혈전을 한다니 한심스러운 일이 아닐 수 없다. 무장경관 30여 명의 출동으로 삼일 만에 이 아귀들의 싸움이 진압되었다.

—『황토길』, 144쪽

본래 이곳에 있던 동인요양소 사람들은 성계원을 떠나 다른 곳으로 이주하기로 결정하고 메리놀 외방전교회 캐롤 신부의 도움을 받아 우여곡절 끝에 성 라자로마을을 건설했다.[93] 성계원 내에는 입주한 지역

93 『성 라자로 마을 50년사』, 성라자로마을, 2000.

별로 대표들이 별도로 있어서 망우리 출신, 인천 출신, 춘천 출신 등으로 세력이 나뉘어 있었다.[94]

성계원은 정부의 정책에 따라 이름과 위상이 변화되어 갔는데, 1951년 국립나요양소를 거쳐 1957년 '부평 성계원'으로 고쳤다가 1960년 국립부평병원으로 바뀌고, 1968년 병원이 폐쇄된 후, '부평농장'으로 자리 잡았다.[95] 1961년에는 '음성 환자' 정착 문제가 제기되면서 음성 판정을 받은 치유자 154명이 청천동에 정착촌을 조성해 '청천농장'이라고 이름 붙였고, 이듬해인 1962년에는 '십정동 산39번지' 일대에 '십정 정착사업장'이 조성됐다. 이곳은 마을 이름도 새로 붙여 '새마을'이라고 했으며, 인조회隣助會라고 부르기도 했다.[96] 한하운이 음성 판정 후 정착한 마을이다.

부평 성계원 의사였던 성유운成有運이 1959년 7월 조사한 통계에 의하면, 부평 성계원은 군인 환자들로만 구성된 원주분원을 별도로 운영하고 있었다. 두 기관을 합한 수용 인원은 모두 544명이다. 그중 성계원의 환자 수는 417명이며 남자가 212명, 여자가 162명이었다. 출신지별로 나누면, 경북이 105명으로 가장 많았고, 전남 66명, 경기 56명 순이었다. 서울은 6명이다.[97]

한하운은 부평에 정착하는 과정에서 한 차례 호된 이념 검증을 거친다. 1953년의 '한하운 시집 사건'이다.[98] 한하운은 11월 21일, 치안

94 「(정착촌 교회순례) 2-성계교회」, 『새빛』 제11권 제1호, 새빛사, 1973, 13쪽.
95 「(탐방) 복지시설에 눈 돌린 「부평농장」」, 『새빛』 제14권 제7호, 새빛사, 1976, 19쪽.
96 신정하, 「피 땀흘려 가꾼 땅 기름도 지네」, 『새빛』 제2권 제4호, 새빛사, 1964, 4~5쪽; 김정희, 「하늘을 찌르는 정착촌의 기쁨」, 『새빛』 제5권 제5호, 새빛사, 1967, 12~13쪽.
97 성유운, 「성계원환자의 역학적관찰」, 『대한의학협회지』 제3권 제7호, 대한의학협회, 1960.
98 이에 대해서는, 정우택, 「'한하운 시집 사건'(1953)의 의미와 이병철」(『상허학보』 40, 상허학회, 2014)에 상세하다.

국에서 조사를 받았고, 이튿날인 11월 22일 치안국장의 발표가 있었다. '나병환자 한하운'이 공산주의자가 아닌 것으로 판명되었다는 발표였다.[99]

기자들은 한하운이 조사를 받으며, 문제가 된 '데모'라는 시의 한 구절은 "자기의 시집을 출판한 이병철이 승인없이 고친 것"이라고 해명했다는 말을 전했다. "한하운시초"를 편집, 발간했던 이병철이 허락도 받지 않고 문구를 고쳐 인쇄했다는 것이다.[100] 그럼에도 불구하고 부평성계원에 있는 한하운과는 다른 월북한 시인 한하운이 따로 있다는 의심까지 나왔다.[101] 이 문제는 앞서 최원호 의원이 1953년 11월 19일 개최된 국회본회의에서 직접 거론하기까지 했다. 공보처에서 신문사에 몇 만 불씩 쥐어 주는데 문화계에 '정신적 무장'이 되어 있지 않은 '간첩'들이 있지 않은지, 의심스럽다는 발언이었다. 한하운이 문제가 아니라 시집을 출판하고 기사를 게재하는 '한하운의 배경 관계'가 문제라고 본 것이다.

> 그럼에도 불구하고 근일의 신문을 볼 것 같으면…… 단 한 가지의 말만 하겠읍니다. 이북 공산당의 선봉 문학가로서 이병철이 쓴 것이 문둥이 시인 한하운이라는 이름으로 시집이 요전번에 나왔다 이 말입니다. 이 시집을 들처 볼 것 같으면 100페이지 넘는 그 시집 가운데에는 '뛰어들고 싶어라 뛰어들고 싶어라 붉은 기빨 피빛 기빨 물 구비치는 거기 뛰어들고 싶어라 목쉰 조선 사람들의 만세소리' 이러한 등등의 시가 100페이지에

99 『동아일보』, 1953년 11월 23일자, '문제의 한하운씨 공산주의자 아니다'.
100 『동아일보』, 1953년 11월 25일자, '시집중 데모 구절만 문제'.
101 『경향신문』, 1953년 11월 23일자, '한하운은 두사람인가'.

걸처 있다 그 말입니다. 이 문둥이 시인 한하운이라는 나병자 이 사람의 시집이 과거에 있어서 이러한 일이 있었는데 집 나간 우리가 환도하기 □ 6월 달에 다시 이것이 재판이 되었다 이 말이에요. 그리고 지금 말씀드린 뛰어들고 싶다는 이것을 행렬이라고 제목을 고쳤고 그 이외에 피빛 기빨이라는 것은 그대로 두었다 그 말입니다. 그래 가지고 공산당 선봉 문학가 이병철 이름 대신에 우리 우익진영의 문학가의 이름을 대치하고 있읍니다. 그래 가지고 이 책이 부산을 비롯해서 전국 가두에서 팔리고 있었다 이 말이에요.

그 결과가 그 후의 일이 어떻게 되었는지 나는 이것을 알고 있읍니다. 일전에 말을 들으니까 어떤 잡지에서 원고를 청해서 그 원고를 그 잡지사에 주었드니 그 잡지사에서 이것은 공산당을 비방하고 이것은 공산당을 공격한 논문이니까 이것은 싣지 못하겠소 이런 사실이 있다고 하는 것을 듣고 있읍니다. 그뿐만 아니라 이 한하운이라는 문둥이 시인의 시를 아동 청소년에게 어떤 지방에서는 가르치는 이러한 사실이 있다는 것을 또한 듣고 있읍니다.[102]

최원호 의원의 질의에 국무총리 백두진은 조사해서 철저히 규명하겠다는 의사를 보였고, 앞의 치안국장 발표가 뒤를 따랐던 것이다.

---

102 「제17회 국회임시회의속기록 제8호」(1953년 11월 19일), 국회사무처, 1953.

7. '인간개업人間開業' 선언과 '나해방癩解放' 운동

한하운은 1960년 『황토길』을 세상에 내놓으면서, 표지를 잇는 책의 첫 면에 톨스토이의 『전쟁과 평화』 속 한 구절을 영문으로 써 놓았다. 마치 잔흔殘痕을 털어내듯, 공들여 쓴 번역문이 한하운의 필체로 남은 공간을 가득 채웠다.

> 가장 곤란하나 가장 본질적인 것은—
>
> 생을 사랑한다는 것이다. 괴로울 때도 사랑한다는 것이다. 생은 모든 것이다. 생은 '신神'이다. 생을 사랑함은 신神을 사랑하는 것이다.
>
> —톨스토이 「전쟁과 평화」에서. 인용자 옮김[103]

톨스토이의 입을 빌려 읊조린 '생은 신神이다'란 한 토막의 말은, 바로 뒤에 등장하는 '서문序文'에 이르러서 '살기 위해서 깡통을 쥐고 거지짓으로서 징글맞은 이 목숨을 이어간다.'라고, 자조 섞인 방황을 겪더니, 다시 '문둥이의 인권人權을 선언하며 인간으로서 해방解放을 부르짖을 것'이라고 다짐을 놓는다. '인간대열에서 쫓겨'난 '문둥이'가 다시 대열 속으로 들어가 '밝은 길'을 걷고 싶은, 하지만 쉽게 '자학自虐'을 떼어 낼 수 없어 차마 선을 넘지 못하는, 경계에 멈춘 '문둥이'의 처지를 오롯이 담았다.

『새빛』 연보에 따르면, 1960년은 한하운이 음성 판정을 받은 해다.

103 한하운, 『황토길』, 신흥출판사, 1960.

'서문'을 완성한 것은 1월 25일이지만, 이미 사회복귀에 진력을 쏟고 있었다. 이 해 봄, 사회복귀를 염두에 두고 만든 것이 명동에 설립한 무하문화사無何文化社다.

> 1957년부터 1년간에 걸쳐 정부에 앞서 사회복귀의 정착사업을 추진하였다. 그러나 이를 의결한 자들이 뒤로 돌아 가서는 원생園生을 선동하고 사회복귀를 맹열이 반대하게 만들어 놓은 사합병四合病에 구역질이 나서 자치회장 자리를 팽개치고 1959년부터 나혼자만이라도 사회복귀를 하겠다고 생각하고 1960년 봄 서울에다 출판사를 차리게 된 것이다.[104]

1959년부터 1960년까지 이력에 관한 『새빛』 연보의 기록은 다음과 같다.

> 1959년 9월 부터 1년간 동진원장東震園長에 취임하다.
>
> 1960년 2월 운영난에 빠진 청운보육원青雲保育院을 이양 받아 재발족하여 오늘까지 원장에 취임하다.
>
> 1960년 3월 나癩 음성판정을 받고 사회복귀하여 「한미제약회사韓美製藥會社」를 창설하여 취체역取締役 회장에 취임하다.
>
> 동년 3월 자작시 해설 「황토길」을 출판하다.
>
> 동년 7월 도서출판 「무하문화사無何文化社」를 창설. 사장에 취임하다.

무하문화사는 '공론동인회空論同人會'의 수필집도 발간했는데 각계

104 한하운, 「새 인생을 찾는다」, 『새빛』 제6권 제3호, 새빛사, 1968, 23쪽.

인사들이 모여 "절박한 역사 환경과 생활현실속에서 예지와 지성으로써 「휴머니즘」의 전위를 삼는다"는 목적을 내세운 모임이다. 공론동인회의 동인으로는, 한하운 외에 김봉기, 김팔봉, 서주연, 원종목, 유진호, 유호영, 김사달, 서중석, 오소백, 유진호 등 각계 인사 다수가 참여하고 있었다.[105]

1962년, 『황토길』 이후 2년 만에 발표한 『(한하운 이항성) 시화집』은 비로소 경계를 넘은 한하운의 변모를 보여준다. 톨스토이의 한 구절을 실었던 『황토길』의 그만한 위치에 이번에는 '생명의 노래'를 실었다. '지나간것도 아름답다'는 이 시의 뒤를 잇는 '서문序文'에서, 한하운은 '짐승같이 혼자서만' 울던 '문둥이'의 껍데기를 벗고 '인간人間'으로 다시 서려는 의지를 나타낸다. 『(한하운 이항성) 시화집』의 서문은 '나환癩患'에서 벗어난 한하운의 '인간개업人間開業' 선언이라 할 만하다.

> 볼성없는 주체스러운 인간이 우득히 땅 위에 서 있다.
>
> (…중략…)
>
> 절망과 자학과 저주에……참을 길 없는 울음이 구천九天에 사무칠 나위없는 처절한 생명의 노래를 부르며 눈물을 뿌리며 메마른 황토길을 걸어가며 나의 영혼의 영가를 불렀다. 나는 시詩를 읊지 않고는 살 수가 없었다.
>
> 이 영가는 언젠가 나를 저주하고 학대하는 성한 사람들 앞에 서게 하였다. 꼭 서 보리라 그리고 살아 보리라 하던 염원이 볼성없고 주체스러운대로 우득히 서 있는 것이다.
>
> 그러나 내가 서 있는 땅은 언제나 위협이 다가서 있다.

105 공론동인회, 『空論』 제3수필집, 무하문화사, 1967.

이제 나병癩病도 완치하고 사회에 복귀하여 사람들과 동화同化할려고 하나 동화작용同化作用이 되지 않고 아직도 옛날의 고루固陋한 오류誤謬의 제물祭物로 되어 있다.

제일.이시집第一.二詩集을 발표하는 그간 그후 절망의 심연에 빠져 있는 나환자를 구하는 데 나의 전력을 다하여 인도적 열성을 다 하느라고 시작의 촌여寸餘도 없어서 나의 문학에 많은 공백이 생겼다고 하겠다.

이제부터는 어제날 까지의 인간폐업人間廢業에서 오늘의 인간개업人間開業의 벅찬 생명을 연소燃燒시켜 보려고 한다.

그리고 문학에도 충실해 볼려고 다짐도 해본다.[106]

'인간개업' 선언을 끝낸 직후, '나병계몽지'『서광』이 1963년 2월부터 발행되기 시작했다. 한하운은 이 무렵부터 『서광』의 후신인 『새빛』을 통해 저술 활동을 이어간다. 다시 '인간'의 자리에 돌아온 기쁨이 컸든지, 아니면 '나계癩界'의 문제가 시급했든지, 한하운이 한센병 음성 판정 이후 『새빛』 등에 발표한 시들은 대개 찬시讚詩나 조시弔詩인 경우다. 이 시기에 쓴 시들을 눈에 띄는 대로 모아 보면 다음과 같다.

「제14회 세계 癩人의 날에」(1967)[107]

「祝 韓國基督敎救癩會창립총회」(1970)[108]

「(50년 찬가) 우리는 裡里農林을 자랑한다」(1972)[109]

106 한하운·이항성, 『(한하운 이항성) 시화집』, 문화교육출판사, 1962.

107 『새빛』 제5권 제1호, 새빛사, 1967, 17쪽.

108 『새비』 제8권 제3호, 새빛사, 1970, 16~17쪽.

109 이리농림고등학교 50주년기념사업 추진위원회 엮음, 『이리농림 50년사』 부록II, 이리농림 동창회, 1972, 12~14쪽.

「哭 陸女史님 靈前에」(1974)[110]

한하운은 또, 『새빛』에 매월 '월평선月平線'이란 제목의 칼럼을 연재하며 '나계癩界'의 문제들을 짚어 나갔다.

그러던 중, 1968년 10월 25일의 국무회의 의결을 거쳐 11월 8일, 대통령령으로 「국립나병원 직제개정의 건」이 공포되면서 국립부평병원이 폐쇄됐다. 개정의 골자는 국립소록도병원을 국립나병원으로 승격시키고 다른 지역에 설치된 병원들을 통합 흡수한다는 것이었다. 이에 따라 국립부평병원과 국립익산병원은 폐쇄되어 국립나병원에 흡수됐고, 국립용호병원과 국립칠곡병원만 분원으로 존속했다.[111] 이때 성계원은 '부평농장'으로 이름을 바꾸고, 168세대 228명이 그대로 눌러 앉으며 '현지 정착'했다.[112]

한센인들을 소록도에 집중시키는 정부의 조치는 한하운의 구상과 반대되는 것이었다. 한하운은 한센인들이 오히려 대도시에 집중적으로 거주해야 한다고 주장해 왔다. 일반인과 '동화同化'할 수 있어야 '나해방癩解放'이 가능하다고 보았기 때문이다. 거주가 적합한 곳으로는 서울 '에딘져촌' 주변과 인천의 '5개 정착촌이 일열대상一列帶狀으로 연속돼 있는 곳'을 후보지로 정했다.[113] 아마도 십정농장을 중심으로 한 부평지역 남쪽 산록 일대를 '나해방'의 전초기지로 삼으려 한 듯하다. 한하운은 그러한 구상을 실천하기 위한 방법으로 인천에 사료공장을 설치하고자 했다. 이를 추진하기 위해 조직한 단체가 1967년 10월

110 『새빛』 12권 9호, 새빛사, 1974, 20~21쪽.
111 「국립나병원으로 확장되는 소록도」, 『새빛』 제6권 제11호, 새빛사, 1968, 8~9쪽.
112 「복지시설에 눈 돌린 「부평농장」」, 『새빛』 제14권 제7호, 새빛사, 1976, 19쪽.
113 한하운, 「월평선」 4, 『새빛』 제7권 제5호, 새빛사, 1969, 10쪽.

임시총회를 연 '사단법인 한국사회복귀협회'다.[114]

부평국립나병원이 폐쇄된 후 군소 정착촌이 난립했다. 경기도가 이들 정착촌을 당시 경기도 내에 있는 5개 정착촌, 즉 십정농장, 청천농장, 성생聖生농장, 동진원東震園, 나자로 마을 등에 흡수시킨 것은 1969년 중순경이다.[115] 한하운은 이러한 군소 정착촌들을 '부화孵化 정착촌,' 혹은 '사이비 정착촌'으로 규정하면서 이들에 대한 폐쇄 운동을 벌이는 것이 정착촌 정화 사업을 위해 필요한 일이라고 보았다.[116] 이 무렵은 이미 오랫동안 앓아 온 간질환으로 인해 입원 치료와 가택 요양을 반복하던 때였다.[117] 한하운은 '나해방'을 위한 준비 작업을 마무리 짓지 못한 채 사망한다.

한하운은 1955년에 시집 『보리피리』의 출판기념회를 연 적이 있다. 이 자리에 시인이나 '문화인'들은 거의 얼굴을 내밀지 않았다.[118] 한하운과 연이 없는 일반인들만 일부 자리를 채웠다. 20년 후, 십정농장에서 진행된 장례식에도 시인과 작가들은 없었다. '인정없는 문인사회'라는 비판도 나왔다.[119] 문학을 함께 한 이들의 모습은 찾아보기 어려워도 '나계癩界'의 동료들은 자리를 가득 채웠다. 당시 장례식 풍경이 『새빛』지에 상세히 실렸다.

> 유해를 모신 영결식장에는 흰 국화가 정연하게 늘어서 있고 유해를 덮은 검정천 위에는 흰 조화가 덮혀 있었다. 간소하게 차린 주과상 위에 향

114 한하운, 「월평선」 4, 『새빛』 제7권 제5호, 새빛사, 1969, 10~11쪽.
115 「경기도내 정착촌 정리」, 『새빛』 제7권 제7호, 새빛사, 1969, 24쪽.
116 한하운, 「월평선」 6, 『새빛』 제7권 제7호, 새빛사, 1969, 12~13쪽.
117 『새빛』 제6권 제8호(1968), 제6권 제9호(1968), 제7권 제7호(1969), 제12권 제6호(1974), 새빛사.
118 『경향신문』, 1955년 4월 23일자, '출판기념회'.
119 『경향신문』, 1975년 3월 14일자, '"인정없는 문인사회" 비판도'.

불이 피어올라 슬픔을 더 한층 깊게 스미게도 했다. 흔들리는 촛불도 슬픈양 깜박거리고 있었다. 그 뒤에는 검정띠를 두른 초서의 12폭 병풍이 둘러쳐져 있고 좌우에는 각계에서 보낸 헌화가 유해를 둘러쌓여 자리잡고 있었다. 월간 「새빛」사와 한국기독교 구라회를 비롯 한성협동회, 청운보육원, 신명보육원, 가톨릭자조협회, 가톨릭나사업가연합회 그리고 성모자애병원과 인천지구 5개 사업장, 유경희씨 등이 보낸 조화가 가즈런히 놓여 있었다.

또한 조객 가운데 눈에 띄이는 구라계 인사들과 고 한하운씨의 지기들이 모여 있었다. 연세의대 교수이며 나학의 권위자인 유준 박사와 평소 정분을 나누던 월간 「새빛」사 신정하辛定夏 주간이 정면에 자리잡고 있었고 고 한하운씨가 설립한 신명, 청운보육원의 이사와 임원들을 비롯, 한성협동회 고문 유판진씨와 동회장 강병원씨, 작곡가 이희묵씨 이리농림학교 동창회 대표, 인천 5개사업장 대표들 그리고 인천시청 아동계장 등등의 면면이 영결식장의 좌우로 보였다.[120]

8. 한하운의 '역사만들기'

한하운은 스스로 연보를 고쳤다. 생년월일은 1919년 2월 24일에서 1920년 3월 10일로 바꿨다. 공적 자료인 이리농림학교 '학적부'의 기록은 1921년 2월 24일이다. 일본 유학과 중국 유학은 사실 관계가

120 『새빛』 127호, 새빛사, 1975.

모호한 데, 더구나 이리농림학교 졸업 후 두 나라를 오가면서 6~7년여 간의 수학 기간을 갖는 건 사실상 불가능하다. '과거를 3대나 계속하여 급제'했다는 부계의 기록은 과장되었고, 유치원 입학 여부, 부친의 일본 유학 여부, 함경남도청과 경기도청 근무 여부, R과 S라는 여인들의 실체 등도 풀어야 할 과제로 남는다.

이런 의문들을 뒤로 한 채, 한하운은 1975년 2월 28일, 오랜 기간 앓던 간질환이 악화되어 사망했다.

한하운은 왜 거듭 자신의 지나온 생을 저술하고, 그 과정에서 반복해 연보를 개작改作했을까. 생년월일이나 학력 등의 사실 여부를 확인하는 일 못지않게 관심 가져야 할 문제가 한하운이 벌여 온 생애 기록 작업이다. 한하운은 1955년 『희망』 5월호에 「나의 슬픈 반생기」 연재를 시작한 이후, 1956년 『현대문학』 12월호의 「나의 시작 수업」, 1965년 『새빛』 1월호의 연보, 1968년 『새빛』 3월호의 「새 인생을 찾는다」 등에서 과거의 생을 정리하려는 시도를 계속했다. 하지만, 생전에 자전自傳을 완성하지 못했다. 여기저기 흩어진 글들 속에, 마치 집자集字를 끝내지 못한 비문처럼 빈 공간을 남겼다.

발표된 글들의 이력에 비추어 볼 때, 한하운이 자신의 계보를 기록하기로 작정한 건 1955년 시집 『보리피리』를 발간한 이후다. 이 해는 1949년의 부평 정착, 1960년의 한센병 음성 판정과 더불어 한하운에게는 꽤 의미 깊은 해였다. 무엇보다 『한하운시초』 발행 이후 잇지 못했던 '제2시집' 『보리피리』를 3월에 출판했다. 두 번째 시집의 성공에 힘입어 5월에는 『희망』지를 통해 처음 본인의 과거사를 세상에 정리해 내놓았다. 그러던 차에 두 달 후인 그해 7월, 나병학의 권위자였던 세브란스의대 교수 유준이 캐나다에서 연구를 끝내고 귀국한다.[121]

유준이 한국에 돌아오자마자 국립부평병원은 7월 15일, 초청 귀국 강연회를 열었고, 이곳에서 유준은 '나병을 고칠 수 있다,' '나병을 예방할 수 있다'고 역설한다. 이것은 이후 나병 계몽을 위한 하나의 슬로건으로 자리 잡았다. 한하운은 이때의 일을 생생히 기억에 남겨 뒀다. 나병의 완치를 장담하는 유준의 호소에 얼마나 감격했던지, 한하운은 10년이 지난 뒤에도 귀국강연회가 열렸던 7월 15일을 '한센병의 날'로 정해야 한다고 주장하고 있다.[122] '낫는다'와 '안 낫는다'는 한센인의 입장에서 볼 때, 치유의 의지를 결정짓는 하나의 선언이기 때문이다. 한하운은 이에 대해 한 TV방송 좌담회에서 이렇게 말한 적이 있다.

과거에는 「나병이 낫는다」는 말이 없었기 때문에 실질적으로 나환자들이 약도 쓰지 않았읍니다. 그러다가 옆에 계신 유 박사님이 1955년 7월 15일 미국에서 귀국하신 후 「나병은 낫는다」는 이야기를 듣고 비로소 우리들도 용기를 얻어서 그때부터 나병을 치료하게 되었읍니다. 우리 환자들이 나병을 치료한 역사는 불과 10여 년이지만 오늘과 같은 성과를 가졌다는 것은 놀라운 사실이라 하겠습니다.[123]

본인이 작성한 생애사의 진의가 모호한 상황에서, 한하운의 생애를 복원하기 위해서는 주변 인물들을 함께 추적할 수밖에 없다. 특히, '나해방癩解放'을 위해 투신하기로 작정한 후반기의 삶은, 유준을 다시

121 『경향신문』, 1955년 7월 9일자, '7일 유준 박사 귀국'.
122 「빛을 잃은 마음에 희망을 부어주자」, 『새빛』 제2권 제7호, 새빛사, 1964, 5쪽.
123 「사랑의 손길을 뻗치자」, 『새빛』 제5권 제2호, 새빛사, 1967, 5쪽.

한하운의 옆자리에 불러 앉힐 때 비로소 실마리를 찾을 수 있다. 둘 사이의 관계는 1968년 4월, 방송 프로그램을 이용해 서로 나눈 편지글 속에서 엿볼 수 있는데, 한하운은 유준에게 보내는 글에서 '이제 나환자가 인간으로서 출발하는 나해방은 저 흑인해방에 못지 않은 인간승리'라고 의의를 찾으며, 10여년 전 들었던 '나병이 낫는다'는 말을 다시 한 번 되짚는다.[124]

유준은 배재고보를 거쳐 1941년 경성의학전문학교를 졸업했다.[125] 광복 전, 큐슈대학에서 한센병을 연구하고 귀국한 후, 1947년 방수원 등을 만나 나예방협회를 창립해 상무이사를 맡았다. 나예방협회의 첫 사업은 한센인들의 실태를 파악하는 일이었다. 조사 결과 환자 수가 5만여 명으로 추산되었고, 유준 등은 데이터를 바탕으로 소위 '집단부락운동'을 추진한다. 정착과 요양을 염두에 둔 사업이었다. 그렇게 해서 결실을 맺은 것이 우리나라 최초의 한센인 집단부락인 '망우리 집단부락'이다. 이들이 1949년부터 부평으로 이주해 성계원의 모체를 형성했다.[126] 한하운이 정착 생활을 시작할 수 있었던 배경에 유준이 한 몫을 담당하고 있는 것이다.

유준은 한하운 사망 후 쓴 회상기에서 둘 사이를 '동지적 관계'로 표현했다.

> 1955년 가을 내가 이 땅에 「나병이 낫는다」는 사실을 가져왔을 때 그

124 한하운, 「유 준 박사님께」, 『새빛』 제6권 제5호, 새빛사, 1968, 19쪽.

125 신규환, 「(한센인의 대부, 유준 교수) 한센인을 사랑한 세계적인 의학자」, 『세브란스병원 웹진』 2015년 12월호, 2015.

126 「(특집) 광복전 좌담회—구라 24년」, 『새빛』 제7권 제6호, 새빛사, 1969, 4~5쪽; 「구라사 반세기, 그 허와 실」, 『새빛』 제14권 제5호, 새빛사, 1976, 19쪽.

가 이 사실을 이해하고 이러한 사실이 사회에 알려지는 데 그후 계속해서 협조 협력함으로서 우리는 동지적 입장에서 여러모로 협력한 바 있었다. 그가 타계함에 나는 과학자로서 내가 지니지 못한 점, 한하운씨가 맡아서 했던 일을 누가 대행해 줄 것인지 허전하기 짝이 없다.[127]

한하운은 1955년 이후 한센인 정착 사업에 몰두한다. 1957년에는 1년간 정착 사업을 추진하다가 좌절을 맛보기도 했다. 바로 이 언저리에 작성된 문서가 한하운의 「신원증명원身元證明願」[128]이다.

한하운은 『보리피리』에 수록한 '나는 문둥이가 아니올시다'란 제목의 시에서, '되씹고 되씹어도' 알 수없는 '나'란 존재를 의식한다.

세상은 이 목숨을 서러워서
사람인 나를 문둥이라 부릅니다.

戶籍도 없이
되씹고 되씹어도 알수는 없어
성한 사람이 될랴고 애써도 될수는
없어

어처구니 없는 사람이 올시다

나는 문둥이가 아니 올시다

127 유준, 「시인 한하운씨의 타계에 즈음하여」, 『새빛』 127, 새빛사, 1975.
128 인천광역시 소장.

나는 정말로 문둥이가 아닌

성한 사람이 올시다

—「나는 문둥이가 아니올시다」(『보리피리』, 인간사, 1955)

실존하는 '사람'으로서 '나'를, 사람들은 '사람'이라 부르지 않고 '문둥이'라고 부른다. 호적이 없어 '사람'의 계보를 잃고, 천형天刑인 나흔癩痕을 지우지 못해 사람들 속에서 '사람'으로 '동화同化'할 수 없으니, '나'는 문둥이가 아니라고 외치는 것이 유일한 항변일 뿐이다. 그렇다면 '문둥이'는, 몸에서 병균을 없앨 때 '사람'이 될 수 있는 것인가. 한하운은 그런 희망을 아예 싹둑 잘라 버린다. 적어도 일반인과 스스럼없는 혼인이 가능한 날이 오지 않으면 한센인은 해방된 것이 아니라고 믿었다.

구원을 버릴 때 의지도 생긴다. '사람'이라고 항변하던 '나'는, 이제 주체적인 인간으로 우뚝 섰다. 정착촌은 은둔의 공간이 아니라 행동의 공간이 됐다. 한하운은 대도시로 한센인들을 이끈다. 유랑과 걸식을 끝내고, 불치不治와 은둔을 버렸을 때, 한하운은 「신원증명원」을 냈다. 여기에는 생의 전환을 의미하는 상징적인 표시가 찍혀 있으니, '가호적假戶籍' 도장이다.

가호적 제도는 주로 월남 피난민들을 대상으로 시행한 제도다.[129] 「신원증명원」에 한하운은 본적과 주소를 '인천시 간석동 산 34번지'라고 기재했고, '호주성명 및 관계'란에는 '한종규의 장남'이라고 적었다. 출생연도는 '단기 4252년 2월 24일생' 즉 1919년 2월 24일이

129 『동아일보』, 1956년 1월 13일자, '가호적의 주소'; 1962년 10월 1일자, '호적법 개정의 배경'; 1962년 12월 12일자, '(사설) 호적인구에 대한 샘플조사를 듣고서'.

라고 썼다. 본적란 위에 찍힌 가호적 도장과 더불어 문서의 끄트머리에는 '단기 4289년 9월 5일 가취적이후假就籍以後'라는 문구가 있다. 이때 취적을 함께 한 것이다. 이제 한하운은 '인간'이 됐다.

1953년, 한하운이 실재 존재하는 인물이란 치안국장의 발표 이후 『자유신문』은 한하운에 대해 이렇게 약력을 소개하였다.

> 당년 35세로서 함남 함주군 동천면에서 출생하여 이리고등농림학교 수의축산과를 졸업하였고 나병으로 인하여 약 2년간을 요양생활로 소비한 후 도일하여 동경성계고등학교 3년을 졸업하였으며 그후 중국으로 가서 국립북경대학 농학원 축목계 3년을 중퇴한 후 8 · 15해방 전에는 경기도 축산과에 잠시 근무한 일도 있다고 한다.[130]

한하운의 이력으로는 가장 이른 시기의 것이다. 한하운은 여기에 계속 살을 붙인다. 고향의 에피소드를 이야기하고, 동경과 북경에서의 낭만을 덧붙였다. '문둥이' 시절, 역사는 무의미했을지 모르지만 '인간'은 자신의 계보를 갖고 있어야 했기 때문이다. 1955년 『보리피리』 발간 이후 치유와 자립의 가능성을 보면서, 그런 '역사만들기'는 한하운 문학의 한 귀퉁이를 차지한다. 거기에 사실과 허구의 경계는 중요하지 않을 수도 있다. 발병 이후 처음 맛본 앞날의 희망은 개척민으로서 한하운을 새로 탄생시켰기 때문이다. 오소백은 한하운의 생전 모습을 이렇게 묘사한다.

130 『자유신문』, 1953년 11월 26일자, '한은 실재인물로 판명'.

하운형은 잔소리가 없었다. 말이 드문편이었다. 남의 말을 새겨듣는 사람이었다. 자기 주장은 가끔 짧게 한마디 뱉는 정도였다. 그릇이 크고 호탕했다. 잘못을 보아도 면전에서는 말하지 않았다. 그가 양복(정장)을 입은 건 두번 밖에 못 보았다.

소탈한 걸 좋아했다. 언젠가, 돌꽃石花이라는 어휘 하나를 놓고 어원語源이며 식물학적 설명을 열심히 들려주던 기억이 떠 오른다. 그가 하나의 낱말을 고르는데 얼마나 신경을 썼는지 짐작이 간다.[131]

한하운이 직접 쓴 연보는 고르고 고른 끝에 선택한 시어일 수도 있다.

131 오소백, 「나와 한하운 형—그를 회상하며」, 『새빛』 127, 새빛사, 1975.

베이징 농학원 시절과 중국의 한하운

崔玉山
중국 대외경제무역대학교 교수

1. 해명을 기다리는 한하운의 중국 행적

'동아시아한국학' 구축을 위한 담론에서 중국은 어떠한 의미로든 간과할 수 없는 중요한 화두이다. 동아시아한국학의 중국적 주제는 풍부하다. 암담했던 일제 식민지통치 시대, 문화적 친근감과 당시 겪고 있던 비슷한 운명으로 인접국 중국은 한국인들의 최대 이주지가 되었다. 생존을 위해 새로운 거주지를 찾아 중국행을 선택한 이주민들의 당시 삶의 모습을 조명하는 것도 중요하지만 중국을 거쳐갔던 수많은 한국근대 지성인들의 흩어진 흔적들을 찾아내고 복원하는 작업은 한국학의 재정립을 위한 큰 과제이다.

구국의 장으로, 배움의 장으로, 혹은 여행의 장으로 선택된 중국에서 한국 지성인들은 어떤 고민, 어떤 기대, 어떤 좌절, 어떤 모색을 했을까? 문화적 타자인 그들의 붓끝에서 중국은 어떤 모습으로 어떻게 그려졌을까? 그들이 꿈꾸었던 국권회복, 그들이 기대하고 느꼈던 중국, 꿈과 희망을 안고 찾은 낯선 이국땅에서의 고투가 고스란히 담겨 있는 그들의 기록을 찾고 그 의미를 고찰하는 일이 시급하다. 특히 나병에 걸린 몸을 끌고 치료를 목적으로 베이징을 찾은 한하운의 경우는 그 특별한 사유와 존재가 중국체험의 또 다른 의미를 이끌어낼 수 있다는 가능성을 열어놓는다.

그러나 베이징에서 생활한 세월에 비해 한하운의 기록은 적다. 따라서 그의 중국 행적에는 아직도 충분히 해명되지 않은 의문점들이 남아 있다. 연보가 보여주는 중국행적에 관한 서로 다른 기술이 그 반증이다. 한하운이 수학했다는 북경대학 농학원의 실체는 무엇인가? 한하운은 어떤 경로를 통해 언제 입학했는가? 당시 학교 생활은 어떠했고 졸업은 했는가? 만약 졸업을 했다면 졸업 시점은 언제인가? 그가 진학했다는 대학원은 어디인가? 과연 한하운의 대학원 진학은 있었는가? 왜 북경농업대학 졸업생 명단에서 한하운의 이름을 찾아볼 수가 없는가? 당시 S라는 연인과의 만남이 이루어질 수 있었던 여건은 무엇이며 유학시절 그의 거주지, 발길이 닿았던 베이징 곳곳의 정확한 위치는 어디인가? 그는 왜 웅악산熊岳山 온천을 찾아갔는가? 북경체류와 몽고사막, 양자강, 남경, 상해, 소주, 여순 등지를 여행하며 느낀 그의 중국체험의 의미는 무엇이며 그것이 문학에 어떤 형식으로 반영되었는가? 한하운의 생애가 안고 있는 문제점들이다.

중국 땅 구석구석에 묻혀 있는 한하운의 흔적을 파헤치는 것은 한하운 생애의 중국적 특성을 정확히 포착하고 한하운 문학을 정치하게 해석하는 데 필수적인 것이다. 하지만 1937년 77사변(노구교사변)을 시작으로 중국에 대한 전면적인 침략을 감행한 일본에 의해 함락이라는 최악의 위기를 맞은 베이징을 찾은 한하운의 행적 추적은 어려움이 크다. 그런데 간간히 눈에 띄는 그의 베이징 서사는 유구한 역사와 전통을 안고 있는 도시, 고대와 현대가 융합하는 도가니 속에 새로운 감각이 탄생하는 도시, 황홀한 낭만이 살아 숨쉬는 도시, 근대 베이징의 모습이 그려지고 있어서 흥미롭다. 그리고 그 안에서 나병환자라는 지독한 운명을 이겨내려는 몸부림과 고독, 방황, 슬픔을 읽을 수가 있어서 더욱 소중하다. 따라서 한하운 읽기에서 베이징체험은 그 의미가 깊다.

최근 들어 한하운의 연보를 재검토하고 한하운을 새롭게 바라보려는 움직임들이 보이고 있는데, 그 대표적인 연구자로 최원식을 꼽을 수 있다. 그는 「한하운과 『한하운시초』」[1]에서 전기비평의 미흡하다는 지적과 함께 한하운이 다녔다는 북경대학 농학원의 실체에 대해 규명하고 그의 유학 경력의 철저한 검증을 촉구하였다. 이는 본고의 문제의식에 상당한 영향을 주었다. 기존의 것을 중언부언하는 연구에서 벗어나 철저한 고증을 바탕으로 기존 연보의 착오들을 수정, 보완함으로써 보다 진실한 한하운 생애의 복원이 절실하다.

1 최원식, 「한하운과 『한하운시초』」, 『민족문학사연구』 제54호, 민족문학사연구소, 2014.

2. 슬픈 베이징, 슬픈 한하운

1937년 77사변(노구교사변)은[2] 중화민족의 마지막 한가닥 평화의 기대마저 깨버렸다. 7월 29일 베이핑北平[3]의 함락에 이어 내몽고, 화북, 화동, 화중의 대부분 지역이 일본에 점령당하였고 곳곳에 괴뢰정권이 들어섰다. 근대의 새로운 사상적 흐름을 주도하며 위기 극복과 부국강병을 꿈꾸던 베이징은 최대의 비운을 맞이했고 침울함과 슬픔이 도시 전체를 휩싸고 돌았다. 모든 것이 파괴되고 치욕과 굴욕을 겪고 있는 슬픈 도시 베이징, 거기에 나병치료의 희망을 안고 찾아온 슬픈 이국 청년 한하운, 베이징과 한하운의 인연은 그렇게 함락구 베이징의 우울하게 아름다운 가을에 시작된다. 지금까지 연보의 기술을 뒤집을 수 있는 한하운의 1940년 이리농림학교 졸업을 입증하는 졸업증이 새로 발견되었다 하니 한하운이 베이징에 도착한 시점은 빨리 잡아도 1940년 10월이었을 것이다.

한하운이 북경행을 결정한 것은 한약의 본고장이 중국이라는 믿음, 그리고 북경에서 공부하면 좋은 약도 얼마든지 구할 수 있을 것이라는 기대 때문이었다. 그런 믿음과 기대로 다가간 한하운에게 베이징의 슬픔은 느껴지지 않았을 터,그의 눈에 비친 베이징은 낭만이 넘치는 신비경이었다.

2 1937년 7월 7일 밤, 일본군은 베이징의 노구교근처에서 훈련시, 병사 한명이 실종되었다는 이유로 완핑(宛平)현성 수색을 요구했으나 중국수비군에게 거절을 당하자 완평현을 포격, 중국군은 즉각 단호하게 항전했다. 이것이 바로 유명한 77사변이며 일명 노구교사변이라고도 한다. 77사변은 일본의 중국 침략 전쟁의 본격적 시작으로 중국의 본격 항전의 기점이기도 하다.

3 1928년 북벌전쟁 후 민국정부는 수도를 남경으로 옮기고 베이징을 베이핑(北平)특별시로 개명하였다가 1945년 항일전쟁 승리 후 다시 베이징으로 바꿨다.

10월달에 나는 산해관山海關 경유 북경으로 갔었다.

아는 사람 없고 말도 통하지 않는 에트랑제는 웅대한 자금성紫禁城 만수산萬壽山의 호화찬란한 색채와 선과 원의 신비경에 마치 동화국의 용궁성을 보는 것 같은 감상이 떠올랐다. 가로수는 우거져서 숲이 되고 아카시아 꽃은 눈같이 쌓여 포도는 눈세계 같다. 북해공원의 라마백탑喇嘛白塔 높은 데서 내려다보는 북경이란 정말로 낭만의 공원이었다.[4]

이회영, 신채호 등 쟁쟁한 독립운동가들의 활동무대였던 베이징, 특히 1919년 전후 수많은 독립운동가들의 활약상으로 형성되었던 한인 커뮤니티는 1937년 중일전쟁의 폭발로 변형되었고 한인사회는 굴종과 굴욕으로 왜곡된 모습을 보였다. 그렇게 역동성이 사라진 베이징 한인사회가 한하운에게 줄 수 있는 도움은 극히 제한적이었을 것이다. "아는 사람 없고 말도 통하지 않는 에트랑제"라는 말에서 그런 외로움이 엿보인다. 하지만 눈앞에 펼쳐진 고도 베이징의 아름답고 신비로운 모습은 이방인 한하운의 그같은 외로움을 가셔내고 내면에 숨쉬고 있는 낭만적 감수성을 자극하기에 충분했다.

자금성, 만수산, 북해공원……베이징을 처음 찾은 여느 여행객들처럼 한하운의 발길을 끈 곳은 역시 천년 고도의 웅장함과 수려함을 자랑하는 자금성 지역이었다. 그가 "산해관 경유 북경으로 갔었다"고 했으니 철도를 이용했을 것이고, 베이징역을 나서면 가장 먼저 눈에 띄는 자금성을 지나칠 수가 없었을 것이다. 또한 당시 베이징에 도착한 한인이 거주 신고를 해야하는 일본영사관이 위치한 동교민항东郊民巷도

4 한하운, 「고고한 생명—나의 슬픈 반생기」, 『한하운 전집』, 문학과지성사, 2010, 232쪽. 이하 『전집』으로만 표기함.

그 근처였다. 한하운은 「고고한 생명—나의 슬픈 반생기」에서 "북경대학을 수험하려면 먼저 주중일본대사관駐中日本大使館의 자격시험과 신원조사에 통과되어야 한다"[5]고 거주 신고 절차를 밟았음을 말해줬다. 여기서 주중일본대사관은 주중일본영사관日本駐华使领館의 잘못된 기록이다. 1935년 5월 일본은 당시 중화민국 국민정부의 수도였던 남경에 설치했던 駐华公使館을 日本駐中国大使館으로 승격시켰고 1940년 왕찡웨이汪精卫 친일괴뢰정권이 들어서면서 大日本帝國大使館으로 간판을 바꿨다. 대신 베이징에는 日本駐华使领館을 두어 화북지역의 식민통치기구로 이용했다.

한하운이 북경대학에 들어가기 위해 먼저 일본관헌의 자격시험과 신원조사에 통과되어야 했다는 것은 당시 한인은 제도적으로 일본교민에 귀속되었기 때문이다. 1937년 77사변 후 일본은 화북함락구의 가장 중요한 지역인 베이징에 대대적인 일본인 이민책을 펼침으로써 장기점령을 위한 준비를 하고자 했다. 1937년 12월 집계로 4,647명이던 일본교민은 1942년 5월에는10,6487명으로 급격하게 늘어났다.[6] 이는 베이징에 거주하는 한인을 포함시킨 집계이다. 베이징은 칭타오青岛, 텐진天津을 넘어 화북지역에서 일본교민이 가장 집중된 도시가 되었다. 많은 일본교민들은 일본정부에 협력하여 정치, 경제, 군사, 교육 등 전방위적 영역에서 베이징의 식민통치에 가담했다. 특히 일본교민을 교사의 신분으로 대학교와 중소학교에 침투시켜 감시와 식민화 교육을 통해 중국인들의 반항정신을 말살시키려 했다. 한하운이 다녔던 북경대학 농학원 역시 그런 교육체재의 통제 하에 있었다. 물

5 한하운, 「고고한 생명—나의 슬픈 반생기」, 『전집』, 232쪽.
6 中共北京市委党史研究室, 「日本对北平的移民和侵略」, 『北京日报』, 2016.8.1.

론 한인들은 일본교민에 귀속되었지만 굳이 조선인이라는 신분을 숨기고 일본인 행세를 할 필요까지는 없었다. 그러나 1937년 베이징이 전란에 휩싸이자 나라 잃은 이주민으로 집단 거주지를 형성하지 못한 한인사회는 요동칠 수 밖에 없었고 불안한 생존 환경으로 정업 종사자보다 부정업 종사자가 더 많은 상황이었다. 거기에다 일본정부의 이민정책으로 일본교민의 대폭 증가세와 함께 만주와 조선에서 밀려든 조선인들로 규모가 확장되면서 한인사회는 더 큰 혼란과 곤란에 빠지게 되었다. 고정적 직업이 없는 빈곤한 한인 이주민들은 베이징만이 아닌 새로운 삶의 터전을 찾아 흘러들었고 한인 거주지는 베이징, 탠진, 하북성 짱쟈커우张家口, 산서성 따투웅大同, 내몽고 뽀터우包头 등 지역으로 확대되었다. 모든 사람들이 기피하는 나병을 가진 한하운이 당시 베이징의 한인사회에 밀접해 있었을 가능성은 적지만 웅악산 온천, 무주색武州塞과 몽고사막 등 한인 거주지역과 연관된 그의 유랑 행적들을 살펴보면 전혀 무관하게 멀리 떨어져 있지는 않았던 것 같다.

사실 천년 고도의 위엄이 뿌리채 뽑히고 일본 식민지통치하에 참담하고 치욕스러운 날들을 경험하고 있던 베이징도, 그 속에서 집거지를 형성하지 못하고 극심한 불안과 곤궁, 혼란에 빠져 있던 한인사회도, "나병에 대한 공포감과 저주감과 절망감에 허둥거리는"[7] 한하운을 위로해줄 여유가 없었다. 하지만 "현해탄 검푸른 바다에 몇 번이나 하나밖에 없는 자살을 각어했었으나 그 치료될 것이라는 요행을 바라고"[8] 베이징 땅을 밟은 한하운에게 슬픈 베이징은 낭만과 희망이 살아

7 한하운, 「고고한 생명—나의 슬픈 반생기」, 『전집』, 231쪽.
8 위의 글, 231쪽.

있는 도시였다. 그의 이런 심경은 "가로수는 우거져서 숲이 되고 아카시아 꽃은 눈같이 쌓여 포도는 눈세계 같다"는 묘사에서 잘 드러나고 있다. 강한 생명력을 가진 아카시아는 장수식물로 순수함과 불멸, 긍정을 상징한다. 현재도 '베이징시의 나무北京市树'로 지정되어 사랑받고 있는 아카시아는 원나라때부터 베이징과 인연을 맺기 시작해서 명청 시기에 이르러서는 베이징 가로수의 거의 전부를 차지했다. 한하운이 묘사한 자금성 지역의 아카시아는1935년부터 1938년 사이에 심은 것들이다. 어쩌면 우거진 아카시아 나무, 눈같이 하얀 아카시아 꽃을 바라보며 한하운은 처절한 슬픔 속에서도 삶의 희망을 가질 수 있는 용기를 얻었을지도 모른다. 슬픈 베이징과 슬픈 한하운의 첫만남은 슬프지 않았다.

3. 북경대학 농학원과 한하운

아주 학교란 것을 단념하고 죽든지 치료하든지 결단을 내야겠다던 한하운은 베이징에서 결국 또 다시 수학의 길을 선택하게 된다. 베이징에 도착한 한하운은 북경대학 수험을 위한 자격심험과 신원조사에 통과되고 "열 달 동안 북경관화北京官話를 공부"[9]하였다. 그리고 무난히 북경대학 농학원에 입학한다.

먼저 일본대사관의 자격시험을 치렀다. 북경대학의 시험문제를 보

9 위의 글, 232쪽.

니 영어 수학 생물 물리 화학 등은 문제가 아니었으나 중국어는 백지를 내다시피 하였다. 농학원은 경쟁이 없어 무난히 합격하였다. 전공학과는 축목계畜牧系를 택했다.

한하운은 북경대학 농학원 입학 과정을 이렇게 기록하고 있다. 한하운이 지원했다는 당시 북경대학 농학원은 농예계農藝學系, 농림공계農林工學系, 공림경제계農林經濟系, 축목계畜牧學系 등 네개 학과가 설치되어 있었고, 축목계는 30명 지원자 중 20명이 합격했다는 1940년 기록으로 보아 경쟁이 그다지 심하지 않았다.[10] 따라서 조선에서 농림학교 졸업 경력이 있는 한하운에게는 입학시험이 어렵지는 않았고 북경대학 농학원 합격과 수학은 사실인 것 같다. 다만 여기서 한하운이 수학했다는 북경대학 농학원에 대해서는 반드시 짚고 넘어갈 필요가 있다. 한하운은 "일본의 군정하에 있는 북경대학의 교수진은 실력과 쓸개가 있는 학자들은 모두 장사长沙니 계림이니 하면서 오로지 피란해 버린후였고 교수진에는 일본인 교수도 몇몇이 끼어 있었다."[11]는 기록을 남겼을 뿐 북경대학 농학원 실체에 관해서 특별한 언급을 하지 않았다. 한하운 평전이나 연구들도 거기에 의문 제기를 한적이 없다가 최원식에 의해 처음으로 재검증이 시도되었다.[12] 그렇다면 한하운이 수학했다는 북경대학 농학원은 무엇인가? 왜 거기에 대해 의문을 제기하고 재검증이 필요한가? 베이징 함락과 일본 식민통치라는 특수한 시대적 상황이 만들어낸 혼란과 전기적 사실 기록의 미흡으로 한하운의 출신 대학인 북경대학 농학원의 실체가 줄곧 잘못 알려져 왔

10 『國立北京大学農學院一覽表』, 民国二十九年度, 82쪽.
11 한하운, 「고고한 생명—나의 슬픈 반생기」, 『전집』, 240쪽.
12 최원식, 「한하운과 『한하운시초』」, 『민족문학사연구』 제54호, 민족문학사연구소, 2014, 477~478쪽.

기 때문이다.

한하운이 베이징에 머무를 당시 북경대학은 1937년 12월 일본의 화북괴뢰정권에 의해 세워진 소위 '국립북경대학'으로 유구한 역사를 자랑하는 명문 북경대학과는 전혀 무관한 또 다른 교육기구였다. 1937년 7월 29일 베이징 함락 후, 북경대학, 청화대학, 남개대학은 남하하여 창싸아长沙에 임시대학临时大学을 세웠다. 1938년 4월 다시 쿤밍昆明으로 자리를 옮겨 국립서남연합대학國立西南联合大学으로 명칭을 바꿈으로써 북경대학은 서남연합대학시기에 들어섰고 1945년 8월 15일 일본 투항 후에야 베이징으로 복귀했다. 북경대학 남하시 베이징에 남은 교수는 네 명뿐이었고 그 중 저우줘런周作人만이 '국립북경대학'과 얽혀 있었다. 따라서 북경대학 역사를 기록한 모든 문헌자료는 서남연합대학을 이 시기 북경대학의 정통으로 인정하고 있다. 반면 북경대학과는 아무런 연관이 없는 '국립북경대학'은 통상 '위북대伪北大'로 불리며 치욕스러웠던 그 시대의 특수산물로 기록되고 있다. 1938년 2월부터 1945년 8월까지 본질적으로는 일본의 문화침략도구로 존재했던 '국립북경대학'은 일본의 패배와 함께 역사의 무대에서 사라졌다. 물론 그렇다고 한하운의 베이징 수학경력이 부정되거나 해서는 안된다. 이는 단지 일본통치구라는 굴욕의 역사를 경험하고 있던 베이징의 시대상에 의해 빚어진 결과일 뿐 이국 청년 한하운이 선택할 수 있었던 것이 아니었음은 자명하다. 또한 대학의 성격과 위상을 떠나서 '국립북경대학'은 한하운의 유학경력을 추적하고 검증하는 데 중요한 고리이다.

77사변을 일으켜서 베이징을 비롯한 화북 대부분 지역을 점령한 일본은 화북임시정부 운영하며 식민통치를 위한 일련의 방침을 제정하였는데 학생들의 민족의식과 항일정신을 말살시킴으로써 철저하게 중국을 정복하려는 목적으로 추진한 '신민교육'이 그 중요한 일환이었다. 이러한 배경하에서 화북임시정부는 1937년 12월부터 베이징 교육계 대표적인 친일학자인 탕어얼허汤尔和[13]를 내세워 북경대학 회복이라는 명의하에 '국립북경대학'설립을 추진했다. 원 북경대학은 文, 理, 法 세 개 학원밖에 없었으나 '국립북경대학'은 文, 理, 法, 工, 农, 医 6개 학원으로 구성되었다. 1938년 5월부터 9월까지 理, 工, 农 세개 학원이 속속 개학을 했고 1939년 1월 14일 개학식을 보충 거행함과 동시에 이날을 '북경대학부흥기념일'로 지정했다. 한하운은 바로 이렇게 만들어진 '국립북경대학' 농학원에서 5년 가까이[14] 수학하게 된다.

'국립북경대학' 농학원은 베이징 함락 후 학교 대부분이 남하하고 남은 북평대학농학원北平大学農學院을 정비하여 설립한 것이다. 북평대학은 1928년 남경국민정부가 '北京'을 '北平'으로 이름을 바꾼 후 차이왠페이蔡元培, 리스쩌엉李石曾, 우쯔후이吴稚晖 등 당시 학계를 이끌던 쟁쟁한 교육가들의 창의로 베이징의 9개 대학을 합병하여 만든 대학이다. 초대 총장은 리스쩌엉이었고 文理, 法商, 医, 农, 工 등5개 학원이 각자 캠퍼스에서 독자적인 운영방식으로 자유롭게 운영함으로써 베이징의 대학교육구도를 바꾸는 데 큰 역할을 했다. 1937년 77사변 후 북평대학은 씨안西安으로 이전했다가 이듬해 한중漢中으로 옮겨갔

13 汤尔和(1878~1940)은 절강성 항주에서 태어나 1903년부터 일본, 독일에 유학하여 의학박사학위 취득, 1910년 귀국하여 1912년 10월에는 국립북경의학전문학교를 창설하고 1929년 다시 일본에 유학하여 일본제국대학 의학박사학위를 취득, 1930년후에는 동북정무위원회 위원, 행정원북평주재정무위원회위원, 화북임시정부교육총장 등 직무를 역임하며 친일행보를 했다.

14 한하운, 「황토길」, 『전집』, 507쪽.

다. 그러므로 '북경대학' 농학원은 북평대학 농학원과는 아무 상관이 없었다. 하지만 '국립북경대학'농학원 略史는 그렇게 생겨난 농학원을 북평대학 농학원의 연속으로 허위기술함으로써 정통성 확보를 꾀하자 했다.[15] 이처럼 한하운이 다녔던 '북경대학' 농학원은 실질적으로 북평대학 농학원과도 연관이 없고 농학원이 개설되지 않았던 원 북경대학과는 더더욱 연결지을 수가 없는 일본식민통치 도구 기능을 위한 신설 대학이었다.

화북임시정부가 북평대학 농학원을 정비하여 '북경대학' 농학원을 개설하기로 결정했지만 부성문외라도장阜成门外罗道庄에 위치한 교사校舍를 일본군대가 사용하고 있어서 건국문가建國門街 동총포호동東總布胡同 10호에 교사를 정했다가[16] 다시 해운창海運倉 13호 조양사립학원朝阳私立学院 자리로 옮겨 1938년 9월 20일 정식 개학했다.[17] 1945년 8월까지 '북경대학' 농학원 캠퍼스였던 조양사립학원의 현재 위치는 동성구해운창東城区海運倉 13호이고 그 자리에는 중의약문화장랑中医药文化长廊이 들어섰다. 여기가 바로 베이징 유학당시 한하운의 흔적들이 묻혀 있는 곳이다.

이처럼 한하운이 다녔던 '북경대학'은 원 북경대학과는 상관없는 1937년 베이징 함락 후 새로 세워진 대학이고 농학원 역시 그때 신설된 것이다. 그리고 조선에서 이리농립학교 수의축산과를 졸업한 한하운이 베이징 도착 후 '북경대학' 농학원 축목학계畜牧學系를 지원한 것은 당연한 선택이라고 할 수 있다. '북경대학' 학생은 중국학생 위주였고

---

15 『國立北京大学農學院一覽表』, 民国二十九年度, 16~20쪽.

16 위의 책, 21쪽, 정확한 위치 확인은 彭飞, 『美术研究』 2014年03期, '国难下的忍辱负重－王石之与国立北京艺术专科学校'를 참조.

17 『國立北京大学農學院一覽表』, 民国二十九年度, 21쪽.

일부는 일본학생이었다. 위에서 언급했듯이 당시 한인은 제도적으로는 일본교민에 속해 있었기 때문에 한하운의 입학자격은 문제가 없었다. 한하운의 자서전이나 평전, 그리고 전집에 딸려 있는 연보들을 살펴보면 다같이 1941년(22세) 입학하여 1943년 졸업한 것으로 기술하고 있다. "10월달에 나는 산해관山海關 경유 북경으로 갔었다 (…중략…) 나는 열 달 동안이나 북경관화北京官話를 공부하"[18]고 '북경대학' 농학원에 입학했다는 한하운의 기록과 새로 확인된 1940년 조선에서 이리농림학교 졸업했다는 사실, 그리고 한하운의 1937~1939년 일본 유학이 허위사실이라는 것이 확실하다면 한하운의 1941년 입학설은 유력해진다. 즉 한하운은 1940년 이리농림학교 졸업 후 그 해 가을 일본이 아닌 조선에서 바로 중국으로 갔고 10개월 중국어공부를 한 후 1941년 9월에 '북경대학' 농학원 축목계에 입학한 것으로 추정된다.

그렇다면 이제 한하운의 졸업시점에 의문이 던져질 수 밖에 없다. 지금까지 나온 연보들의 기술대로라면 한하운은 1941년에 입학하여 1943년에 졸업한다. 그런데 당시 '북경대학' 학칙 제4조, 제5조는 본대학 학생의 학제는 4년이며 학부 과정의 모든 성적이 합격해야 학사학위를 취득할 수 있다고 있다고 명시하고 있다.("本大學學生修業年限定爲四年", "學生修業期滿各種成績及格者准予得稱學士")[19] 그러므로 만약 한하운의 1941년 입학설이 확실하다면 2년만인 1943년 졸업은 현실적으로 불가능했던 것으로 판단된다. 또한 "대학원에 머물러보는 우거愚擧를 하게 되었다"[20]는 졸업 후 대학원 진학이 진실이라면 1943년 귀국하여

18 『전집』, 232쪽.
19 『國立北京大学農學院一覽表』, 民国二十九年度, 29~30쪽.
20 한하운, 「고고한 생명－나의 슬픈 반생기」, 『전집』, 241쪽.

함경남도 도청 축산과에서 근무했다는 것 역시 시기적으로 성립될 수가 없으며 재검토 되어야 할 것이다. '북경대학' 농학원 대학원생 규칙 제2조의 규정에 따르면 고등전문학교 졸업 혹은 동등이상 학력 소지자研究生以高等專門學校畢業或具有同等以上學力만이 입학자격을 가질 수 있으므로[21] 한하운의 대학원 진학은 학부를 졸업했을 때만이 가능했기 때문이다. 따라서 만약 한하운의 기록대로 학부 졸업, 그리고 대학원 진학이 이루어졌다면1941년 9월에 '북경대학' 농학원에 입학한 한하운이 4년 학제인 학부를 졸업한 시점은 1945년 7월로 추정할 수 밖에 없다. 여기서 잠깐 한하운이 「황토길」에서 베이징 생활을 언급한 부분에 주목해볼 필요가 있다.

> 학적學籍을 북경대학 농학원農學院 축목학계畜牧學系에 두고 건잡을 수 없는 대륙과 인류의 원시적 목가경牧歌境인 몽고를 방랑하며 독한 술을 마시며 5년 가깝게 살았다.[22]

학적을 북경대학 농학원에 두고 5년 가까이 살았다고 했으니1940년 10월 베이징에 도착하여 1941년 9월 입학, 1945년 7월 졸업하고 대학원 진학 후 얼마 뒤 중국연인의 자살로 베이징을 떠나 방랑하다 귀국했을 것이라고 추측하는 것이 설득력이 있다. 물론 당시 '북경대학' 농학원 학적부를 확인하고 거기서 '한하운'이라는 이름이 발견된다면 이와 같은 졸업시점에 관한 의문은 금방 풀릴텐 데 현재로서의 그러한 확인작업에 어려움이 크다. 1945년 일본 투항 후 '북경대학'

21 『國立北京大學農學院一覽表』, 民国二十九年度, 74쪽.
22 한하운, 「황토길」, 『전집』, 507쪽.

은 국민정부에 의해 바로 해산되었고 베이징으로 복귀한 원 북경대학은 '북경대학'의 교수들을 일률로 배제했을 뿐만아니라 학생들의 학적도 인정하지 않았기에 해산된 대학의 학적부가 남아 있을지가 의문이다. 만약 '북경대학' 농학원 해산시 학적부가 원 북경대학 농학원에 넘겨지지 않았다면1949년에 북경대학 농학원, 청화대학 농학원, 화북대학 농학원을 합병하여 만든 북경농업대학에 보존되어 있을 가능성은 더욱 희박하다. 현재는 중국농업대학으로 이름을 바꾼 북경농업대학은 학교 역사 기술에서 베이징 함락시기는 한중漢中으로 남하한 북평대학 농학원과 서북농림전문학교가 합쳐서 만들어진 국립서북농학원國立西北農學院을 인정한다. 따라서 한하운이 수학했을 당시 '북경대학' 농학원 학적부 확인작업은 간고하다.

'북경대학' 농학원 학부를 졸업한 한하운은 "고국으로 돌아와야 할 나는 s가 붙잡는 안타까운 강요에 그대로 북경에 머물지 않을 수가 없었다"[23]는 고백처럼 베이징에서 만난 연인을 위해 "대학원에 머물러 보는 우거愚擧를 하게 되었다".[24] 그럼 이와 같은 기록대로 한하운이 대학원에 진학했다면 그 대학원은 어디인가? 당시 '북경대학' 농학원은 농예계, 농림공계, 농림경제계 축목계 등 네개 학부 외에 부설기구인 농림장農林場과 농촌경제연구소가 있었다.[25] 그 중 농촌경제연구소는 소장, 부소장, 사무주임, 연구원, 부연구원, 사무원으로 조직 구성을 짜고 사무직을 뺀 소장, 부소장, 연구원, 부연구원은 교수, 부교수, 조교수 중에서 선발한다고 되어 있다.[26] 이는 지금까지 이어지고 있는

23 한하운, 「고고한 생명—나의 슬픈 반생기」, 『전집』, 240쪽.
24 위의 글, 241쪽.
25 『國立北京大学農學院一覽表』, 民国二十九年度, 26쪽.
26 위의 책, 67~68쪽.

교수 위주로 학생 양성이 아닌 학문연구가 목적인 중국대학교의 연구소 성격과 동일하다. 그런데 『국립북경대학 농학원 일람표國立北京大学農學院一覽表』에는 본농학원연구생규칙本院研究生規則이 눈에 띄인다.[27] 중국에서는 대학원생을 연구생이라고 부른다. 연구생규칙이 존재한다는 것은 농학원에 대학원이 개설되어 있음을 말해준다. 연구생 규칙은 학술을 격려하고 학생들을 편리를 제공하기 위해 연구생을 설치하며 연구생은 고등전문학교 졸업 또는 동등이상 학력 소지자로, 학제는 2년이고 전공하고 있는 계系 및 농림장에서 지도교수의 지도하에 따라서 연구를 한다고 연구생의 설치 목적, 입학자격, 학제, 수학방식 등을 명시하고 있다.[28] 그러므로 한하운이 만약 대학원에 진학했다면 그가 진학한 대학원은 '북경대학' 농학원 축목계 대학원이다. 그런데 문제는 한하운이1945년 7월에 졸업했다면 졸업 전 대학원 입학이 결정되는 중국대학 관례대로 대학원 진학이 확정되었다할지라도 과연 대학원에 입학하여 수학했을까 하는 것이다. 한하운이 다녔던 '북경대학'은 1945년 8월 15일 일본의 투항 후 즉각 해산되었고 학생들은 원 북경대학이 개설한 복습반에서 3개월 공부하고 시험에 합격하여 졸업증을 받아야만 원 북경대학에 편입할 수가 있었고 일본교민은 일률로 편입이 불가했던 점을 감안할 때 한하운은 설령 '북경대학' 대학원에 진학했다하더라도 수학은 하지 못했을 것이다. 결국 한하운은 중국연인 S의 자살로 베이징을 탈출해서 방랑하다가 귀국하게 되며 베이징과의 인연을 마감하게 된다.

이처럼 한하운의 유학행적은 졸업시점, 대학원 진학 등 많은 것들

27 위의 책, 74쪽.
28 위의 책, 74~75쪽.

이 불확실하다. 만약 1943년에 귀국했다는 여러 연보의 기술이 정확하다면 한하운의 졸업은 허위가 될 수 밖에 없고 대학원 진학은 더더욱 있을 수가 없는 일이 된다. 또 만약 한하운의 '북경대학' 졸업과 대학원 진학이 확실하다면 연보의 귀국시점과 월남하기 전 행적은 재검토 되어야 할 것이다. 한하운의 자서전들을 살펴보다보면 월남하기 전 행적, 특히 일본이나 중국에서의 행적들이 시점을 특정지을 수 없게 두리뭉실하게 기술되어 있다는 점이 흥미롭다. 추적을 어렵게 만드는 기술법이라 하겠다. 왜 그랬을까? 이 시기 한하운의 행적들에 의문을 가지지 않을 수가 없다. 재검토의 소지가 다분하다.

4. 낭만과 방랑으로 슬픔을 달래며

베이징에 들어서면서부터 함락된 베이징의 비애보다 곳곳에 살아 숨쉬는 낭만을 느꼈던 한하운의 눈에 비친 '북경대학'은 명랑함과 경쾌함과 낭만으로 가득찬 공간이었다.

> 나는 여기서 남녀공학의 분위기를 처음 맛보았다. 젊은 중국 인텔리 여성들은 명랑 쾌활하였다 (…중략…) 이 여대생들과 벗이 되어 나에게 새로운 애정세계가 전개되는 것이었다. 나는 이 여학생들과 같이 북해공원의 연못에 달 밝은 밤이면 배를 타면서 천년 우거진 버들 숲에서, R과 다른 사랑을 나누었다.[29]

처음 맛보는 남녀공학의 분위기, 이국 여대생들과 나누는 낭만적인 사랑, 베이징의 아름다운 풍경에 한하운은 잠시나마 육체를 파고드는 절망적인 고통을 잊고 유학생활의 즐거움을 만끽했다. 그런데 한하운이 전한 당시 '북경대학'의 이러한 분위기는 77사변 전 청화대학, 북경대학 학생들은 생기가 넘쳤으나 베이징 함락 후 '북경대학' 학생들은 기죽어 있고 우울하고 전혀 대학생의 발랄함이 없었다는[30] 중국의 기록들과는 사뭇 다르다. 베이징도 '북경대학'도 침울함이 아닌 밝은 모습으로 그린 한하운, 공부보다는 절망된 인생을 어떻게 즐겁게 살다가 곱게 생을 청산할지를 늘 고민했던[31] 한하운의 낙관을 가장한 슬픈 몸부림이 느껴지는 대목이다. "나는 괴로운 고통을 모면하려고 북경의 눈 오는 밤거리를 독한 술로 헤매는 돈환이 되었다"[32]는 말이 그 시기 한하운의 진실한 심경을 잘 대변해주고 있다.

한하운이 자유롭게 베이징의 낭만을 누리고 연애를 하고 가끔 요양이나 여행을 다닐 수 있었던 것은 외출시 반드시 사유서를 제출해야 할 만큼 관리가 엄격한 학교 기숙사가 아닌 하숙을 했기에 가능했다. 또한 92명 교수 중 29명이 일본인 교수이고 축목학 지식보다 일본어와 윤리가 훨씬 큰 비중을 차지하는[33] 중국인학생 위주의 학과목 설치는 조선에서 왔고 농림학교를 졸업한 한하운이 수업에 얽매이지 않고 시간적 여유를 가질 수 있는 여건을 제공했다.

한하운은 "하숙을 소주 호동(골목의 뜻)에서 화평문의 후손공원에 옮

29 한하운, 「고고한 생명-나의 슬픈 반생기」, 『전집』, 232~233쪽.
30 曹豆豆, 「日伪时期的"北京大学"」, 『文史精华』, 2005, 참조
31 한하운, 앞의 글, 233쪽.
32 위의 글, 233쪽
33 『國立北京大学農學院一覽表』, 民国二十九年度, 86~88쪽 참조

졌을 때"[34] 두 번째 연인을 알게 되었다며 하숙집 위치를 기술했다. 한하운이 처음에 하숙한 곳으로 보이는 소주호동은 명나라가 베이징에 수도를 옮기며 황궁을 지을 당시 책임자였던 요우광쇼우姚廣孝라는 사람이 소주출신이었던 관계로 소주의 장인工匠, 선공船工, 상인들이 대거 베이징으로 몰려들어 황궁 근처에 집거하면서 생겨난 골목이라하여 쑤저우후우퉁苏州胡同으로 이름 붙여졌다. 현재 위치는 동성구 남지자대가동화문가도소주호동東城區南池子大街東華門街道苏州胡同이다. 한하운이 후에 옮겨간 화평문의 후손공원은 명말청초明末清初의 유명한 정치가, 수장가收藏家 였던 쑤운청저어孫承澤 정원에서 비롯된 이름이다. 건륭제때 쑤운꿍왜앤孫公園으로 불리다가 광서제때 허우쑤운꿍왜앤後孫公園으로 바뀌고 현재까지 내려오고 있다. 후손공원은 백일유신시 강학회强學會 활동 장소였던 안휘회관安徽會館, 민국民國 시기 중국 최고의 미술가 쉬베이홍徐悲鴻이 교장으로 있던 미술학교, 그리고 일본통치시기 일본의 비호하에 조선인이 꾸린 마약 공장 등이 자리했던 곳으로 유명하다. 허우쑤운꿍왜앤後孫公園의 현재 위치는 서성구화평문외후손공원호동西城區和平門外後孫公園胡同이다.

순조롭게 '북경대학'에 입학하고 하숙집을 얻고 병 증세가 완화되어 "문둥이라고 말해도 문둥이라고 알아볼 수 없는 정도"였던 유학 초기 한하운은 여행으로 떨쳐버릴 수 없는 무섭고 괴로운 고통을 감내해야 하는 외롭고 불쌍한 자신을 위로했다.

「집시의 노래」를 부르며 운명의 명암 쌍곡선의 기복에, 여행이야말로

34 한하운, 「고고한 생명—나의 슬픈 반생기」, 『전집』, 234쪽.

나의 영원한 꿈이었고 좋은 신진대사의 성풀이였다. 몽고의 사막이며, 무주색武州塞의 석불총에 불타는 세계를 방황하든지 남쪽으로 양자강, 상해, 남경, 소주 당 한산사의 종소리에 옛 명시구名詩句를 생각하며 절세미인 서시의 유적을 찾으면서 제행무상의 허망에 나 자신 불쌍한 나를 위로하는 것이었다.[35]

한하운은 몽고 사막을 여행한 흔적을 「인골적人骨笛」에 담았다. 그는 이 시의 서두부터 "아득히 아득히 몇 억겁을 두고 두고 / 울고 온 소리냐 인골적 소리냐", "엉 엉 못살고 죽은 생령生靈이 운다 / 아 천한절통天恨切痛의 울음이 운다"는 슬픔에 젖은 절절한 시구로 인골적에 담긴 한맺힌 사연을 예시해준다. 인골적은 사람의 소퇴골로 만든 서장밀종 법기西藏密宗法器로 보통 난산難産으로 죽은 젊은 여자의 다리뼈로 제작하였다고 한다. 그래서인지 그 날카로운 소리는 듣는 사람에게 공포감을 준다. 한하운은 이런 잔인하고 슬픈 사연이 담긴 인골적 소리를 들으며 아름다운 종교 이름 아래서 폭력과 부패를 일삼는 종교의 독선을 어둡고 분노가 서린 언어로 질타했다.

몽고라 하늘 끝 아시아의 북벽北僻
유수幽愁와 사막이 맞서는 통고사通古斯 죽음의 밤에
라마승喇嘛僧은 오늘 밤도 금색 묘당에
신에 접한하고 인골적을 불며
상형문자 같은 주부呪符의 경전을

35 한하운, 「고고한 생명—나의 슬픈 반생기」, 『전집』, 233~234쪽.

회색에 낡은 때 묻은 얼굴로 악마를 중얼거린다

—「인골적」 부분

그러면서 한하운은 "강동이라 인골적 / 몽고의 오소리타여"라고 인골적이 몽고의 권위이고 권력이라는 것에 개탄하고 있다. 여기서 한하운은 "강동 : 인골 피리의 몽고어"라고 주석을 달아주는데 이는 착오다. 강동罡洞은 인골적을 가리키는 말로 몽골어가 아닌 장족藏族어다. 또한 '통고사'는 통상 몽고에 거주하는 어원커족鄂温克族을 지칭하는데 "사막이 맞서는 통고사"라는 시의 문맥으로 보아 한하운은 민족 지칭이 아닌 현재 러시아경내의 통고사하通古斯河지역을 가리킨 것 같다.

한하운의 또 다른 여행지 무주색武州塞은 현재의 고산서좌운古山西左云에서부터 대동大同 일대까지를 아우르는 고요새古要塞다. 기원전 133년 한무제가 무주색에 쳐들어온 흉노의 10만 기병을 물리친 일화로 유명해진 곳이기도 하다. 북위北魏 때는 또 다른 이름 무주새武周塞로 불리기도 했다. 그 유명한 운강석굴云冈石窟이 이 요새의 동쪽 끝에 자리잡고 있다. 그러므로 한하운이 구경한 무주색의 석불총은 현재의 산서대동무주산山西大同武周山 기슭의 운강석굴云冈石窟이었다. 기원 453년에 지어진 운강석굴은 '동방의 위대학 기적'으로 불린다. 길이가 1키로미터에 달하는 운강석굴은53개의 석굴에, 51,000존尊의 석불이 방대한 석불총을 이루고 있어 보는 이의 감탄을 자아낸다. 한하운은 이런 운강석굴에 "무주색武州塞의 석불총에 불타는 세계"라는 열정적이고 강렬한 표현을 선사했다.

양자강, 상해, 남경, 소주는 예나 지금이나 모두에게 익숙한 곳이다. 양자강을 바라보며 한산사의 종소리를 들으며 서시의 유적을 찾으면서 한하운은 제행무상의 허망에 "나 자신 불쌍한 나를 위로"했지만 온 몸을 감싸고 도는 슬픔과 외로움이 가시지는 않았다. 때문에 한하운은 양자강을 바라보며 "슬픔처럼 / 외로움처럼", "큰 땅이 떠간다"와 같은 비애가 흐르는 시구가 나올 수가 있었다.

여행으로 나병이 파고드는 괴로운 고통을 달래며 운명과의 힘겨운 겨룸을 하고 있는 한하운에게 찾아온 S라는 여성의 존재는 또 하나의 황홀한 낭만이고 즐거움이었다. 한하운이 협화의과대학에 다니는 학생이었던 S를 만날 수 있었던 것은 베이징 함락 후 대부분 대학이 운영을 중지하거나 남방으로 옮겨갔으나 일본의 식민통치에서 상대적으로 자유로운 연경燕京, 보인輔仁, 협화协和 등 교회가 운영하는 몇 개 대학만은 남았기에 가능했다. 그런데 S라는 여성이 중국인이 아닌 한인이었지 않나 하는 의문을 자아내는 증거들이 간간히 눈에 띄어 흥미롭다.

> 하숙을 소주 호동(골목)에서 화평문의 후손공원에 옮겼을 때 북경대학 의학원의 어느 호동에서 나는 제2세의 여성을 알게 되었다. 나이는 스므살 남짓하다. 멋들어진 중국옷 차림한 그는 S라고 부르며 협화의과대학(미국 록펠러 재단에서 운영)에 다니는 학생이었다.
>
> 그는 내 하숙에 자주 놀러 왔으며 조국을 모르는 동포로서의 설움을 나에게 하소연하는 것이었다.
>
> 조국이라는 피가 불러서 맺어주는 S와의 사랑은, R를 망각하는 화원으로 아베크하는 것이었다.[36]

36 위의 글, 234~235쪽.

S와의 만남과 사랑을 회억한 한하운의 기록이다. "제2세의 여성을 알게 되었다"에서 '제2세의 여성'을 흔히들 두번째 연인으로 보고 있는데 동포 2세의 여성으로 이해할 수도 있지 않을까. 그리고 "조국을 모르는 동포로서의 설움을 하소연", "조국이라는 피가 불러서 맺어주는 S와의 사랑"과 같은 말들에서 '조국'은 한하운의 조국인 조선으로 보는 것에도 무리가 없을 듯하다. "멋들어진 중국옷 차림한 S"라는 표현에서 S가 중국인이 아니라는 의미가 풍긴다. 만약 S가 중국인이었다면 굳이 중국옷 차림에 대해 언급할 필요가 없는 것이다. 당시 베이징에 많은 한인들이 살고 있었다는 사실을 감안하면 S가 동포 2세 였다는 추정은 충분한 가능성이 있는 것이다. 어쨌든 한하운은 오랫동안 사랑했던 연인 R을 망각할 만큼 S와 열렬한 사랑에 빠졌다.

> S가 끄는 사랑의 길은 동요국 용궁 세계를 방황하는 영화의 땅 북경의 미로의 비밀 속에 소수疏水처럼 흘러가고—만수한 공명호 위에 구름같이 걸친 십칠공교를S와 건너는 것은 마치 무지개를 타고 사랑의 천국으로 등선登仙하는 것 같은 황홀경에 잠기는 것 같았다.[37]

이처럼 한하운과 S와의 사랑은 설렘과 낭만과 황홀함이 넘쳤다. 그들이 거닐었던 십칠공교十七孔桥는 베이징의 의화원颐和園에 위치한 다리로 곤명호昆明湖와 남호도南湖岛를 이어주고 있다. 여기서 '만수한 공명호'는 '만수산 곤명호'의 잘못된 기록일 것이다. 건륭제때 세워진 십칠공교는 이화원에서 가장 큰 석교石橋로 다리 위 정교로운 조각들

37 위의 글, 235쪽.

과 곤명호의 운치가 어우러져 당시 젊은이들의 사랑을 속삭이는 명소였다. 한하운과 S의 사랑도 거기에서 무르익었던 것 같다. "고대와 현대가 융합하는 도가니 속에 새로운 감각이 탄생하는 북경의 십자로에서" 한하운은 S와 망각의 세계를 지향없이 방황하고 있었다. 슬픈 나병도 공포의 미래도 망각하는 그런 날들이 었을 것이다.

그러나 즐거운 망각의 날도 잠시, 얼마 안가서 한하운은 또다시 나병이 재발한다. 공포와 전율에 떨면서 한하운은 "병치료를 계속하느냐 생명의 제로를 택하느냐 하는 절망의 초민焦悶 속에 지향도 없이 표연히 길을 떠났다". "천진 대련으로 하여 요동 땅 웅악성 온천으로 가는 것이었다."[38] 기실 한하운은 지향도 없이 길을 떠난 것이 아니었다. 그 당시 웅악성 온천은 피부병 치료에 효험이 있는 것으로 널리 알려져 있었다. 웅악성熊岳城은 발해요동만동안渤海辽東灣東岸 영구營口지역 남단에, 웅악온천은 영구개주시웅악성동남백기촌營口盖州市熊岳城東南白旗村에 위치하고 있다. 웅악성 온천은 각종 광물질들이 풍부해서 피부병에 치료 효과가 있었다. 1901년 일본인들이 온천개발에 성공하면서 온천여관, 군함목욕탕军舰浴池 등을 만들어 웅악성 온천 자원을 독점했고 1931년에는 온천욕장温泉浴场을 개설하여 그 규모도 엄청 커졌었다. 소문이 나면서 많은 사람들이 찾아왔고 한하운 역시 그 중의 한 명이었다. 그러나 한하운은 "한 열흘동안이나 탕치湯治하니까 고독감에 견디지 못하였을 뿐만 아니라 여관비가 비싸서 있을 수가 없어"[39] 대련으로 간다.

38 위의 글, 236쪽.
39 위의 글, 237쪽.

대련에서 한하운은 성포 해수욕장 가까이 중국집에 하숙을 정하고 가끔 여순까지 놀러 갔었다고 한다. 한하운은 "영화에서 보는 남불南佛의 니스같이 아름다운 별장 지대다. 나는 이 아름답고 말쑥한 환경에서 마음이 안정되어가는 것을 느끼는 것이었다"며[40] 성포를 극찬하고 있다. 성포는 현재의 성보공원星浦公園이며 한때는 성보유원星浦游園으로 불리기도 했다. 이곳은 처음에는 그저 대련교외郊外의 해수욕장이었는데 1909년 일본의 남만주철도주식회사가 매입하여 별장, 여관, 골프장, 해수욕장, 화분온실, 요리점 등 종합시설을 건설하면서 "만주"의 유명 피서지가 되었다. 일본강점기 그 유명했던 대하여관大和旅館도 성포에 있었다.

성포에 하숙하면서 한하운은 여순에 놀러가서 "러시아 로마노프식 거리에서 러시아의 화려한 문화에 엔조틱한 정서를 맛보면서 이령산을 위시한 러일전쟁의 피투성이의 전적지를 구경하고 백옥탑 높은 데서 푸른 발해와 동양을 괴롭히던 두 늑대의 아우성을 추상했다."[41] 또한 고구려 유품이 많이 진열되어 있는 박물관도 둘러봤다. 한하운이 다녀갔던 여순의 러시아거리 아라사풍정가俄罗斯风情街는 19세기, 20세기 러시아 건물풍격이 다분한 중국 최초의 러시아거리로 현재는 대련大连 아라사풍정가로 불리며 대련시승리교서북쪽에 위치하고 있다. 단결거리團結街라고도 한다. 이령산尔灵山은 일본어 이름이고 중국어이름은 후석산猴石山이다. 이령산은 1904~1905년 러일전쟁의 군사요새로 러일전쟁의 중요한 전투가 진행되었던 곳이며 산 정상에는 지금도 일본군이 세운 기념비가 남아 있다. 러일전쟁에서 죽은 일본군의 망

40 위의 글, 237쪽.
41 위의 글.

령을 기념하기 위해 세운 백옥산탑白玉山塔은 일본군이 여순에 남겨 둔 건물 중 하나로 일본의 중국동북침략의 중요한 증거이기도 하다. 한하운이 둘러본 여순박물관은 당시 만주지역에서 가장 큰 박물관으로 고구려 시대의 유품이 많이 진열되어 있었다. 한하운은 그 유품들을 보면서 "다시금 옛날을 꿈같이 더듬어 이 요동 땅이 정말 우리 고국인 양 생각하곤 하였다"며 그때의 감회를 적고 있다.

여순에서 6개월 남짓한 날들을 보낸 한하운은 다시 베이징에 돌아와서 졸업논문 준비를 했고 이듬해에 논문을 제출하고 졸업했다. 그리고 연인이었던 S가 붙잡는 안타까운 강요에 북경에 계속 머무르기로 결정하고 대학원에 진학한다. 그러나 그토록 사랑했던 연인이 나병이라는 비극적 현실을 받아들이지 못한 S의 자살로 한하운은 학업을 중단하고 무작정 베이징을 떠나버렸다. 한때는 절망의 끝에 선 한하운에게 낭만과 황홀함과 즐거움을 주었던 영화榮華의 땅 베이징이 남겨준 것은 결국은 비극적인 슬픈 상처였다.

한하운은 베이징 유학생활에 대한 기록을 많이 남기지 않았다. 소상한 기록은 더더욱 드물다. 그리고 그 기록마저도 모두가 기피하는 나병환자라는 특수성과 월남한 작가라는 이유로 진실여부를 확인해 줄 수 있는 증언이나 자료들을 확보하기가 어렵다는 것이 문제다. 연보들을 꼼꼼히 살펴보다 보면 의문이 제기되는 기술들이 눈에 띈다. 특히 베이징에서의 유학생활이 더욱 그렇다. 한하운과 베이징, 그리고 중국과의 인연은 깊다. 따라서 한하운의 생애를 정확하게 조명하고 보다 진실한 한하운상을 그리는 작업에서 그의 중국행적들을 추적하고 해명하는 것은 반드시 이루어져야 할 과제이다. 하지만 중국에는 아직은 많이 낯선 작가 한하운, 이제 막 시작단계에 들어선 중국에서의 한하운 연구가 가야 할 길을 멀고도 험난하다. 국경과 전공을 뛰어 넘어 정보를 공유하고 함께 고민하는 연구자들의 회통적 협동정신과 하나하나의 과제에 정치하게 접근하는 학문적 자세가 간절하다.

참고문헌

김창직 엮고지음, 『가도 가도 황톳길』, 지문사, 1982.
이종석 · 김정숙, 『나는 나는 죽어서 파랑새 되리』, 부름, 1985.
인천문화재단 전집 편집위원회 엮음, 『한하운 전집』, 문학과지성사, 2010.
최원식, 「한하운과 『한하운시초』」, 『민족문학사연구』 제54호, 민족문학사연구소, 2014.
『國立北京大学農學院一覽表』, 民国二十九年度.
曹豆豆, 「日伪时期的"北京大学"」, 『文史精华』, 2005.
彭飞, 〈国难下的忍辱负重－王石之与国立北京艺术专科学校〉, 『美术研究』 2014年 3期.

한하운과 일본

요시카와 나기
일본 릿쿄대학 강사

1. 일본에서의 한하운 소개

일본에도 한하운에 대해서 어느 정도 알고 그 작품을 사랑하는 사람이 더러 있었지만 시인 또는 작품이 제대로 연구된 적은 없다. 그래서 '연구사'라고 부를 수는 없으나, 하운 작품이 언제부터 어떻게 소개되어 왔는지를 정리해 보겠다.

일본에서 하운 작품은 주로 재일한국인 시인 강순姜舜(1918~1987)을 통해서 소개되었다. 시인 무라마쓰 다케시村松武司(1924~1993)는 『조선연구』 1972년 7월호에 「나병 시인 한하운」이라는 글을 써서 강순의 번역으로 하운 작품을 소개한 바 있다. 무라마쓰는 어느 날 강순 집을 찾아가 거기서 일본어로 번역된 현대한국시인들의 작품을 보고 강한 인상을 받았다. 무라마쓰는 나병은 아시아와 아프리카를 상징한다고 말하면서 "오랜 식민지 지배, 전란, 분단, 특히 남한의 정치적, 경제적 불안 속에서 나병 환자가, 또 그 속의 어떤 시인이, 아Q가, 어떻게 살아가는지, 깊은 관심과 우정을 가지고 읽어 주셨으면 좋겠다"고 말하면서 「전라도 길」 등 하운 작품 4편을 소개했다. 일본에서 하운이 소개되기 시작한 것은 이 무렵일 것이다.

한국 한센병의 역사를 연구한 다키오 에이지滝尾英二(1931~2012)는 한하운 시를 사랑한다고 자주 말했었다. 그는 저서 『조선 한센병사—일본 신민지하의 소록도』의 「서문을 대신하여」에서 한하운 작품과의 만남을 술회하고 있다. 이 글에 따르면 다키오는 1995년 3월에 처음 소록도를 방문했을 때 한하운 시비를 보고 병원 직원에게 설명을 들었다. 그 후 『무궁화 통신むくげ通信』 83호(1984.3)에서 와카오 미스즈若生みすず가 하운을 소개한 글 「보리피리麦笛」를 보고, 『종성 통신鐘聲通信』(1995.6)에서 최석의崔碩義 「문둥이 시인 한하운」을 봤다. 또 한센병 요양원에 사는 시인들의 단체가 발행한 『라이らい』 24호(1979.4)와 25호(1980.2)에 시집 『보리피리』의 작품이 나카하라 마코토中原誠 번역, 강순 감수로 일본어로 실려 있는 것을 발견했다고 한다. 그러나 이들 잡지 또는 기관지는 일반 사람들에게 널리 읽히는 것은 아니다.

비교적 쉽게 구할 수 있는 책으로는 강정중姜晶中 역 『한국현대시집』(1987)에 「보리피리」가 수록되어 있으며, 고전부터 현대까지 한국 시가를 소개한 김일남 『한국시가춘추』(2011)에 「전라도 길」이 들어 있다. 또 시인 모리타 스스무森田進는 『시와 한센병』(2003)에서 한하운에 대해서 비교적 자세한 설명을 하면서 작품 몇 편을 소개하고 있다.

이와 같이 일본에서 하운을 소개한 사람은 대개의 경우 한센병 환자의 인권문제나 나문학에 관심을 가지는 사람이었다. 그들 가운데에는 모리타처럼 한국어를 읽을 수 있는 사람도 있었으나 소개하는 내용은 한국에서 나온 시집의 해설이나 문학사전의 기술을 그대로 옮기는 정도로 그쳤다.

하운 작품이 시집으로 출판된 적은 없다. 가와타 이코이河田いこひ라는 사람이 번역한 한하운 시집이 있지만 출판사에서 간행된 책이 아닌 것 같다.

일본내 한센병 요양원에는 재일 한국(조선)인도 적지 않아 살고 있었으며 그 가운데에는 시를 쓰는 사람도 있었지만 그들은 일본어로 창작했다. 또 한운과 일본인 혹은 재일 한국인 시인 사이의 교류도 없었던 것 같다.

2. 세이케이成蹊고등학교에 대하여

『한하운 전집』(2010)의 「시인 연보」는 한하운이 1937년에 이리농림학교를 졸업해서 도쿄東京에 건너가 성혜成蹊, 세이케이고등학교에 입학하고, 1939년에 같은 학교 2년을 수료했다고 적혀 있다. 하지만 이리농림학교 학적부에 의하면 그는 이 학교에 1935년 4월에 입학하고 1940년 3월에 졸업하고 있다.

그렇다면 농림학교 졸업 후 해방의 날까지 5년 5개월 밖에 없는데, 『고고한 생명—나의 슬픈 반생기』(이하, 『반생기』) 등의 글을 보면 하운은 일본에서 고등학교를 다니고 중국에서 북경대학을 졸업하고 대학원도 다니고, 귀국 후에는 함경남도 축산과를 시작으로 장진군, 경기도 용인군에서 근무한 것으로 되어 있다. 마지막의 경기도청 근무 때는 '스즈키' 도지사에게 "하이칼라 머리"를 깎으라고 명령받았다고 적혀 있으니 이것들은 다 해방 전의 일이 아니면 안 된다(단, 경기도지사로 '스즈키'라는 사람은 없다. '스즈카와鈴川'라는 사람이 1940년 5월 30일부터 익년 11월 19일까지 지사로 있었다). 고등학교를 2년으로 중퇴했다고 해도 당시 왕조명汪兆銘 정권 하의 '북경대학 농학원'은 4년제다. 하운이 스스로 말하는 학력과 경력에는 사실이 아닌 것이 상당히 포함되어 있다고 봐야 한다. 검증해야 할 사항은 많지만 이 글에서는 그의 도쿄유학에 한정해서 검토하겠다.

1925년에 도쿄 기치조지吉祥寺, 지명에 열린 구제舊制 세이케이고등학교는 중등교육을 하는 심상과尋常科 4년과 고등교육을 하는 고등과高等科 3년으로 나누어진 7년제였으며, 전체적으로는 소학교를 포함한 합계 13년의 일관교육을 목표로 하고 있었다. 이것은 영국의 퍼블릭스쿨을 모방한 방식이다. 1925년 당시 소학교와 고등학교 심상과, 고등과를 다 합한 학생수가 800명 정도였으며 점심은 모든 교직원과 학생이 한자리에 모여서 먹었다고 한다. 고등학생은 모두 동아리활동을 하게 되어 있었고 1937년부터는 고등과 1학년은 전원 기숙사에서 살게 되었다. 이런 사실들로 봐서 학교 전체가 매우 가족적인 분위기였음을 짐작할 수 있다.

쇼와昭和 초기에는 동경제국대학에 진학하는 학생수가 제1고등학교 비슷하게 많았다고 하니 학력면에서도 매우 우수한 학교였으며 규모는 크지 않아도 부유층의 자제가 다니는 명문학교였다.

앞에서 말한 것처럼 구제 세이케이고등학교는 7년제다. 1933년도부터는 심상과 출신자만이 고등과에 진학했다. 1939년도부터는 외부

학생도 고등과에 들어갈 수 있게 되었지만 1940년도의 경우 문과 8명, 이과 11명 모집하는 데 각각 129명과 137명이 지원해서 치열한 경쟁을 벌였다. 간단하게 들어갈 수 있는 학교가 아니었고 또 원래 내부 진학자가 대부분이기 때문에 유학생 자체가 드물었다.

5년제 중학교에 해당하는 명문 이리농림학교를 졸업한 한하운이 '세이케이고등학교'에 들어갔다면 당연히 심상과가 아니라 고등과였을 것이다. 1940년 4월에 입학했다면 제16회 졸업생으로 1942년 9월에 졸업했을 것이다(전시중이라 반년 단축해서 2년 반으로 졸업했다).

필자는 2016년 12월 21일에 세이케이학원 사료관成蹊學園史料館을 찾아 한하운의 행적을 확인하려고 했다. 사료관 직원은 세이케이고등학교는 해마다 재적 학생의 명단을 만들었으니 중퇴한 학생도 거기에는 이름이 나와 있다고 했다. 하지만 한하운의 본명 한태영도, 창씨개명한 후의 이름인 기요하라 가오루清原薫도 거기에는 없었다. 그 밖의 세이케이고등학교 관련 자료, 예를 들면 『회고록 구제 세이케이 고등학교』, 『우리들이 칭송하는 이름 세이케이-구제 세이케이고등학교 창립 80주년 기념지』, 『세이케이학원 백년사』, 『세이케이학원 사료관 사료집』 등도 봤지만 하운에 관한 기술은 찾지 못했다. 하운이 세이케이고등학교에 입학한 사실이 없었다고 보는 것이 타당할 것 같다.

덧붙여서 말하면 하운 자신이 쓴 회상문에도 석연치 않은 점이 적지 않아 있다. 그는 도쿄에서의 "2년 나머지"(『반생기』) 혹은 "3년간"(「나의 시작수업」)이 "나의 지금까지의 반생에 가장 즐거웠던 시절"이라고 말하지만, 일본 생활이나 학교에 관한 기술에는 구체성이 결여되어 있다. 선생님이나 친구 이름도, 단골로 다닌 찻집이나 술집 이름도 그는 쓰지 않았다. 놀러간 장소도 '간다', '긴자', '무사시노' 등 누구

나 아는 지명 몇개를 들었을 뿐이다. 또 '구주쿠리가하마'를 '규쥬규리가하마'로 잘못 적고 있다(지명 '九十九里濱'의 '九十九'는 'きゅうじゅうきゅう'가 아니라 'くじゅうく'다).

하운은 윗세대 엘리트 고등학생들이 만끽한 자유로운 생활을 동경했을 것이다. 그러나 1940년대의 학생들은 갈수록 자유가 없어지는 세상에 불편함을 느끼고 있었다. 1938년부터는 학생들이 공장이나 농업의 노동현장에 나가야 했으며 1941년부터는 수업연한修業年限이 단축되었다. 학생들은 앞으로 전쟁터에 끌려 갈 지도 모른다는 불안 속에 나날을 보내고 있다. 음식도 물자도 부족했다.

실은 세이케이고등학교의 분위기는 교장이 바뀔 때마다 크게 달라졌는데 1937년부터 교장을 맡은 쓰치다 세이이치土田誠一는 광신적인 황국주의자였다. 전국적으로 학교교육이 전시체제의 영향을 받는 시기이기는 했지만, 그는 특히 심했다. 신도神道에 입각한 일본인교육을 하겠다고 해서 1938년에 학교 안에 신사를 세우기까지 했다. 그래서 학교 관계자들이 "세이케이의 학풍이 망가지겠다"고 걱정했다고 한다. 이리농림학교 시절에는 강한 민족의식을 보인 하운이, 천황숭배를 강요하는 교장에 대해서 아무런 불만도 말하지 않고, 고등학교 때는 "고답적인 문학 공부"를 하고 술을 "경음鯨飮"한 좋은 시절이었다고만 회상하고 있는 것은 신기한 느낌이 든다.

그의 아버지는 아들이 고등학교와 제국대학을 졸업해서 식민지 엘리트가 되기를 원했을지도 모른다. 그러나 농림학교 5학년 때 나병 선고를 받은 하운은, 입시 준비를 제대로 못했을 것이다. 고등학교에 들어가지 못하는 그에게, 지금은 '위학僞學'이 되어 버렸지만, 친일학교 '북경대학 농학과'는 들어가기 쉬우면서도 일본 식민지하의 장래를 약속해 주는 차선의 선택이었을 것이다.

하운이 세이케이고등학교에 다녔다고 쓴 이유는 모르고 그가 이 학교에 대해서 무엇을 알고 있었는지도 모른다. 어쩌면 세이케이의 학풍을 좋아했는지도 모르지만 그것을 확인하기 위해서는 그가 보육원이나 정착촌을 어떤 이념 혹은 교육관을 가지고 지도했는지를 검토해야 할 것이다.

참고문헌

인천문화재단 한하운 전집 편집위원회 엮음, 『한하운 전집』, 문학과지성사, 2010.
이종석 · 김정숙, 『인간 한하운—나는 나는 죽어서 파랑새 되리』, 부름, 1984.
김창직 엮고지음, 『가도 가도 황톳길—한하운 그 슬픈 생애와 시』, 지문사, 1986.
최원식, 「한하운과 『한하운시초』」, 『민족문학사연구』 54, 2014.
김용성, 「한하운」, 『한국현대문학사탐방』, 현암사, 1984.

河田いこひ 옮김, 『韓何雲詩全集 麦笛』, はんせん舎.
姜晶中 엮고옮김, 『韓國現代詩集』, 土曜美術社, 1987.
金一男, 『韓国詩歌春秋』, 日本文学館, 2011.
滝尾英二, 『朝鮮ハンセン病史－日本植民地下の小鹿島』, 未来社, 2001.
村松武司, 「ライの詩人・韓何雲」, 『朝鮮研究』 116, 1972.7.
森田進, 『詩とハンセン病』, 土曜美術出版販賣, 2003.
旧制成蹊高等学校同窓会, 『回顧録 旧制成蹊高等学校－七年制』, 1985.
成蹊会, 『吾等讃えんその名成蹊－旧制成蹊高等学校創立八十周年記誌』, 成蹊会, 2005.
成蹊学園, 『成蹊学園百年史』, 成蹊学園, 2015.
成蹊学園史料館 엮음, 『成蹊学園史料館史料集』 2, 成蹊学園, 2006.
鈴木健一, 「汪兆銘政権下の国立北京大学農学院」, 『社会文化史学』 46, 2004.10.
横山宏 엮음, 『遊華老残記－国立北京大学農学院への回想』, 1991.
稲葉継雄, 「裡里農林学校について－在朝鮮「内地人」学校の事例研究」, 『国際教育文化研究』 9, 2009.6.

한하운과 아카시 가이진

요시카와 나기
일본 릿쿄대학 강사

1. 『한하운시초』와 일본 '나문학'

일본에서 '나문학癩文學'[1]이라는 말이 유행한 시기가 있었다. 나병을 제재로 한 문학이라는 뜻이기도 했으나 대개의 경우 그것은 나환자 자신이 나요양소癩療養所에서의 삶을 그린 문학작품이라는 뉘앙스를 띠고 있었다. 그런 뜻으로 '나문학'을 대표하는 문인은 호조 다미오北條民雄(본명 시치조 고지七條晃司, 1914~1937)와 아카시 가이진明石海人(본명 노다 가쓰타로野田勝太郎, 1901~1939)이다.

그런데 1949년에 정음사正音社가 출간한 『한하운시초韓何雲詩抄』 초판

1 '나병'은 지금은 한센병이라고 하는 게 옳지만 이 글에서는 역사적인 용어로 '나병', '나환자', '나문학', '나요양소' 등의 말도 사용한다.

에 붙인 발문에서 이병철李秉哲이 호조 다미오와 한하운을 비교하고 있다.

일본문단 30년대의 작가에 北條民雄이라는 소설인이 있었다.

물론 그도 문둥이었다. 그의 「생명의 초야」, 「나병원 일기」 등 소설을 한때 이 땅 식민지 창백한 문학청년으로서 센티멘탈을 생리生理하던 내가 탐독한 바 있었던 그 문학과는 달라, 오늘 여기에 소개하는 하운 형의 문학은 모름지기 그 문학적 제네레이숀을 달리하고 있을 뿐만 아니라, 근본적으로 지향하는 문학정신의 차이에서 나는 감히 한하운 형의 문학을 훨씬 더 北條民雄에 비하여 높이 평가하고 싶다.

北條民雄이 자몰自沒과 염세와 병리에 대한 수긍으로써 어떤 지배성 앞에 굴복한 것이 그의 문학정신이었다면, 때로는 자살을 도모 실천해 봄으로써 하나의 인간의 잔인성까지를 그 생명 앞에 여지없이 폭로해 보는 그러한 병리학적 기록을 가지고 문학으로서 성립시킨 것과는 반대로, 여기 시인 하운의 문학정신은 항상 자기를 부정하고 그 부정을 또 부정함으로써 냉엄한 객관성 우에 리얼리즘의 문학적 세계를 자약自若하고 있는 것이다. 해서 같은 문둥환자의 문학일지라도 여기 하운의 문학은 적어도 어떤 역사적 현실 앞에서 건강한 인간으로서 자기를 부정한 그것을 다시 부정해 버린 다음의 높은 경지에 리얼리티를 살린 데서 높이 평가되어야 할 것이다.

—「『한하운시초』를 엮으면서」[2]

2 이병철의 발문은 호조 작품의 염세적이고 자학적인 면을 비판하고 있는데, 같은 비판은 일본에서도 많이 나왔다. "전후 한센병 요양소에서 문학활동을 한 환자들 중에는 호조 다미오나 아카시 가이진의 작품을 절망의 문학 또는 체념의 문학으로 비판적으로 평가하는 사람이 적지 않았다. 그 배경에는 새로운 헌법으로 보장된 기본적 인권에 대한 자부심이 싹튼 것과 치료약 프로민의 등장으로 병이 낫는다는 기대

재판(정음사, 1953)에서는 이 발문이 빠지고 조영암趙靈巖의 「하운의 생애와 시」라는 글이 들어갔는데 조영암은 아카시 가이진의 이름을 들고 있다.

> (한하운은—인용자) 우리 시단에 최초로 나문학을 보내 온 사람이요, 더욱 그의 시가 풍기는 향란한 생명의 약동들은 왕년 일본 시단에 나문학의 기재였던 明石海人의 『白猫』를 능가하는 바이었고, 그의 비창은 차라리 인류의 원죄의식에까지 비약하였다.(강조는 인용자. 작품집 제목은 『白描』가 옳다)

하운이 호조나 아카시를 어떻게 봤는지는 잘 모른다. 경성제국대학 부속병원 기타무라 세이이치北村精一 교수[3]가 그에게 나병이라는 진단을 내린 것은 1939년의 일이라고 생각된다. 1939년 7월 1일 현재의 『조선총독부 급 소속관서 직원록』에는 경성제대 의학부 교수로 기타무라 이름이 나와 있지만 1938년 직원록에는 없기 때문이다. 또, 학적부에 따르면 하운의 이리농림학교 입학은 1935년이다. 『고고한 생명—나의 슬픈 반생기』(이하 『반생기』)에는 5학년 때 기타무라 교수의 진단을 받았다는 쓰고 있으니 1939년이 맞을 것이다. 그렇다면, 「생명의 초야」가 화제가 된 1936년경에는 아직 나병에 대해서 절실한 관심이 없었을지도 모른다.

『한하운시초』 이전에 하운이 『백묘』를 읽었는지는 알 수가 없고 하

가 높아진 것 등을 들 수 있을 것이다. (…중략…) 「생명의 초야」는 (…중략…) 예전의 그 꺼림칙한 '나병'='멸망'의 기억을 단절하기 위해 공격의 대상이 되었다".(아라이 유키(荒井裕樹), 『격리의 문학』)

3 피부과학과 비뇨기과학의 교수로 1946년에 나가사키(長崎)의과대학에 옮기고 1961년에는 같은 대학 총장이 되었다.

운 시가 아카시의 영향을 받은 흔적도 없지만 후에 읽은 모양이다. 이리농림고등학교의 잡지에 쓴 「애착과 노스탤지어」(1959)에는 "우리는 심해어深海魚처럼 자신이 빛을 내고 스스로의 빛을 의지하면서 가진 핸디캡의 울분 속에 공부도 기술 연마도 잘했다"는 말이 있기 때문이다. 이 말은 『백묘』 권두언(후술)에서 따온 것으로 보인다. 다만, 한하운 글에서 빛을 낸 물고기는 나환자가 아니라 '내선공학內鮮共學'의 이리농림학교에서 일본학생들에게 지지 않으려고 노력한 한국학생을 가리키고 있다.

이병철과 조영암은 한하운을 호조 다미오나 아카시 가이진과 비교하면서 한국문학 속의 한하운은 호조나 아카시가 일본문학 속에서 한때 차지했던 위치를 차지할 만한 존재이며 그들보다 더 우수한 문학을 창조했다고 주장하고 있는 것이다. 호조 다미오의 작품은 단편소설이고 아카시의 작품집은 단카短歌[4]집이라 한하운의 자유시와 비교해서 우열을 가리는 것 자체에 무리가 있으나 어느 쪽이 더 우수한지 하는 문제는 여기서 거론하지 않기로 하고 그들이 호조나 아카시의 이름을 든 이유를 생각해 보겠다.

1949년 8월 15일자 경향신문에 실린 「지상좌담회—건국과 함께 자라는 문화」 속에서 정음사 주간 최영해崔暎海는 정음사가 낸 『애생금哀生琴』과 『한하운시초』가 굉장한 인기를 얻었다고 하면서 이들 작품을 "나문학이랄까, 환자들의 고민 속에서 우러나는 작품"이라고 말하고 있다. 심숭沈崧의 『애생금』은 나환자가 쓴 자전적 소설로 1946년부터 익년까지 종합잡지 『신천지』에 연재된 장편이다. 정음사에서 『한

4 정형시 형식의 하나로 5·7·5·7·7의 5구 31음절로 이루어지는 짧은 시. 근대 이전에는 '와카(和歌)'라고 불렸다.

하운시초』 초판과 같은 해인1949년에 상권이, 익년에 중권이 간행되었으나 하권은 간행되지 않은 것으로 보인다. 한순미 「상처는 왜 쓰는가—한국 나환자 심숭의 자전소설과 치유서사의 역사적 맥락」에 의하면 심숭은 '무명생無名生'이라는 이름으로 1933년에 『신동아』에 장편소설 『혈루록血淚錄』을 연재하고 그것이 1953년 정음사에서 『낙화유수落花流水』로 개제한 단행본이 나왔다고 하는데, 1953년은 『한하운시초』 재판이 나온 해이기도 하다. 그렇다면 정음사는 한하운의 시집 『한하운시초』 초판과 재판을 내면서 마치 그 내용을 보완하는 것처럼 심숭의 소설도 같은 해에 간행한 셈이다. 『낙화유수』라는 제목도 하운의 시 「낙화유수」에서 따온 것 같다.

이병철, 조영암, 최영해는 분명 1930년대 후반에 일본에서 융성했던 '나문학'에 대해서 알고 있었으며1940년대 말부터 50년대 초반에 걸친 시기에 한하운 시집과 심숭 소설로 한국에서도 '나문학' 붐을 일으켜 보려고 한 것처럼 보인다. 그렇다면 우리는 먼저 일본의 '나문학'에 대해서 알아야 한다.[5]

5 이 글의 주제는 최원식 「한하운과 『한하운시초』」(『민족문학사연구』, 2014)의 문제의식을 계승한 것임을 밝혀 둔다.

2. 일본 '나문학'의 탄생

1) 호조 다미오 「생명의 초야」의 충격

스물 한 살의 무명작가 호조 다미오는 단편소설 「생명의 초야いのちの初夜」(『문학계文學界』 1936년 2월호)로 혜성과 같이 문단에 등장했다. 이 작품은 1934년에 도쿄東京 근교에 있는 나요양소 젠세이병원全生病院(현재의 국립요양소 다마 젠쇼엔多磨全生園)에 들어간 호조가, 밖의 세계와는 너무나도 다른 격리시설에서 보고 느낀 것을 바탕으로 쓴 소설이다. 그 내용을 간단히 소개한다.

나병을 앓고 불안한 마음으로 요양소에 들어간 오다尾田는, 입소시의 신병조사 같은 수속에 굴욕감을 느낀다. 요양소에서는 경증환자가 중증환자의 간호인으로 일하게 되어 있는데, 오다를 안내해 준 사에키佐柄木도 그런 간호인 중의 한 사람이다. 사에키는 중증환자들의 비참한 모습을 보고 큰 충격을 받은 오다에게, 그들은 인간이 아니라고 말한다.

> 인간은 아닙니다. 생명이에요. 생명 자체, 목숨 그 자체지요. 내 말 아시겠어요, 오다 씨? 그들의 '인간'은 벌써 망해 버렸어요. 다만 생명만이 꿏긋꿏긋 움직이고 있습니다. 얼마나 끈질긴지. 누구든 나병에 걸린 순간, 그 사람의 인간은 망합니다. 사회적 인간으로 망하는 것만이 아니에요. 그런 천박한 망함이 결코 아닙니다. 폐병廢兵이 아니라 폐인이지요. 하지만 오다 씨, 우리는 불사조입니다. 새로운 사상, 새로운 눈을 가질 때, 전

적으로 나자癩者로서의 삶을 획득할 때, 다시 인간으로 태오나는 거에요. 부활, 그래, 부활입니다. 쫑긋쫑긋 사는 목숨이 육체를 획득합니다. 새로운 인간생활이 거기서 시작해요.

오다는 이미 한쪽 눈알을 잃은 사에키가, 일하는 틈틈이 열심히 글을 쓰고 있는 것을 알았다. 그는 완전히 실명하기 전에 그 새로운 인간의 모습을 소설로 쓰려고 필사의 노력을 하고 있었다.

눈이 멀어질 거라고 알면서도, 오다 씨, 역시 나는 써야겠어요. 맹인이 되면 또 그런대로 살 길은 있겠지요. 오다 씨도 새로운 삶을 시작하세요. 완전히 나자가 된 다음에 나아갈 길을 찾아 보세요. 나는 쓰지 못하게 될 때까지 노력할 거에요.

요양소에 들어오면서도 막연히 자살을 생각했던 오다는, 자신이 사에키가 다다른 경지에 도달할 수 있을지 확신은 없지만 역시 살아봐야겠다고 생각하게 된다.

소설 속에서 오다가 받은 충격은 호조가 실제로 느낀 것이다. 특효약이 생기기 전, 환자들의 모습은 말로 표현할 수 없을 정도로 처참했다. 1937년 1월에 호조를 찾아 젠세이병원을 방문한 정신과 의사 시키바 류자부로式場隆三郎(1898~1965)는 불쌍한 정신병환자를 많이 보고 왔는데도 "천 명여의 나환자를 보고 형용하기 어려운 공포에 사로잡혔다. (…중략…) 병 중에서도 가장 비참한 병은 정신병도 결핵도 아니고 역시 나병이라고 생각했다".

「생명의 초야」는 가와바타 야스나리川端康成(1899~1972)의 추천으로 발표되었다. 원제는 「최초의 일야最初の一夜」였으나 가와바타가 제목을 고쳤다. 일본문학에 있어서 1930년대 후반은, 프롤레타리아문학이 퇴조하고 순문학이 꽃을 피우게 된 '문예부흥기'다. 그 속에 등장한 「생명의 초야」는 어떤 사상을 주입시키기 위해 만들어낸 작품이나, 절실한 창작동기도 없으면서 독자의 눈을 끌려고 꾸며낸 이야기와 전혀 달랐다. 또 1935년쯤에 나환자가 등장하는 추리소설이 몇편 발표되었지만 호조에 의하면 그것들은 현실과 싸우지 않는 공허한 이야기에 불과했다. 「생명의 초야」는 참혹한 현실이 발하는 힘으로 독자를 압도했다. 평론가 고바야시 히데오小林秀雄(1902~1983)는 요미우리讀賣 신문에 기고한 글에서 이 짧은 작품을 "묘하게 단순한 이야기"라고 하면서 그 단순함 앞에서 할 말을 잃는다고 했다. 그리고 "작품이라기보다 오히려 문학 자체의 모습을 봤다"고 그 감동을 표현했다.

「생명의 초야」는 제2회 문학계상을 받았다. 가와바타는 수상이 결정됐음을 호조에게 알려주는 편지 속에서 당시 유명 작가들의 반응을 전해 주고 있다.

> 요즘은 만나는 사람마다 그 작품 이야기를 합니다.
>
> 시마기 겐사쿠島木健作 씨도 무척 감탄했다고 합니다.
>
> 요코미쓰 리이치横光利一는 이런 것을 500매쯤 쓰면 세계적인 걸작이 될 거라고 말했습니다.
>
> 잡지 『개조改造』의 기자도 감동했습니다.
>
> 아오노 스에키치青野季吉는 잠자리에서 읽고 잠을 설쳤다고 합니다.

「생명의 초야」는 아쿠타가와상芥川賞 후보에도 올랐고 호조 생전에 간행된 유일한 작품집 『생명의 초야』(1936)는 출판 3개월만에 만 부를 팔았다. 호조는 시대의 총아가 되었으나 1년 후에 결핵으로 세상을 떠났다.

2) 의사들의 수기

「생명의 초야」 발표부터 2년 후, 국립요양소 나가시마 아이세이엔長島愛生園(이하 '아이세이엔'으로 약칭)의 의관醫官 오가와 마사코小川正子(1902~1943)의 『작은 섬의 봄小島の春』(1938)이 또 화제를 모았다. 이것은 소설이 아니라 여의사인 오가와가 외딴 섬이나 깊은 산속에 가서 진찰이나 강연 등을 하고 나환자를 요양소에 보내려고 분투했을 때의 수기다. 오가와는, 나병연구에 선구자로 당시 일본의 '구라救癩의 아버지'로 존경을 모았던 의관 미쓰다 겐스케光田健輔(1876~1964)의 숭배자로 미쓰다가 주장하는 절대격리를 수행시키기 위해 열심히 일했다.

일본에서는 "병독을 전파할 위험이 있는 자"를 국립요양소에 강제 수용하라는 나예방법癩豫防法이 1931년에 제정되면서 나환자에 대한 격리정책이 실시되고, 비슷한 시기에 전국 각 도도부현都道府縣에서 그 지역에 사는 나환자를 모두 요양소에 강제수용하는 '무나현無癩縣 운동'도 시작되었다. 무나현 운동은 경찰관까지 동원해서 마치 범죄자를 적발하듯이 나환자를 찾아내서 요양소에 수용하는 운동이다.

이러한 격리정책과 나예방법 제정을 추진한 중심인물이 바로 미쓰다 겐스케다. 그들의 운동은 나병이 유전이 아니라는 지식을 사람들에게 심어주었지만 한편으로는 나병이 전염력이 강한 병이라서 모든 환자를 격리해야 한다는 인상을 주어서 나환자에 대한 차별과 편견을 조장시켰다.

이것은 당시의 의학 수준을 감안해도 지나친 것이었다. 같은 시기에 나병 연구로 세계적인 권위자였던 의사 오타 마사오太田正雄[6]는, 나병의 감염력이 극히 약해서 기본적으로 격리수용은 필요없다고 주장했다. 그러나 문명국을 지향하는 일본은 '조국정화祖國淨化'를 위해 나환자를 격리하는 길을 택했다. 절대격리의 필요성을 일찍부터 주장한 미쓰다는, 심지어 특효약이 생겨 나병이 완치된다는 인식이 보급된 후에도 격리정책을 계속하라고 주장했다. 그런고로 왕년의 카리스마 의사 미쓰다도 지금은 신랄한 비판의 표적이 되어 있다.

오가와는 환자를 나요양소에 수용하는 것이 환자 자신을 위해서도 주변사람들에게도 좋은 일이라고 믿고 비창한 사명감으로 환자를 수용했다. 구라사업에 헌신하는 여의사의 씩씩하면서도 가련한 모습이, 도처의 삽입된 오가와 자신의 단카와 함께 감동을 일으켜, 『작은 섬의 봄』은 이백 만부를 파는 기록적인 베스트셀러가 되었다.

또 『작은 섬의 봄』을 바탕으로 해서 제작된 같은 제목의 영화(도요다 시로豊田四郎 감독, 나쓰카와 시즈에夏川静江 주연)가 1940년에 공개되었다. 이 영화는 1940년도 『영화순보映畵旬報』에서 일본영화 부문의 우수영화 제1위가 되고 오가와의 인기도 최고조에 달했으나 그녀는 1937년부터 결핵을 앓아 1943년에 세상을 떠났다.

그후 젠세이병원의 젊은 의관 이케지리 신이치池尻愼一(1908~1945)(소설가로서의 필명은 오라 신이치邑楽愼一)도 수필집 『아픈 갈대傷める葦』(1940)를 내서 '『작은 섬의 봄』의 후일담'으로 화제를 모았다.

---

6 의사. 1885~1945. 그는 기노시타 모쿠타로(木下杢太郎)라는 필명으로 시인 기다하라 하쿠슈(北原白秋) 등과 함께 '판의 회(パンの会)'의 예술운동을 벌인 시인이었으며 극작가, 번역가이기도 했다.

3. 아카시 가이진

1) 『신만요슈新萬葉集』까지

호조 다미오가 23세의 짧은 생애를 마친 것은 1937년 12월 5일이다. 그런데 마치 호조와 교대하는 것처럼 그 다음해에는 다시 어떤 나환자의 작품이 세상을 놀라게 했다. 개조사改造社가 현대의 『만요슈萬葉集』[7]를 만들기 위해 유명한 가인歌人, 단카시인도 무명한 가인도 포함해서 널리 단카를 모집한 『신만요슈』에, 아카시 가이진이라는 나환자의 작품이 11수首나 입선된 것이다. 일본 '나문학'의 대표자라 할 수 있는 아카시 가이진은 주로 가인으로 알려져 있으나 그 이외에도 자유시, 하이쿠俳句,[8] 수필도 상당수 있으며 단편소설도 두 편 썼다.

아카시 가이진은 1901년에 시즈오카静岡 현 누마즈沼津 시에서 비교적 유복한 집에 태어나 누마즈 상업학교, 시즈오카 사범학교(현 시즈오카대학 교육학부)를 졸업했다. 성격이 온후하고 운동을 잘하는 장신의 미청년이었다. 학업을 마친 그는 소학교 교사가 되고 동료 교사에게서 단카를 배우기 시작했다. 또 1924년에는 같은 소학교에 근무하던 여성과 결혼해서 딸을 낳았다. 그러나 그는 어느 날 팔에 분홍색 반점을 발견하고 1926년 벚꽃이 질 무렵에 동경제국대학 부속병원에서 나병 선고를 받았다. 그 때의 심정을 쓴 단카 몇 수를 소개한다.[9]

---

7 일본에서 가장 오래 된 시가집. 전 20권으로 400년경부터 759년까지의 작품 4,500수가 수록되어 있다(성립시기에는 이설이 있다). 웅대하고 솔직하고 절실한 표현이 많은 게 특색이다.

8 일본의 정형시 형식의 하나로 5·7·5의 17음으로 이루어지는 짧은 시.

9 단카는 본래 정형의 리듬이 중요한 역할을 하는 정형시이며 평상시에는 잘 쓰이지 않는 고어 등을 쓰는

医師の眼の穏(おだ)しきを趁(お)ふ窓の空 消え光りつつ花の散り交ふ

(차분한 의사의 눈을 뒤쫓는다 / 창 밖 하늘에는 꺼져 들어가면서 빛나는 벚꽃잎들이 흩날리고)

言(こと)もなく昇汞水に手を洗ふ 医師のけはひに眼をあげがたし

(의사가 말없이 승홍수[10]로 손을 씻는 기척에 / 나는 눈을 들지 못한다)

陸橋を揺り過ぐる夜(よる)の汽車幾つ 死したくもなく我の佇む

(육교를 흔들면서 밤기차가 몇 개 지나갔을까 / 죽고 싶지도 않은데 내가 멈춰 서 있네)

그는 학교를 퇴직했다. 1927년에 아내와 어린 딸들과 헤어져 효고兵庫 현 아카시明石 시에 있는 사립병원에 들어가고 그 후 병원을 몇번 옮겼다. 1932년 11월에 아이세이엔에 왔을 때 그의 정신상태은 정상이 아니었다. 날마다 무서운 환각에 시달린 그는 한번은 자살까지 시도했지만 친구들의 도움으로 회복돼서1933년 12월에는 기독교 세례를 받았다.

『신만요슈』를 간행한 개조사는, 사회운동가 가가와 도요히코賀川豊彦의 자전적 소설 『사선을 넘어서死線を越えて』(1920) 등의 베스트셀러를 내고 엔폰圓本[11] 시리즈를 히트시켜서 출판계에 큰 흐름을 만든 출판사

경우도 많아 그 뉘앙스는 번역으로 전달하는 것은 어렵다. 일본어 뒤에 붙인 한국어 번역은 표면적인 뜻을 대강 전하는 정도에 불과하다.

10 승홍과 소금을 섞어 물로 희석한 소독약.

11 정가가 한 권 1엔 균일인 전집 또는 총서본. 1926년에 개조사가 간행한 현대일본문학전집을 시작으로 출판계에 엔폰 붐이 일어났다.

다. 『신만요슈』의 간행은 개조사가 사운을 건 일대 프러젝트였다. 오타 미즈호太田水穂, 기타하라 하쿠슈北原白秋, 구보타 우쓰보窪田空穂, 사이토 모키치斎藤茂吉, 사사키 노부쓰나佐佐木信綱, 샤쿠 조쿠釈迢空, 도키 젠마로土岐善麿, 마에다 유구레前田夕暮, 요사노 아키코与謝野晶子, 오노에 사이슈尾上柴舟 등 당대 일류 가인들이, 단카의 세계에서 판치는 '결사結社'[12] 라는 이름의 폐쇄적인 파벌을 넘어 순수히 작품만을 보기를 맹세하고 심혈을 기울여서 심사에 임했다. 응모총수 40만수 중 2만 6783수가 뽑혀 1937년 12월부터 38년 9월에 걸쳐, 전 11권이 간행되었다.

『신만요슈』제1권은 1938년 1월 하순에 출간되었다. 거기에는 아카시의 작품이 11수, 아이세이엔에서 단카 동아리를 지도한 의관 우치다 마모루内田守(1900~1982, 필명 우치다 모리토内田守人)의 작품이 4수 수록되어 있어서 아이세이엔 사람들이 모두 기뻐했다. 아카시 작품의 일부를 소개한다.

> 送りこし父がかたみの綿衣 さながら我に合ふがすべなさ
> (아버지 유품으로 보내준 솜옷 / 나에게 딱 맞아서 애달프다)

> 童わが茅花ぬきてし墓どころ その草丘に吾子はねむらむ
> (어린 내가 띠꽃를 땄던 묘지 / 내 딸은 그 언덕에서 잠자고 있을 것이다)

> 監房に狂ひののしる人のこゑ 夜深く覚めて聞くその声を

12 가인은 대개의 경우 '결사'라고 불리는 단체에 소속해서 그 결사가 내는 잡지에 작품을 발표하고 결사의 모임에 나가서 연찬을 쌓았다. 결사제도는 지금도 기능하고 있고 100년 이상의 역사를 자랑하는 결사도 적지 않다.

(감방에서 미친 사람이 욕하는 소리 / 깊은 밤에 깨어 듣는다. 그 목소리를)

拭へども拭へども去らぬ眼のくもり 物言ひかけて声を呑みたり

(닦아도 닦아도 지울 수 없는 눈의 흐림 / 하려던 말을 삼켜 버렸네)

두번째 작품은 어린 딸이 죽었다는 소식을 들었을 때의 마음을 쓴 것이며, 세번 째 작품의 '감방'은 나요양소에서 정신에 이상이 생긴 환자가 사는 건물이다.

『신만요슈』에는 아카시만이 아니라 전국의 나요양소에서 단카를 쓰는 환자들이 다수 투고했고 심사위원들은 나환자들의 작품에 깊은 감명을 받았다. 당선된 작품의 수와 질은 물론 아카시가 으뜸이다. 가인 오야마 도쿠지로尾山篤二郎는 "천천히 읽은 5, 60쪽에 관해서 말하면 뭐니뭐니 해도 아카시 가이진이라는 사람의 작품이 단연 뛰어나다. 이번에 심사를 맡은 사람에게서, 특히 나환자의 작품이 걸출하다는 이야기를 들었는데 이것을 읽어 보니까 납득이 갔다"고 썼다. 오야마는 아카시의 작품을 "다이쇼大正, 쇼와昭和의 '만요조萬葉調' 단카 중 대표적인 작품이라고 해도 과언이 아니다"라고 절찬했다. 아카시 가이진의 이름은 전국에 알려지고 『문예』, 『단카연구』, 『개조』 등이 그의 작품을 소개했다.

2) 『백묘』의 빛과 그림자

아카시의 단카집 『백묘』는 1939년에 개조사에서 간행되었다. '백묘'는 색채를 칠하지 않고 묵선墨線만으로 그리는 동양화를 뜻한다. 아카시가 왜 이 말을 단카집 제목으로 했는지 설명은 없으나 벌써 빛을 잃고 죽음을 앞에 둔 그의 마음을 상징하는 것처럼 보인다. 아카시의 자유시 「가을날」은 다음과 같은 구절로 시작된다.

> 육신은 어느 사이에 음영을 잃었다
> 벗겨지는 나날이 백묘의 그림을 무너뜨리고
> 초췌한 계절을 채색하고 있다.

아카시가 『백묘』에 붙인 권두언이 아름답다.

> 나병은 천형이다.
>
> 회초리가 가해질 때마다 오열하고 통곡하고 혹은 신음하면서 나는 고통의 어둠 속을 더듬어 한 가닥의 빛을 찾으려고 했다.
>
> 심해에 사는 어족魚族처럼 스스로 불타지 않으면 빛은 아무데도 없다— 그렇게 느낄 수 있게 된 것은 병이 위중해진 뒤였다.
>
> 나이 삼십을 넘어 단카를 배우고 자기자신을 다시 보고 사람을 보고 산천초목을 보게 되면서 내가 사는 대지가 얼마나 아름답고 또 냉엄한지를 느끼고 다년간의 고뇌를 단카 하나 하나에 방사하고 어떤 때는 눈물을 흘리고 어떤 때는 기뻐하면서 육체로 사는 자신을 축복했다. 세상을 떠나 세상을 알고 골육을 떠나 사랑을 믿고 빛을 잃어서 내면에 열리는 청산백운을 보기도 했다.
>
> 나병은 하늘의 계시이기도 했다.

『백묘』를 읽은 시인 미요시 다쓰지三好達治는 아카시를 '천재'라고 부르고 평론가 가와카미 데쓰타로川上徹太郎는 "가단歌壇(단카의 사회)만이 아니라 문단 전체를 통해서 근래의 걸작"이라고 말했다.

그런데 무라이 오사무村井紀는 이와나미문고판 『아카시 가이진 가집』의 해설 속에서 『백묘』가 우치다나 원장 미쓰다의 의향에 따라 편집되었음을 지적하고 있다. 즉, 나병은 유전이 아니라 전염병임을 계몽하고 나환자의 실태를 알리고 아이세이엔이 나환자의 낙원임을 선전하도록 편집되어 있다는 것이다. 『백묘』는 제1부 「백묘」와 제2부 「그늘」로 나누어져 있는데, 제1부는 우치다가 말하는 '3대 수난'의 진행에 따라 작품이 배열되어 있다.

> 나환자에게 3대 수난이 있다. 그것은 병 선고를 받는 것, 실명, 그리고 기관절개다. 실명과 기관절개는 발병 후 10년 내지 15년 여 지난 뒤에 오는데 중증환자 중 실명한 자가 3%쯤 된다.
>
> —우치다 마모루가 『백묘』에 붙인 발문

또, 제1부에는 원내에서 환영식, 추도식 등 행사가 열릴 때마다 요양소측의 요청으로 만든 작품이 두 개씩 규칙적으로 배열되어 있다.

행사를 위해 쓴 단카란, 예를 들면 다음과 같은 작품이다. 「은총의 종」이라는 제목이 붙은 일련의 작품은 나환자를 위한 자선사업에 힘을 쓴 황태후(데이메이貞明황후, 다이쇼 천황의 처, 1884~1951)의 단카를 새긴 종이 아이세이엔에 설치될 때에 지은 것이다.

> 唱和する癩者一千島山に めぐみの鐘は鳴りいでにけり

(나환자 일천 명이 창화하며 / 섬에 있는 산에 은총의 종이 울려 퍼지는구나)

今日よりぞ明暮に鳴る鐘の声 日毎日ごとの思ひには聴かむ

(오늘부터 아침저녁에 울릴 종소리 / 날마다 그날의 생각을 하면서 들을 것이다)

『신만요슈』에 채록된 아카시 단카 중에도 황태후를 노래한 것이 두 수 있다.

そのかみの悲田施薬のおん后 今も坐すかとをろがみまつる

(고묘光明황후가 이 시대에도 계시는 것처럼 느끼며 / 삼가 배례하겠습니다)

나라奈良시대의 쇼무聖武 천황의 처 고묘황후는 독실한 불교신자로 가난한 자, 병자, 고아를 위한 시설인 비전원悲田院과 가난한 병자를 치료하는 시설인 시약원施薬院를 창설했다. 또 고묘황후가 어떤 나환자의 고름을 빨아 주었더니 그 환자가 몸에서 빛이 나는 부처님이 되었다는 전설도 있다. 아카시는 황태후를 고묘황후에 비기고 있는 것이다.

みめぐみは言はまくかしこ 日の本の癩者に生れて我が悔ゆるなし

(은혜에 대해서 말하는 것도 송구스럽지만 / 일본의 나환자로 태어난 것을 나는 후회하지 않는다)

그러나 아카시를 천황주의자라고 하는 것은 마땅치 않다. 아카시가 실제로 어떤 사상을 가지고 있었는지 명확히 알 수는 없지만, 그는 병을 얻은 후에도 사회주의에 흥미를 가지고 마르크스에 관한 서적도 열심히 읽었다. 또 기독교 관련서적도 읽고 세례도 받았다. 『신만요슈』가 나오기 전에 그가 필화사건을 일으킨 적도 있다. 아카시가 투고한 단카가 발단이 되어 『일본가인日本歌人』 1936년 9월호가 발금처분을 당한 것이다. 문제가 된 작품은 「2・26 사건」이라는 제목이 있는 두 수의 단카다.

叛乱罪死刑宣告十五名 日出づる国の今朝のニュースだ

(반란죄로 15명이 사형선고를 받았다 / 이것이 해 뜨는 나라의 오늘 아침 뉴스다)

死をもつて行ふものを易々と 功利の輩があげつらひする

(죽음을 각오해서 한 일을 / 공리의 도배徒輩가 쉽게 비판하고 있다)

2・26 사건이란, 1936년 2월 26일에 육군 황도파皇道派 청년장교들이 국가개조를 외치면서 수상 등 정부요원을 습격한 쿠데타다. 그 배경에는 정치의 부패을 없애고 굶주림에 시달리는 농촌을 구해야 한다는 청년들의 절실한 마음이 깔려 있었다. 하지만 쇼와昭和천황이 수모자들을 반란자로 규정하면서 쿠데타는 실패로 끝났다. 앞의 단카에서 아카시는 천황이 '반란자'라고 부른 사람들에게 동정을 표하고 있는 것이다.

그러나 아카시는 아이세이엔 원장 미쓰다나 의사 우치다가 자신에게 무엇을 기대하는지 정확히 알고 있었으며 그 기대에 부응해야 했다. 그는 마에카와 사미오前川佐美雄 앞의 편지 속에서 "(『백묘』는—인용자) 단카집이라 해도 일종의 프로파간다에 지나지 않으니 할 수 없습니다. 저에게 돈과 시간 여유가 있었다면 순수히 예술적인 출판을 하고 싶지만 남의 도움으로 책을 내는 상황이라 그러지는 못합니다"라고 토로하고 있다. 나요양소 당국은 환자들의 문예활동을 도와주는 한편, 작품을 발표하기 전에는 검열을 해서 요양소 생활의 암흑면에 대한 묘사나 격리정책에 맞지 않는 기술을 삭제시켰다. 요양소에서 이루어지는 검열에 대한 불만은 호조 다미오도 일기 속에 토로하고 있다. 아카시 작품도 이런 맥락에서 봐야 할 것이다.

물론 나환자의 실정을 세상에 알리고 싶었던 마음도 또한 아카시의 진심이다. 그는 나환자의 삶은 나환자가 아니면 쓰지 못한다고 말한다.

> 우리들의 삶을 되도록 세상 사람들에게 알리고 싶다. 나병에 대한 세상의 관심을 높이고 싶다. 내 글이 어떤 형태로든 빛이 되고 수 만 명에 달하는 나환자 위에 돌아오면 좋겠다. 우리들의 제너[13]가 나타나 주기를 기대한다. 이것이 제 소원입니다. 아카시 가이진이라는 이름이 유명해지는 것은, 저는 전혀 기쁘지 않습니다.
>
> —마에카와 사미오, 앞의 편지

그가 주변의 기대에 부응해서 '만요조' 즉 고대의 가락으로 나환자의 삶을 사실적으로 그린 단카를 수록한 것이 『백묘』의 제1부 「백묘」

13 에드워드 제너(Edward Jenner, 1749~1823). 영국의 의사. 우두접종법을 발명해서 천연두 예방에 공헌했다.

였다면, 제2부 「그늘」은 아카시가 정말로 하고 싶었던 "순수히 예술적인" 작품이 수록되어 있다.

제2부에는 또 머리말이 있다.

> 단순한 공상의 비약이 아니고 감상의 횡류橫流는 더더욱 아니고 찰나를 연결하는 영원, 가상仮象을 관통하는 진실을 찾아 현실을 직관적으로 꿰뚫어보고 주관으로 재구성해서 단카형식으로 표현한다—『일본가인』 동인이 주장하는 '포에지 단카론'을 나는 그렇게 이해하고 제2부의 작품으로 시도했다.
>
> 그 성과야 어쨌든 작품을 쓰면서 내 본연의 모습을 더 깊이 볼 수 있었던 것이 나는 은근히 기쁘다.

제1부가 빛이라면 제2부는 그림자 또는 제목 그대로 그늘이며, 제1부가 '공公'이라면 제2부는 '사私'다. 『백묘』가 간행되었을 때는 제1부를 높이 평가하는 사람이 많았지만 아카시의 참모습은 제2부에 있다.

아카시 글에 나오는 단카잡지 『일본가인』을 주도한 가인 마에카와 사미오는 『식물제植物祭』(1930)로 가단에 충격을 준 모더니즘 단카의 선두주자다. 마에카와는 모더니즘 단카를 다음과 같이 설명한다.

> 그것은 한마디로 말하면 현대정신이라고 할 수 있겠지만, 예를 들면 큐비즘, 다다, 초현실주의 등도 거쳐 왔다. 그것들을 통과하지 않으면 참된 현대가인이 아니라고 믿었기 때문이다.
>
> —「신고전주의의 방향」, 『단카수감(短歌隨感)』

마에카와는 1934년에 단카잡지 『일본가인』을 창간해서 쓰카모토 구니오塚本邦雄, 마에 도시오前登志夫 등 후에 가단의 중진이 될 가인을 다수 배출했다. 『수옹水甕』 등에 단카를 투고했었던 아카시는 1935년부터는 주로 『일본가인』에 투고했다.

참고로 마에카와 사미오의 단카를 『식물제』에서 두 수 소개한다.

なにゆゑに室(へや)は四角でならぬかと きちがひのやうに室を見まはす
(어째서 방은 사각형이 아니면 안 되느냐고 / 미치광이처럼 사방을 둘러본다)

ぞろぞろと鳥けだものをひきつれて秋晴の街にあそび行きたし
(새와 짐승을 줄줄 데리고 / 맑은 가을날에 거리로 놀러가고 싶다)

아카시가 『백묘』 2부에 수록한 『일본가인』풍의 작품은 다음과 같다.

かたはらに白きけものの睡る夜のゆめに入り来てしら萩みだる
(곁에 하얀 짐승이 잠자는 밤의 꿈 속에 / 흰 싸리꽃이 들어와서 주변 일대에 핀다)

狙ひよる蛇の眼もなく斬りかかる狂人(きちがひ)もなくダアリア赤し
(사냥감에 다가오는 뱀눈도 칼을 들고 쳐들어오는 광인도 없이 / 달리아 꽃이 빨갛다)

銃口の揚羽蝶(あげは)はつひに眼(ま)じろがず まひるの邪心しばした

じろぐ

(총구에 앉은 호랑나비가 끝내 꿈쩍도 않아 / 한낮의 사심邪心이 잠시 질린다)

無花果(いちじく)の饐(す)えて落ちたる夕まぐれ かのときを我なにと言ひけむ

(무화과 열매가 썩어 떨어지는 어스름 / 그때를 나는 뭐라고 불렀던가)

자유시에 관해서 말하면, 아카시가 투고한 『일본시단日本詩壇』은 1933년부터 1944년까지 "공기적公器的 성격을 띤"(창간사) 시잡지를 목표로 해서 도쿄에서 창간되었다. 경향이 다른 유명시인들의 작품을 다수 게재하는 한편, 일반투고란에서 인정받은 신인도 동인이 될 수 있었다. 아이세이엔에 부임한 치과의사가 이 잡지의 동인이었으니 아카시는 그를 통해서 이 잡지와 인연이 생겼을 것이다.

이 잡지의 중심인물이 요시카와 노리히코吉川則比古(1902~1945)였으며 1934년 11월호부터는 오사카大阪에 있는 요시카와 자택이 발행처가 되었다. 요시카와는 시인 미키 로후三木露風의 제자로 1928년부터 익년까지 상징주의를 표방한 시잡지 『고답高踏』을 간행했다. 그래서 그런지 아카시는 미키 로후풍의 고답적인 상징시도 썼다. 처음 『일본시단』에 나온 산문시 「망실忘失의 극치極致로」의 서두부분은 다음과 같다.

황혼에 높아지는 신열에 질투심이 켜는 향수곡. 수면약이 안 듣는 새벽녘의 창구에 아직 좌다 그리지 못하는 베로니카 그림. 제정신을 잃어 겹쳐 그리는 동심원 속에서 어떤 때는 감은 눈에 눈물이 어리고 어떤 때는 눈을 뜨고 미소짓는 얼굴 하나 (…중략…).

아카시가 쓴 자유시는 작품마다 여러 가지 경향을 보이고 있어 '상징시'나 '모더니즘시' 등의 말로 규정하는 것은 쉽지 않다. 여하간 '만요조' 단카에서 표현하지 못하는 서정이 자유시에도 나타나 있다고 볼 수 있다.

4. 요양소문학

1) '문예'의 유행

호조나 아카시가 작품을 발표하게 된 배경에는 일본 각지의 나요양소에서 환자들이 활발하게 벌인 문학창작의 역사가 있다. 「'나문학'의 기원과 의미」(『한센병 문학전집』 5)를 쓴 후루야 요시히코古谷嘉彦에 의하면 나환자 수용시설이 처음 생긴 메이지明治 말기부터 하이쿠를 쓰는 환자들이 있었다. 미쓰오카 료지光岡良二 「서지 『다마多摩』 50년사」(『한센병 문학전집』 5)에 따르면 1919년 4월, 부현립 제일구 나요양소府縣立第一區癩療養所(후의 젠세이병원)에서 기관지 『산벚나무山櫻』(후에 『다마』로 개칭)가 창간되었다. 1909년에 생긴 이 요양소도 당초부터 하이쿠를 쓰는 환자들이 있었으며, 1913년에는 새로 부임한 간호사를 지도자로 한 하이쿠 동아리가 생겼다.

1913,14년경, 당시 젠세이병원 원장이었던 미쓰다 겐스케가 문학을 애호하는 환자 구리시타 신사쿠栗下信策에게 신문 발행을 제안했으나 경비와 일손 부족으로 실현 못했다. 잡지를 내게 된 것은 등사판 인쇄기가 생긴 1919년부터다. 1929년부터는 활판인쇄가 되었다. 환자들이 녹차재배, 양계 등을 해서 얻은 수입이 잡지 발행의 비용으로 충당되었다. 구리시타는 손가락을 모두 잃고 다리도 의족이었지만 희희낙낙하며 발간사를 썼으며, 『산벚나무』는 단카, 하이쿠, 수필 등을 실었다. 미쓰오카에 따르면 초기 『산벚나무』는 우수한 작품이 많지 않았으나 원장 미쓰다가 이 잡지를 아껴 자신도 자주 글을 기고했다. 이 잡지는 차차 요양소를 외부에 선전하는 기관지의 성격을 띠게 되었다.

나환자들이 단카를 창작하는데 큰 역할을 한 사람이 1924년부터 규슈요양소九州療養所(현재의 국립요양소 기쿠치케이후엔菊池恵楓園, 구마모토熊本현)에 근무한 의관 우치다 마모루다. 규슈요양소에는 하이쿠 동아리만 있고 단카 동아리는 없었는데, 단카결사 '수옹' 소속의 가인이기도 한 우치다가 부임하자 환자들이 단카를 배우기 시작했으며 1926년에는 환자들의 단카집도 나왔다. 또, 전국 다섯 개 요양소를 연결하는 단카 회람지 『남북南北』이 생겨 단카 애호가들의 교류가 넓아졌다. 우치다는 희망자에게는 일반의 단카결사를 소개해 주었으며 거기서 인정받는 환자도 나왔다. 또, 오시마大島요양소(현재의 국립요양소 오시마 세이쇼엔大島青松園, 가가와香川현)에서도 하이쿠 동아리가 1921년부터 요양소측의 주도로 시작되었다. 이와 같이 나요양소 환자들의 문예창작활동은 자발적인 것만이 아니라 문학자이기도 한 의료진이 적극적으로 도와주는 경우가 많았다.

1934년 9월에 젠세이병원에 들어간 후지모토 도시藤本とし는, 같은 시기에 입소했던 하시모토 마사키橋本正樹와의 대담 속에서 당시 요양소에서 유행한 '문예'에 대해서 회고하고 있다.

> 후지모토 : "정말 문예가 대유행이었어요. 지금은 시들었지만."
>
> 하시모토 : "그때는 정말 대유행이었지요. 특히 하이쿠는. 하이쿠 모임을 하겠다고 초대장을 보내면 백 사 오십 명쯤은 금방 모였어요. 그리고 현상금을 내서 작품이 뽑힌 사람에게 주기도 하고. 자주 했어요. 예배당이 가장 넓어서 거기서 모임을 하는데, 사람들이 밤새도록 하이쿠를 짓는 거에요."
>
> — 후지모토 도시 「땅바닥이 빠졌습니다」(『한센병 문학전집』 5)

환자들의 '문예'는 요양소에 한정되지 않았다. 사회에서 격리된 환자들에게 일반 문예지나 신문에 투고하는 일은, 엽서 한 장으로 외부 세계와 연결되는 귀한 기회였다. 문학에 소양이 없는 사람들이 하이쿠에 열중하는 모습을, 호조 다미오는 시니컬하게 묘사하고 있다.

> 나환자들에게도 취미는 있다. 아니, 어디보다 나원은 취미가 중요시되는 곳일지도 모른다. 사람들이 가장 많이 즐기는 것이 투서다. 그들은 이것을 '문예'라고 부르지만, 하이쿠는 문자 그대로 어중이떠중이 모두 한다. 부자유사不自由舍[14]에서는 글자조차 모르는 맹인이 아침부터 밤까지 "수련꽃이여……수련꽃이여……" 하고 중얼거리면서 하이쿠 짓기에 머리

14 거동이 불편한 환자를 수용하는 병동.

를 썩이고 있다. 그리고 신문에서 모집하는 것은 닥치는 대로 다 응모하는 것을 거의 직업처럼 하는 사람도 있다.

—「나원기록(癩院記録)」

아카시가 만년을 보낸 아이세이엔은 젠세이병원 원장 미쓰다의 발안으로 1930년에 오카야마岡山현의 작은 섬 나가시마에 열린 나요양소다. 생겼을 때는 미쓰다가 원장으로 취임하면서 젠세이병원 환자 중 희망자를 '개척 환자'로 데리고 갔다. 그래서 젠세이병원의 문화가 아이세이엔에서도 계승되어 연극, 야구, 단카, 하이쿠 등의 동아리가 생기고 단카나 하이쿠의 현상모집도 했다.

아카시도 단카 동아리와 시 동아리에 소속해서 날마다 창작에 열중하고 원내 기관지만이 아니라 『단카연구』, 『수옹』, 『일본가인』, 『일본시단』 등에 작품과 평론을 투고했다. 그러나 왕성한 창작의욕에 반비례해서 그의 병세는 악화되었다. 이전에 다른 요양소에서 아카시와 친했던 야마구치 요시로山口義郎는 1934년 9월에 아이세이엔에 들어와 다시 아카시를 만났지만 처음에는 못 알아 봤다. 실명하고 머리가 다 빠진, 늙으니 같은 모습으로 변모했었기 때문이다.

규슈요양원에서 단카 동아리를 지도했던 우치다 마모루는, 1936년부터 아에세이엔에 근무한다. 우치다는 아이세이엔에서도 환자들의 단카 동아리를 열심히 지도했고 아이세이엔 원장 미쓰다도 응원해 주었다. 앞에서 든 오가와 마사코 『작은 섬의 봄』의 출판도 우치다가 애를 써서 실현된 것이다.

아이세이엔의 단카 동아리 '나가시마 단카회'는 원래 의관 하야시 후미오林文雄가 주도해 왔으나 하야시가 다른 요양소로 전근한 후 약간

침체하고 있었던 것이 우치다가 와서 다시 활기를 찾았다. 요양소의 잡지 『아이세이』의 중심인물이 된 우치다는 그 잡지에 게재할 환자들의 작품을 고르고 첨삭을 했다. 아카시는 그전부터 『단카연구』, 『수옹』에 작품을 발표했었기 때문에 우치다는 아이세이엔에 오기 전부터 주목하고 있었다. 앞을 못보는 아카시는 다른 사람에게 이끌려서 모임 장소인 예배당에 나갔는데, 그런 상황에서도 『신만요슈』에 응모한 데에는 우치다의 격려가 있었을 것이다.

2) '나문학'의 내력

여기서 일본에서 쓰인 '나문학'이라는 용어의 내력을 검토해 본다. 나환자가 나오는 이야기는 중세부터 있었으나 여기서는 나환자 자신의 창작에 한해서 논한다.

나병을 앓은 문학자 중 가장 유명하고 영향력이 컸던 사람은 이쿠타 조코生田長江(1882~1936)일 것이다. 제1고등학교와 동경제국대학 재학 시절부터 글을 쓴 이쿠타는 평론, 번역, 소설 등으로 활발하게 활동했다. 업적은 방대하지만 특히 니체 전집, 단눈치오의 소설 『죽음의 승리死の勝利』의 번역 등은 널리 읽혔다. 문하생으로 이쿠타 순게쓰生田春月, 사토 하루오佐藤春夫 등 유명한 시인이 있고 또 잡지 『청탑青鞜』의 여성 문인들에게도 큰 영향을 주었다. 1920년대에는 용모가 달라지고 젓가락을 잡지 못할 정도로 병이 진행되었으나 『석존전釈尊傳』을 집필하는 등 죽기 직전까지 자택에서 글쓰기에 정열을 기울였다. 하지만 당시 이 문호가 나환자였다는 사실은 공표되지 않았다.

젠세이병원 환자였던 후루야 요시히코의 「'나문학'의 기원과 의미」

(『한센병문학전집』 5)에 의하면 '나문학'이라는 용어는 1929, 30년경 요양소에서 '문예'가 유행하기 시작했을 때 요양소가 발행하는 기관지에서 후루야가 쓰기 시작했는데 '나요양소 문예'와 비슷한 뉘앙스를 가지고 있었다. 호조 다미오가 비꼬운 것처럼 1930년대 후반, 전국의 나요양소에서는 현상금을 노리고나 오락으로 '문예'를 하는 환자들도 많았지만 환자 중에는 고등교육을 받은 사람도 있었고 호조처럼 요양소에 들어오기 전부터 작가를 지망했던 문학청년도 있었다. 후루야의 동아리 동료 호조가 유명해졌을 때 일반 저너리즘이 호조 작품에 대해서 '나문학'이라는 딱지를 붙였다. 그러므로 '나문학'이라는 말이 일반에 알려진 것은 역시 「생명의 초야」가 발표된 1936경이라고 생각된다. 하지만 호조는 자신의 작품이 '나문학'이라고 불리는 것을 싫어했다.

> 나는 나문학이라는 게 있다고 생각하지는 않는다. 하지만 설사 나문학이라는 게 존재한다고 해도 결코 그런 것을 쓰고 싶지는 않다 (…중략…) 우리가 쓰는 글을 나문학이라고 해도 요양소문학이라 해도 그것은 자유다. 나는 그냥 사람을 그리고 싶다. 나병 따위는 단지 사람을 그릴 때 있는 한 '경우'에 불과하다.
>
> — 호조 다미오, 『경일잡기(頃日雜記)』

동아리 동료들도 "우리들의 문학이 나문학이라면 마사오카 시키正岡子規는 '결핵문학'이고 나쓰메 소세키夏目漱石 '위胃문학'이고 도스토예프스키는 '간질문학'이 아니냐" 하고 농담을 주고 받았다. 그런데도 1930년대 후반의 일본에서 '나문학'은 문단을 넘어 사회적인 이슈가 되었다.

3) 문학의 필요성

그런데 나요양소에서는 왜 그토록 '문학'이 융성했을까? 실은, 불치병에 시달리는 환자들을 정신적으로 안정시키기 위해 문학이나 종교를 장려하는 것은 국가 또는 요양소측의 방침이기도 했다. 1916년경부터 내무성의 기획으로 환자들의 체험담을 전국적으로 모집했는데 이것은 당시 내무성 예방과장으로 근무했던 다카노 로쿠로高野六郎(1884~1960) 박사가 추진했다. 다카노와 그 아내는 요양소에 가서 환자들에게 단카를 지도한 적도 있는 가인이었다. 수기 모집은 전국적으로 환자들에게 글을 열심히 쓰게 만드는 하나의 계기가 되었고 책은 1923년의 관동대지진으로 불타 없어졌으나 1934년에『나환자의 고백』으로 나예방협회癩予防協会에서 복각, 간행되었다.

나예방협회는 데이메이황후의 하사금을 기금으로 해서 1931년에 설립된 내무성 위생국의 외곽단체다. 나예방협회는 환자들이 요양소에 들어가는 것을 사회나 가족들에게 대한 윤리적인 의무로 받아들여서 '조국정화'의 고결한 희생이 되기를 원했다. 또, 그것을 추진하기 위해 앞에서 말한 수기 이외에도 선전영화의 원작이 될 소설을 전국의 요양소에 있는 환자들에게서 모집하기도 했다.

규슈요양소와 아이세이엔에서 단카를 지도한 우치다 마모루도 환자들에게 정신적 위안을 주기 위해서는 종교와 예술이 가장 중요하다고 생각했다. 그는 나환자의 문예운동을 장려하는 데에 두 가지 이유가 있다고도 말한다.

> 하나는 환자 자신이 문예로 인해 어느 정도 사회에 진출해서 정신적 갱

생을 할 수 있다는 것, 또 하나는 나병 예방사업에 종사하는 자가 환자의 삶을 사회에 소개하고 환자의 심리상태를 알리는 데에 환자들의 예술적 문예작품이 가장 유효하다.

— 우치다 마모루, 「나병의 문학」, 『격리하는 문학』

젠세이병원과 아이세이엔 원장을 지낸 미쓰다 겐스케의 생각도 마찬가지였다.

요양소 환자들이 일하고 싶다고 해서 농사나 가축을 치는 일도 시작했다. 그것은 적당한 운동도 되고 농작물이나 동물의 성장이 흥미롭기도 하니 그런 식으로 여가를 즐길 수 있게 된 것은 좋은 현상이었다. 하지만 그런 작업을 즐길 수 있는 사람은 증상이 가볍고 비교적 자유롭게 움직일 수 있는 환자다. 요양소에는 중증환자, 맹인, 다리를 잃은 자, 기타 부자유한 자가 절반 가까이 되는데 육체를 쓸 수 없는 그들은 정신적인 것 밖에 못한다.

그래서 미쓰다는 종교나 문예가 그들의 마음을 위로해 주기를 바랐다. (…중략…)

격리된 환자가 사회와 연결될 유일한 길이 문학이다. (…중략…) 우수한 문학작품은 일반사회의 잡지에도 게재되고 다른 사람들과 편지 왕래도 할 수 있다. 책이 나오면 많은 독자를 가지게 되고 고액의 수입도 기대할 수 있다. 참으로 큰 희망이다.

— 우치다 마모루, 『미쓰다 겐스케』

1924년에 규슈요양소에 입소한 시마다 샤쿠소島田尺草는 "당시 요양원의 의관 우치다 선생님은, 희망을 잃고 황폐한 환자들 중에서 뜻이 있는 사람을 모아 정신적으로 갱생하도록 이끌며 스스로 단카를 지도하셨습니다. 육체적으로 망하고 희망을 잃은 자에게 남겨진 마지막의 길, 그것은 정신적으로 개방되는 문예의 길이었습니다"(「한 줌의 짚을 찾아」)라고 증언한다.

젠세이병원 환자였던 노야 간조野谷寬三(1923~?)는 말한다. "전전에는 나환자에게 있어 문학이나 종교는 살려 달라고 외치는 진지한 목소리 비슷한 것이었던 것 같습니다. 의학도 정치도 나환자를 돌보지 않았으니까요. 그러면 종교나 문학에 매달릴 수 밖에 없지 않습니까? 그래서 나문학은 호조 다미오 이래 거의 다 절실한 사소설이었습니다. 그런 의미에서 그들은 가장 순수한 문학지상주의자였다고 할 수 있습니다."(「나문학 멸망론」)

역시 젠세이병원에서 소설을 쓴 다지마 야스코田島康子(1927~?)는 「요양소 내 문학의 부진에 대하여」(1958)라는 글 속에서 다음과 같이 돌이켜 보고 있다. "병 때문에 집을 떠나고, 절망하고, 자살을 기도하기도 하고, 중증이 될 불안을 항상 느끼고 있었으니, 환자들은 각기 소설 한 편쯤 쓸 만한 경험을 가지고 있었다. / 입소자의 대부분이 종교를 가지거나 문학에 매달리거나 할 소지가 있었다. 한센병이 치유될 가망이 없었기 때문이다."

5. 한하운과 아카시 가이진

1) 창작열의 격차

이병철, 조영암, 최영해가 한국 '나문학'의 기수로 세상에 내보낸 한하운은, 아카시 가이진보다 약 20년 늦게 태어났다.[15] 나환자로 시집 — 단카도 일종의 시다 — 을 내서 널리 사람을 감동시켰다는 점에서 한하운과 아카시 가이진은 공통된다. 시대가 다르고 나라도 언어도 다르지만 그런 것들을 제외하면 두 시인의 가장 결정적이 차이는, 아카시는 요양소 안밖 사람들에게 격려를 받으면서 창작에 열중했지만, 세상에 나오기 전의 하운은 거리를 돌아다니는 '고고孤孤한' 상황에서 시를 썼다는 점이다. 또, 아카시는 죽기 직전까지 목숨을 걸어서 문학에 매달렸지만 하운은 첫 시집이 나온 후에는 나병에 관한 계몽활동과 환자 및 회복자의 복지를 위해 맹활약을 했다. 그 후에도 작품을 발표했으나 볼 만난 작품은 많지 않고 시에 대한 열정도 식은 것처럼 보인다.

아카시에 대해서 말하면, 그는 『백묘』를 낼 때, 이미 남의 도움 없이는 하루도 살 수 없는 중증환자였다. 우치다 마모루는 『백묘』 발문에서 말한다.

> 실명한 나환자는 나성 침윤으로 손발의 감각이 마비해서 점자조차 읽

15 한하운의 생년은 자서전 『반세기』와 시집 『보리피리』에서는 1919년, 족보로는 1920년, 이리농림학교 학적부에서는 1921년(이것은 호적과 같을 것이다)이다.

지 못하고 모든 면에서 감각이 둔해서 무척 불편하다. 아카시 군은 실명한 지가 벌써 3년이 지났다. 이 작품집에 청각이나 추억에 관한 작품이 많은 것도 그 때문이다. 작년 11월에는 드디어 병 때문에 인두가 막혀 버려서 내가 인후 밑에 있는 기관을 절개해서 금속의 호흡관을 껐다. 그것으로 겨우 호흡을 계속하고 있다.

숨을 쉬는 것조차 고통스러운 상태에서 아카시는 경탄할 만한 창작열을 보였다. 그는 단카를 생각하다가 마음에 걸리는 말이 생기면, 경증환자로 그를 보살펴 주고 구술필기를 해주는 친구를 밤중에도 깨워서 사전을 찾게 하고 퇴고를 거듭했다. 아카시는 『백묘』 출간 4개월 만에 생을 마감했다.

2) '프로민 이후'

아카시 생전에 그토록 융성했던 일본의 '요양소 문예'는, 어느 시기부터 급속히 쇠퇴한다. 그 원인을 만든 것은 뜻밖에도 환자들이 애타게 기다리던 나병 특효약이었다. '프로민Promin'[16]은 지금은 쓰이지 않지만 1943년에 나병에 대한 치료효과가 확인되면서 치료에 큰 변화를 가져다 준 약이다. 포로민 주사를 맞은 환자들이 극적으로 나아지고 나병이 완치가능하다는 인식이 버졌다. 일본에서는 1948년경부터

16 미국 Park, Davis & Co.가 발매한 글루코술폰나트륨의 상품명. 일본에서는 시험적으로 프로민을 쓴 환자의 결절이나 반점이 극적으로 개선된 것을 본 환자들 사이에 '프로민 신앙'이라고 할 만한 믿음이 생겼다. 대부분의 환자가 프로민 치료를 간절히 희망해서 단식투쟁까지 벌였다. 그러나 사실은 프로민 그리고 그것을 개량한 다이아존 등의 신약으로 모든 문제가 해결되고 나병이 다 완치한 것은 아니다. 부작용도 있었고 같은 약을 계속 쓰면 내성이 생겨 치료가 어려워지기도 했기 때문이다. 나병이 완전히 치료할 수 있게 된 것은 1980년대 이후에 MDT(복합나화학요법)가 확립된 이후다.

실험적으로 프로민 주사가 시작되고 1950년도부터는 전국의 요양소에서 프로민으로 인한 치료가 실시되었다.

프로민이 환자들의 삶을 여러 면에서 변화시켰기 때문에 일본에서는 '프로민 이후'라는 말이 생겼다. 그런데 나병이 낫는다는 희망이 생겼을 때 문학을 지망하는 환자가 줄기 시작했다. 다지마 야스코는 말한다. "요즘 요양소 안에서 문학을 진지하게 하려는 사람이 현격히 적어진 것은 모두가 알고 있다. 각 요양소 기관지가 매년 문예특집호에 게재할 작품을 모집하는 데 응모하는 작품수를 봐도 그 사실을 확인할 수 있다."(앞의 글) 다지마는 프로민 치료의 효과가 의문시되었던 1952,3년경까지는 문학을 하는 사람이 많았다고 한다. 그러나 1958년에는 노야 간조가 "젠쇼엔에서는 충실한 창작활동을 하는 사람이 한 명도 없습니다. 기대되는 신인도 전혀 없습니다"(앞의 글) 하고 한탄하는 지경이 되었다.

아카시 가이진과 한하운의 차이를 만든 결정적 요인이 바로 여기에 있다. '프로민 이전'에 삶을 마감한 중증환자 아카시에게 남겨진 것은 문학 밖에 없었다. 그러나 한하운은 1947년에 월남했을 때 미국사람에게서 새로운 치료약 프로민과 다이아존Diazon(하운의 글에서는 '다이아좀')이 나와서 이제 나병도 완치가능한 병이 되었다는 이야기를 듣고 약을 사서 돌아갔다. 그는 북에서 유치장에 들어갔는데 거기서 다이아존을 꼬박꼬박 먹었더니 증상이 극적으로 좋아져서 희망을 가지게 되었다. 실제로 그는 완전히 실명하지는 않았으며 손가락도 다 잃지는 않았다. 1959년에는 나병이 완치되었다는 진단을 받았다. 말하자면 하운은 '프로민 이후'를 살았다.

프로민은 주사약이지만 다이아존은 내복약이다. 하운의 「새 물결

치는 내일」이라는 글에 'DDSdiaminodiphenyl sulfone'(답손dapsone이라고도 한다)라는 약이 '나병완치약'으로 나오는데, 프로민도 다이아존도 몸 속에 들어가서 결국 DDS로 작용하니 프로민, 다이아존, DDS 등은 다 비슷한 효과를 가지는 비슷한 약이라고 생각하면 된다(프로민과 다이아존은 약의 상품명이다). 하운이 일본환자들의 '프로민 신앙'에 가까운 믿음을 가지고 있었음은 그가 DDS를 완치약이라고 부른 것으로도 알 수 있다. 또, 나환자들의 이상향 '무하공화국無何共和國'의 구상을 말할 때도 하운은 병원이나 의사의 필요성에는 언급하지 않고 그냥 DDS만 배급하면 다 해결되는 것처럼 쓰고 있다.

3) 하운의 구라사업

나환자들이 거지가 될 수 밖에 없는 사정을 대구, 부산, 서울을 다니면서 알게 된 하운은 하고 싶은 일이 생겼다. 그것은 "저주받은 천형환자들을" 구하는 일, 즉 '구라사업'이다. 그는 그것을 천명으로 받아들여서 골몰했다(「자서」, 『보리피리』). 1949년에 『한하운시초』로 유명해진 그는 "구걸이나 구호에 의거하지 않고 살자"고 외치기 시작했다.

한편 유준柳駿(1916~) 박사를 중심으로 1947년 9월에 결성된 조선나예방협회(1956년부터는 대한나예방협회)는 정부의 협력을 얻어 '희망촌' 또는 '정착촌'이라 불리는 나환자들의 집단부락을 건설하는 사업을 시작했다.[17] 『반생기』에 따르면 한하운은 그 운동으로 망우리에 만

17 한하운 자신은 정착촌 대신에 '나요양소' '수용소' '이상향' '이상촌' 등의 말을 사용하고 있다. 정착촌을 만드는 사업에는 한하운을 비롯한 나환자들 이외에 정부, 의료관계자를 중심으로 결성된 나예방협회, 선명회(월드비전) 같은 봉사단체 또는 종교단체 등이 관여하고 있었다. 이 사업 속에서 하운의 활동이 가지는 의미는 따로 검토해야 할 것이다.

들어진 나환자 집단부락에 한번 가봤으나 자치회가 제대로 운영되지 않아서 편하게 살 수 있는 곳은 아니었다. 제대로 된 공동체를 만들고 싶었던 하운은, 정부가 부평에 정착촌을 건설해서 서울, 경기도, 강원도 일대의 환자를 거기로 옮기려고 했을 때 그 사업에 협력하기로 하고 같은 해 12월 30일에는 70명의 환자를 인솔해서 부평으로 갔다. 하운과 조선나예방협회와의 관계는 자세히 모르지만 유준 박사는 하운을 나병이 낫는다는 사실을 계몽하는 데에 큰 공헌을 한 '동지'라고 부르고 있다(『나무를 심는 마음』).

1950년에는 하운이 자치회장으로 취임해서 600명 환자를 주도하는 입장이 되고 정착촌을 '성계원'으로 명명했다. 하운에 따르면 정착촌은 하나의 원시 공화국이고 자치회는 정부다. 그는 이 작은 공화국을 환자들의 낙원으로 하기 위해 비상한 지도력을 발휘했다. 또 그의 활약은 성계원에 한정되지 않았다. 그 자신의 글에 따르면 전국의 정착촌을 연결하는 대한한센총연맹을 결성했으며, '나시인 사건'의 여파로 좌절했으나 나환자의 교양향상과 일반에 대한 계몽을 위한 시설 '신횡예술원'도 계획했었다. 환자들의 자녀를 위한 고아원이나, 회복자가 자급자족하기 위한 '이상촌' 동진원東震圓도 만들고 출판사, 제약회사도 설립했으니 그 행동력은 놀랍다.

하운은 또 그 사이에 병으로 망가진 코를 높이는 수슬을 받는 등 잃어버린 청춘을 되찾으려는 욕심도 보였다.[18]

18 강홍규, 「관철동 시대 70년대 한국문단 풍속화 41 – 시인 한하운의 비련」, 『경향신문』, 1989년 1월 24일자. 또 그가 이떤 젊은 여성에게 열심히 연애편지를 보냈다는 이야기가 1993년 8월 26일 『동아일보』에 나왔다.

지금
40 갓 넘어
눈썹이 없다 뿐이지
나의 몸뚱아리는 말쩡하다
또
사랑할 수 있는 젊고 뜨거운 피가
돌고 돈다.

—「새 물결 치는 내일」, 『황토길』

그런데 하운은 『보리피리』를 내기 전에는 벌써 시에 대한 열정을 잃은 모양이다. 그가 1955년 1월 25일에 쓴 이 시집의 「자서」를 보면 6년 동안 시를 쓰지 않았는데 박거영이 쓰라고 하니까 2개월 사이에 서둘러 쓰고 퇴고조차 못했다고 말하고 있다. 박거영은 '나시인 사건'이 일단 해결된 후 한하운이 진정한 시인임을 다시 세상에 알리려고 한 것 같다. 하운은 "이 사건에 분발해서 약 2개월 동안 쓴 시가 바로 시집 『보리피리』라 하겠다"고 쓰고 있다(「운명의 반항 2」, 『황토길』). 하운 자신이 이 시집의 작품을 '미완'이라고 하는 것은 결코 겸손이 아니다. 출판기념회에서 조지훈이 『보리피리』는 『한하운시초』보다 못하다는 요지의 발언을 해서 축하의 자리를 어색하게 만들었다고 한다.[19] 검열이 어느 정도 작용했는지 알 수 없으나 이 시집에 수록된 시의 대부분은 느슨한 인상을 준다.

19 강홍규, 「관철동 시대 70년대 한국문단 풍속화 42—좌익으로 몰렸던 한하운」, 『경향신문』, 1989년 1월 31일자.

6. '무하공화국'의 낭만과 허망

하운이 시에 대한 열정을 잃은 이유는 명확하다. 문학에 대한 열정이 나환자를 위한 낙원 건설이라는 낭만적인 꿈 속으로 해소된 것이다.

여태
문학과는
너무도
무관한 얘기였었는지는 모르나……
그러나
이것이
나의 세계이고 보면
나의
문학정신이니
과히
무용한 일은 아닐 것이다

— 한하운, 「새 물결 치는 내일」

「운명의 반항 1」에서 자신이 벌인 구라사업을 회고하면서 "동서고금의 유토피아 문학과 논설을 수집하고 연구"했다고 말하고 있는 것을 봐도 그가 생각하는 나환자 및 회복자들의 이상향은 다분히 낭만적이고 문학적인 꿈이었음을 알 수 있다.

1958년에 발표한 「천형 시인의 비원—'무하공화국'의 수기」는 그

가 생각하는 이상향을 좀 더 자세히 묘사하고 있다.[20] 그가 '무하공화국'이라고 부르는 공동체는 전국의 나환자를 한군데에 모은 "자유와 행복의 집합처"다. "그곳에는 폭력도 불안도 없고 흙을 사랑하고 자연의 일목일초를 사랑하고 서로가 사랑함으로써 의지하고 삶을 구가하려는 새로운 복지낙토이다." 장소는 바다와 산이 가까워야 하고 온천이 있으면 이상적이다. 직업은 개인이 선택할 수가 있고 결혼도 자유다. 종교도 원칙적으로 자유지만 가능하면 새로운 종교를 만드는 게 좋다. 의무교육은 9년으로 하고 우수한 자는 고등교육을 받게 한다. 범죄자는 경찰에 인계하지만 "범법자가 나지 않도록 안간의 도덕률을 지키고 종교를 통해 교육을 통해 사회생활을 통해서 교양을 한다". 농본주의적이고 성선설의 입각한 인도주의적인 이념이 어딘지 시라카바파白樺派의 소설가 무샤노코지 사네아쓰武者小路実篤가 창립한 '새로운 마을新しき村'[21]을 연상케 한다. 하지만 이 공화국을 어떤 자치조직으로 운영하느냐 하는 가장 중요한 문제에 대해서는 아무런 제안이 없다. 마치 정부가 토지를 준비해 주고 자금이나 전력 등을 빌려 주기만 하면 저절로 낙원이 실현된다고 생각하고 있는 것처럼 보인다.

1939년부터 그가 나병에 관한 지식을 독학으로 배웠을 때 일본에서는 미쓰다 겐스케의 주장, 즉 나병환자에 대한 격리정책을 실시해야 한다는 생각이 지배적이었다. 미쓰다의 생각을 간단히 말하면 모든 나환자를 가두어 두고 그들이 다 죽는 것을 기다리면 나병이 이 세상에서 없어진다는 것이다. "환자의 생애를 요양소에서 허무하게 끝

20 '무하'는 장자(莊子)의 '무하유향(無何有鄕)'에서 온 말. 하운이 1960년에 설립한 출판사 이름도 '무하문화사'다.

21 작가 무샤노코지 사네아쓰가 이상향을 만들기 위해 1918년에 규슈 미야자키(宮崎) 현에 건설한 생활공동체.

나게 하는 것은 무척 불쌍하지만 인류의 행복을 위해 어쩔 수 없다. (…중략…) 반 세기 더 참으면 된다."(미쓰다 겐스케 『아이세이엔 일기』) 미쓰다는 1915년부터 결혼을 희망하는 남성 환자에 대한 단종수술도 시작했다. 나요양소의 환자끼리 결혼한다면 먼저 단종수술을 받고 자손을 남기지 않도록 해야 한다는 것이다. 그는 나병이 완치가능하고 감염력이 약하다는 사실이 널리 알려진 1950년대 후반이 되어도 격리정책 계속을 주장했다.

하운도 이 점에서는 미쓰다와 다를 바가 없다. 1930년대에 일본에서 '조국정화'를 위해 격리정책을 추진한 것처럼 하운도 "아름다운 삼천리 금수강산과 거룩한 배달민족의 혈액 정화와 민족 우생학을 도모하자는 원대한 포부"를 가지고 있었다. 그는 "최근 부평 나요양소의 1년간의 검진 결과 75%가 나균이 없"는 것을 알고 있었으며 나병이 전염력이 약하고 완치가능한 병이라는 것도 알고 있었다. 그럼에도 불구하고 그는 사회의 편견을 없애고 완치된 사람을 일반사회로 복귀시키는 것을 궁극적인 목표로 삼지 않고 나환자만의 공화국을 꿈꾸었다. "전국에 있는 나환자를 한군데에 집합수용을 시켜 앞으로 30년 이내에 한국의 나병을 근절"한다는 무하공화국은, 결국 거대한 격리시설에 불과하다.

한편 유준 박사는 선명회(월드비전)의 후원을 얻어 1959년 4월에 특수피부진료소를 설립해서 나병의 외래진료를 시작했다. 환자를 격리시설에서부터 해방시키고 집에서 병원에 다니는 재택치료의 길을 연 그들의 노선을 생각하면, 한하운의 '무하공화국'은 그것에 역행하는 시대착오적 발상이다. 이런 점에서 하운은 유준 박사가 벌이는 사업의 충실한 동반자는 아니었을 것이다.

하운이 낭만적인 유토피아 건설의 꿈을 꾸고 창작에 대한 열정을 잃으면서 한국의 '나문학'은 끝났다. 또, 그것은 특효약이 출현함으로써 조만간 사라질 수 밖에 없었을 것이다. 그러나 『한하운시초』와 『반생기』, 그리고 거기서 묘사된 하운의 삶 자체가 나병에 대한 일반의 관심을 높이고 나병이 불치병이 아님을 알리는 데에 큰 공헌을 한 것은 사실이다. 『반생기』에는 적지 않아 분식이 있어 보이지만, 이것을 자서전이 아니라 자전적 소설이라고 생각해 본다면, 어쩌면 그것은 한국 '나문학'으로 가장 성공한 작품이었다고 평가할 수 있을 것이다.

참고문헌

한하운 관련

이병철 엮음, 『한하운시초』, 정음사, 1949.

한하운, 『한하운시초』, 정음사, 1958.

인천문화재단 한하운 전집 편집위원회 엮음, 『한하운 전집』, 문학과지성사, 2010.

이종석 · 김정숙, 『인간 한하운-나는 나는 죽어서 파랑새 되리』, 부름, 1984.

김창직 엮고지음, 『가도 가도 황톳길-한하운 그 슬픈 생애와 시』, 지문사, 1986.

최원식, 「한하운과 『한하운시초』」, 『민족문학사연구』 54, 2014.

한순미, 「상처는 왜 쓰는가-한국 나환자 심숭의 자전소설과 치유서사의 역사적 맥락」, 『인문과학연구』 34, 2014.

김용성, 「한하운」, 『한국현대문학사탐방』, 현암사, 1984.

朝鮮総督府, 『朝鮮総督府及所属官署職員録』 30, 1939.

長崎大学医学部, 『長崎大学医学部創立150年記念誌』, 2009.

柳駿, 菊池義弘 옮김, 『木を植える心-韓国ハンセン病治癒のために捧げた生涯』, 東海大学出版会, 2010.

鈴木健一, 「汪兆銘政権下の国立北京大学農学院」, 『社会文化史学』 46, 2004.10.

横山宏 엮음, 『遊華老残記-国立北京大学農学院への回想』, 1991.

稲葉継雄, 「裡里農林学校について-在朝鮮「内地人」学校の事例研究」, 『国際教育文化研究』 9,2009.06.

吉田幸恵, 『韓国ハンセン病者の現代史-韓国定着村事業の検討を中心に』, 立命館大学博士論文, 2016.

杉原たまえ, 周藤明子, 「韓国におけるハンセン病患者・回復者による『定着村』の存立課程」, 『村落社会研究』, 2002.3.

일본 나문학 관련

村松武司 외 엮음, 『明石海人全集』 上・下・別巻, 皓星社, 1993.

明石海人, 『海人遺稿』, 大空社, 1998.

荒波力,『幾世の底より－評伝明石海人』, 白水社, 2016.
松村好之,『慟哭の歌人－明石海人とその周辺』, 小峯書店, 1980.
村井紀 엮음,『明石海人歌集』, 岩波書店, 2012.
山下多恵子,『海の蠍－明石海人と島比呂志』, 未知谷, 2003.
前川佐美雄, 清水比庵,『前川佐美雄/清水比庵』, 新学社, 2007.
現代詩誌総覧編集委員会 엮음,『現代詩誌総覧』, 日外アソシエーツ, 1996～1998.
大岡信・大谷藤郎・加賀乙彦・鶴見俊輔 엮음,『ハンセン病文学全集』, 皓星社, 2002～2010.
川端康成・川端香男里 엮음,『定本 北条民雄全集』上・下, 東京創元社, 1980.
式場隆三郎 엮음,『望郷歌』, 山雅房, 1939.
高山文彦,『火花－北条民雄の生涯』, 飛鳥新社, 1999.
小川正子,『小島の春－ある女医の手記』, 長崎出版, 1983.
荒井裕樹,『隔離の文学－ハンセン病療養所の自己表現史』, 書肆アルス, 2011.
邑楽愼一,『傷める葦』, 山雅房, 1941.
馬場純二,「医官,内田守と文芸活動」,『歴史評論』656, 2004.12.
光田健輔,『回春病室』, 朝日新聞社, 1950.
光田健輔,『愛生園日記』, 毎日新聞社, 1958.
内田守,『光田健輔』, 吉川弘文館, 1971.
谷奥喜平・藤田恵一,「ダイアゾン, プロミゾールに依る癩の治療」,『レプラ』18巻 4号, 1949.11.
石原重徳,「結節癩に対するD.D.Sの効果」,『レプラ』26巻 6号, 1957.11.
Susan L. Burns, "Making Illness into Identity : Writing 'Leprosy Literature' in Modern Japan", *Japan Review 16*, 2004.

하운은 1964년경부터 나예방협회 기관지인 『새빛』(월간)에 「세계나문학소사世界癩文學小史」라는 글을 연재한다. 창작에 대한 열정은 없어도 나병 관련 문학에 관심이 있었던 모양이다. 이 연재가 언제부터 언제까지 실렸는지 정확히 알 수는 없으나 1965년 1월호에 실린 '한국 편2'가 제11회로 되어 있으니 1964년 초에 시작된 것으로 추정된다. 여기서 하운은 '나문학'의 개념을 확대해서 오광대 가면극(제10회 '한국 편', 1964년 10월호)이나 구약성서의 「욥기」(제7회 '영국 편', 1964년 9월호)까지 논하고 있다. 또, 미로반 질라스Milovan Djilas(1911~1995)의 소설 「나병환자」나 히라바야시 다이코平林たい子(1905~1972)의 소설 「네카치프의 여인」 등 잘 알려지지 않는 작품까지 소개하고 있어 열심히 자료를 수집한 흔적이 보인다. 질라스는 유고슬라비아의 정치가이자 소설가이며, 히라바야시는 일본 프롤레타리아문학의 여류작가로 둘 다 나병환자는 아니다.

'한국 편'에서는 서정주의 시 「문둥이」를 인용하고, '한국 편 2'에서는 김동리의 단편소설 「바위」를 소개한 다음에 한하운 자신의 경력을 상세히 적었다. 이 글의 마지막에서 하운은 자신에 대해서 "그는 그의 예술세계를 오직 나자 해방에 쏟아 이론과 실천으로서 투쟁하며 사신捨身을 두려워하지 않고 한걸음 한걸음 앞에 나간다"고 말한 다음에 자신의 저서의 제목을 열거했다.

'일본 편'은 제8회(1964년 10월호)와 그 다음 호에 실린 제9회로 나누어져 있다. 제8회의 서두에서 하운은 "세계 나자의 나문학의 본종本宗은 일본이라 하겠다"고 해서 좁은 뜻의 나문학의 기원이 일본에 있음을 인정하고, 우치다 마모루가 1939년 1월에 쓴 「나원癩院 문화운동의 선언」을 한국어로 옮기면서 인용하고 있다.

> 우리들은 모든 인습과 편견을 버리고 병자의 인격을 존중히 하는 것을 최상의 동정으로 생각하며, 여기서 진실한 구라정신이 용솟음 칠 것이라 믿는다. (…중략…) 그리하여 문예는 일반 사회인과 병자와의 정신적 악수법握手法으로 최적한 것으로서, 나원의 문화운동은 중대한 문제이다. 전국의 나요양소가 여기에 전력을 다하는 소이가 여기에 있다.

이 글에서 하운은 호조 다미오의 「생명의 초야」와 아카시 가이진의 『백묘』를 "불후의 작품"이라고 부르고, 나환자가 아닌 소설가 시마키 겐사쿠島木健作(1903~1945)의 소설 「나癩」를 소개한 다음, 호조 다미오와 아카시 가이진의 경력을 적었다. 제9회에서는 여의사 오가와 마사코의 경력과 『작은 섬의 봄』, 그리고 히라바야시 다이코의 경력과 소설 「네카치프의 여인」의 줄거리를 소개했다.

전후의 일본 나문학에 관해서는 전혀 접할 수가 없어서 등풍협회藤楓協會(나예방협회의 후신)의 하마노 기쿠오濱野規矩雄 이사장에게 문의해 봤더니 우타카이하지메歌會始(해마다 1월에 궁중에서 열리는 단카 모임)에 작품이 입선된 환자가 있으며 불온한 작품을 써서 말썽을 일으키는 환자도 있다는 답장을 받았다고 한다.

앞에서 검토한 바와 같이, 젠세이병원, 아이세이엔 등 일본 각지의 나요양소에는 단카나 하이쿠, 시를 쓰는 의사나 간호사가 상당수 있어서 환자들과 함께 글쓰기를 즐기고 어떤 때는 지도자로서 문예서클을 이끌어 나갔다. 젠세이병원과 아이세이엔에서 원장을 지낸 미쓰다 겐스케가 주장한 절대격리나 단종수술은 지금 보면 심각한 인권유린이라고 할 수 있지만 그 주장에는 나름대로의 논리가 있었던 것이다. 나병을 근절하기 위해 환자를 격리시설에 수용해야 하는데 환자들이 스스로 아이를 키울 여건도 안 되는 대다가 어린 아이는 특히 감염되기 쉽다. 그래서 단종수술을 하자는 게 미쓰다의 생각이었다. 기독교계 요양소에서는 남녀관계에 금욕을 시키는 경우가 있었지만 미쓰다는 단종수술을 받는 조건으로 환자들의 결혼을 허가했다. 그것은 당시에는 일정한 설득력을 가지는 논리였다. 또, 미쓰다는 격리정책에 관해서는 양보하지 않았지만 수용된 환자들을 되도록 행복하게 해 주고 싶은 마음은 있었다. 그래서 정이 많은 미쓰다 원장을 따르는 환자도 적지 않았다.

우치다 마모루나 오가와 마사코 등 의사들도 미쓰다를 존경했다. 나병이 감염력이 강한 불치병이라고 생각되었던 당시 나전문의癩專門醫가 되는 데에는 어려운 결심이 필요했다. 한번 나전문의가 되면 일반 사람들이 혐오하는 요양소에서 삶의 대부분을 보내게 되었으며 나중에 전문분야를 바꾸는 것도 쉽지 않았기 때문이다. 그래서 나전문의를 지망하는 사람은 대개의 경우 낭만적인 자기희생의 정신을 가지고 있었고 문학청년적 기질을 가지는 사람이었던 것 같다. 또 환자들에게 위안을 주고 싶었던 원장 미쓰다도 글 쓰는 의사나 간호사를 환영했다.

그런데 1960년대가 되어도 한국의 나요양소에서 문화적인 활동을 하는 것은 쉽지 않았다. 하운은 우치다의 선언문을 인용한 다음에 "이렇게 일본 요양소 직원의 열렬한 문화운동을 볼 때 이 땅의 요양소와 그 직원들이 문화운동은 고사하고 책 한 권을 환자들께 사준 사실이 있는가 묻고 싶다"고 불만을 토한다. 그는 "많은 문학 써클을 직원과 같이 조직케 하고 활발하게 움직이게 하여 그 천부의 재간을 아낌없이 발휘할 배양지를" 만들어준 일본의 나요양소가 부러웠던 것 같다. 하운이 정착촌 등에서 어떤 문화를 조성하려고 했는지 앞으로 조사가 이루어지기를 기대한다.

3부

문둥이를 넘어 생명으로

한하운 시에 나타난 월남의식과 '문둥이' 표상

『한하운시초』(1949/1953)와 『보리피리』(1955)를 중심으로

박연희
동국대학교 한국문학연구소 교수

1. 한하운에 관한 주석

소록도에 다녀온 지가 두어 달도 더 되나 보다. 애초에 가기 전부터 르포를 써주기로 약속한 것이고, 섬에 가서도 조 원장 이하 여러 직원들에게 극진한 대우를 받았을 뿐만 아니라 환자들한테서 여러 가지 부탁도 있었고 해서 무엇인지 쓰긴 써야 했는데 도무지 써지지가 않았다. (…중략…) 이건 물론 나의 무력도 있지만 나는 소록도를 그렇게 간단히 취급하기가 싫었다. 10여 장의 르포나 책 몇 권의 기증으로 나의 책임을 벗어 버렸다고 생각하는 것은 소록도에 대한 모욕일 것만 같았다. 한국이나 나 자신을 그렇게 취급할 수 없는 것처럼, 소록도의 원장이나 직원이나 환자들도 역시 그렇게 취급할 수가 없다. (…중략…) 실제 자기가 아파보지 않

고는 남의 아픈 것은 모른다. 이 너무나도 평범한 진리를 나는 요즈음 치질을 앓으면서 다시 한번 생생히 체득했다. 요 정도의 시원치 못한 소록도 사죄기를 쓰게 된 것도 치질로 드디어 들어눕게 된 덕분이다. T.S.엘리엇의 말마따나 우리는 누구나가 다 환자다.

— 김수영, 「소록도 사죄기」(1961) 부분

위의 글은 김수영이 쓴 소록도 기행문의 일부이다. 소록도는 전라도 고흥군에 위치한 작은 섬이며 나환자를 치료하는 특수한 공간으로 널리 알려져 있다. 일본이 자혜의원(1916)을 설립해 나환자를 강제적으로 수용, 관리한 이후부터 "일정시대엔 '나병'하면 소록도를 연상"[1] 하는 통념이 만들어졌다. 1915년에 식민지정책의 일환으로 일본의 나환자 관리는 차별과 추방이라는 소극적인 방식에서 격리와 수용이라는 적극적인 방식으로 바뀌었고 13도 14지방에 자혜의원이 건립되었다. 특히 소록도는 육지로부터 독립된 폐쇄적인 지리 조건 때문에 총독부가 섬 전체를 매수하여 대규모의 수용소에서 나환자를 통제했던 곳이다.[2] 바로 이 소록도에 집중된 격리정책으로 인해 나환자에 대한 멸시와 공포의 사회적 인식이 만연해졌다. 나환자에 대한 식민지 규율권력의 강제 노동 및 인권 탄압의 역사[3]는 해방 이후에도 사회적

1 「횡설수설」, 『동아일보』, 1962.7.4. 보건사회부에서는 2개년 계획으로 전국의 나환자 2만 7천 59명 중 1만 명의 음성환자를 분산, 정착시키는 방안을 전남 고흥의 오마도에서 시행했다.

2 식민지기에 한센병환자통제가 국가기구에 의해 본격적으로 개입되는 시기는 1932년 재단법인 조선나예방협회가 창설된 이후이다. 조선인들의 독자적인 나퇴치운동은 금지되고 조선나예방협회가 재정적 자원을 독점해 총독부가 소록도 섬 전체를 매수해 수용시설을 확장하는 데 적극적으로 지원한다. 총독부는 소규모 나요양소를 건설, 운영하는 것보다 기존의 소록도 요양소를 거점으로 본격적으로 한센병자를 감시, 통제하는 계획을 추진했다. 조명래, 「일본의 근대적 질병관에 나타난 문화적 특성에 관한 고찰 — 일제하 한센병에 관한 정책과 그 실천을 중심으로」, 전북대 석사논문, 32~44쪽.

3 이와 관련하여 정근식, 「식민지적 근대와 신체의 정치 — 일제하 나(癩) 요양원을 중심으로」, 『사회와 역

차별로 이어졌다. 김수영이 신문사로부터 청탁 받은 이유 중 하나도 '소록도'에 고정된 식민지 나병정책의 기억을 희석시키는 작업과 무관하지 않았을 것이다.

가령 인용한 글에서 김수영이 방문한 곳은 1960년 국무원령에 따라 나요양소에서 구호병원으로 개정된 국립 소록도병원이었다.[4] 소록도병원에 대한 인상기에는 새로 부임한 조창원 원장이 등장하는데 이청준이 『당신들의 천국』(1976)에서 문제적으로 다룬 바 있는 '조백헌 원장'과 동일인물이다. 여기서 조 원장은 "강력한 행동주의자의 모습"[5]으로 형상화되며, 간척사업을 통해 권력자의 한계와 딜레마를 보여주는 인물이다. 1961년 8월 조창원 원장이 부임한 직후에 소록도를 방문한 김수영은 무엇보다 "십 리 폭의 바다를 막고" 개척하는 오마도 간척사업(1962~1965)을 중심으로 소록도에 대한 안내를 받는다. 조창원 원장을 주축으로 음성치유자의 정착촌 건설을 위해 진행된 오마도 간척사업은 한국정부의 나병정책이 격리나 수용이 아닌 정착 사업으로 변모하는 과정에서 추진된 국책사업이었다. 보건사회부는 전국 54개의 사설수용소를 폐쇄하고 1만 명의 음성환자를 자활 정착시키는 2개년계획을 발표하면서 오마도를 최적의 후보지로 삼았다.[6] 1962년 7월에 오마도 자조정착사업 추진위원회가 설치되고 소록도 주민은 제일 긴 제3호 방조제(길이 1,560미터)의 축성공사를 별도로 맡아 3년에 걸쳐 1단계 공사를 마무리했다.[7] 그러나 1차 공사를 끝낼 무

사』 51, 한국사회사학회, 1997 참조.

4 「구호병원 등 직제 개정의건을 공포(公布)」, 『경향신문』, 1960.7.8.

5 이현석, 「선의 의미와 악의 권리—『당신들의 천국』과 『난장이가 쏘아올린 작은 공』을 중심으로」, 『한국현대문학연구』 44, 한국현대문학회, 2014, 467쪽.

6 「사설수용소 폐쇄, 음성나환자 5천 명 정착시켜 자활하세」, 『경향신문』, 1962.6.29.

7 「나병환자들이 바다 메워 육지를 넓혀」, 『경향신문』, 1966.6.2.

렵에 정부는 전라남도 관할 아래 있는 한국정착사업개발흥업회로 사업주체를 변경하고 공사 목적을 농업, 어업, 관광업 등의 개발사업으로 수정하는데 여기서부터 소록도 개혁의 모순이 가시화 된다.

오마도 간척사업은 1960년대 해외 원조정책과 긴밀한 관련이 있다. 세계보건기구는 나병관리를 위한 5개년의료사업비로 6만불을 지원할 것을 한국정부와 협의했다.[8] 기술원조협정에 따라 1961년 11월 나병 전문가 루돌프 트랩맨 박사를 파견하여 한국의 나병 관리 시스템을 점검하고, 기술원조를 제공했으며, 나병에 대한 계몽 및 교육 등을 맡았다.[9] 이에 힘입어 국립 소록도병원에서 추진한 간척사업이 가능해졌다. 1차 공사 이후 1965년에 보건사회부가 인수해 기존의 간척사업을 영세민자조근로사업장의 군郡사업으로 전환한 시점은 사실 유엔 세계보건기구WTO의 양곡원조가 중단된 무렵이며 이 시기부터 공사가 지연된다.[10] 요컨대 오마도의 정착촌 건설이 성공하지 못한 것은 한국정부의 나병정책이 1960년대 초 세계보건기구의 원조사업에 의존해 있었기 때문이다. 김수영이 목격한 소록도의 "획기적인 나환자 구호 계획"이란 국제기구의 원조정책, 서구의 대 아시아 보건 관리의 일환이었다. 실제로 5개년 원조기간 동안 세계보건기구에서 주관하는 '세계보건의 날' 행사가 집중적으로 홍보되고[11] 한미재단처럼 미국 민간원조 단체의 나병 지원이 증가하면서[12] 복지와 보건 상식이 증폭되는 가운데 나병 완치론이 중요한 계몽 담론으로 전파된다. 그럼

8 「세계보건기구서 원조의 손」, 『동아일보』, 1961.10.17
9 「나병관리사업본격화」, 『동아일보』, 1961.11.24.
10 「고흥반도 간척지 깨진 대단위 농토의 꿈」, 『경향신문』, 1975.3.31.
11 「우리 모두 튼튼한 몸으로 7일은 12회 '세계보건일'」, 『경향신문』, 1963.4.5.
12 「한미재단에서 천불 나병환자 위한 도서구입비기증」, 『동아일보』, 1962.11.23.

에도 "한국의 구라사업은 너무나 낡아 빠졌다"[13]라면서 정부의 보건 정책을 비판한 글이 있는데 그 저자가 한하운이기에 주목된다.

1962년 초에 한 신문을 통해 한하운은 나병원의 설립과 정착사업 등에 대한 보건복지부의 발표 내용을 시대착오적인 정책이라고 지적하며 더욱 근본적인 예방책의 필요성을 강조했다. 그는 월남한 이후 『한하운시초』(1949)를 발간하고 부평에서 나환자 정착촌을 운영하기도 했다. 이 글에서 한하운의 불만 섞인 비판은 10년 전과 다를 바 없는 나환자, 특히 음성환자의 정착정책을 문제삼은 것이다. 예를 들어 음성 나환자의 등교문제조차 해결되지 못한 채 실시되는 나환자의 공교육과 군복무 제도의 모순, 나환자수의 정확한 통계 자료 없이 진행되는 정착사업의 한계 등을 열거하며, 한하운은 무엇보다 "국민의 사고방식의 전환과 진실된 관리와 계몽"에 대한 정책은 마련되지 않았다고 혹평한다. 유엔 세계보건기구의 원조 이후 보건복지부의 나병관리에 있어 분명 가시적인 변화가 있었지만, 한하운이 생각하기에 그것은 오히려 나병에 대한 사회적 차별을 더 고착화 할 뿐이었다. 당시에 한하운은 이미 나병 음성 판정(1959)을 받고 제약회사, 출판사 등을 창립하며 사회에 복귀한 상태였다. 심지어 『보리피리』(1955)가 베스트셀러가 되고 미공보원에서 한하운을 다룬 영화 「황토길」이 제작되는 등 문학인으로서 사회적 위상이 어느 정도 안정된 시기였다. 그럼에도 한하운이 정부의 정착사업에 반발하며 '국민의 사고방식의 전환'을 강조한 이유는 완치자인 그가 여전히 사회적 낙인에서 벗어나지 못했기 때문이다. 흥미롭게도 김수영의 「소록도 사죄기」는 이 문

13 한하운, 「나병은 상품이 아니다」, 『경향신문』, 1962.3.17. 5·16정권의 구라사업에 대한 비판적인 이 글은 한하운 전집에 누락되어 있다.

제를 간과하지 않고 핵심적으로 다루었다.

인용한 글로 다시 돌아가 보자. 조 원장이 강조한 '소록도의 개혁'은 김수영의 고백대로 섣부른 관심의 차원에서 설명되지 않았다. 청탁 글을 미룬 이유와 관련해 "나는 소록도를 그렇게 간단히 취급하기가 싫었다"라는 김수영의 사죄기는 언론의 관심과 재정적 후원만으로 '소록도'가 재평가될 리 없다는 고민을 드러낸다. 나병정책 자체의 뚜렷한 변화에도 불구하고, 김수영이 보기에, 반세기에 걸쳐 공고해진 나환자에 대한 차별적 시선과 윤리적 억압이야말로 '개혁'의 핵심 대상이어야 했다. 그런데 글의 말미에 이르러 김수영은 **"치질"**을 통해 나병의 고통을 이해하게 되었다면서 '나환자' 표상에 담긴 사회적 소수자의 소외론을 역전시킨다. 국립 소록도 병원을 취재하는 대신에 글에 등장한 '사죄기'란 시대착오적인 정부 정책에 대한 거부감을 반어적으로 표현한 것일지 모른다. 김수영의 사죄기는 "T.S.엘리엇의 말마따나 우리는 누구나가 다 환자다"라는 역설을 통해 나병을 둘러싼 편견과 나환자의 예외적 삶을 오히려 보편적인 경험으로 전도시키는 시론時論으로 읽힌다. 이처럼 김수영의 소록도 인상기를 다소 길게 살핀 것은 '소록도'만이 아니라 '한하운=나병 시인'에 대한 관성화된 평가 역시 재고할 필요가 있기 때문이다.[14]

14 가령 한하운 시에 두드러진 소외의식을 "불완전한 신체적 조건을 가진 소수자"(서영희, 「한하운의 시적 행로와 지향의식」, 『한민족어문학』 73, 한민족어문학회, 2016, 589쪽)의 문학으로서만 이해할 경우 한하운의 시에 대한 문학사적 평가가 누락될 수 있다. 그런 점에서 김신정의 문제의식은 시사적이다. 그는 한하운 스스로 과잉 생산한 평전과 해설집 등으로 인해 한하운 연구가 "천편일률적인 모습"을 벗어나지 못했음을 지적하며 "나환자라는 한하운의 육체적 조건의 의미를 해방과 전쟁, 분단이라는 역사적 격변의 흐름 속에서 읽어내려 한다".(김신정, 「고통의 객관화와 '인간'을 향한 희구」, 한국문학연구회 엮음, 『1950년대 남북한 시인 연구』, 국학자료원, 1996, 242~243쪽) 최근의 한하운 연구는 시에 드러난 고통, 소외, 서러움 등을 나병문학 일반의 심상으로만 분석하지 않는다. 1953년 필화사건을 중심으로 반공문단에 동원된 한하운이란 텍스트의 굴절 과정이 심도 있게 다루어진 바 있다. 정진석, 「문둥이 시인

이 논문은 월남 시인으로서의 한하운 시의 특징을 새롭게 살피려는 목적에서 출발한다. 더욱 중요하게는 그의 문학 전반에서 강조된 나환자라는 조건을 월경 체험 및 반공 내셔널리즘의 맥락 속에서 재독할 것이다. 즉, 「전라도 길」, 「목숨」, 「비오는 길」 등 대표 시의 주된 심상인 '문둥이'가 해방 이후 월남시인의 문학적, 정치적, 역사적 표상으로 확립되는 과정을 재구하고자 한다. 『보리피리』(1955)의 「자서」에서 한하운은, "동면冬眠 육년후 이번 처음 불과 2개월 동안의 분망중에서 급작히 지난 방랑여정을 엮은 회상시가 바로 이 시집"이라며 시집의 발간 동기와 의의를 밝힌 바 있다. 그에 따르면 『한하운시초』(1949) 이후 6년 만에 발간한 이 시집은 다른 무엇보다 "지난 방랑여정을 엮은 회상시"이다. 이렇게 한하운의 절망과 소외가 '방랑'의 서사로서 재현될 때 '월남' 경험이 반복되는 것을 간과해서는 안 된다. 다시 말해, 방랑을 소재로 한 시는 대개 한하운의 월경체험을 모티프로 한 것이다. 그리고 월경의 순간마다 나환자의 신체성이 의미심장하게 재현되는 가운데 '문둥이'는 한하운 시의 핵심적인 표상이 된다.

한하운과 올챙이 기자 오소백」, 『전쟁기의 언론과 문학』, 소명출판, 2012; 최원식, 「한하운과 『한하운시초』」, 『민족문학사연구』 54, 민족문학사연구소, 2014; 정우택, 「'한하운 시집 사건'(1953)의 의미와 이병철」, 『상허학보』 40, 상허학회, 2014; 박민규, 「'한하운 사건' 이후의 한하운과 시세계의 변모 양상」, 『우리문학연구』 47, 우리문학회, 2015; 한순미, 「'서러움'의 정치적 무의식」, 『사회와역사』 94, 한국사회사학회, 2012. 이 논문은 이병철과 관련된 필화사건을 전후로 하여 남한에 정착하는 과정에서 나타난 한하운 특유의 월남의식을 통해 그 시세계의 변화를 재론했다.

2. 한하운의 월남 서사와 「데모」의 스캔들

> 여하튼 나를 싸고 도는 집안이란 모두들 지주들이라 소련 군정의 실시에 똑같이 몰락된 공동운명에 놓여 **낙엽 같은 신세들이 되었다.** (…중략…) 3.13 사건이 발생하고는 며칠 동안 전 시내가 살기 가득 찬 무시무시한 죽음의 거리가 되었다. 사람이라곤 한 사람도 살지 않는 것 같이 꼼짝달싹도 않고 소련군과 보안대원이 무장하고 독수리눈같이 독기 있는 눈초리로 거리거리로 순라巡邏하는 것만 보인다.[15] (강조는 인용자)

함경남도 함주군의 한 지주 집안에서 태어난 한하운(1919~1975, 본명 한태훈)은 토지개혁이 본격화될 무렵에 월남했다. 인용문은 1950년대 중반 『희망』에 연재된 나병수기의 일부인데, 소련군정에서 "낙엽 같은 신세"가 되었다는 항변이 북한에서의 그의 정치적 곤경을 일러준다. 즉 한하운은 지주제를 몰락시킨 북한 토지개혁의 과정에서 선우휘, 황순원, 안수길, 오영진처럼 남한으로 이주한 월남문인이다. 위의 글에서 "무시무시한 죽음의 거리", "독수리눈" 등의 신랄한 표현으로 비정한 북한사회를 강조하는 방식은 월남문인 특유의 반공적 자기서사와 다르지 않다. 일례로, 황순원은 평남 출신의 지주이자 인텔리로서 1946년에 월남해 북한 토지개혁을 전면에서 비판하며 반공소설을 썼다.[16] 『카인의 후예』는 "소설의 주제는 공산당 치하에 살아있다

15 한하운, 「고고한 생명-나의 슬픈 반생기」(1958), 인천문화재단 한하운 전집 편찬위원회 엮음, 『한하운 전집』, 문학과지성사, 2010(이하 『전집』으로 표기), 343, 352, 353쪽.

16 황순원은 『카인의 후예』를 통해 해방 후 체제 분열의 책임을 북한에 두고 남한 우익 진영의 논리를 적극적으로 대변했다. 김주현, 「『카인의 후예』의 개작과 반공 이데올로기의 문제」, 『민족문학사연구』 10, 민

는 것은 어떠한 것인가라는 문제"[17]라고 선전될 정도였고, 그는 미국 아시아재단이 재정한 제2회 자유문학상을 수상하기도 했다. 냉전기 미국의 대아시아 정책과 맞물려 월남문인들이 급부상했다는 것은 익히 알려진 사실이며,[18] 1947년에 월남한 김동명은 "약소민족 해방의 성부대가 몰고 온/ 붉은 도야지 떼의 도살장"[19]이라면서 해방기의 혼란을 소련식 공산주의의 확장과 침탈로 **규정하는 반공시를 발표했고, 그로 인해 자유문학상을 수상하며 남한문단**에 안착할 수 있었다.

월남문인의 대부분이 전후 문단에서 반공주의, 민족주의가 농후한 작품을 썼듯 한하운도 1950~60년대에 발간된 수기 『고고한 생명—나의 슬픈 반생기』(1958, 이하 『고고한 생명』으로 표기)과 『황토길』(1960)에서 반북, 반소의 논리를 내면화한 월남의 서사를 활용한 바 있다. 더욱이 한하운의 고향인 함경도는 서북지역보다 소련군의 진군이 적극적이었기 때문에 북한사회에서 지주계급 출신이 축출될 가능성이 더 높았다.[20] 특히 한국전쟁보다 해방기 피난민의 월남 동기가 더욱

족문학사연구소, 1997, 212쪽.

17 「황순원작 카인의 후예」, 『동아일보』, 1955.1.7. 황순원은 「카인의 후예」를 1953년 9월부터 『문예』에 5회 연재했는데 잡지가 폐간된 지 1년 만에 전작본을 발간해 1955년에 자유문학상을 수상하게 되었다. 전쟁중에 『신문학』(1953.5)에 발표되고 『학』(1956)에 수록된 「소나기」는 냉전기 CIA 기관지로서 밝혀진 『엔카운터』의 문학상 공모(Authors' and Translator' Story Competition, 1959.5)의 입선작이 되고 1960년대부터 교과서에 꾸준히 실리는 등 민족문학의 순수성을 대표한다는 점에서 충분히 냉전 텍스트가 된다. 박연희, 「1950년대 후반 냉전의 문화지리와 번역장의 재편성」, 인하대 한국학연구소 외, 『학술대회 '냉전 시대 '자유아시아'의 문화/미디어 네트워크' 자료집』, 2017, 89~90쪽.

18 이봉범, 「냉전과 월남지식인, 냉전문화기획자 오영진—한국전쟁 전후 오영진의 문화 활동」, 『한국학연구』 40, 인하대 한국학연구소, 2016; 정종현, 「자유아시아위원회(CFA)의 '원고 프로그램(Manuscript Program)' 지원 연구」, 『한국학연구』 43, 인하대 한국학연구소, 2016 참조.

19 김동명, 「삼팔선」, 『삼팔선』, 문융사, 1947, 119쪽.

20 김준현은 함경남도, 함경북도 출신의 관북 출신 월남문인을 서북지역 지식인과 구별해 이들은 월남문인의 친정부적, 반공주의적 전형에서 벗어나 주체적 지향점을 갖고 다양한 정치적 입장을 드러냈음을 분석했다. 해방후 한국전쟁 종결 시점까지 월남자 추산 인원(101.4~138.6만 명)은 북한 인구의 10.7~14.7%에 해당할 정도로 많았고 주로 평안도, 황해도 출신이었다.(서북 출신 월남자 71.5%, 관북 출신 월남자 28.5%) 따라서 남한 지식장, 문학장에서 서북 출신 월남민들의 약진이 두드러진다. 김준현, 「관

정치적이었다.[21] 저 수기에 따라 한하운의 월경 행적을 재구성해보면, 1946년 3월 함흥학생사건에 가담—동생의 반체제 활동에 연루되어 1947년 4월에 체포—병보석으로 석방—6월경 나병 치료제를 구할 목적으로 1차 월남—귀향—월남 혐의로 수감—8월에 탈옥해 2차 월남—1947년 겨울 월북—1948년 봄 3차 월남 등으로 요약 가능하다. 한하운은 월경이 일종의 반체제행위로서 간주되자 사법관리의 대상이 되고 강압적인 탄압과 감시를 견디지 못하다가 마침내 월남했다. 그렇다면 한하운의 월남 동기 중 하나인 함흥학생사건을 다룬 한하운의 등단작 「데모」를 읽어보자.

뛰어들고 싶어라
뛰어들고 싶어라.

풍덩실 저 강물속으로
물구비 파도소리와 함께
만세소리와 함께 흐르고 싶어라.

물구비 제일앞서 핏빛 기빨이 간다
뒤에 뒤를 줄대어

북 출신 월남문인의 정착과 전후 문학장」, 『한국근대문학연구』 31, 한국근대문학회, 2015, 69~70쪽.

21 정주아는 월남민 일반의 이동 행위는 사소한 맥락까지 포함해 당대 정치적 담론과 연결되어 있다고 설명하고, 한수영도 해방기에 월남한 작가들은 토지개혁, 현물세 징수 등의 세제개혁, 사상통제와 신앙의 자유 제한 등 일련의 사회주의 개혁프로그램 때문에 자신의 기득권을 상실하거나 포기한 채 월남한 사례를 규정하며 월남시기의 중요성을 강조한다. 정주아, 「정치적 난민'의 공간 감각, 월남작가와 월경의 체험」, 『한국근대문학연구』 31, 한국근대문학회, 2015, 39쪽; 한수영, 「한 보수주의자의 초상」, 『사상과 성찰』, 소명출판, 2011 참조.

목쉰 조선사람들이 간다

모두들 성한 사람들 저이끼리만
쌀을 달라! 자유를 달라!는 (강조는 인용자)
아우성소리 바다소리.

아 바다소리와 함께 부서지고싶어라
죽고싶어라 죽고싶어라
문둥이는 서서 울고 데모는 가고.

— 한하운, 「데모」, 『한하운시초』(1949)[22]

「데모」는 『한하운시초』(1949)의 표지에 실릴 정도로 시집을 대표하는 시였으나 1950년대에 반공주의의 표적이 된 문제적인 텍스트이기도 하다. 1953년에 재판(再版)이 발간되자 언론에서는 한하운 시집이 '가짜'라고 보도했으며, 국회본회의는 "문화빨치산의 준동"[23]이라는 혐의 아래 관련 조사를 수사당국에 의뢰했다. 공산주의자 시인 이병철이 쓴 한하운 시집이 전국에 팔려나가고 있으니 좌익출판의 경로와 배후를 밝히라는 것이었다. 조선문학가동맹 소속의 이병철이 책임편

22 인용시에서 강조한 시구절은 재판 『한하운시초』(1953)의 「행렬」에서 삭제된 부분이다. 이러한 자기검열의 과정에 대해 정진석, 「문둥이 시인 한하운과 올챙이 기자 오소백」(『전쟁기의 언론과 문학』, 소명출판, 2012)에서 상세하게 다룬 바 있다.

23 전국문화단체총연합회는 문화계에 잠복해 있을 빨치산 활동에 대한 감시를 촉구하는 성명서를 발표하기도 했다. 「문화빨치산 준동도 경계 문총 성명」, 『경향신문』, 1953.7.5. "문화빨치산의 남침 신호"이며 "북한괴뢰들의 대남공작으로 간파"한다는 등의 국회 대정부 질의가 있었고, 수사는 1953년 6월부터 12월 3일까지였다. 정우택, 앞의 글, 170~172. 「한하운 시집 사진-금명 김철도 송치」, 『대한신문』, 1953.12.5; 박민규, 앞의 글, 258쪽 각주 32 재인용.

이병철 시인(1921~1995)

詩集中「데모」句節만問題

韓何雲氏實存人物判明

신문기사 '「데모」 구절만 문제'(1953)

집을 맡아 간행한 『한하운시초』는 그의 월북으로 인해[24] 필화사건에 연루된다. 한하운 시집 사건은 열전熱戰 직후에 반공 블록화가 진행되는 과정에서 만들어진 정치적 스캔들이었다. 불과 5~6개월 만에 수사가 종결된 한하운 사건은 '이병철'의 좌익 경력을 이용한 한국판 매카시즘이라고 볼 수 있다. 이 과정에서 함흥학생사건은 한하운이 남한에 정착하는 데에 중요한 정치적 알리바이가 된다. 이는 첫 시집 『한하운시초』에 수록된 「데모」의 개작 과정을 보면 알 수 있다.

24 이병철은 1948년 여름에 박용주의 소개로 한하운을 만나 『신천지』의 특집을 꾸렸다. 이병철, 「한하운 시초를 엮으면서」, 『신천지』, 1949.4, 176쪽. 정우택은 이병철을 중심으로 한하운 필화사건의 역사적 계기와 위상을 밝히며 『신천지』 특집에 좌파 시인 이병철의 실존적 이유가 작용했다고 분석했다. 예를 들어 1949년 초는 좌파 시인들이 수배령을 피해 입산하거나 삐라 제작에 몰두했던 때였고 그러한 활동도 6월 국민보도연맹이 창립되고 조선문학가동맹 등 117개 사회단체의 등록이 취소되면서 불가능해졌다. 이병철은 1950년 2월 정도에 체포되어 9·28 수복을 전후하여 월북한 것으로 확인된다. 정우택, 위의 글, 165, 168~169쪽.

사회주의 체제를 피해 월남한 한하운은 공교롭게도 '이병철'로 인해 다시 북한 체제와의 친연성을 의심받게 되었다. 한하운이 공산주의자 혐의로부터 벗어나는 방법은 '북한'이라는 자신의 원초적 정체성을 온전히 '이병철'에게 덧씌우는 것이었다. 가령 한하운은 11월 21일 치안국에 출두해 자신이 『한하운시초』의 실제 창작자이고 공산주의자가 아님을 해명하며[25] 「데모」에서 '빨갱이'를 연상시키는 '핏빛 기빨이 간다'의 시구절만은 월북시인 이병철이 "승인 없이 고친 것"이라고 주장했다. 또한 언론에 공개된 자기 이력 중 "팔일오를 맞아" 우연히 이루어진 것으로 설명된 월남 이력과 관련해서는[26] 극적인 반공 서사를 기입했는데, 「데모」를 개작해 『보리피리』(1955)에 재수록하면서 덧붙인 "1946.3.13. 함흥학생사건에 바치는 시"라는 부제가 그 대표적인 사례이다. 그가 부제를 통해 강조한 것은 물론 함흥학생사건이 중심에 배치된 반소, 반공의 자전적인 월남 서사였다.

함흥학생사건은 소련군정의 미곡배급 문제를 두고 함흥의전, 함흥농업학교 등의 학생들과 민중들이 궐기하다 총격을 입은 사건이다. 반공 성격이 짙어 이를 남한에서 적극적으로 다루었는데 "함흥학생학살사건"[27]으로 명명될 만큼 당시에는 반소 정서를 심화시킨 중요한 사건으로 인식되었다. 선행연구에 의하면 함흥학생사건은 백호단이라는 북한의 반공 지하단체를 중심으로 전개된 반공운동이며, 사건 직후 북한 전역에 반공 지하 학생조직에 대한 철저한 검거가 실시되자 사건

25 「문제의 한하운 씨 공산주의자 아니다. 이 치안국장 언명」, 『동아일보』, 1953.11.23.

26 「시집 중 "데모" 구절만 문제 — 한하운 씨 실존인물 판명」, 『동아일보』, 1953.11.25.

27 「이북실정 듣고 비분 삼팔이북의 진상보고 강연」, 『동아일보』, 1946.4.4. 1945년에 월남 청년들이 조직한 '북선청년회'는 강연회에서 함흥학생사건을 '학살'로 규정하는 등의 과격한 표현을 사용해 북한을 맹비난했다.

관련 학생들이 월남했다.[28] 하지만 토지 개혁에 대한 함흥의 반대시위 자체만 놓고 보면 "저항치고는 없는 것이나 다름없었다"[29]고 평가될 정도로 그 위상이 남한 언론에 보도된 바와 달랐다. 그럼에도 『보리피리』에 실린 1950년대의 「데모」는 함흥학생사건과 자연스럽게 결합하면서 반공이념을 보증하는 텍스트로 개작된다. 이렇듯 필화사건을 통해 한하운문학에는 월남민의 레드 콤플렉스가 작동하게 된다.

나문학이 아니어도 반공문학에 등장하는 질병의 수사는 해방 이후 증폭된 선례가 상당하다. 특히 곰보, 문둥이 같은 신체적 변형은 역신의 형벌이라는 주술적 의미와 함께 비정상, 기형, 저주의 의미가 더해져 공포의 표상이 되었다.[30] 역설적이게도 한하운의 경우 '빨갱이 이병철'과 분리해 국민의 정체성으로 자신을 증명하는 방식이란 "부평나병수용소"에 있는 '문둥이'뿐이었다.[31] 즉 이병철로 인해 촉발된 한하운의 공산주의 혐의는 나환자라는 특수한 이력을 통해 극적으로 희석된다. 필화사건 속에서 재전유된 '문둥이'는 북한체제를 적대시하는 반공의 표상이라 할 수 있다. 하지만 해방기 시에 등장하는 문둥이의 흉측한 신체적 이미지는 다른 문맥에서 이해될 만하다. 『신천지』 등단 직후 한하운 시에 나타난 신체성은 월남현실의 고통을 재현하는 또 다른 방식이었다. 그런 점에서 월경 직후에 한하운 시가 알려지는 과정의 전모를 살피는 것은 문둥이 표상의 의미를 파악하는 데 도움을 준다.

28 이재오, 『한국 학생운동사』, 파라북스, 2011, 89쪽.

29 박명림, 「북한혁명의 성격－반정복과 반혁명－북한토지개력의 과정, 내용, 의미의 분석」, 『아세아연구』 40, 고려대 아세아문제연구소, 1997, 191쪽. 박명림은 함흥 전문학교와 중학생들의 토지개력반대시위를 '일회적 삽화' 정도의 규모와 성격으로 설명한다.

30 서동수, 「질병의 수사학과 접촉강박증」, 『한국전쟁기 문학담론과 반공프로젝트』, 소명출판, 2012, 283쪽.

31 「한하운은 두 사람인가」, 『경향신문』, 1953.11.23; 「문제의 한하운 씨 공산주의자 아니다 이치안국장이 언명」, 『동아일보』, 1953.11.23 등.

3. 비공식적 등단작 세 편—'문둥이' 없는 문둥이 시

> 문전의 구걸이 돈이 되지는 않고 또 잡지사나 신문사를 찾아 투고를 하려고 하니 상대로 않고 거지라고 내쫓는다. 생각다 못해 이 「파랑새」, 「비 오는 길」, 「개구리」를 도화지에다 써서 다방이고 바에 돌아다니면서 손님들께 한 장씩 팔기로 하였다. (…중략…) 이 「파랑새」, 「비 오는 길」, 「개구리」 세 편의 시로서 구걸한 돈으로 1947년의 겨울을 백천온천에서 편히 지냈다. 세상에 태어나서 시로서 밥을 처음 먹어본 것이다.[32]

1950년대부터 한하운은 성계원 자치회장(1950.3), 신명보육원 원장(1952.5), 대한한센총연맹 위원장(1954.6), 청운보육원 원장(1958.3) 등 나병 시설과 기구를 설립, 운영하며 구라사업에 적극적으로 관여한다. 이는 첫 시집 『한하운시초』(1949)를 발간한 직후 달라진 그의 사회적 위상과 연관 있다. 『신천지』를 통해 1949년 4월에 등단하고 1개월 만에 첫 시집을 발간한 한하운은 "새로운 세대의 시인",[33] "나문학",[34] "불구의 천재시인"[35]으로 명명되며 문단 내의 즉각적인 반응과 관심을 불러일으켰다. 그는 시집을 발간하고 '나환자 시인'으로 유명해진 이후 전국 나환자 집회에서 연설을 하거나 각 지역의 나병 수용소로부터 입주 권유를 받았고, 정부의 제안에 따라 경기, 강원 일대의 환자를 부평으로 결집시키는 역할을 담당하기도 했다.[36] 그런데 이병

32 한하운, 「파랑새」, 『황토길』, 『전집』, 560~562쪽.
33 조연현, 「구호에서 실천으로(하)」, 『경향신문』, 1949.12.28.
34 「선국과 함께 사라나는 문화 지상 좌담회」, 『경향신문』, 1949.8.15.
35 정태용, 「필연과 자유—한하운의 시를 보고」, 『신천지』, 1949.7, 154쪽.

철이 편집한 『신천지』의 한하운 특집 이후 "나癩 시인"으로 특화되기까지 한하운은 자신이 쓴 '나환자의 시'를 다방 손님들에게 직접 팔며 생계를 유지했다. 그러니까 세 편의 시 「파랑새」, 「비오는 길」, 「개구리」는 '이병철'을 만나기 전에 발표된, 한하운 문학을 '나환자의 시'로서 규정하게 만든 비공식적인 등단작이다. 다시 말해 시기적으로 '이병철 혹은 필화사건'과 무관한 텍스트인 셈이다. 이 시들은 문둥이의 신체를 미화하는 방식으로 분단현실을 초월하고자 한다.

가령 한하운이 명동 다방에서 팔았던 시들 가운데 「파랑새」는 한하운을 이병철에게 소개했던 박용주 시인이 가장 먼저 고평한 시였을 정도로[37] 등단시로서 의미가 크다. 주지하듯 자연의 '푸름'을 갈구하는 '파랑새'는 지금껏 나문학의 문맥에서 한하운 시의 대표적 상징으로 이해되어 왔다. 가령 "나는 나는 죽어서 파랑새 되어"라는 비장한 각오의 첫 구절을 보면, 희망이나 자유를 뜻하는 '파랑새'의 관습적 상징에 나환자 시인의 비극적인 운명이 그대로 중첩된다. 그런 탓에 '파랑새'의 심상은 비극적인 자연으로 변용될 뿐 아니라 결국 '나'가 도달할 수 없는 하나의 꿈을 의미하게 된다. "죽어서"라는 구절대로 '나'의 희생이 불가피하기 때문에 시인이 파랑새를 빌어 강조하는 세계는 비극적인 유토피아인 셈이다. 「개구리」도 유사한 대목이 있다.

가갸 거겨
고교 구규

36 한하운, 「운명의 반항1」, 『황토길』, 『전집』, 612~614쪽. 당시 전국적으로 나환자 강제 수용 정책이 시행되자 나환자 집회가 이례적으로 있었다. 「생활보장요구 나환자 도청에 농성」, 『동아일보』, 1950.4.3.

37 최영해, 「간행자의 말」, 『한하운시초』, 정음사, 1953, 96~97쪽.

그기 가.

라랴 러려
로료 루류
르리 라.

―「개구리」(『한하운시초』(1949)) 전문

「개구리」는 나병의 고통을 개구리 울음소리로 형상화하고 있다. 개구리의 그로테스크한 외양과 나환자의 문드러진 몸이 동일시되는 가운데 개구리의 울음소리는 미묘한 서글픔을 만들어낸다. 이 시에 대한 시인의 해설을 굳이 참조하지 않더라도 개구리의 생김새가 창작 동기였음을 짐작하기란 어렵지 않다. 그렇다면 왜 시각적인 이미지를 동원하지 않고 하필 '소리'에 집중해 나병을 드러낸 것인가. 한하운은 "개구리를 사실寫實하려도 내 힘으로서는 모자란 것뿐"[38]이라면서 개구리의 난해한 시적 형상이 문제였다고 사족을 달면서도, 다른 한편 개구리가 그치지 않고 우는 울음에 대해 "동면冬眠의 하도 오랜 시공을 잠을 자서 원통한 설움"[39]을 호소하는 것이라 설명한다. 고립되고 정지된 시공간 속에서의 '동면', 그 비극적 운명으로 인해 우는 울음이라는 것이다. 서정주의 「문둥이」에서 "해와 하늘 빛이/문둥이는 서러워" 밤새 우는 장면을 상기해볼 때 한하운의 '개구리' 역시 아름다운 시절을 상실한 존재의 상징임에 분명하다. 이렇듯 한하운의 '개구리', 곧 '문둥이'는 실재하지 않고 '울음'으로만 존재한

38 한하운, 「개구리」, 『황토길』, 『전집』, 584쪽.
39 위의 글, 583쪽.

다. 그런 탓에 한하운은 그 "울음"을 "전원의 전설"로 처리하고 '문둥이 비애'의 현실적 의미를 적극적으로 표현하지 않은 채 신화적인 분위기로 채색한다.

다른 한편, 개구리의 울음소리는 ㄱ, ㄴ, ㄷ의 자음 순서를 따르지 않고 전체적으로 '가', '라' 계열의 음절 구조를 만들어낸다. '가라'라는 명령어가 환기하듯 화자는 비극적 운명에서 벗어나 이상향을 향해 끊임없이 나아갈 것을 다짐한다. 한하운 스스로도 "'가'와 '라'로서 이 모든 것을 표현하려고 노력"했음을 밝혔지만, 공교롭게도 이 시는 그가 월남해서 "깡통을 쥐고 유리표박의 방랑 생활"을 하던 시기에 완성되었다.[40] 그런 점에서 「비오는 길」의 "가는 나그네"도 월남민의 방랑 서사 중 하나로서 재독할 여지가 있다.

주막도 비를 맞네
가는 나그네

빗길을 갈까
쉬어서 갈까

무슨 길 바삐바삐
가는 나그네

쉬어 갈 줄 모르랴

40 「개구리」, 584쪽.

『한하운시초』(1949)에서 저자필적으로 강조된 「비오는 길」

한잔 술을 모르랴

—「비오는 길」, 『한하운시초』(1949) 전문

「데모」뿐 아니라 「비오는 길」도 초판에서 내지를 장식하며 특별하게 다루어졌는데, 이 시는 한하운이 월남 체험의 한 에피소드로서 언급했던 작품이다.[41] "바삐바삐"라는 시구절은 쏟아지는 빗길에도 가던 길을 멈추지 못하는 월남의 맹목적인 상황을 보여주고, '나그네'인

41 한하운, 「비오는 길」, 『황토길』, 『전집』, 578쪽. 『황토길』은 신흥출판사의 '자작시해설총서' 가운데 하나였다. 이 총서의 광고를 보면, "도대체 자작시 해설을 어떻게 썼기에 그렇게도 말썽이 많을까요? 하여튼 한번 읽어보고 논하십시다"라는 흥미로운 문구가 눈에 띈다. 이렇듯 한하운의 시는 나문학의 성격으로만 읽을 수 없는 전후문학사적인 맥락이 있다. 저 총서에 포함된 많은 시인들은 한하운과 마찬가지로 해방 전후에 발표된 자작시를 놓고 자신의 (비)정치적인 논리를 앞세워 해설집을 말산했다. 이에 관해서는 후일에 다른 지면을 통해 밝힐 예정이다.

월남민은 시인 자신을 호명한 것이다. 시적 자아를 '나그네'라는 외부인으로 설정함으로써 "빗길을 갈까/ 쉬어서 갈까"라는 내적 갈등에도 불구하고 결국 주막을 지나치는 월남민의 절박감과 소외감을 강조했다. 한하운은 월남 체험의 한 에피소드, 즉 원산 탈출의 긴박한 순간을 이 시의 소재로 삼았다. 그러고 보면 나그네의 애환이란 실은 『고고한 생명』에 상세하게 묘사된 탈옥 장면의 시적 형상화에 해당한다. 『고고한 생명』의 후반부에는 원산교도소 이감 중 한하운이 극적으로 탈출하는 장면이 실감나게 묘사되어 있다.

> 감방 속에 들어와서는 두 손목을 엮어 맨 쇠고랑을 어떻게 열어서 두 손 아니 온 몸뚱어리의 자유를 얻는가…… 그 다음에는 창문을 소리 없이 부수어 어떻게 빠져나가느냐…… 그 다음에는 가시철조망을 나가는 것! 그 다음에는 경계의 눈을 피하여 남한으로 월남하는 것…… 이것이 원산서 죽음의 38선을 넘어 동두천까지 보행으로 걸어가는 어마어마한 천 리 길 (…중략…) 아아! 정말로 파랑새가 되어 가고픈 하늘과 땅으로 마음대로 날아가고 싶다. 육체는 부서져도 좋다. 내 정신의 의지로써 굳세게 싸워, 가야하는 마음을 일으킨다. 발바닥으로서는 도저히 걸을 수가 없어서 발뒤꿈치로 걷는다.[42]

이 글에서 독자는 탈옥에 대한 한하운의 절박한 심경을 잘 엿볼 수 있다. 그의 월남은 정치적 이유에서 비롯되었으나 불안, 절망, 고뇌, 죽음 등 마치 전후문학의 실존적 정서를 연상시키는 서술자의 내면이

42 한하운, 『고고한 생명』, 『전집』, 476, 487쪽.

돋보인다. 가령 수갑을 풀어 해방되고 싶은 것이 당장 묶인 "두 손"만이 아니라 "온 몸뚱어리"였다는 구절이나, 실존적 자아의 불안과 절망이 "가야하는 마음"으로 전이될 때 "육체는 부서져도 좋다"라는 구절에서 시적 화자의 주체적 결단이 강조된다. 실존주의의 중요한 전제인 자유와 책임의 문제가 한하운의 경우처럼 체제를 새롭게 선택해야 하는 상황 속에서 대두되는 것은 당연하다. 그가 탈출하고자 하는 저 '온몸'은 단순히 '정신'과 대립되는 어휘가 아니라, 나환자라는 부조리한 자기 존재를 역설적으로 표현한 것이다. 탈옥을 계획하며 한하운은 월남 이후의 자신을 "내 정신의 의지"로 복권되는 새로운 '육체'로서 상상했다. 한하운의 나문학을 상징하는 '파랑새'가 월남 수기에 재차 등장하는 데서 알 수 있듯이 38선을 통과한 직후 그는 남한을 유토피아적인 공간으로 인식했다.

> 이 시는 나로서는 잊을 수 없는 많은 삽화를 갖고 있다. 이 시는 아마 1943년 8월 15일 해방 이전의 작품이라 하겠으며 당시는 일제의 말기로서 이런 한글 시가 지하에 들어간 것이었다. 해방이 되고 함흥에서 소설가 한설야, 이찬 , 한식…… 등등이 문학 운동을 일으키고 함흥문학가동맹을 조직하고 있을 때 나는 이 시(「파랑새」—인용자)를 신문에 내놓았다. 그때 이 시는 반동시라고 보기 좋게 거절을 당하고 말았다. 그 후 나는 뜻하지 않게 반동분자로 몰리어 감옥살이를 하였다가 원산 형무소로 이감하던 날 탈옥하여 38선 이남으로 탈출하였다. 1947년 8월에 월남하여 나는 집도 먹을 것도 없는 거지로 전락하고 말았다.[43]

43 한하운, 「파랑새」, 『황토길』, 560쪽.

『한하운시초』(1949)의 표지 「데모」

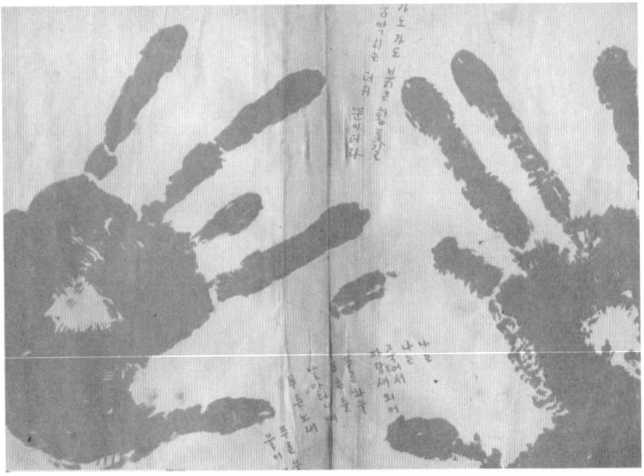

『한하운시초』(1953)의 표지 「파랑새」

「파랑새」가 미적 성취를 극명하게 보여준다고 하지만, 이 시는 「데모」와 비교해 주목되는 점이 있다. 「파랑새」는 『한하운시초』 초판 표지의 「데모」를 대신하여 재판 표지에 실렸고, 「데모」의 개작과정과 마찬가지로 '한하운 사건' 이후 두 권의 자서전을 매개로 하여 「파랑새」의 반공주의적 덧칠이 이루어졌다. 위의 글에 따르면 「파랑새」는 몇 편 안 되는 해방 이전의 작품 중 하나이면서 태평양전쟁기에 한글로 창작된 나머지 검열의 대상이 되었으며, 무엇보다 해방 후 북한 문단에서 반동시로 낙인 찍혔던 시였다. 「데모」의 경우 한하운이 함흥학생운동에 가담하고 반동분자가 되어 마침내 월남하는 이른바 반공서사를 내장한 텍스트로 독해가 가능하다면, 「파랑새」 또한 반공주의나 민족주의에 순응하는 월남문학의 전형을 보여준다. 『신천지』에 발표되기 전에 이미 세간에 알려진 또 다른 서정적 시편들도 월남민의 유랑경험과 무관하지 않다. 유토피아적 사유가 변혁의 필요성을 가장 먼저

자각할 수밖에 없는 타자의 전유물이라는 점을 다시금 환기시켜 주는 작품이 「파랑새」인 것이다.[44] 그렇다면 「비오는 길」에서 "나그네"는 38선을 넘어서도 여전히 주변인으로 방황하는 이의 비극적 정황을 상기시킨다. 훗날 한하운이 이 시에 해설을 부치며 "병든 내가 어찌 성한 사람들이 술 마시는 주막집에 들르겠는가"[45]라고 술회했지만 「비오는 길」의 어떤 시구절에서도 '나그네'의 타자성은 나병에 빗대어 발화되지 않았다. 이 시들은 보통의 월남민이 겪는 타향살이와 그 애환을 형상화했을 뿐이다. 1950년대 이후 반공주의적 해석이 농후해진 한하운의 시들이 해방기에만 하더라도 심지어 나병보다 월남 상황을 더 초점화했다는 사실이 주목된다. 월남, 즉 정주하지 못한 삶의 문제성은 『한하운시초』에서 '문둥이'의 심상을 통해 더욱 적극적으로 제기된다.

4. '문둥이' 표상과 헤테로토피아적 이미지

한하운은 나환자였기 때문에 월남문인이라 해도 보도연맹이나 종군작가 등에 적극적으로 가담했을 가능성은 없다.[46] '한하운 사건'만 봐도 알 수 있듯 1953년까지 자신이 시인임을 스스로 증명하는 것조차 어려웠던 상태였다. 이병철이 한하운을 두고 "걸인 하나"[47]라고 표현했듯, 월남후 쓰레기통 옆에서 노숙을 하고 나환자 수용소에서 시

---

44 Angelika Bammer, *Partiall Visions*; 임철규, 『왜 유토피아인가』, 한길사, 2009, 19, 22쪽 재참조.
45 한하운, 「비오는 길」, 『황토길』, 『전집』, 578쪽.
46 월남문인의 보수적 행보에 관해서는 성수아, 앞의 글.
47 이병철, 「한하운시초를 엮으면서」, 『한하운시초』, 정음사, 1949, 64쪽.

를 쓰고 명동의 방공굴에서 원고를 정리할 정도로 고립되고 비참한 생활을 했던 한하운이다.[48] 그런데 『한하운시초』 전반에 걸쳐 '나환자여서' 나타나는 절망감, 불안감, 서러움의 시적 정서는 단지 나병만이 아니라 '월경'과 함께 촉발된 것이다. 가령 「삶」은 "잠깐이라도 이 낯선 집"에 있다는 자각 속에서 "욕이다 벌이다 문둥이다"라고 원죄의식을 피력한 시이고, 「자화상」의 경우 "눈썹" 없는 나환자가 쇼윈도 유리창에 비친 "알아볼 수 없는 나의 얼굴"을 한탄한 시이지만, 그 서러움은 무엇보다 "오늘 꼭 가야 할 아무 데도 없는 낯선 이 길머리"에서 토로된다. 「막다른 길」도 "개"마저 문둥이인 시적 화자에게 "업수녀기고 덤벼"드는 상황이지만 그것은 문둥이가 "낯선 문패와 / 서투른 번지수를 우정 기웃거리며" 헤매였기 때문이다. 이처럼 시에서 '문둥이'의 눈물과 애환의 장소는 대부분 '낯선 장소'이다.

월남문인은 체제 선택의 문제에 앞서 고향을 떠나온 사람들이었기에 장소성의 인식은 중요한 문학적 특징이 된다.[49] 고향에 대한 향수는 월남민이 자신을 낯선 장소에 재배치하는 순간에 시작된다. 이질적인 체제나 이념, 관습 등에 직면해 이방인으로서 적지 않은 소외와 불안을 감내해야 했을 때 고향의 메타포가 발생한다. 「어머니」, 「추야원한」, 「수수야곡」 등 해방기 시에 무수히 등장하는 한하운의 '어머니'도 과거(고향)와 현재(타향) 사이의 균열을 보여주고 월남민 정체성의 혼란을 표현하는 핵심 시어이다. "고향의 본질은 추방 속"에 있음을 하이데거가 지적한 것처럼 이방성, 이질성을 전제로 고향 의식이

48 한하운, 「생명과 자학의 편력」, 『황토길』, 『전집』, 533~534쪽.

49 방민호는 월남문학의 이념과 범주를 구체화하기 위해 고향 회귀 문제, 현실 공간의 적응 문제, 제3의 고향 찾기, 즉 고향상실 또는 그 극복, 초극의 양상을 유형화한다. 방민호, 「월남문학의 세 유형-선우휘, 이호철, 최인훈의 소설을 중심으로」, 『통일과 평화』 7, 서울대 통일평화연구원, 2015.

선명해진다.[50] 그런 점에서 읽어 봐야 하는 한하운의 시들이 있다.

「자벌레의 밤」은 북에서 떠밀려온 날들에 대해 "나의 상류上流에서 / 이 얼마나 멀리 떠내려온 밤이냐"라고 불안하게 자문하는 가운데 월남민의 삶을 "부표浮標처럼 떠" 다니며 자기존재를 위장하는 자벌레와 다를 바 없는 삶으로 형상화한 것이고, 「명동거리」는 남한을 가리켜 "본적도 주소도 없는 사생아들의 고향"이라면서 실향민의 정조를 드러낸 시이다. 그저 "자벌레"처럼 자기 모습에 맞는 곳을 찾기 위해 방황할 뿐인, 자신과 같은 북한 출신은 남한에서 "사생아"에 불과하다는 한하운의 월남의식은 『한하운시초』(1953) 재판에 추가된 시들에서 더욱 노골적으로 드러났다. 「간행자의 말」에 의하면 피난지 여러 곳에서 "하운을 찾는 소리"[51]가 있어 재판한다고 설명하지만, 현실적인 내막은 이병철의 월북과 관련된다. 출판사는 『한하운시초』 초판에 수록된 「데모」, 이병철의 발간사 등 이념적으로 문제가 될 만한 지면을 미리 단속하며 재판을 발행했다. 그럼에도 재판이 필화사건에 연루된 사정에 대해서는 앞서 살펴보았다. 하지만 재판에서 추가적으로 수록된 시 7편(「하운」, 「추억1」, 「추억2」, 「창경원」, 「고향」, 「버러지」, 「냉수먹고 가련다」) 중 상당수는 고향의식을 전경화한 작품들이다.

『한하운시초』(1953) 재판에 새로 추가된 시편에는 북한/남한 사이에서 방황하는 화자가 등장한다. 여기서 북한은 단지 '집-고향'으로서 환기되는, 정체감과 과거를 연결하는 하나의 서사이자 관념이다.[52] 따라서 월남민은 집-고향을 상실한 후 자기 서사가 불가능해진 상황

50 김광기, 「멜랑콜리, 노스텔지어, 그리고 고향」, 『사회와 이론』 23, 한국이론사회학회, 2013, 187쪽; 방민호, 앞의 글, 162쪽에서 재인용.

51 최영해, 「간행자의 말」, 『한하운시초』, 정음사, 1953, 94쪽.

52 제프 말파스, 「장소, 과거 그리고 개인」, 김지혜 옮김, 『장소와 경험』, 에코, 2014, 246~247쪽.

에서, 다시 장소에 의존해 자기 정체성을 구성하려는 욕망에 사로잡힌다. 한하운의 경우 「고향」에서 "고향 없는 마을을 볼지/ 마을 없는 인정을 볼지" 결정할 수 없는 갈등을 드러내는 가운데 남한을 '고향' 상실의 장소로, 북한을 일종의 노스텔지어로 표현한다. 즉 북한은 "고향으로 돌아갈 길이 보인다"(「추억 1」)라는 구절처럼 자기정체성의 복원을 가능케 하는 이상향으로 재설정된다. 『한하운시초』 재판에 추가된 시들은 '문둥이' 표상을 통해 고향에 대한 그리움을 노래하고 월남 현실의 모순을 폭로한다. 월남 현실은 "기어코 허락할 수 없는 생명"(「냉수 먹고 가련다」)과 "분에 못 견딘 삶"(「버러지」)과 같이 문둥이의 절망적 상황으로 표현될 만큼 비인간적이기 때문이다. 여기서 '고향'을 다룬 시편들이 대개 시인 스스로 남한 사회를 비판적으로 조망할 수 있었던 시기부터 창작되었음은 중요하다.

한하운이 정음사 측에 이 시들을 건넨 시점은 한국전쟁 발발 직전이었다.[53] 즉 초판이 발간된 1949년 5월부터 1950년 6월 사이 약 1년 동안 쓴 시들인데 이 무렵에 한하운은 수원의 나환자 정착촌에 머물다 정부의 교섭을 받고 경기도, 강원도 일대의 환자를 부평으로 이주시키는 일을 하고 있었다. 부평에 나환자 정착촌인 성계원을 설립한 시기였던 것이다. 이 기간을 한하운이 어떻게 회고하는지 살펴보자.

> 나환자의 유토피아를 건설하려는 꿈의 실천의 출발에 무엇보다 기금이 첫째이고 또 정부 당국의 민족 후생의 이념의 확고한 원조가 있어야 성취되는데 이 모든 것이 결여되어 있을 뿐만 아니라 돈이 앞서는 썩어진 세

53 최영해, 앞의 글, 100쪽.

상일에 서러웁기만 하였다. (…중략…) 나는 동서고금의 유토피아 문학과 논설을 수집하고 연구하였다. (…중략…) 성계란 이름을 얻었다. 세상과 격절된 여기 문둥이의 요양소라는 것은 하나의 원시 공화국이다. 여기의 자치회라는 것은 하나의 정부이다.[54]

남북한 사회 어느 곳에도 정착할 수 없었던 그가 유일하게 소속된 곳은 역설적이게도 사회에서 고립된 나환자 집단거주지였다. 한하운은 약 600명의 나환자와 함께 부평에 정착해 이곳을 '성계원'(성혜원成蹊園)이라고 지칭하고 자치위원장에 취임한다. "부평 성계원에 진달래 피면 / 이 세상 울고 온 문둥이는 목쉬어"(「여가驪歌」, 1977)처럼 시에서 성계원을 각별하게 다루기도 하면서 노년까지 부평에 머물렀다. 그러나 성계원이 설립된 1950년대 초는 나병에 대한 차별적 인식이 여전한 때여서 성계원의 실상은 "시민보건에 커다란 위협"[55]이 되는 나환자의 강제 격리 수용소에 불과했다. 이처럼 한하운의 월경 장소는 법, 주권, 인권을 박탈당한 호모 사케르의 영역, 곧 추방된 장소였다. 나환자 정착촌을 가리켜 "하나의 정부"라고 설명하거나 이곳을 "유토피아"라 여겨 동서고금의 유토피아 문학에 천착했다는 시인의 회고는 억압받는 타자의 시선에서 촉발된 것이다.

푸코는 공간을 유토피아Utopia와 헤테로토피아Heterotopia로 구분하고 실제 역사와 현실에서 그 관계를 전도시킨다.[56] 식민지나 매음굴처럼 헤테로토피아는 지배 권력이나 담론에 의해 신성화된 유토피아적 공

54 한하운, 「운명의 반항 1」, 『황토길』, 『전집』, 613, 615쪽.
55 「나병환자 시외 이송」 26일에 30명 적발」, 『동아일보』, 1953.8.23.
56 미셸 푸코, 이상길 역, 『헤테로토피아』, 문학과지성사, 2015, 99쪽.

간이나 그에 대한 상상이 환상에 지나지 않음을 폭로하는 유토피아 바깥의 또 다른 유토피아이다. 한하운은 문둥이의 언어로 '남한=유토피아'라는 환상을 깨뜨렸다. 다시 말해, 한하운 시에서 우리는 그의 몸을 통해, 훼손되고 절단된 문둥이의 신체를 통해 그와 다를 바 없는 민족 현실과 다시금 마주하게 된다.

가도 가도 붉은 황톳길
숨 막히는 더위뿐이더라.

낯선 친구 만나면
우리들 문둥이끼리 반갑다.

천안 삼거리를 지나도
쑤세미 같은 해는 서산에 남는데

가도 가도 붉은 황톳길
숨 막히는 더위 속으로 쩔룸거리며
가는 길……

신을 벗으면
버드나무 밑으로 지까다비를 벗으면
발가락이 또 한 개 없다

앞으로 남은 두 개의 발가락이 잘릴 때까지

가도 가도 천리 먼 전라도 길.

—「전라도 길—소록도로 가는 길에」(『한하운시초』(1949)) 전문

한하운에 따르면 「전라도 길」은 원산에서 탈옥해 38선을 넘는 위기의 순간과 월남의 불안한 경험을 배경으로 씌어졌다. 요컨대 이 시는 다른 무엇도 아닌 월남의 기록이라 할 수 있다. 휴전선을 넘어 남한으로 이동할수록 시인은 떨어진 손가락, 발가락 등처럼 더욱 흉측한 대상으로 자기를 재현한다. 급기야 "쓰레기통" 옆으로 추방된다 해도 당연해 보일 정도이다. 이제 '문둥이'는 사회적으로 온전하지 않은 모든 것을 포함한다. 그런데 잘려진 신체에 반응하지 않았듯 38선을 넘어 비참한 죽음의 순간에 직면하더라도, 화자는 "배꼽 아래 손을 넣으며 / 37도의 체온이 / 한 마리의 썩어가는 생선처럼 멍클 쥐어진다"(「목숨」)면서 훼손된 남성성으로나마 자신의 생명을 확인하고 유지하려 할 뿐이다. 이처럼 해방기 한하운의 시 가운데 월남민의 이력과 더불어 나병의 신체적인 이미지가 명료하게 부각되는 경우가 있는데, 그러한 문둥이 표상은 1950년대 이후의 소위 나문학의 맥락과는 쉽게 동일시될 수 없다.

신발을 벗을 때마다 잘리는 발가락(「전라도 길」)이나 머리를 긁적일 때마다 툭 떨어지는 손가락(「손가락 한 마디」) 등의 절단된 신체는 나환자의 고통을 기괴한 것으로 바꿔 놓는다. 나병의 신체를 재현함으로써 나환자의 서러움보다 오히려 육체적인 공포가 부각되는 순간이다. 「삶」, 「나」, 「데모」, 「벌」 등의 시에서 한하운은 굳이 '문둥이'라는 비하적인 표현을 사용하여 시적 자아가 겪은 소외의 측면을 강조했다. 그러나 다른 시에서 심미적 비애가 그로테스크한 신체성으로 환원되

면서 '문둥이' 심상은 이방인의 표상에 더욱 근접해졌다. 시적 화자는 살점이 떨어졌을 때조차 자신의 상처와 고통을 시 속에 남겨 두지 않는다. "땅 위에 떨어진" 손가락을 집어 다시 "깊이깊이 땅 파고 묻"(「손가락 한 마디」)고, "가는 길"에 잘린 발가락을 보고도 "앞으로 남은 두 개의 발가락이 잘릴 때까지"(「전라도 길」) 천리 길을 걸어간다. 문둥이의 '눈물'이 부당한 사회적 시선을 환기시킨다면 문둥이의 '몸'는 질병 자체를 대상화한다. 그런데 질병으로 '앓는 몸'은 무엇보다 월경 체험을 다룬 시에 주로 등장한다.

흥미롭게도 한하운은 남한에서 나병 치료제를 구할 수 있다는 소문을 듣고 월남을 결심했다. 실제로도 해방기에 월경은 반체제행위로만 간주될 수 없고 장사, 구직, 병 치료, 여행 등의 다양한 동기로 지속되고 있었다. 이런 점에서 38선은 물론 미소의 분할점령을 위한 편의적 경계선이지만 역설적으로 남북의 상이한 반체제적 요소(사람, 물자, 정보)가 유입될 최적의 통로이기도 했다.[57] 1947년 초 월남자의 대다수가 남한에서 식량을 배급해준다는 소문을 좇아 월경했던 사실이 이를 방증한다.[58] 그렇다면 문둥이의 '앓는 몸'이야말로 남한이라는 유토피아를 지시하는 시적 표현일 것이다. 남한을 가리켜 "그곳이야말로 이 땅 위에서 허락된 우리들의 파라다이스"[59]라고 한 애인R의 말을 자신의 회고록에 굳이 의미심장하게 옮겼던 것도 '나병만큼은' 남한사회가 이상향이 될 수 있음을 보여주기 때문이다. 그러나 월남 이후에도 '문둥이'는 여전히 소외와 절망에서 자유롭지 못했다. 그것은 월남한

57 김재웅, 「북한의 38선 접경지역 정책과 접경사회의 형성」, 『한국사학보』 28, 고려사학회, 2007, 129~130쪽.
58 김재웅, 앞의 글, 129쪽 각주 7.
59 한하운, 『고고한 생명』, 『전집』, 353쪽.

한하운이 "나병으로 말미암아 (…중략…) 쫓겨 다니는 까마득한 신세"가 된 나머지 "실지로 밟아본 땅 남조선의 현실은 환멸의 먼지가 뿌옇게 일고 그저 욕된 말로 씨부린다면 개판"[60]이라고 남한에 대한 비판적 인상을 남긴 것과 무관하지 않다. **다시 말해 '문둥이'가 남한사회에 대한 환상을 비판할 수 있는 헤테로토피아적 장소라고 할 때, 그것은 해방기 시의 경우 흉측한 신체 이미지를 통해 전면에 등장했다.** 한하운 시에서 '문둥이' 표상이 중요한 것은 그것이 나병뿐 아니라 모든 것을 멸균하는 반공주의 사회에 대한 이의제기를 의미하기 때문이다. 요컨대, 한하운 시에서 '문둥이'의 몸은 반공주의의 폭력으로 인해 힘없이 문드러지고 절단되었으나 동시에 스스로를 변형시키고 재구성함으로써 그 폭력에 이의제기하는 '유토피아적인 몸'이다.

5. 결론을 대신하며

—한센인 월남 시인의 전후문학과 내셔널리즘

한하운은 요양 중에 해방을 맞이했고 함흥학생사건을 겪은 이듬해에는 월남을 계획했다. 북한에서 두 차례의 체포, 수감 이후에 목숨을 걸고 단신으로 탈옥해 1947년 8월 드디어 월남한다. 생계를 위해 명동의 다방에서 「파랑새」, 「비 오는 길」, 「개구리」를 팔았던 무렵이다. 그해 겨울 다시 월북해 황해도에서 지내다 1948년 봄에 또 서울로 내

60 한하운, 「전라도 길」, 『황토길』, 『전집』, 537, 538쪽.

려와 그는 본격적으로 시를 쓰기 시작한다. 그 계기는 두 가지인데 이병철을 만나 『신천지』에 시를 발표할 지면을 얻은 것과 보건후생국 미국 국장의 도움으로 순화병원에서 안정적으로 시를 쓰게 된 것이다.[61] '좌파문인 이병철'과 '미군정기 보건후생국'에 대한 지극히 냉전적인 회상기는 한하운 문학의 원체험에 해당한다. 한하운은 북한을 탈출해 월경하는 극한의 상황을 나병의 고통으로 강조했고, 해방기의 정치적 혼란 속에서 정착하기 어려운 남한살이를 나환자의 소외감으로 형상화 했다. 고향/타향(「추석달」, 「추억1」, 「명동거리1」 등), 익숙함/낯설음(「삶」, 「막다른 길」, 「전라도 길」 등), 과거/현재(「수수야곡」, 「무지개」 등), 밝음/어둠(「자벌레의 밤」, 「손가락 한 마디」 등)처럼 대립되는 이미지는 월남민으로서 경험한 민족/국가 정체성의 혼란과 갈등을 고스란히 반영한 것이다. 즉, 그의 시문학은 나환자의 실존적 고독을 통해 월남민의 불안한 정체성을 밝힌다. '낯선 것'에 한없이 무력해지고 '익숙한 것'을 지속적으로 그리워하는 심상이야말로 한하운 문학에서 반복되는 월남의식의 모티프이다.

월남민이자 나환자로서 한하운이 겪은 냉전과 분단의 위기감은 보편적인 시대경험이었다. 가령, 한하운이 월남했던 1948년 봄에 한국

61 한하운, 「생명과 자학의 편력」, 『전집』, 525~531쪽. 『황토길』에는 '1948년 여름' 무렵에 '미국'의 기표들이 눈에 띈다. 가령 이병철과의 만남 대신에 "아메리카니즘"으로 표상된 문란한 명동 시절이, 『한하운시초』의 수록한 시들이 미군정 "보건후생국"의 도움으로 안정된 병실에서 창작이 가능했다고 회고되고 있었다. 선행연구자들이 지적했듯 한하운은 월남후 『신천지』에 시를 발표해 등단하는 과정에서 이병철과의 만남을 증언하지 않앗다. 이병철과의 연루설을 부정하는 방식으로 1953년 필화사건을 극복하고자 한 것이다. 정우택, 앞의 글, 176; 박민규, 「'한하운 사건' 이후의 한하운과 시세계의 변모 양상」, 『우리문학연구』 47, 우리문학회, 2015, 260쪽. 그러나 월남 문인 한하운의 고백에서 보다 중요한 지점은 '이병철'이 소거된 것만이 아니다. 좌파 시인, 월북 시인 대신에 '미국'이 재배치된 부분에 주목해야 한다. 그런 점에서 냉전기 미국의 구라활동과 한하운을 다룬 USIS 영화 〈황토길〉을 연구한 김려실의 논문은 시사적이다. 김려실, 「냉전과 박애」, 『현대문학의 연구』, 한국문학연구학회, 2015.

사회는 단독선거 찬성과 반대 세력으로 극렬하게 양분되어 있었다. 일군의 지식인과 문화인들이 남북협상을 지지하는 성명(1948.4.14.)을 거국적으로 발표했고,[62] 성명의 참여 문제를 놓고 문인들은 명동 다방과 술집에서 논쟁을 거듭했으며 한동안 수그러들었던 통일 여론이 다시 조성되기도 했다.[63] 하지만 해방기에 반제국주의 경향의 시를 썼던 박인환이 "1946년에서 1948년 봄에 이르기까지 우리의 아름다운 지구는 역시 서울이었습니다"[64]라고 회고한 것처럼 단정수립을 계기로 분단의식이 고착되면서 그러한 자유는 요원한 것이 되었다. 이 시기에 김기림은 마치 한국전쟁을 직감한 듯 "냉정冷靜전쟁의 형식을 거쳐 (…중략…) 실존의 전쟁이 중화해소"될 수 있는 방도와 물리적 전쟁을 회피할 합리적인 국제기구의 필요성을 거론하기도 했다.[65] 한하운도 예외는 아니었다. 월경하는 순간마다 남한에서 벌어지는 미소공위 상황이나 남북통일안 등에 관심을 기울였고,[66] 돌아갈 수 없는 곳에 대한 노스탤지어를 "정말 어쩔 수 없는 목숨"(「나」), "이건 참 어처구니없는 벌"(「벌罰」), "어처구니없는 8월 한가위"(「추석 달」) 등 나환자의 '어쩔수 없는' 비애나 상길감과 다르지 않은 것으로 표현했다. 월남민의 노스탤지어는 '문둥이'라는 시적 화자의 비극적인 상황을 통해 더

62 교수, 문인, 학자, 변호사, 언론인 들 108명은 '남북협상만이 구국에의 길'이라는 남북협상을 지지하는 성명을 발표했다. 성명 내용과 참가 명단은 윤민재, 『중도파의 민족주의 운동과 분단국가』, 서울대 출판부, 2004, 366쪽.

63 최하림, 『김수영 평전』, 실천문학, 2001, 124쪽.

64 박인환, 「이봉구 형」, 김광균 엮음, 『세월이 가면』, 근역서재, 1982, 228쪽. 단정수립을 기점으로 하는 박인환의 저 회고는 그가 1949년 7월 국가보안법 위반으로 체포된 것과 무관하지 않다. 해방 직후에 좌파 지식인들 간의 자유로운 소통은 반공 정책에 의해 차단된다. 박연희, 「한국 현대시의 형성과 자유주의 시학」, 동국대 박사논문, 2012, 74쪽.

65 김기림, 「문화의 운명」, 『문예』, 1950.3, 143쪽.

66 한하운, 「생명과 자학의 편력」, 『황토길』, 『전집』, 525쪽.

욱 절실하게 전달된다.

그러므로 한하운 시에서 '문둥이'는 시인이 앓고 있는 질병을 환기할 뿐 아니라, 남한사회의 이방인으로서 살아가는 시인의 자의식을 보여주는 시어이기에 중요하다. 가령 1950~60년대에 이르면 '문둥이'로 환원되는 자기표상의 방식이 『한하운시초』와 달라진다. 『정본 한하운』(1964)의 첫 장에 수록된 「영가靈歌」의 '문둥이'는 더 이상 추악한 신체가 아니라 "문드러짐도 아름"다운 대상으로 바뀐다. '문둥이'의 불온한 이미지가 이방인을 억압하는 한국사회의 모순을 폭로하거나 저항하는 방식이었다면, 남한의 국가주의가 확대된 시점에서 한하운은 '문둥이' 표상을 통해 체제 순응을 정당화하고자 한다. 그런 맥락에서 『보리피리』를 보면 이전의 비극적인 세계가 순화되었음을 확인할 수 있다.

모든 영혼이 쉬는 밤
또 하나의 생명과 영혼이 태어나는 밤.

이 밤이 좋아서 신화는
부엉이 눈을 뜨게끔 하였다.

별이 반짝이며 이슬을 보낸다
나무가 숨 쉬며 바람을 보낸다
꽃이 피려고 향을 풍긴다.

— 한하운, 「부엉이」, 『보리피리』(1955) 부분

한하운 스스로 "문둥이 냄새"[67]가 없다고 언급했던 것처럼 「부엉이」에는 '문둥이'가 등장하지 않는다. 시인이 굳이 '부엉이'를 제재로 삼았다면 그것은 낮에 눈을 감고 밤에 눈을 뜨는, 곧 인간세계의 시간의식에 속하지 못하는 불행한 운명을 염두에 두었기 때문일 것이다. 즉 「부엉이」는 야행성 조류의 습성을 두고 부엉이의 '운명'을 재조명한 시이다. 그런데 시구절에 등장하는 부엉이는 비극적 운명에 무력한 존재가 아니라 초인적인 존재이다. 운명의 한계를 넘어 별, 나무, 바람, 꽃 등의 초월적인 세계로 비상하는 '부엉이'는 실은 '문둥이'의 다른 이름이기에 문제적이다.[68] 해방기에 쓴 「개구리」와 달리, 자기재현의 심상을 나환자 신체와의 유비적 관계로 드러내지 않고 오히려 영물인 부엉이를 통해 신화화함으로써 갈등의 세계를 소거시켜 버린다. 그 결과 인간/부엉이의 낮과 밤이라는 대조적인 세계를 만들어 놓고도 시적 자아는 서러움의 감정에 도달하지 않았다. 즉 '서서 울거나', '어디로 가야 할지 모르는' 문둥이의 형상을 더 이상 반복하지 않는다. 이를테면 '성한 사람/문둥이' 같은 이분법적 대립이 사라져버린 세계에서 부엉이는 하나의 영물이지 개구리나 문둥이처럼 소외된 존재가 아니다. '한하운 사건' 이후 문둥이 인식은 이렇듯 달라졌다. 다음 두 시편에서 그 차이와 의미를 읽어보자.

67 한하운, 『고고한 생명』, 『전집』, 653쪽.

68 박민규는 한하운 사건 이후 "비극적 파토스와 현실 대결 의지를 상당 부분 희석한 채 서정적 자연의 품으로 귀의 하는" 『보리피리』의 시세계를 분석하며, 「무지개」, 「벚꽃」, 「청지유정」, 「추석 달」, 「부엉이」, 「국토편력」 등 과거와 달리 자연물을 주 소재로 다루면서 자연의 아름다움에 도취된 화자에 주목했다. 박민규, 앞의 글, 265쪽. 최서윤은 한하운의 달라진 자연주의 시세계를 "문둥이가 아닌 시인을 보존하려는 욕망"으로서 읽고 타자(문둥이)를 수용하지 못한 냉전기 한국문학의 한 사례로서 규정한다. 최서윤, 「냉엄한 정신과 비명의 부인으로서의 침묵—한하운 시의 자기 인식을 중심으로」, 『한국한연구』, 인하대 한국학연구소, 2016, 290쪽 이러한 선행연구의 문제의식은 한하운이 '문둥이'를 벌이 강조하는 세계인식을 추적할 때 더욱 분명해진다.

사람이 아니올시다
짐승이 아니올시다.

하늘과 땅과
그 사이에 잘못 돋아난
버섯이올시다 버섯이올시다

다만
버섯처럼 어쩔 수 없는
정말로 어쩔 수 없는 목숨이올시다.

억겁을 두고 나눠도 나눠도
그래도 많이 남을 벌罰이올시다 벌이올시다.

—「나」(『한하운시초』, 1949) 부분

아버지가 문둥이올시다
어머니가 문둥이올시다
나는 문둥이 새끼올시다
그러나 정말은 문둥이가 아니올시다

하늘과 땅 사이에
꽃과 나비가

해와 별을 속인 사랑이
목숨이 된 것이올시다.

세상은 이 목숨을 서러워서
사람인 나를 문둥이라 부릅니다.

호적도 없이
되씹고 되씹어도 알 수는 없어
성한 사람이 되려고 애써도 될 수는 없어
어처구니없는 사람이올시다.

나는 문둥이가 아니올시다
나는 정말로 문둥이가 아닌
성한 사람이올시다

—「나는 문둥이가 아니올시다」(『보리피리』, 1955) 전문

한하운은 제1, 2시집에서 「나」와 「나는 문둥이가 아니올시다」를 언급하며 "시를 비교해보면 나 자신의 변동을 검토하여보는 것도 무의미한 일이 아닐 것이다"[69]라고 언급한 바 있다. 한하운 스스로 부연 설명한 "나 자신의 변동"은 바로 이 '문둥이 표상'을 통해 이해될 만하다. 시의 제목으로 알 수 있듯 「나」부터 「나는 문둥이가 아니올시다」까지 두 시집 모두 '문둥이' 표상을 자기 서사의 주요 원천으로 활용

69 한하운, 『황토길』, 『전집』, 674쪽.

했다. 요컨대, 해방기 시집과 달리 『보리피리』에서 시인은 '문둥이'라는 자기정체성의 표상을 스스로 외면하거나 부정하는 입장을 취하게 된다. 위에서 인용한 두 편의 시는 '문둥이'를 일종의 원죄로서 이해했다는 점에서 서로 유사한 구조를 취하지만, 『보리피리』에서 '문둥이'의 서러운 운명은 자기 잘못이 아닌 "세상"의 탓으로 전도되는 것이다. 이를테면 "억겁"의 세월 동안 방랑을 거듭해온 반인반수 또는 독버섯 같은 문둥이의 삶(「나」)은 이제 "성한 사람"의 그것으로 고양되기에 이른다.

『한하운시초』와 달리 『보리피리』에 이르러 한하운은 '문둥이여도 괜찮다'라고 말한다. 시적 화자의 확연히 달라진 인식의 기저에는 마치 강박과도 같이 '국민 되기'를 욕망하는 월남민 한하운이 존재한다. 북한에서 추방당한 직후 한하운은 위악적인 문둥이 형상을 통해 좌우 이념에 대한 환멸을 드러내고, 남한을 문둥이의 유토피아로 재현하기도 했다. 하지만 『보리피리』의 '문둥이'는 전통서정시과 휴머니즘의 독법 안에서 "성한사람" 즉 보편적 인류로 갱생한다. 그것은 해방, 분단, 전쟁을 거치면서 훼손된 민족 정체성을 '신생하는 국민'으로 재전유하기 위한 보편화의 과정과 밀접하게 연관되어 있다. 그에 비해 적어도 『한하운시초』의 경우에는 냉전체제와 남한사회를 비판적으로 바라보는 시인의 문제의식이 바로 이 '문둥이' 표상을 통해 비교적 선명하게 구현되어 있었다. 『한하운시초』 재판에 추가된 시편도 마찬가지이다. 한하운은 자신의 월남이력과 창작활동이 남한사회의 반공 블록 안에 무차별적으로 편입되면서부터 그 환멸의식과 비애의 감정을 문둥이의 서러움으로 표출하고자 했다. 이러한 문맥을 도외시한 채 우리는 한하운을 나문학으로서만 기념해왔는지도 모른다.

세계 상실에 맞선 생명의 영가靈歌

한하운의 시세계

고봉준
경희대학교 후마니타스칼리지 교수

1. 세계 상실의 문학

한 작가의 문학을 이해하기 위해 반드시 그의 삶의 이력을 알아야 하는 것은 아니지만, 삶의 이력을 배경으로 삼지 않으면 문학 세계를 제대로 이해하기 어려운 작가도 있다. 이 경우 문학은 종종 삶과 평행 관계를 이루며, '삶' 자체가 문학 세계로 들어가는 중요한 입구가 되기도 한다. 한국문학사의 한 페이지에 '문둥이 시인'으로 기록되어 있는 시인 한하운이 대표적인 경우이다. 주지하듯이 한하운은 유년의 짧은 시간을 제외한 평생을 고향과 가족의 세계로부터 단절되어 살아야했다. 잠시 '공간'의 이동을 중심으로 그가 살아온 삶의 과정을 재구성해 보자. 시인 한하운(본명 한태영)은 1920년 함경남도 함주군에서 태어났다.[1] 시인은 그곳을 "푸른 하늘 구름 너머의 함경남도의 부전령赴戰嶺 산맥과 함관령咸關嶺이 맞서는 함주군 동천면 쌍봉리가 나의 출생지이며 선조 대대로 살아온 고향 땅"[2]이라고 회고한다. 한하운의 부계는 "대대로 선비의 집안으로 과거를 삼대나 계속하여 급제한 집이며 함흥 집안에서는 떵떵 울리고 권세 좋게 살던 집안"이고, 모계는 "함경남도 굴지의 대부호"이다. 유복한 집안에서 장남으로 태어난 한하운은 이미 네 살 때부터 당시 부富의 상징인 '양복'을 입었다고 한다. 한하운은 여섯 살 되던 해에 보통학교에 입학(1925)하면서 함흥으로 이사했고, 열세 살 봄에 원인을 알 수 없는 병증이 발발하여 그해 여름에는 부친과 함께 금강산 온정리 온천에서 요양했다. 함흥 제일공립보통학교를 졸업한 한하운은 1935년 당시 내선內鮮 공학이라 입시경쟁이 치열했던 이리농림학교 수의축산학과에 입학하면서 가족과 떨어져야 했고, 이리농림학교를 졸업한 1937년에는 일본 동경東京에 위치한 성혜고등학교에 입학한다. 하지만 나병이 악화되어 1939년에 귀국, 1941년에는 중국 북경대학대 농학원 축목학계에 입학하면서 북경北京 생활을 시작한다.[3] 1943년 북경에서 돌아온 한하운은 부친의 도움을 받아 함경남도 도청 축산과에서 직장생활을 시작했으나 쉽게 마음을 잡지 못하고 자청하여 장진군으로 전근하였고, 1944년 직장을 사직하고 함흥으로 돌아와 나병치료를 하던 중 8・15 해방을 맞이한다.

1 한하운은 자서전『고고한 생명―나의 슬픈 반생기』(인간사, 1958)에서 자신의 부친이 "기미년 독립운동 때 학교 재직 중에 만세를 부르다가 퇴학을 당"했으며, 자신은 그 해, 즉 기미년(1919)에 출생했다고 회고하고 있다.

2 인천문화재단 한하운 전집 편찬위원회 엮음,『한하운 전집』, 문학과지성사, 2010, 220쪽.(이하『전집』으로 표기함.)

3 최원식,「한하운과『한하운시초』」,『민족문학사연구』54집, 민족문학사학회, 2014; 정우택,「'한하운 시집 사건'(1953)의 의미와 이병철」,『상허학보』40집, 상허학회, 2014 참고.

이상以上의 이력을 '공간'을 중심으로 재구성해보면 '함주→함흥→이리→동경→북경→장진→용인→함흥'으로 정리할 수 있는데, 이 가운데 전반부, 즉 '함주→함흥→이리'는 한하운에게 긍정적인 기억으로, 나머지는 '가족'과 '고향'으로부터 분리된 채 홀로 '나병'과 끈질기게 싸워야 했던 부정적인 시기로 기억되고 있다. 한 인간, 특히 자아의 관점에서 보면 공간에 대한 '긍정-부정' 여부의 판단은 그 공간이 단순한 '공간'으로만 경험되는지, 혹은 '장소'로 경험되는지를 가르는 중요한 기준이 된다. "한 장소에 뿌리를 내린다는 것은 세상을 내다보는 안전지대를 가지는 것이며, 사물의 질서 속에서 자신의 입장을 확고하게 파악하는 것이며, 그리고 특정한 어딘가에 의미 있는 정신적이고 심리적 애착을 가지는 것"[4]이라는 에드워드 렐프의 주장처럼 '공간'과 달리 '장소'에는 실존적·심리적 애착이 투사된다. 이것은 '공간'이 '장소'보다 추상적이라는 것, 반대로 "공간은 명확한 뜻과 의미를 획득함에 따라 장소로 전환된다"[5]라고 표현할 수도 있다.

> 어린 아이는 장소를 어떻게 이해하는가? 가치, 자양분, 지탱물의 중심으로서 장소를 넓게 정의한다면, 어머니는 아이의 제일의 장소이다. 덧없는 인상들로 이루어진 유아의 세계에서 어머니가 최초의 지속적이고 독립적인 대상이 되는 것은 당연하다. 나중에 아이는 어머니를 물리적·정신적 안락의 근원이며 필수불가결한 보금자리로 인식한다. 사람은 세계를 탐험하기 위해 집이나 고향을 떠난다. 아장아장 걷는 아기는 세계를

4 에드워드 렐프, 김덕현 외 옮김, 『장소와 장소상실』, 논형, 2005, 95쪽.
5 이 푸 투안, 구동회·심승희 옮김, 『공간과 장소』, 대윤, 1995, 220쪽.

> 탐색하기 위해 어머니의 품을 떠난다. 장소들은 놓여진 채로 있다. 장소의 이미지는 안정과 영속의 이미지이다. 어머니는 움직일 수 있지만 그럼에도 불구하고 아이에게 어머니는 안정과 영속을 상징한다. 어머니는 필요할 때 거의 언제나 가까운 곳에 있다. 어머니가 가까이 있으면 낯선 세계는 어린아이에게 별로 두려움을 주지 못한다. 왜냐하면 어머니는 그의 친숙한 환경이자 안식처이기 때문이다. 옆에서 돌봐주는 부모가 없으면 아이는 표류한다.(즉 장소를 잃어버린다.)[6]

'공간'과 '장소'를 구분하여 말하자면, "인간답다는 것은 의미 있는 장소를 가지고 있으며 잘 알고 있다는 뜻"이기도 하다. 일찍이 철학자 하이데거는 '장소'는 인간 실존이 외부와 맺는 유대를 드러내는 동시에 인간의 자유와 실재성의 깊이를 확인하는 방식으로 인간을 위치시킨다고 썼다. 인간은 '공간'을 다양한 방식으로 '장소화'-'이름'을 붙이는 것이 대표적인 방법이다 – 하면서 그곳에 거주한다. 바슐라르의 분석처럼 '집'은 대표적으로 "세계 속에 있는 우리의 장소"라고 말할 수 있다. 에드워드 렐프가 시몬느 베이유의 '뿌리에의 욕망' 개념을 인용하여 설명했듯이 "한 장소에 뿌리를 내린다는 것은 세상을 내다보는 안전지대를 가지는 것"[7]이고, 그런 한에서 '장소'는 "뿌리가 있고, 안전과 안정의 중심이며, 보살핌과 관심의 장, 무엇을 지향할 때 출발점"[8]이 된다. "장소는 운동 속에서의 정지이다", "어린 아이에게 부모는 제일의 장소이다"[9] 같은 주장은 이런 맥락에서 이해되어야

6 위의 책, 54쪽.
7 에드워드 렐프, 김덕현 외 옮김, 『장소와 장소상실』, 논형, 2005, 95쪽.
8 위의 책, 288쪽.
9 이 푸 투안, 앞의 책, 222쪽.

한다. 거기에서 인간은 장소에 대한 애정, 즉 토포필리아topophilia를 경험한다.

그러나 한하운이 성장하면서 경험한 것은 이러한 '정지'와 '안정'과는 정반대 방향이다. 가족과 함께 생활하면서 부모의 보살핌을 받은 유년의 짧은 시간을 제외하고 그에게는 자신의 의사와 상관없는 '이동'이 강제되었고, 세계에 대한 안정감을 느낄 수 없는 이 거대한 '이동'은 지속적으로 그를 '세계'로부터 분리/퇴각시키는 결과를 초래했다. 가족, 고향, 사랑하는 대상을 상실하고, '사회'로부터 강제 분리되는 이 거대한 추방의 원인은 비교적 분명하지만, 그럼에도 불구하고 결코 간단하지 않다. 왜냐하면 그의 이 실존적 비극은 사랑하는 대상의 상실, 고향/가족적 세계로부터의 추방, 이념적인 불화, 그리고 '인간'이라는 보편적 주체로부터의 배제와 질병 등이 중첩되어 발생한 것이기 때문이다. 그에게는 해방조차 기쁜 일이 아니었다. 한하운의 집안은 해방 이후 "부재지주不在地主라는 소위 불로소득의 착취층"[10]으로 간주되어 재산을 몰수당하고, 그는 생계를 해결하기 위해 동생과 함께 '헌책 장사'를 했다. 그런 가운데 1946년에는 학생 시위를 구경하다가 시국사건에 연루되어 함흥 형무소에 수감되었다 병보석으로 풀려나고, 비슷한 시기에 어머니를 잃는다. 이 무렵 그는 나병 치료약을 구하기 위해 월남한다. 하지만 생사의 고비를 넘어서 도착한 서울 역시 '문둥이'에게는 안식처('장소')가 되지 못했으니, 그는 대구의 애락원("미국의 구라협회의 기금을 가지고 플레처 박사가 지금부터 40녀 년 전에 이 땅에 창설하였다는")을 방문하여 입원 치료를 요청하지만 거절당하

10 『전집』, 510쪽.

고, 부산의 상애원에 방문하기 위해 부산을 찾았다가 '월남'했다는 이유로 공산주의자들의 공격을 받는다. 나병치료의 돌파구를 찾지 못한 한하운은 다시 월북하는데, 이 과정에서 병보석 중에 허가 없이 월남한 죄로 다시 체포되어 함흥을 거쳐 원산으로 이송되었고, 그 과정에서 탈출하여 다시 월남한다.

1948년에 월남한 한하운은 1949년 『신천지』 4월호에 「전라도 길」 외 12편을 발표하면서 문학 활동을 시작했고, 5월에는 첫 시집 『한하운시초』를 출간했으나 그것이 곧 '사회'로의 복귀를 의미하는 것은 아니었다. 이 무렵 그는 명동성당 내의 방공굴에 거주하면서 명동 일대에서 시를 팔아서 생계를 해결했고, 때로는 용산 삼각지 다리 밑, 강릉, 강원도 횡성군의 둔내屯內 산중 등을 떠돌면서 생활했다. "그저 덧없이 떠가는 구름과 더불어 유리표박流離漂迫의 집시가 되어 설움 찬 문둥이의 영가靈歌를 부르면서 동서남북이 없는 방랑길을 헤맨다"[11]라는 회고가 결코 과장이 아니었던 것이다. 1949년 8월에는 경기도 수원시의 하천부락에 입주하게 되었고, 1950년 3월에는 "정부로부터 서울 경기도 강원도 일대의 환자를 부평에 모으는 일에 대하여 교섭을 받"[12]아 건설된 부평의 성계원으로 이주하고 자치회장을 맡는다. 이후 한하운은 1952년에는 부평에 신명보육원을 창설했고, 1953년에는 용인에 동진원을 창설했으며, 1958년에는 미감아들을 보호, 양육하던 서울의 청운보육원을 이양받아 원장에 맡았다. 이처럼 한하운은 전후에 한센인들의 치료와 인권을 위해 많은 활동을 하다가 1975년 인천시 북구 십정동 자택에서 간경화증으로 타계했다. 한하운은

11 『전집』, 526쪽.
12 『전집』, 613쪽.

해방 이후에도 남한의 각지를 떠돌며 오랫동안 자신의 '장소'를 만들지 못하고 불안정한 삶을 살아야 했다.

2. '장소'의 상실과 (재)발견

해방 이전, 한하운은 "내 마음을 어찌할 수 없어 헤매며 닿는 곳이 바로 고향 땅 함흥에 돌아오게 된 것이었다"[13]라는 진술처럼 병마와 싸울 때마다, 치료 방법이 없어 가족의 보살핌이 필요할 때마다, 자신이 인간 사회로부터 버림받은 "인간폐업"[14]과 "마이너스의 인간"[15]이라는 열패감에 휩싸일 때마다 무의식적으로 '고향'을 찾았다. 시인은 사회와의 단절, 또는 사회로부터의 추방에 따른 심적 상처를 '고향=가족'이라는 익숙한 세계에서 치유한 것이다. 따라서 1948년 월남 이전까지 한하운의 생애는 '탈향-귀향'의 반복이라고 말할 수 있으며, 이때의 '탈향'은 학업, 직장 같은 사회생활을 가리키는 것이었다. 하지만 월남으로 이러한 반복은 더 이상 불가능하게 된다. 그것은 그가 최소한의 '안정'을 느꼈던 '고향-세계'와의 영원한 단절을 의미하는 것이었다. 물론 여기에는 "나는 인간됨을 버리고 내 집에서 떠났다. 어머니가 돌아가신 뒤의 가정이란 빛이 없다. 어두움에 잠긴 폐허와도 같다"[16]라는 진술처럼 어머니의 죽음이, 나아가 나환자라는 이유로 만상제임에도

13 『전집』, 244쪽.
14 『전집』, 239쪽.
15 『전집』, 245쪽.
16 『전집』, 570쪽.

불구하고 어머니의 장례식에도 참석할 수 없었던 그의 내적 고민, 지주 출신이 가졌음직한 공산주의에 대한 반발과 실제 탄압에 대한 반감 같은 이념적 요인이 결정적인 역할을 했다.[17] 한 가지 분명한 것은, R. N. 마이어가 하이데거의 말을 빌려서 주장한 것처럼 이러한 '장소'의 상실이나 익숙한 세계로부터의 불가역적인 분리가 '세계의 상실'이라는 경험을, '세계 없는 세계'의 경험을 불러온다는 사실이다.

> 세계는 그것을 둘러싸는 사물이나 인간의 총체 이상의 것이다. 세계에는 모든 것을 지탱해 주고 있는 것, 또는 모든 것의 근저에 있는 것으로서의 대지가 속해 있다. 대지는 바로 세계의 바탕이다. 세계는 '존재하는 것의 활짝 열려진 것'이며, 거기에서는 '세계하는 것'(하이데거)이 일어난다. 그것은 불가시한 해양, 지구적 규모를 아니 우주적 규모를 지니고 있는 정신의 충일이다. '세계하는 것'이나 지배하는 것은 별들의 높이까지 밀어 올라간다. 그리고 세계가 있는 곳에는 항상 정신권이 있다. 그 정신권에서만 진리가 숨겨진 채 나타난다. 정신권이란 고대의 사람들이 '실체'라 이름 지은 작용과 실재하는 것의 내부세계를 말하는 것이다. (…중략…) 존재하는 것의 본질적 현실성이 없는 세계란 비非세계, 사이비세계, 무대의 세계이며, 순수한 대상성이다. 그것은 '무, 의미 없이 쓰여진 형태 외에는 아무것도 아니다. 완전한 망각'(카프카)인 것이다. 따라서 추상이란 해방된, 밑바닥이 없는, 실체가 없는 세계, 존재하는 것의 세계가 없는 세계, 즉 세계상실 바로 그 자체를 의미한다.[18]

17 한하운의 첫 산문집 『고고한 생명－나의 슬픈 반생기』(인간사, 1958)에는 병적 주체와 자유주의적 주체, 정치적 이념에 대한 다양한 비판적 인식과 자신의 질병에 대한 실존적 고뇌가 뒤섞여 있다. 이것들이 충돌되지 않고 공존하는 것이 어떻게 가능할 수 있었는가를 살펴보는 일도 흥미로운 연구가 될 듯하다.

18 R. N. 마이어, 장남준 옮김, 『세계 상실의 문학』, 홍성사, 1981, 48~49쪽.

하이데거는 '세계 상실'을 표상, 즉 "세계가 상으로 변하고 인간이 주체"가 되는 근대의 부정적인 본질로 규정했지만, 한하운에게 '세계 상실'은 '세계'가 '장소'가 아니라 '공간'으로, 익숙함과 편안함을 전혀 느낄 수 없는 낯선 '공간'으로만 경험됨에서 비롯되는 것이다. 월남 이전의 경험을 집중적으로 기술하고 있는 산문집 『고고한 생명—나의 슬픈 반생기』(1958)와 달리 주로 월남 이후의 행적과 내면을 기술하고 있는 자작시 해설집 『황토길』(1960)에서 시인이 특히 '장소'에 대한 갈망과 집착을 드러내고 있는 이유도 여기에 있는데, '고향'을 잃어버린 한하운에게 안정적인 '장소'를 획득하는 일은 "어디에서나 고향을 만들려는 하나의 충동"(횔덜린)처럼 새로운 고향을 찾는 행위에 필적했다.

그렇다면 '월남'이라는 사건은 한하운에게 '새로운 고향'의 발견을 가능하게 해주었을까? 그가 "자유천지"라고 표현하기도 했던 '남한'은 그에게 '장소'였을까? 이 문제에 대해서 두 권의 산문집, 즉 『고고한 생명—나의 슬픈 반생기』(1958)와 『황토길』(1960)이 보여주는 느낌은 조금 다르다. 주지하듯이 한하운은 두 차례 월남했는데, 첫 번째는 나병 치료약을 구하기 위해서였고, 두 번째는 북한으로부터 탈출하기 위해서였다. 그의 산문집 『고고한 생명—나의 슬픈 반생기』(1958)는 이 두 번째의 월남 장면으로 끝나기 때문에 거기에는 그가 두 번째 월남에서 맞닥뜨린 서울에 대한 인상印象이 등장하지 않는다.[19] 따라서 우리는 이 산문집에서 남한(서울)에 대한 시인의 인상을

19 "동두천에서 서울 가는 차를 탄다. 막상 서울로 간다고 작정하니 38선 남방의 초막집 생각이 난다. 그 집에서 그냥 치료나 하고 있을 것을……하는 후회가 앞선다. 집도 절도 없는 문둥이가 서울로 가면 무엇하랴……." 『전집』, 490~491쪽.

한 차례만 확인할 수 있는데, 거기에서 그는 미군정 하의 서울을 이렇게 표현하고 있다.

> 거리의 표정은 외국의 거리 같은 낯섦을 느끼며 알파벳을 중얼거리는 상가 같은 인상이 머리에 떠돈다. 젊은 세대들의 모습들은 아메리카니즘의 말끔한 모습들을 하고 미끈히 걸어간다. 거리에는 자동차가 분수같이 쏟아지고 사태가 날 지경이다. 재즈, 샹송, 맘보 같은 감정적인 멜로디가 활기 있게 흐르고 있다. 나의 눈에는 모든 것이 새로운 것으로 보인다. 공산당의 북한 땅에서는 도저히 볼 수 없는 자유스러운 새 세계를 비로소 감각하고 민주주의라는 것이 이런 것인가 하고 인식한다.[20]

한하운은 서울의 화려한 풍경과 극단적으로 대비되는 자신의 모습에서 "이 거리의 호흡에 동화될 수 없는 비애"와 "이방인 같은 서먹한 고독감"마저 느낀다. 그런데 '서울'과의 이 첫 대면은 『황토기』(1960)에서는 "서울에 올라온 나로서는 그렇게도 꿈같이 그리워하던 남조선의 민주주의의 미군정美軍政은 환멸幻滅의 비애를 주었다. 아주 개판인 지리멸렬의 혼란의 세상이었다. 거지로 전락한 나에게는 지옥이었다"[21]라고 정반대로 기술되어 있다. 그는 이 환멸의 비애로 말미암아 "그저 덧없이 떠가는 구름과 더불어 유리표박流離漂迫의 집시가 되어 설움 찬 문둥이의 영가靈歌를 부르면서 동서남북이 없는 방랑길을 헤맨다"라고 쓰고 있다. 사정이 이렇다면 동일한 경험에 대한 두 기술記述 가운데 하나는 거짓이었거나, 최소한 두 번째 기술할 때 마음 상태

20 『전집』, 417쪽.
21 『전집』, 525쪽.

가 바뀌었음을 추측할 수 있다. 동일한 '공간'에 대한 이 태도의 차이를 이해하기 위해서는 '장소'의 문제를 고려하지 않을 수 없다. 실제로 '장소'의 문제는 잠시나마 안정적으로 거주할 수 있는 곳을 발견한 후에 발언한 "여태까지의 나의 작품은 모두가 방랑길에서……또한 그러한 계열에 속하는 작품들인데 이 시는 그런 시와는 딴 시이다"[22]라는 회고에서 드러나듯이 그의 문학의 변화로 가시화되었다.

특히 『황토길』에 포함된 산문 「생명과 자학의 편력」은 월남 이후에 한하운에게 '장소'가 어떤 의미였는가를 몇 개의 일화를 통해 구체적으로 증언하고 있다. 첫 번째 일화. 시인은 월남한 이후에 거처할 곳을 찾지 못해 전국을 돌며 유리걸식遊離乞食하며 연명했다. 어느 겨울날 손발 등이 동상에 걸려 황해도의 백천 온천 역전의 여관을 찾았고, 주인의 호의好意에 힘입어 그곳에서 겨울 동안 투숙하게 된다. 그는 그때의 경험을 이렇게 기록하고 있다. "비로소 / 머리는 깎는다. / 거지 옷을 버린다. / 뜨거운 온천물에 몸을 씻는다. / 따뜻한 방에서 이불을 덮고 잔다. / 전깃불 아래서 책을 읽는다. / 정말 / 새로 태어나는 것 같다. / 새사람이 되는 것 같다."[23] 알다시피 백천 온천은 1933년 이상李箱이 각혈 때문에 퇴직하고 요양하러 갔던 곳이고, 스물세 살의 이상이 스물한 살의 기생 금홍이를 만난, 식민지 시대의 유명한 요양지였다.

하지만 봄이 되자 그는 그곳을 떠나야 했다. 두 번째 일화. 다시 서울로 돌아온 그는 노숙의 두려움 때문에 경기도 보건후생국을 찾아가 그곳에서 당시 효자동에 위치해 있던 순화병원順化病院에 입원할 기회를 얻는다. 1911년 8월 16일 순화원이라는 명칭으로 개원한 순화병원은 조

22 『전집』, 677쪽.
23 『전집』, 528쪽.

선의 유일한 전염병 전문병원이었다. 1945년 해방 이후에도 병원의 기능은 물론 명칭과 건물이 유지되다가 1946년 경성부가 서울시로 승격되면서 부립병원에서 시립병원으로 바뀌었고, 6·25전쟁 당시에는 유엔군 사무실로 사용되기도 했다.[24] 당시로서는 상당히 고급한 의료시설이었으나 한하운에게는 무엇과도 비교할 수 없는 거처였다. 그는 이 병원에 머물렀던 시기를 "이 방은 이 세상에서 둘도 없는 나의 궁전이다. 나는 이 방을 깨끗이 소제하고 여기서 시작詩作에 힘썼다."[25] 그는 추위와 굶주림을 피할 수 있는, 그리하여 얼마 동안이라도 안정적인 생활을 영위할 수 있는 그곳을 '나의 궁전'이라고 불렀으니, 여기에서 '궁전'은 '장소'와 유사한 함의를 갖는다. 세 번째 일화. 한하운은 시간이 흘러 병원에서 나온 이후에 '화원시장花園市場의 풀 장場 뒷간'에 위치한, 걸인들이 집단적으로 거주하고 있는 곳에 들어간다. 얼마 후 그곳은 화재로 인해 불타버렸지만, 한하운은 "우리는 이 뒷간을 깨끗이 치우고 가마니를 치고 바람과 추위를 막을 수 있도록 하였다. 우리의 아파트……홈·스위트·홈이다",[26] "시간과 마음의 여유가 생겨 공부와 시작詩作할 틈이 생겨진다. 이 집은 이 땅 위에서 하나밖에 없는 내 집이다"[27] 등처럼 '아파트—홈·스위트·홈—내 집'이라고 부르면서 그곳이 '마음의 여유'를 제공한다고 진술하고 있다. 네 번째 일화. 화재로 인해 '화원시장' 부근에 위치한 '집'을 잃어버린 한하운은 일행과 함께 '남산의 동국대학 근처'에 천막을 치려고 했으나 주민과 경찰의 반대로 뜻을 이루지

24 김택중, 「경성부립순화병원, 역사적 사실과 그 해석」, 『연세의사학』 16권 2호, 연세대학교 의과대학 의사학과 의학사연구소, 2013, 19~25 참고.
25 『전집』, 529쪽.
26 『전집』, 532쪽.
27 『전집』, 533쪽.

못하고, 야음을 틈타 "명동성당 안에 있는 방공굴"을 점거하고 생활을 시작한다. 한하운이 『신천지』(1949년 3월호)에 '한하운시초'라는 제목으로 발표한 작품들이 창작된 때가 이 무렵이고, 그가 정음사에서 출간한 자신의 첫 시집 『한하운시초』를 탈고한 곳도 이 방공굴이었다. "폭이 여섯 자 길이가 이십 자 정도의 굴"로 "낮에도 불을 켜놓아야" 하는 곳이었지만 그는 그곳을 가리켜 자신의 '집'이라고 불렀다.

이상의 일화逸話에서 확인되듯이 월남 이후 한하운의 삶은 말 그대로 '집'을, '장소'를 찾기 위한 고투의 과정이라고 말할 수 있으니, 때로 그것은 "150만 인구를 가지고 있는 서울 장안에 150만 인구는 행복하나 불행하나 모두들 방에 들어가 잠을 자고 있는 고요한 밤이다"[28]처럼 '방'으로 표상되기도 한다. 여기서의 '집/방'은 뉴턴이 '공간'의 파생물로 간주한 장소("장소는 하나의 몸이 취하는 장소의 일부이다. 장소는 주변 환경이나 몸의 외피가 아니라 공간의 일부이다"[29])와 달리 인간실존의 근원적 중심으로서의 '집=장소'라고 말할 수 있다. 이때 "건축함의 본질은 거주하게 함"[30]에 근접하고, 같은 맥락에서 우리는 "집을 갖는다는 것은 '거주한다'는 것이다"[31]라고 말할 수 있다. 이때 '집'은 "개인으로서 그리고 한 공동체의 구성원으로서의 우리 정체성의 토대, 즉 존재의 거주 장소"[32]로서 이-푸 투안이 토지에 대한 근원적인 정서의 맥락에서 강조하는 '고향'의 의미[33]와 일맥상통한다.

28 『전집』, 547쪽.
29 제프 말파스, 김지혜 옮김, 『장소와 경험』, 에코리브르, 2014, 42쪽.
30 M. 하이데거, 「건축함 거주함 사유함」, 이기상 외 옮김, 『강연과 논문』, 이학사, 2008, 206쪽.
31 에드워드 렐프, 김덕현 외 옮김, 『장소와 장소상실』, 논형, 2005, 96쪽.
32 위의 책, 97쪽.
33 "하이마트(고향—인용자)는 무엇보다도 어머니인 대지이다. 그것은 우리 민족과 인종에게 생명을 주었고, 신성한 흙이며, 신의 구름, 태양, 폭풍우를 삼킨다. 그리하여 이들은 자신의 신비스러운 힘을 사용하여 우리의 식탁 위에 올라오는 빵과 포도주를 마련하며 우리에게 행복한 삶을 영위할 힘을 준다…… 고

3. 추방/배제에 맞선 '인간-되기' 투쟁

한하운의 시편들 가운데 절대다수는 나병환자, 즉 '문둥이'로서 자신이 겪어야 했던 사회로부터의 추방/배제의 부당함, 거기에서 기원하는 절망감, 서러움, 고독감 등의 개인적 감정, 그리고 이러한 소외감과 열패감을 '자연적 대상'을 통해 내적으로 회복하려는 생명에의 강조와 자연적 서정의 경향이 차지하고 있다. 그 가운데서도 '문둥이'라는 기호로 요약되는 사회로부터의 추방/배제 문제가 중심을 차지하고 있는데, 이는 미셸 푸코가 '생명정치' 또는 '생명관리권력'[34]이라고 명명한 것에서도 동일하게 목격된다. 생명관리권력은 '살게 하고 죽게 내버려두기'의 메커니즘에 따라 작동하는 권력이라는 점에서, '죽게 하거나 살게 내버려두기'의 메커니즘에 따라 작동하는 주권 권력과 구별된다. 이러한 추방/배제의 시스템은 '인간' 범주가 자연적으로 결정되는 생물학적인 것이 아니라는 것을, 어떤 사람이 틀(경계) 바깥으로 나가는 것(추방/배제)은 그 공동체(사회)에 받아들여질 수 있는 주체로서의 자격이 상실되는 것이고, 동시에 용인할 수 없는 존재가 되는 것임을 말해준다. 인간을 대상으로 한 이러한 분할은 '주체-타자', '국민-외국인' 등의 방식으로 지금도 실행되고 있으니, 이것이 의미하는 바는 첫째, 정체성을 기준으로 하는 분할은 단순한 구분이

향은 경관이다. 고향은 우리가 경험해온 경관이다. 이는 얻으려고 애를 써왔고 위협받아 왔으며, 또 가족, 도시, 마을의 역사로 가득 채워져 있다는 것을 의미한다." 이-푸 투안, 구동회 외 옮김, 『공간과 장소』, 대윤, 1995, 250쪽.

34 "생명관리권력이란 (…중략…) 인간이라는 종의 근본적으로 생물학적인 요소를 정치, 정치적 전략, 그리고 권력의 일반 전략 내부로 끌어들이는 메커니즘의 총체입니다." 미셸 푸코, 오트르망 옮김, 『안전, 영토, 인구』, 난장, 2011, 17쪽.

아니라 특정 존재의 삶을 불확실한, 낯선 삶으로 만든다는 것이고, 둘째, 외국인이 즉자적으로 존재하지 않듯이 이 분할의 기준 또한 그 존재의 삶 그 자체로부터 발생하지 않는다는 것이다. 기욤 르 블랑은 이러한 배제/추방의 분할을 가리켜 "모든 삶은 사실 다 같은 세계에 살지 않는다. 어떤 삶은 국민적 삶을 사는 것으로 지각되고, 어떤 삶은 허락된 지각의 장 밖으로 추방되어 국가의 기대를 채우지 못하고 어긋난다. 이로써 어떤 사람들은 권리를 가지고 어떤 사람들은 그렇지 않게 된다. 국가는 부끄러움도 없이 '자신의' 백성sujets을 국민sujets nationaux과 타자들autres로 나눈다"[35]라고 요약했다.

이러한 분할 속에서 사회로부터의 추방/배제는 곧 국가, 법으로부터 추방되어 '인간'의 영역으로 떨어지는 것인데, 이때의 '인간'은 한 존재가 공동체 안에서 국민 또는 시민으로서 당연히 보장받고 누리는 일체의 법적 권리를 상실하고 오직 타인들의 도덕적 호의에 힘입어 살아야 하는 생물학적인 존재, 그리하여 사실상 '비非인간'을 의미한다. 이들은 조르지오 아감벤이 '호모 사케르Homo Sacer'라고 부르는 것의 사례인데, 이들은 공동체, 국가 등으로부터 배제되었고, 배제된 채로 주권권력에 포섭되어 있으므로 한 공동체의 가장자리에서 폭력에 노출된 채 '벌거벗은 삶'을 살아갈 수밖에 없다. 이때 이들이 머물고 있는 '가장자리'는 공동체의 한계인 동시에 폭력이 난무하는 '법'의 한계선이며, 한하운이 『고고한 생명—나의 슬픈 반생기』의 후기後記에서 고발[36]하고 있는 '비토리飛兎里 사건'[37]은 '벌거벗은 삶'에게 '법'과

35 기욤 르 블랑, 박영옥 옮김, 『안과 밖』, 글항아리, 2014, 13쪽.

36 "나환자가 먹고살 것이 없어서 황무지 땅이라도 개척해서 살겠다는 것을 30명이나 학살하고 또 학살한 사람은 한 사람도 실형을 받은 사람이 없다. 오히려 비토리(飛兎里) 사람들은 '문둥이 죽여도 죄가 되나?' 하고 세상에 묻는 것이다." 『전집』, 494쪽.

'폭력'이 어떻게 작동하는가를 단적으로 보여주는 사례이다. 한하운도 예외가 아니지만, 이런 존재들은 종종 '인권'에 호소한다. 하지만 양도할 수 없는 인간적 권리라는 의미의 인권Rights of Man은 시민의 권리가 전제되지 않으면 좀처럼 작동하지 않는다. "인권 개념은 인류라는 것이 존재한다는 가정에 근거를 두고 있는데, 인권을 믿는다고 고백한 사람들이 인간이라는 사실 외에는 모든 다른 자질과 특수한 관계를 잃어버린 사람들과 마주치는 순간, 인권 개념은 파괴되었다. 세상은 인간이라는 추상적이고 적나라한 사실에서 신성한 것을 전혀 발견하지 못했다."[38] 인권의 역설이라고 말할 수 있는 이러한 문제는 결국 '인권'의 주체이기 위해서는 먼저 시민권의 주체가 되어야 한다는 것을, 시민권의 주체가 되지 못하면 결국 '인권'의 주체조차 될 수 없다는 것을 말해준다.

① 아니 문둥이란 것은 사람이 아니다……누가 문둥이를 억지로 사람이라고 부른다면 그것은 사람에 가까운 추한 불가사리 같은 짐승이라고 나는 증오하고 싶다. 저주에 가득 찬 이 세상의 시선 속에 문둥이는 동정을 받기는커녕 학대만을, 타고난 팔자처럼 받으면서 살기 위하여 억지로 몸부림치고 허덕이는 참혹을 볼 때 나의 심정은 정말로 석연치 않은 어떤

37 비토리 사건은 1957년 8월 28일 경상남도 사천군 서포면 비토리에서 일어난 나병환자와 원주민의 충돌사건이다. 당시 삼천포시에 위치한 영복원(永福園)에 수용되어 있던 나병환자 70여 명이 비토리의 국유임야(國有林野)에 정착하려 했으나 이를 저지하려던 마을주민이 저항이 불가능한 나병환자들을 무차별 폭행, 학살하는 일이 발생했다. 이 사건에서 나병환자 22명이 사망, 3명이 행방불명, 53명이 부상을 당했다. 이 사건으로 82명이 살인 및 살인미수혐의로 체포되어 재판을 받았으나 대법원의 최종 판결에서 주동자 3명에게만 실형이 선고되었고, 나머지는 모두 집행유예로 풀려났다. 이 사건에 대해서는 http://blog.naver.com/PostView.nhn?blogId=sebelee&logNo=220989015032 참고.

38 한나 아렌트, 이진우・박미애 옮김, 『전체주의의 기원 1』, 한길사, 2006, 537쪽.

반항심이 불붙는다. 아아, 우리들 문둥이는 하늘과 땅과 사람에게서 너무나도 지나치게 버림을 당하고 있다. 사람도 아니며, 또 그렇다고 해서 짐승도 아니니 도대체 우리들은 무엇이란 말인가?[39]

② 나는 어머니보고 이제는 본 이름을 아예 부르지 말라고 하였다. 그리고 하운何雲이라고 불러달라고 하였다. 이제는 내 이름도 없고 영혼도 없고 육체도 없으니 텅 빈 유령이 아닌가……아니 나는 유령 같은 존재도 될 수 없는 것이다. 다만 아득히 바라보이는 하늘에 이름도 없이 형태도 없이 흩어져가는 덧없는 구름 같은 무존재가 아닌가.[40]

③ 나는 '문둥이'란 이름으로 인간대열에서 쫓겨났다. 그리고 인간폐업人間廢業을 당하고 있다. 끝내는 인간된 자랑마저 포기하지 않을 수 없다. 인간의 존엄성이란 벌써 휴지 같은 것이 되고 생존마저 위협을 받고 있다. 우리에게는 법法이란 것이 없다. 의지할 곳도 없다. 헐벗고 있다. 굶주림에 있다. 병마에 시달리고 있다. 그리고 갖은 학대虐待를 받고 있다. 이래서 천작天作의 죄수라고 하는지—산 죽음에 있어야 한다.[41]

한하운에게 사회로부터의 '추방/배제'가 어떤 의미였는가를 비교적 잘 보여주는 두 대목이다. ①은 첫 산문집 『고고한 생명—나의 슬픈 반생기』의 후기後記의 일부이고, ②는 시인이 한태영이라는 본명을 버리고 자신에게 '하운何雲'이라는 다른 이름을 부여하게 된 계기에 대한 설

39 『전집』, 420쪽.
40 『전집』, 269쪽.
41 『전집』, 499~500쪽.

명이며, ③은 두 번째 산문집 『황토길』의 서문序文 가운데 일부이다. 한하운은 스스로를 "인간폐업의 폐인"(239), "살아갈수록 마이너스의 인간이 되어"(245), "인간 추방의 잔학성에 인간폐업의 서식 조건을 박탈당한 산송장으로 싸워 나온 서글픈 생존자"(492) 등으로 규정해왔다. 그리고 위의 인용문에 등장하는 "사람에 가까운 추한 불가사리 같은 짐승", "유령 같은 존재", "무존재", "산 죽음" 등은 '사이' '존재'라는 문제적 정체성에 대한 문제제기이다. 한하운이 자신을 가리켜 "사람에 가까운 추한 불가사리 같은 짐승"이라고 말할 때 그것은 '인간'과 '짐승' 가운데 어느 쪽에도 속하지 않는, 그럼으로써 고유의 영토를 지닐 수 없는 '사이-존재'를 의미하는 것이고, "유령 같은 존재"라고 말할 때 그것은 '살아 있음'과 '죽음' 가운데 어느 쪽에도 완전히 귀속되지 않는다는 의미에서 "산 죽음"과 동일한 의미이며, "무존재"라고 말할 때 그것은 타인과의 모든 관계가 단절되어 생물학적으로는 존속하고 있으나 사실상 상징적인 죽음을 통과했다는 의미이다.

물론 한하운의 이러한 자기규정을 사회에 의해 행해진 추방/배제를 수락하는 것, 온전한 의미에서의 자기혐오나 염세적인 태도라고 이해해선 안 된다. 자신의 저서를 "전락轉落의 삶과 병과 시혼의 방황 속에 애달프고 서글픈 생존과 자유를 찾는 고고呱呱한 생명의 시집"[42] 이라고 소개하는 장면에서 드러나듯이 한하운의 글쓰기는 죽음(자살)의 그림자가 짙게 투영된 절망에 대한 보고서처럼 보일 때조차 그 죽음에 맞선 생명의 기록("그래도 살고 싶은 것은 살고 싶은 것은/한 번밖에 없는 자살을 아끼는 것이오"(「봄」))이기 때문이다. 실제로 그는 시와 산문을 가

42 『전집』, 495쪽.

리지 않고 여러 곳에서 "문둥병과 싸우고 절망과 싸우고 고독과 싸우고 인간다운 권리를 박탈당해 가는 서러움과 분함과 싸우고—이 모든 것과 문둥이 되는 날부터 싸우지 않으면 안 된다. 외로이 죽음보다도 무서운 절망 속에서 이 세상에 있는 모든 것과 싸우는 것은 말하자면 운명에 반항해보겠다는 것이다"[43] 등처럼 생生에 대한 열정과 운명에 대한 저항의 의지를 표출하고 있다. 한하운에게 이러한 생명에의 의지는 '시詩'에 대한 갈망과 자부심으로 집약된다. 그것은 자신의 시를 "영혼으로 쓴 영가靈歌",[44] "어쩔 수 없는 이 썩어가는 목숨을 발버둥치며—불면 꺼질 것만 같은 아슬아슬한 목숨이 다하는 날까지 목숨을 건져보려고—빛을 찾아서 시를 쓴다"[45] 등처럼 생명/의지의 증명으로 간주하는 장면에서 분명히 드러난다. 한하운이 매우 일찍부터 문학에 남다른 애정을 가졌다는 점을 고려하면 이러한 진술에 과장이 없다고 단정하기는 어려울 것이다. 그럼에도 불구하고 그가 문학, 특히 '시詩'에 자신의 존재를 투영했다는 것은 그의 산문에 등장하는 '시'에 관한 진술들을 일별해보면 쉽게 드러난다.

> ① 시가 나의 현실 생활에서 밥도 죽도 되지 않는 냉수보다도 도움이 되는 것이 못 되지만 정신면에서는 시는 버릴 수 없는 제2의 생명이다. 이 시로 사는 길이 전 생명을 지배하고 소망을 잃어버린 어두운 나에게 백광白光 같은 빛을 마련해주고 용기와 의지의 청조晴條 길로 인도하는 것이다.[46]

43 『전집』, 284쪽.
44 『전집』, 23쪽.
45 『선집』, 500쪽.
46 『전집』, 611쪽.

② 시작의 10년 고절은 나로 하여 문둥이 된 것을 비관하지 않게 하여 주었다. 인간의 조건은 육체적 문제보다도 정신적인 것이 우위에 있다는 것이 시작 수도修道에서 느낀 체험이다. 나는 시를 씀으로써 구원을 받을 수 있고, 지금 행복하기만 하다.[47]

한하운은 자신의 시詩를 "영혼으로 쓴 영가靈歌", "제2의 생명"이라고, 인간의 '조건'에 있어서 육체적인 것보다 정신적인 것이 우위에 있음을 깨닫게 해 준 것이라고 주장한다. 영가靈歌라는 단어처럼 그에게 시詩는 '생명'과 '영혼'의 상징이고, 그런 한에서 '시'는 미학적 의미 못지않게 실존적인 의미를 갖는다. 물론 한하운이 시 또는 예술을 가리켜 "이 시대를 정화시키는 데에는 시가 차지하는 사명은 크다"[48]라거나, "무릇 예술이란 것은 민족과 더불어 살고 또한 인간의 본질적인 것과 더불어 생명"[49]이 있으며, "새로운 세대를 만들고 높이 외치는 데에 현대 시인의 사명이 있"[50]다고 주장하면서 시의 현실적 가치와 도구성을 앞세울 때 그 실존적인 의미는 크게 훼손되는 것이 사실이다. 그럼에도 불구하고 한하운에게 시詩는 미학적 행위 이전에 그 자신이 '인간'임을 증언해주는 인간적 장치이니 그가 "나는 무엇보다도 인간이 되기를 바라며 그 투쟁은 인간에 대한 반항이다"라고 말할 때의 '반항'은 '시' 는 '언어'를 경유한 것일 수밖에 없다. 요컨대 그에게 '시'를 쓴다는 것은 자신이 '인간'이라는, "육체적 문제보다도 정신적인 것이 우위에 있다"는 기준에 따른 '인간'이라는 사실의 확인이

47 『전집』, 519쪽.
48 『전집』, 519쪽.
49 『전집』, 515쪽.
50 『전집』, 737쪽.

다. 시의 무엇이, 어떤 점이 그에게 '인간'임을 증명해주는 것일까? 그것은 '시' 오롯이 '감정'의 산물이라는 믿음에 기초한 것이다. 그는 시를 쓴다는 것은 감정이 있다는 것이고, 그러므로 시를 쓰는 한 자신은 타인과 동일하게 감정을 지닌 '인간'이라는 확신을 갖게 되는 것이다. "나도 인간이다. 인간으로서 대접받지 못한 인간의 티 없는 나의 순정이 짜내지는 슬픔에 부딪치는 고요한 인생목가이다",[51] "나는 울 수 있는 감정을 가지고 있다는 것을 새삼스럽게 느낀다. 정말 나는 아직도 울 수가 있구나—울 수 있다는 나는 인간으로 받을 수 있는 것이 아닌가"[52] 같은 진술은 이런 맥락에서 이해되어야 한다. 한하운에게 '시'를 쓰는 일은 자신이 인간임을 확인하는 행위이며, "인간으로서 인간 학대를 받고 인간 대열에서 쫓겨난 나환자"[53]가 다시 '인간'이 되는, '인간-되기'라는 의미를 갖고 있다.

4. 인간 소외의 시적 형상화

한하운의 문학은 자신이 태어나 자란 유년의 고향, 그리고 사회로부터의 추방 배제에 대한 부당함과 그로 인한 소외감을 서정적 · 실존적 언어로 표현한 것이 중핵을 이루고 있다. 흥미로운 점은 세계에 대한 부정적인 경험에도 불구하고 그의 언어들이 상당히 절제되어 있다

51 『전집』, 578쪽.
52 『전집』, 642쪽.
53 『전집』, 515쪽.

는 것인데, 이는 한편으로는 시詩 장르에 대한 그의 생각을, 다른 한편으로는 시집에 수록된 작품들을 꽤 오랜 시간동안 공들여 쓰고 다듬었다는 것을 말해준다. 이런 안정감 높은 형식과 언어에도 불구하고 그의 시의 핵심에는 '장소'의 상실과 세계로부터의 추방이라는 상흔傷痕이 강렬하게 새겨져 있다.

지나가버린 것은
모두가 다 아름다웠다.

여기 있는 것 남은 것은
욕辱이다 벌罰이다 문둥이다.

옛날에 서서
우러러보던 하늘은
아직도 푸르기만 하다마는.

아 꽃과 같던 삶과
꽃일 수 없는 삶과의
갈등葛藤 사잇길에 쩔룩거리며 섰다.

잠깐이라도 이 낯선 집
추녀 밑에 서서 우는 것은
욕이다 벌이다 문둥이다.

—「삶」 전문

동서고금의 수많은 문학 작품이 증명하듯이 깊은 내적 상처를 지닌 존재들에게서 공통적으로 발견되는 특징 가운데 하나는 시간의 분열이다. 이때의 '시간'은 시계적인 시간이 아니라 경험적·심리적인 시간이며, 인간 내면의 행복과 불행은 모두 이 경험적·심리적 시간에 의해 좌우된다. 예를 들면 유년의 한 시기를 향하고 있는 백석의 시적 리비도가 말해주는 바는 시인-화자가 현재를 과거보다 불행한 시간으로 경험하고 있다는 것이고, 프루스트의 '되찾은 시간' 또한 동일한 시간의 질서를 보여준다. 위의 인용시에서 화자의 심리적 시간 역시 '과거'와 '현재', '지나가버린 것'과 '여기 있는 것'으로 분할되어 있으며, "지나가버린 것은 / 모두가 다 아름다웠다", "여기 있는 것 남은 것은 / 욕辱이다 벌罰이다 문둥이다"라는 명시적인 진술처럼 화자의 리비도는 과거를 향하고 있다. 화자에게 현재는 '남은 것', 즉 의미 없는 잔여殘餘이고, 궁극적으로는 '욕'과 '벌'이다. 이러한 인식은 "죄명은 문둥이…… / 이건 참 어처구니없는 벌이올시다"(「벌罰」), "그래도 많이 남을 벌罰이올시다 벌이올시다"(「나」)에서도 동일하게 반복되고 있다. 시인은 이 작품에 '삶'이라는 제목을 붙였지만, 그가 긍정할 수 있는 '삶'은 지금-이곳에 존재하지 않는다. 이는 그가 자신의 현존을 "꽃과 같던 삶"과 "꽃일 수 없는 삶"의 '사잇길'에 위치시키고 있는 것에서도 확인된다. 여기에서 전자前者는 행복했던 과거를, 후자後者는 불행한 현재를 가리킨다. 그렇다면 자신의 현존을 '사잇길'이라고 표현하는 것은 논리적으로 잘못된 선택이다. 왜냐하면 그는 지금 '사잇길'이 아니라 "꽃일 수 없는 삶"에 속해 있기 때문이다. 『황토길』에서도 시인은 이 작품이 "나의 인생의 과거와 현재를 노출해놓은 현실의 비참을 말한 것"이라고 소개하고 있지 않은가. 그렇기에 이 '사잇길'이라는 기호가 뜻하는 바는 단순히 두 개의 시간이 분리되어 있다는 의미가 아니라 자신의 현재가 "꽃일 수 없는 삶"에 포함되어 있음에도 불구하고 화자가 그 사실을 실존적으로 수락하기를 거부하고 있다는 것으로 해석되어야 한다. 그렇다면 3연의 진술("옛날에 서서 / 우러러보던 하늘은 / 아직도 푸르기만 하다마는")은 어떻게 읽어야 할까? 여기에서 '하늘'은 특정한 시간, 그러니까 과거와 현재 가운데 어느 하나에 전적으로 속하는 대상이 아니다. 그렇기 때문에 이 시에서 '하늘'은 두 시간, 즉 과거와 현재를 이어주는, 시간의 연속성을 표상한다. 결국 이 시는 시인을 둘러싸고 있는 자연세계는 연속적이지만 실존적 시간경험의 차원에서 과거와 현재는 이어지지 못하고 있다는 것을 표현하고 있는 것이다.

한 번도 웃어본 일이 없다
한 번도 울어본 일이 없다.

웃음도 울음도 아닌 슬픔
그러한 슬픔에 굳어버린 나의 얼굴.

도대체 웃음이란 얼마나
가볍게 스쳐 가는 시장기냐.

도대체 울음이란 얼마나
짓궂게 왔다 가는 포만증飽滿症이냐.

한때 나의 푸른 이마 밑
검은 눈썹 언저리에 매워본 덧없음을 이어

오늘 꼭 가야 할 아무 데도 없는 낯선 이 길머리에
쩔룸쩔룸 다섯 자보다 좀 더 큰 키로 나는 섰다.

어쩌면 나의 키가 끄으는 나의 그림자는
이렇게도 우두히 웬 땅을 덮는 것이냐.

지나가는 거리마다 쇼윈도 유리창마다
얼른얼른 내가 나를 알아볼 수 없는 나의 얼굴

—「자화상自畵像」 전문

한하운 시의 출발점에는 고향, 가족, 유년(과거)과의 단절이 자리하고 있다. 여기에서 '자화상'은 이러한 단절 이후의 심리적 상태를 보여주는 장면이라고 말할 수 있다. 이 시에서 '자화상'은 시각적 현실 그 자체로서의 리얼리티도, 나르시시즘적인 이상적 자아ideal ego도 아니다. 그것은 "얼른얼른 내가 나를 알아볼 수 없는 나의 얼굴"이라는 표현에서 암시되듯이 자신에게 낯선 얼굴로 다가오는 자신의 얼굴, 즉 자기 소외의 형상에 가깝다. 화자는 "낯선 이 길머리"를 걷다가 우연히 '쇼윈도 유리창'에 비친 자신의 모습을 목격한다. 그런데 그 모습은 자신이 머릿속에 갖고 있던, 과거 어느 때 거울을 통해서 본 이후로 머릿속에서 상상하고 있던 자신의 모습과 너무도 다르다. 이 자기 발견을 계기로 화자는 고향과 단절한 이후의 삶을 회고한다. 그 기억 속에서 화자는 자신이 고향을 떠난 이후로 단 한 차례도 웃거나 울어본 적이 없음을, 감정의 동요를 경험한 적이 없음을 깨닫는다. 왜냐하면 그때 이후로 줄곧 그를 따라다닌 감정은 '슬픔'이었기 때문이다. 이런 점에서 "나는 (…중략…) 시를 눈물로 쓴다"라는 고백은 거짓이 아니다. 한하운의 시에서 이러한 자기소외는 양가적인 감정을 불러오는 심리적 원인으로 작용하는데 "나는 문둥이가 아니올시다 / 나는 정말로 문둥이가 아닌 / 성한 사람이올시다"(「나는 문둥이가 아니올시다」)라는 현재적 상태에 대한 부정이 한 극점이라면, "이제 문둥이 삶도 아름답다 / 또 오려는 문드러짐도 아름답다"(「영가靈歌」)라는 현재(와 미래)에 대한 긍정이 다른 하나의 극점이다. 또한 "그래도 살고 싶은 것은 살고 싶은 것은 / 한 번밖에 없는 자살을 아끼는 것이오"(「봄」)이라는 생生에 대한 긍정이 한 극점이라면, "나는 / 나는 / 죽어서 / 파랑새 되리"(「파랑새」)로 형상화된 죽음을 통한 현실 초월이 다른 하나의 극점이다. 한하운의 시편들은 이 두 극점의 왕복 운동을 통해 실존의 불안정함을 드러낸다.

나의 상류上流에서
이 얼마나 멀리 떠내려온 밤이냐.

물결 닿는 대로 바람에 띄워 보낸 작은 나의 배가
파도에 밀려난 그 어느 기슭이기에
삽살개도 한 마리 짖지 않고……

아 여기서

나는 누구의 이름을 불러보아야 하나.

첩첩한 어둠 속에 부표浮標처럼 떠서
가릴 수 없는 동서남북에 지친 사람아.

아무리 둘러보아야
답 없는 밤이었다.

—「자벌레의 밤」 전문

여기에서 '자벌레'는 작고 여린 생명의 이미지이다. 화자는 자신의 현존을 '부표浮標', 즉 "첩첩한 어둠 속에"서 부유하고 있는 존재로 묘사하고 있다. 이 시의 전반적인 느낌은 정착지를 찾지 못하고 세계의 변방을 흘러 다니는 불안감과, 그러한 방황을 더욱 암담하게 만드는 '밤'의 결합에서 비롯된다. 여기서의 '밤'은 우리가 노동의 시간이 끝난 뒤에 맞이하는 휴식의 밤이 아니라 사위四圍에 자신이 의지할 가림막이 아무 것도 없는 무방비 상태, 자신의 현재는 물론 목적지조차 알지 못한 채 흘러 다니는 불안하고 무력한 밤이다. 시인은 이 '밤'의 실존적 규모를 극적으로 크게 만들기 위해 작은 파도에도 쉽게 흔들리는 '작은 배'와 작고 여린 생명체인 '자벌레'를 서정적인 분신으로 등장시키고 있다.

한하운은 '고향/장소'로부터 강제 분리되어 세계를 떠돌며 살아가는 자신의 실존적 상실감을 표류하는 이미지, 특히 정착지 없이 이동하는 유동적인 이미지로 형상화한다. 이 때문에 한하운의 시에서 부유하는 대상을 이미지화하는 장면은 자신이 앓고 있는 질병이나, 그

것으로 인해 겪게 되는 고통만큼이나 빈번하게 등장한다. 가령 "물에 뜬 인생이라 / 강물은 흐른다 / 세월은 흐른다"(「한강수」), "외톨이 푸른 잎사귀 하나가 / 심산벽수深山壁水 시냇물 흰 구름 위로 떠갑니다"(「낙화유수落花流水」), "눈물로 걸음걸음 이르던 곳 / 그래 여기가 바로 어느 동서남북이란 말이냐"(「업과業果」), "지구의 한 토막이 무너져 / 둥둥 떠간다"(「양자강揚子江」) 등은 사실상 동일한 이미지의 변주라고 말할 수 있다. 정처 없이 부유하는 운명, '고향/장소'에서 분리되어 '세계'를 낯선 곳으로 마주함에서 비롯되는 불안감, 이러한 심적 상태가 지향하는 바는 "고향으로 돌아갈 길이 보인다"(「추억追憶 1」)라는 진술처럼 '추억'이라는 시간의 이정표를 따라 '고향'에 도달하는 것이다. 이때 '고향'은 시인이 떠나온 곳이면서 동시에 거대한 폭력으로 경험되는 '세계' 속에서 체류할 수 있는 장소, 곧 익숙한 존재의 지평일 것이다.

5. 자연, 고향으로 돌아가는 길

알다시피 한국의 근대는 '식민지'라는 특수한 조건 하에서 시작되었고, 그것은 봉건적인 농촌공동체의 해체와 자본주의적 도시의 일반화라는 사회 현상을 동반했다. 이러한 과정으로 인해 근대시의 상당수는 농경세계에 대한 향수나 귀향 의지를 강조하는 경향을 보였고, 한국 근대시에서 그것은 이른바 전통서정시 또는 자연서정시의 계보를 형성했다. 물론 도시는 사악한 곳인 반면 시골은 순수함을 간직한 목가적인 곳이라는 가정, 그 연장선에서 만들어진 '부도덕한 도시'와 '선한 시골', '나쁜 문명'과 '좋은 자연'이라는 이항대립은 실상 "문학적 신화"[54]로서 허구인 경우가 많다. 그럼에도 불구하고 이러한 이항대립이 말해주는 한 가지 진실은 다수의 사람들에게 '농촌'보다는 '도시'가 심리적인 차원에서 낯선 곳으로 경험되는 경우가 많았으며, 그것은 상대적으로 변화에 취약한 농촌이 안정적인 질서를 유지하는 데 반해 도시는 지속적인 변화를 통해 성장과 발전을 거듭하는 시스템을 지니고 있기 때문일 것이다.

> 현대라는 소위 기계문명의 세대에 있어서 사람으로서 가져야 하는 소박素朴이라는 거룩한 순성純性이 점점 없어지고 악으로만 나빠져 가고 있다. 기계의 소음이 사람의 소박한 신경을 문드러놓고 치차齒車와 치차가 지그재그 하는 마멸은 사람은 모든 것을 기계적으로만 생각하는 나머지 신경은 영양실조가 되어 불안과 공포의 까만 적막 속에 방황하고, 나 자신마저 못 믿고 또한 나와 남의 거리를 멀게 하고 그 사이는 칼날과 절벽과 암흑이 있고, 나만이 살면 그만인 인간 불신 시대에 빠져 있다. 이러한 인간 불신 시대의 악순환은 오늘날 인간이 구원을 받을 수 없는 막다른 절벽에 직면하고 있음을 말한다.[55]

한하운에게 '자연'의 의미는 특별하다. 그는 "내 인생에 세 가지 지극히 타오르는 불"[56]을 사랑하는 여자, 문학, 그리고 자연이라고 소개

54 리처드 D. 앨틱, 이미애 옮김, 『빅토리아 시대의 사람들과 사상』, 아카넷, 2011, 134쪽.
55 『전집』, 514쪽.
56 『전집』, 291쪽.

한다. 요컨대 그에게 '자연'은 '문학'과, 나아가 사랑하는 사람과 위상이 동등하다. 그에게 '자연'은 "살아가는 기쁨"이자 "살아야 할 생명이 살아있는 생에 대한 인식을 발전시켜가는 기쁨"을 가져다주는 대상이다. 즉 자연은 생명에의 의지의 객관적 상관물인 셈이다. 이런 맥락에서 그는 인간과 자연의 연계連繫가 "이 세상의 평화와 행복의 싹"[57] 이라고 주장한다. 알다시피 '현대=기계문명'에 대한 비판적 시각과 반공주의 이념을 지나치게 강조할 때, 한하운의 시어가 시적 긴장과 완성도를 상실하고 계몽주의적인 진술로 전락한다. 그럼에도 불구하고 그는 산문의 곳곳에서 '현대=기계문명'이 인간 세계에 가져온 문제점을 성토하면서 "잃어져가는 인간성의 반성과 인간 복귀를 이룩할 수 있는 눈물 같은 그 옛날의 목가(리리시즘)를 이 세상의 가슴에 부어주고 자연을 신같이 모실 수 있는 순진 소박한 시詩 시대의 형성을 최촉"[58]하는 것이 시인의 사명임을 거듭 강조한다. 이처럼 '자연' '문명'이라는 질병의 치유제로 간주하는 태도는 오랫동안 서정시의 중요한 근거로 기능해왔다. 한하운의 시편들도 오랫동안 이런 맥락에서 해석되어 왔다. 유복했던 유년기와, 그 시간의 배경이 되어주었던 농경적 · 자연적 세계의 결합은 서정시가 현실의 균열된 시간을 봉합하기 위해 의지하는 '장소'의 일종이다.

한하운에게는 그가 '자연'에 상당한 심리적 에너지를 투사하는 또 하나의 이유가 있다. "이 세상의 인위적인 것은 나를 괄시와 저주만을 한다. 그러나 자연만은 나를 아무 차별 없이 받아들인다. 이 세상은 나 혼자만이 되었다. 세상도 친구도 골육도 모두가 나를 아는 척도 해

57 『전집』, 697쪽.
58 『전집』, 514쪽.

주지 않는다. 나를 외면하고는 침을 뱉고 달아나버린다",[59] "버림받은 나로서 자연이야말로 이 세상에서 마지막의 벗이 아닌가 생각한다"[60] 같은 진술에서 그 단초를 발견할 수 있다. 이 진술들에서 드러나듯이 한하운에게 '자연'이 특별한 의미로 여겨지는 까닭은 '인간'과 '문명'이 자신을 배제/추방하는 데 반해 '자연'은 어떠한 소외감이나 열패감도 가져다주지 않기 때문이다. 바꿔 말하면 한하운에게 '자연'은 이미-항상 자신의 감정을 투사할 '대상'일 뿐이라는 것이다. 한하운의 '세계'에는 '인간'과 '문명'의 자리가 존재하지 않는다. 왜냐하면 그것들은 언제나 그에게 치유하기 어려운 심리적 상처만 주는 것들이기 때문이다. '자연'은 바로 이 '인간'과 '문명'이 삭제된 자리를 대체하는 요소로, 한하운에게 그것은 자신이 유일하게 긍정적인 관계를 맺을 수 있는 대상("마지막의 벗"), 그리하여 자신에게도 '세계'가 있다는 느낌을 주는 경험적 대상이다. 하여 그는 "인간의 존엄성마저 무시"당할 때마다 그 상처를 '자연'에서 치유한다.

나는
나는
죽어서
파랑새 되어

푸른 하늘
푸른 들

59 『전집』, 642쪽.
60 『전집』, 659쪽.

날아다니며

푸른 노래
푸른 울음
울어 예으리.

나는
나는
죽어서
파랑새 되리.

—「파랑새」 전문

이 시에서 '파랑새'는 초월적 존재의 표상이다. 그것은 "아 구름 되고파/바람 되고파"(「하운何雲」)라고 말할 때의 '구름'이나 '바람'처럼 상징계의 현실원칙에 구속되지 않는 자유의 상징이다. 그런 점에서 '파랑새'는 이상적 자아ideal ego의 형상이라고 말할 수도 있다. 그것은 주체가 자신과 동일시하는 투사된 이미지의 산물, 즉 상상계에 속하는 나르시즘적인 전능의 이상형이다. 왜 시인은 자신의 이상형을 '파랑새-구름-바람'처럼 천상天上적인 것들로 표현하는가? 그것은 지상地上이 현실원칙이 지배하는 상징계이고, 그곳에서 자신은 '문둥이' 또는 '나환자'로서 설움을 감내할 수밖에 없기 때문이다. 이 '천상-지상'의 이항대립이 생사生死의 문제로 표현될 때에는 '살아서-죽어서'의 대립으로 이해되고, 인공/자연의 문제로 표현될 때에는 '기계(문명)-파랑새(자연)'의 대립으로 변주될 뿐이다. '무지개'라는 자연의 속성에서 세계의 이상적 질서를 읽어내고 있는 "무지개는 온갖 인종 민족 부귀빈천의 경계선을 넘어서 차별 없이 자연의 섭리하는 아름다움을 인간의 영혼에 교류시키는 것이다"[61]라는 진술이나 신이 창조한 자연의 질서에 반反하는 모든 것이 악惡이라는 "천지창조의 신은 / 한 떨기 꽃에 / 한 마리 새에 / 한 가람 강물에 / 평화와 행복의 계시와 은총을 주셨으니 // 신을 매복賣卜한 라마의 악의 업보는 / 천지창조의 신의 분노를 사지 않을 수 없었다"(「인골적」) 같은 진술 또한 자연 대상을 이상화한다는 점에서는 동일하다. 결국 한하운에게 '자연'은 자신이 "그다지도 원했던 정주의 곳"의 객관적 상관물이라고 말할 수 있다는 점에서 '고향'의 동의어이다. 그에게 있어서 시를 쓰는 일, 그리고 자연을 벗하며 살아가는 일은 "눈물을 뿌리치며 눈물을 밟으며 가는 길에 지쳐서 산 너머 저쪽에는 구름, 저쪽에는 안주의 곳이 있지나 않을까 나의 아득한 고향이 있지나 않을까 하며 그리움에 걸어가는 것"[62]이었다.

61 『전집』, 656쪽.
62 『전집』, 749쪽.

참고문헌

한하운 전집 편찬위원회 엮음, 『한하운 전집』, 문학과지성사, 2010.

기욤 르 블랑, 박영옥 옮김, 『안과 밖』, 글항아리, 2014.

김택중, 「경성부립순화병원, 역사적 사실과 그 해석」, 『연세의사학』 16권 2호, 연세대학교 의과대학 의사학과 의학사연구소, 2013.

리처드 D. 앨틱, 이미애 옮김, 『빅토리아 시대의 사람들과 사상』, 아카넷, 2011.

미셸 푸코, 오트르망 옮김, 『안전, 영토, 인구』, 난장, 2011.

에드워드 렐프, 김덕현 외 옮김, 『장소와 장소상실』, 논형, 2005.

이 푸 투안, 구동회 · 심승희 옮김, 『공간과 장소』, 대윤, 1995.

정우택, 「'한하운 시집 사건'(1953)의 의미와 이병철」, 『상허학보』 40집, 상허학회, 2014.

제프 말파스, 김지혜 옮김, 『장소와 경험』, 에코리브르, 2014.

최원식, 「한하운과 『한하운시초』」, 『민족문학사연구』 54집, 민족문학사학회, 2014.

한나 아렌트, 이진우 · 박미애 옮김, 『전체주의의 기원』 1, 한길사, 2006.

M. 하이데거, 「건축함 거주함 사유함」, 이기상 외 옮김, 『강연과 논문』, 이학사, 2008.

R. N. 마이어, 장남준 옮김, 『세계 상실의 문학』, 홍성사, 1981.

'문둥이'의 육체로부터 시인의 영혼을 보존하라!*

한하운 시의 모호한 자기 인식 구조를 중심으로

최서윤
한국방송통신대학교 강사

1. 냉엄한 정신과 문단에의 통행권

한하운(1919~1975)은 1949년 이병철의 추천으로 『신천지』 4월호에 「전라도 길」, 「벌」 등을 포함한 시詩 13편을 발표하며 등단했다. 그는 한센병 환자였고, 등단 후 '문둥이[1] 시인'으로 불렸다. 당시 한센병은 공동체의 안전을 위협하는 전염병으로 인식되었고, 한센병 환자들은 공동체에서 격리·수용되어야 할 괴물 같은 존재로 배척당했다.[2]

* 이 글은 「냉엄한 정신과 비명의 부인으로서의 침묵—한하운 시의 자기 인식을 중심으로」(『한국학연구』 42집, 2016)를 상당 부분 수정한 것임을 밝혀둔다.

1 이 글에서 한센병 환자를 비하하는 부정적 용어인 '문둥이'는 한하운이 텍스트에서 스스로를 그와 같이 지시했음에 근거하여 활용된다.

2 1949년 7월 18일자 『동아일보』의 기사 「흡혈귀 나환자」에 한센병 환자, 즉 '문둥이'에 대한 당시의 통

하지만 당대 독자들은 한하운의 시에는 기꺼이 감염되었던 것으로 보인다. 전후에 출간된 『보리피리』(1955, 인간사)는 3판까지 출판된 베스트셀러였다.[3] "인간으로서 인간 학대를 받고 인간 대열에서 쫓겨난 나환자"[4]의 시집이 그토록 널리 읽힐 수 있었던 요인은 무엇이었을까? 김신정은 「고통의 객관화와 '인간'을 향한 희구—한하운의 삶과 시」에서 그 요인을 고통을 "시적 자아의 절제된 태도와 사실적이고 응축적인 표현, 간결한 리듬의 아름다움"[5]으로 객관화하여 전달한 것으로 제시했다. 우리는 "고통의 객관화"로 풀이되는 시의 특징이 이병철이 한하운을 문단에 처음 소개할 때 상찬했던 점이라는 사실에 주목할 필요가 있다. 이병철은 "하나는 썩어가는 육체肉體요 또 하나는 그 육체밖에서 냉엄冷嚴을 지키면서 관찰觀察하는 눈, 그것이야말로 하운何雲의 문학태도文學態度가 아니고 무엇이랴!"[6]고 언급했다. 따라서 한하운의 시가 한센병을 앓은 적이 없는 독자들에게 친근하게 수용될 수 있었던 첫 번째 요인은 자신의 병든 육체를 '냉엄한 눈'으로 관찰

념이 드러난다. 기사의 전문은 다음과 같다. "지난 칠월구일 하오 한 시경에 부천군 오정면 오곡리 김(김기운) 씨 부부는 두 살된 그의 딸만을 방에 재우고 밭에 간 틈에 문둥병자(라병자)가 침입하여 어린아이의 손가락 발가락과 전신의 연약한 곳을 입으로 물어뜯어 피를 빨아먹고 있는 것을 때마침 김 씨 부인이 집에 돌아와서 발견하고 고함을 치자 범인은 도망해버렸는데 이 급보를 접한 소관 오정지서에서는 민보단원을 동원하여 산중에 은신하고 있는 것을 무난히 체포하였다 한다. 그리고 어린아이는 부근 병원에서 응급치료 중이나 생명이 우려된다고 한다."

3 김창직은 『가도가도 황톳길』(1982) 서문에서 "1955년, 하운의 제2 시집인 『보리피리』가 인간사에서 출판이 되자 경향 각지의 서점들은 즐거운 비명"을 질렀으며, "독자층은 주로 20대의 젊은 남녀로서 문학 지망생들"이 대부분이었고, "얼마 안 가서 초판이 매진되고 2판, 3판을 거듭해도 책이 모자랐"음을 밝혔다. 김창직 엮고지음, 『가도가도 황톳길』, 지문사, 1982, 35~36쪽.

4 한하운, 『한하운 전집』, 문학과지성사, 515쪽. 이 글에서는 1차 텍스트로 한하운이 생전에 출판한 『정본 한하운 시집』에 기초한 (한하운, 인천문화재단 한하운 전집 편찬위원회 엮음, 『한하운 전집』, 문학과지성사, 2010)를 활용한다. 이하 한하운이 쓴 텍스트는 『전집』으로 표기한다.

5 김신정, 「고통의 객관화와 '인간'을 향한 희구—한하운의 삶과 시」, 『현대문학의 연구』 7, 1996, 261쪽 참고.

6 이병철, 「한하운시초를 엮으면서」, 『신천지』 4권 4호, 1949.4, 177쪽.

하는 시적 태도로 추정된다.

그러한 태도로 인해 독자들은 한센병을, 곧 '문둥이'됨을 손쉽게 일반화하여 인식할 수 있었다. 다시 김신정의 분석을 참고하면, 고통을 객관화하였으므로, 독자들은 그의 시에서 "'인간다움'을 회복하기 위한 근본적인 질문"[7]을 간취할 수 있었다. 그런데 보다 적극적인 독자들은 일반화된 고통을 '시인' 일반의 고통으로 받아들였다. 김윤식은 「천형天刑과 시인—한하운론」에서 한센병을 '저주받음의 표식'으로 받아들일 수만 있다면, 한하운을 '시인詩人'이라는 보편적 범주에 소속되게 하는 필요충분조건으로서 그것을 인식할 수 있음을 밝혔다. 그는 보들레르의 「알바트로스」를 인용하며 시인은 본질적으로 "천형天刑의 수인四人"임을 언급했고, "문둥이 시인 한하운을 그 '문둥이'라는 관사를 떼버리고"[8] 시인으로 인식할 것을 촉구했다.

이와 같이, '문둥이 시인' 한하운은 문단에서는 받아들여졌다. 한하운의 시는 장만영의 『현대시감상』(1952)에서 한국 대표시 중 하나로 소개되었다. 그리고 고은 시인은 한하운의 시의 발견을 시적인 것의 현현으로서 술회했다. 그는 『한하운시초』의 발견을 "내 시의 대안 없는 운명의 우연한 계기"로 말했다. "전쟁직전(1950년—인용자)의 어느 날 해가 진 뒤의 명암 경계의 길가에서 하나의 빛"을 만났는데 그 빛은 『한하운시초』였고, 그 순간의 감격이 "내 삶의 어떤 출발점"[9]이었음을 고백했다. 그는 어떠한 조건을 충족함으로써 이와 같이 문단에

7 김신정, 앞의 글, 262쪽.

8 "詩人은 本質的으로 이 새(알바트로스—인용자)와 같다. 하늘의 왕자로서 유유히 天上을 날지만 일단 地上의 俗物들 틈에 끼이면 천하의 바보 취급을 당하고 마는 것이다. 따라서 詩人이란 罪人 취급을 당하는 것이 運命的으로 피할 수 없는 일이다." 김윤식, 「天刑과 詩人—한하운론」, 『한국현대시론비판』, 일지사, 1986, 142쪽.

9 고은, 『오늘도 걷는다』, 신원문화사, 2009, 50쪽.

수용되었는가?

> 그 신사는 "자 내가 소개하지" 하고 나를 보면서 "이분은 정지용 이분은 이용악인데 모두 시인이오" 하며 나에게 술 한잔을 권한다. 나는 사양하였더니 **"인간이 사는 조건은 육체적 조건으로 사는 것이 아니오. 정신적인 것이 제일이야. 자 어서 드시오"** 한다. 나는 진사 앞에 문자 쓰는 격으로 시단의 선배 앞에 초라한 「파랑새」란 시를 내놓고 사라는 내가 부끄럽기 짝이 없었다.[10]

한하운은 자신이 오로지 '정신'에 의하여 시인으로 수용되었다고 믿었다. 이것은 그의 자기 인식이 이분법적 사고에 토대를 두고 있음을 드러낸다. 그는 "정신 : 육체=시인 : 문둥이"의 공식에 기초하여 스스로를 인식했다. 앞에서 언급한 것과 같이, 시에 드러난 이러한 자기 인식을 이병철은 "육체 밖에서 냉엄을 지키면서 관찰하는 눈"으로 적확하게 지적한 바 있다. 즉, '육체 밖에서 냉엄을 지키면서 관찰하는 눈'은 육체와 분리된 한하운의 '정신'인 것이다. 이병철의 그러한 발언은, 정신의 우월성을 강조하는 한하운의 이분법적 사고가 문단에의 통행권의 전제로 작용했음을 우회적으로 드러낸다는 점에서 유념할 필요가 있다.

그에 대하여 상술하기 전, 지금까지 기존연구[11]에서 규명된 한하운의 자기 인식에 대한 논의를 정리하면 다음과 같다. 첫째, 한하운은

10 「파랑새」, 『전집』, 561쪽. 앞으로 이 글에서 강조는 전부 인용자의 것이다.

11 김신정, 「고통의 객관화와 '인간'을 향한 희구—한하운의 삶과 시」, 『현대문학의 연구』 7, 1996; 최명표, 「한하운 시의 정치시학적 연구」, 『현대문학이론연구』 26, 2005; 한순미, 「'서러움'의 정치적 무의식」, 『사회와 역사』 94, 2012; 김수이, 「박탈당한 '인간'과 세상, 공동체 밖의 삶—한하운의 시와 '나병'」, 정과리 · 이일학 외, 『감염병과 인문학』, 강, 2014 등을 참고.

스스로를 정신과 육체의 이분법에 기초하여 인식한다. 둘째, 자기 인식은 "영혼 : 육체=시인 : 문둥이"로 풀이된다. 셋째, 시에서는 '고통의 객관화'로 드러나고, 그 의의는 '인간 일반의 고통에 대한 물음'을 가능케 한 것으로 간주된다. 넷째, 이에 기초하여 그의 한센병은 당시 회자되던 시인의 특질인 '저주받음'으로 인식되었다. 다섯째, 그는 공히 시인이 되었다.

그러므로 '문둥이'인 한하운이 시인이 된 것은 문단에서 이방인을 수용한 사건으로 볼 수 있다. '수용'을 사건으로서 이해할 때, 데리다Jacques Derrida의 환대hospitalité는 유용한 참조점이 된다. 데리다는 환대를 '무조건적 환대'와 '조건적 환대'로 나누어 제시했다. 첫째, 무조건적 환대는 이방인에게 자신의 자기-집과 자기 전체를 주는 것이다. 즉, 그에게 자신의 고유한 것을 주되 이름도 묻지 말고 대가도 요구하지 말고 최소의 조건도 내세우지 않는 것이다. 둘째, 조건적 환대는 법률적-정치적 환대이다. 조건적 환대는 한계들·권한들·권리들·의무들을 정해 놓음으로써 무조건적 환대의 법에 도전하고 침범한다.[12] 그런데 환대는 "이방인이 자신의 언어가 아닌 언어로 집주인·주인·왕·영주·권력·국민·국가·아버지 등이 자신에게 강요하는 언어로 환대를 청해야" 하는, 즉 "주인이 그에게 자기 자신의 언어로의 번역을 강요"[13]한다는 문제에서 출발한다. 따라서 우리가 한하운의 텍스트를 통해 '환대'의 문제를 제기할 수 있는 것은, 그의 시가 문둥이의 구체적 육체가 아닌 추상적이고 일반적인 정신에 우위를 둔 이분법적 자기 인식에서 산출되었기 때문이다.[14] 한하운의 시는 문둥

12 자크 데리다, 남수인 옮김, 『환대에 대하여』, 동문선, 2004, 104쪽.
13 위의 책, 64쪽.

이라는 이방인의 육체에서 솟아나온 언어를 주인인 정신의 언어로 '번역'한 결과로서 간주될 수 있으므로 문제적이다.

하지만 '반공'이라는 당시의 사회적 조건을 고려했을 때, 그러한 '번역'은 (자기) 검열을 투과한 것으로 한 번 더 굴절되어 이해될 필요가 있다. 1953년 6월 30일에 일어난 '한하운 시집사건'[15]을 재조명한 최근 연구[16]에서 사회주의자였던 이병철과의 관계[17] 및 월남이라는 개인적 이력 등으로 인하여 그가 당시 불온한 자로 취급되었음이 드러났다. 한하운은 문둥이이자 공산주의자인 죄인으로 낙인찍힌 상황에서 무고함을 입증할 필요가 있었다.

> 나의 육체는 문둥병으로서 완전히 인간대열에서 매장되었지만 이렇게 된 나를 절망에서 살려주는 것이라곤 오로지 정신뿐이다. 이 정신을 키워주는 영양소는 오로지 이 세상에서는 책과 사상을 전개시키는 원고 쓰기밖에는 없다. 이것을 공산당은 나에게서 약탈하고 말았다. 가증한 놈들 같으니……[18]

14 한하운의 텍스트에 대한 이러한 문제의식은 한하운의 자전을 한센병 환자의 고백문학, 즉 "한국 나환자의 역사의 흔적이 새겨진 징후"(한순미, 앞의 글, 301쪽)로서 독해한 한순미, 「'서러움'의 정치적 무의식」에서도 발견된다. "'인간의 대열'에 끼어들고 싶다는 열망으로서의 서러움은 짐승의 죄의식을 제거하고, 질적인 '민족의 한 구성원'으로 다시 태어나기 위한 몸부림으로 표출된다. (…중략…) **이와 같이 이 시기 한하운에게 병든 '신체' 보다 '정신' 의 문제가 더 중요한 화두가 되고 있는 것을 어떻게 해석할 수 있을까. 과도하다 싶을만큼 추구되고 있는 이 '정신' 의 문제에서 무엇을 어떻게 읽어야 할까.**" 한순미, 앞의 글, 307쪽.

15 '한하운 시집 사건'은 1953년 6월 정음사에서 『한하운시초』 재판이 출간되었을 때, 시집이 '좌익 반동 서적'으로 낙인찍힌 일을 가리킨다. 자세한 내용은 정우택, 「'한하운 시집 사건'(153)의 의미와 이병철」, 『상허학보』 40, 2014, 147~179쪽 참고.

16 정진석, 「문둥이 시인 한하운과 올챙이 기자 오소백」, 『전쟁기의 언론과 문학』, 소명출판, 2012; 최원식, 「한하운과 『한하운시초』」, 『민족문학사연구』 54, 2014; 정우택, 「'한하운 시집 사건'(153)의 의미와 이병철」, 『상허학보』 40, 2014; 박민규, 「'한하운 사건' 이후의 한하운과 시 세계의 변모 양상」, 『우리문학연구』 47, 2015.7.

17 한하운과 이병철의 관계에 대한 자세한 내용은 정우택, 앞의 글 참고.

18 「저류」, 『전집』, 460쪽.

한하운에게 시詩는 자신을 변호할 수 있는 유일하고도 강력한 수단이었다. 그는 정신에서 솟아나온 시를 방패삼아 '공산주의자'와 '문둥이'라는 정체성을 모두 부인해야만 했다. 살아남기 위해서, 그는 이방인의 언어가 아닌 주인의 언어로써 시를 써야 함을 (무)의식적으로 파지하였을 것이다. 자신의 무고함을 언어로 증명하기 위해서는 무엇보다 그의 목소리가 반드시 다른 사람에게 들려야만 했다.

이와 같이 '반공'을 또 하나의 변수로 고려하였을 때, 그의 이분법적 자기 인식이 김동리 등을 위시한 순수문학론자들의 논리 구조와 상당히 유사하다는 점은 흥미롭다.[19] 잘 알려진 것처럼, "해방기 좌우 문학 진영 간의 대결 과정에서 등장한 김동리의 순수문학론은 문학과 정치를 일치시킨 일원론과 맞서기 위해 문학과 정치를 분리하는 이원론의 위치에서 공세를 취하는 논리"를 보여주었다. 김동리가 언급했던 "문학의 '참다움'이나 '문학적 사상의 참다움'은 그 대타항을 모두 '참답지 않은 것'들로 규정함으로써 생겨난"[20] 개념이었다. 우리는 한

19 '순수문학'과 '반공문학'의 논리의 유사성을 규명한 논문으로는 한수영, 「'순수문학론'에서의 '미적 자율성'과 '반근대'의 논리－김동리의 경우」, 『국제어문』 29, 2003; 유임하, 「'순수'의 이데올로기적 기반－해방기 김동리의 순수문학론과 그의 소설에 나타난 좌익 인물의 이미지」, 『우리말글』 38, 2006; 김한식, 「김동리 순수문학론의 세 층위－반공문학과 순수문학의 상동성을 중심으로」, 『상허학보』 15, 2005; 김한식, 「해방 후 순수 문단과 세계문학의 개념－김동리와 조연현을 중심으로」, 『민족문화연구』 28, 2008. 하지만 한하운의 시와 순수문학의 영향관계를 본격적으로 규명하는 것은 이 글의 관심사는 아니다. 여기에서는 한하운의 그러한 이분법적 인식을 당대의 문단 내에서 유통되던 담론과 차별화되는, 그만의 독특한 인식 구조로 보기는 어렵다는 점을 제시하고자 언급한 것이다. 영향 관계를 규명하는 작업은 차후를 기약한다.

20 유임하, 「'순수'의 이데올로기적 기반－해방기 김동리의 순수문학론과 그의 소설에 나타난 좌익 인물의 이미지」, 333~350쪽 참고. 본문에서 인용한 유임하의 논의와 관련하여 김동리의 다음 글을 참조할 수 있다. "왜 그러냐 하면 참다운 문학적 사상의 주체는 시대와 사회를 초월하여 인간이 영원히 가지지 않을 수 없는 인간의 보편적이요 근본적(구경적)인 문제 — 다시 말하면 자연과 인생의 일반적 운명 — 에 대한 독자적 해석이나 비평에서만 가능한 것이며, '시대적 사회적 의의'니 공리성이니 하는 것들은 이 '주체적인 것'의 환경으로서 제이의적 부수적 의의를 가지는 데서 지나지 못하기 때문이다." 김동리, 「문학적 사상의 주체와 그 환경－본격 문학의 내용적 기반을 위하여」, 『김동리전집 7』, 민음사, 1997, 69쪽.

하운의 시에서 구체적이고도 특수한 '문둥이'의 고통이 '육체 밖에서 냉엄을 지키면서 관찰하는 눈'을 매개로 인간 일반의 고통으로서 번역되어 독자들에게 수용되었음을 앞에서 살폈다. 김동리가 "실체가 분명히 잡히지 않는 보편성"을 강조함으로써 "현실의 복잡한 계기들을 무화시키는 데 기여"했다는 논의[21]를 참고하면, 우리는 한하운과 순수문학론자의 사이에 교집합이 있었음을 추정할 수 있다.

지금까지 진술한 문제의식을 바탕으로, 이 글에서는 한하운의 시와 산문에 드러난 자기 인식 구조의 특질이 '모호성vagueness'[22]임을 규명할 것이다. 한하운의 텍스트에서는 이분법적 자기 인식 구조에 입각하여 문둥이가 아닌 시인을 보존하려는 욕망이 드러난다. 시인의 보존은 자연에 편입되어 자연의 일부로 거듭남으로써 이루어진다. 그러나 그의 텍스트에 드러나는 시의 절대성에 대한 인식과 다른 소수자에 대한 차별적이고도 폭력적인 발언은 문제적이다. 이를 이해하기 위해서는, 자전적 성격이 강한 한하운의 시를 소수자 혹은 하위 주체가 발화한 구체적, 비판적 텍스트로 이해한 그동안의 논의[23]에 거리를

21 김한식, 「해방 후 순수 문단과 세계문학의 개념－김동리와 조연현을 중심으로」, 251~252쪽.

22 "Vagueness is standardly as the possession of borderline cases. For example, 'tall' is vague because a man who is 1.8 meters in height is neither clearly tall nor clearly non-tall. No amount of conceptual analysis or empirical investigation can settle whether 1.8 meter man is tall. Border line cases inquiry resistant. Indeed, the inquiry resistance typically recurses. For in addition to the unclarity of the borderline case, there is normally unclarity as to where the unclarity begins. In other words, 'borderline case' has borderline cases. The higher order vagueness seems to show that 'vague' is vague." Sorensen, Roy, "Vagueness", The Stanford Encyclopedia of Philosophy (Summer 2012 Edition), Edward N. Zalta (ed.), forthcoming URL =http://plato.stanford.edu/archives/sum2012/entries/vagueness/.

23 한하운의 시에서 사회에 대한 비판정신을 발견하는 경향은 최근 논의에서 두드러지게 드러난다. 첫째, "소인(한하운－인용자)은 소인이되 프로페셔널의 임계점을 폭로하는 접경에 둥지를 튼 독특한 소인이기에, 어떤 점에서는 가장 급진적이다. 그에게 우익은 물론 그에 대항하는 좌익도 일종의 권력이기 때문이다. 하운은 우리 시 최초의 하위자(subaltern－인용자)다. (…중략…) 남한의 반공독재 아래 침묵당한 프로문학 또는 혁명문학의 전통을 계승하는 시사적 위치를 스스로 확보하고 있는 김지하의 첫 시집이 그럼에도 하위자

둘 필요가 있다. 이 글은 시 텍스트를 '모호성'으로 조명함으로써 반공 체제에서 누구도 자유로울 수 없었던, 타자에 대한 폭력을 수반하는 '정화'의 문제가 무비판적으로 반영된 하나의 사례로 한하운의 시 세계를 새롭게 이해하기 위해 쓰였다.

2. 시적 주체로서의 하운何雲—하운夏雲의 탄생

한하운의 시에서 '문둥이'인 화자는 "억겁을 두고 나눠도 나눠도 그래도 많이 남을 벌"(「나」)을 받은 죄인으로 표상된다. 그것은 한센병 환자에 대한 당대의 인식이 투사된 시인의 자의식을 재현한 것으로 추정된다. 자전 『고고한 나의 반생기』에서 한하운은 의사가 자신의 병을 진단했던 상황을 마치 판사가 죄인에게 최종판결을 내리는 일에 비유했다.[24] 하지만 '문둥이'가 자신의 "죄명"임을 밝힌 또 다른 시 「벌」에서는 그의 죄는 "아무 법문의 아무 조항에도 없는" 것이므로 화자는 자신이 "어처구니없는 벌"을 받고 있다고 항변한다. 그의 시에서 "어처구니없는"이라는 표현이 억울함을 강조할 때 쓰인다는 점을 눈

한하운의 '붉은 황톳길'을 전유하고 있음은 의미심장하다."(최원식, 앞의 글, 497~499쪽) 둘째, "한 때 자신에게 억울한 누명을 씌운 정치 세력에 대하여 서슴지 않고 날카로운 비판을 가한 점은 그의 시적 이력에서 간과되어선 안 될 부분이라 할 수 있다. 극우 반공주의 체제의 직접적 피해자였던 한 사람으로서, 그의 시세계는 개인적이자 역사적 상흔을 딛고 일어선 실존적 분투의 궤적을 역동적으로 보여준 사례에 해당하기 때문이다."(박민규, 앞의 글, 277쪽)

24 "그리하여 성대부속병원의 진찰을 받았다. 기다무라 박사는 신경을 만지고 바늘로 피부를 찌르곤 하였다. 진찰이 끝난 뒤에 조용한 방에 나를 불러놓고 마치 재판장이 죄수에게 말하듯이 문둥병이라 하면서 소록도로 가서 치료를 하면 낫는다고 걱정할 것 없다고 하였다." 「고고한 생명—나의 슬픈 반생기」, 『전집』, 225쪽.

여겨 볼 필요가 있다.[25] "어처구니없는"이라는 시어로 압축된 억울함의 정서는 그가 '문둥이'인 자신을 부인disavowal하고 있음을 드러낸다.

> ① 나는 천상천하에 너무도 무고한 사람이다. 내 조상이 어느 별에다 명을 빌었는지는 알 수 없으나 나도 모르는 사이에 내가 문둥이가 되었으니 억울하지 않을 수 없다. 세상은 내가 문둥병에 걸렸다는 것을 내가 무슨 죄가 있어서 걸린 것 같이 여기면서 나를 무슨 불구대천의 원수같이 적개심마저 품고 세상이 나에게 야멸차게 함부로 하려고 한다. (…중략…) 자학에다 자학으로 자기 자신을 학대하여야만 하는 원한. 도대체 이 죄는 누가 지은 죄인지도 알지 못하면 내가 벌을 받아야 하는 억울함을 세상에서 말하여 천형병이라 하는 것인지 내가 나한테 울면서 순순히 타이르고 납득하도록 하는 수밖에는 없었다.[26]

②
아버지가 문둥이올시다
어머니가 문둥이올시다
나는 문둥이 새끼올시다
그러나 정말은 문둥이가 아니올시다

하늘과 땅 사이에
꽃과 나비가

25 「벌」뿐만 아니라 '문둥이'라는 이유로 추석에 차례를 지낼 수 없는 상황을 표현한 「추석달」에서도 "어처구니 없는 8월 한가위 / 밝은 달이다"와 같이 쓰였다.
26 「황토길」, 『전집』.

해와 별을 속인 사랑이
목숨이 된 것이올시다

세상은 이 목숨이 서러워서
사람인 나를 문둥이라 부릅니다

호적도 없이
되씹고 되씹어도 알 수는 없어
성한 사람이 되려고 애써도 될 수는 없어
어처구니없는 사람이올시다

나는 문둥이가 아니올시다
나는 정말로 문둥이가 아닌
성한 사람이올시다

—「나는 문둥이가 아니올시다」

①과 ②에서 나타나듯이, '문둥이'인 자신은 세상에서 '죄인罪人'으로 인식된다. 산문에서는 억울함에도 불구하고 이를 수용해야 한다고 스스로 다짐한다. 그러나 시의 화자는 '진실'의 차원에서는 자신은 문둥이가 아님을 선언한다. 게다가 시 ②의 화자는 스스로를 저주받은 삶을 살아갈 수밖에 없는 운명의 희생자로 표상한다. ②에서 그는 자연물인 "꽃과 나비"로 비유된 그의 부모가 "해와 별을 속인", '금기'를 어긴 사랑을 한 결과 '문둥이'가 되었음을 알리고 있다. 즉, 그는 부모로 인해 저주를 받아 문둥이가 된 것이다.

①에서는 단지 병에 걸린 환자임에도 불구하고 공동체로 인해 죄인이 된 그의 처지가 드러난다면, ②에서는 그렇게 죄인이 된 그가 스스로를 '저주받은 자'로 미화하고 있다. 그러한 미화는 '문둥이'인 그의 부모를 '꽃과 나비'로 비유한 것에서 단적으로 드러난다. 그런데 ②에서 미화가 가능했던 것은, 시에서는 '문둥이'가 '저주받은 자, 추락한 자'의 은유로서 표상될 수 있기 때문이다. ②의 '문둥이'는 한센병으로 인한 고통을 온 몸으로 겪는 실제 환자보다 오히려 서정주 초기 시의 '벙어리'(「벽」), '문둥이'(「문둥이」, 「달밤」), '벙어리 앉은뱅이'(「안즌뱅이의 노래」) 등과 같은 '저주받은 자' 형상에 더 가깝다. "보리밭에 달 뜨면 / 애기 하나 먹고 // 꽃처럼 붉은 우름을 밤새"(「문둥이」) 우는 서정주의 '문둥이'는 공동체에서 지속적으로 추방당하는 운명을 피할 길 없는 일탈적이고 비윤리적인 존재이지만, 존재론적 초월을 기도한다.[27] 그러한 고양은 존재론적 소외에의 절대적 부정을 가리키는 '정화purification'[28]에 다름 아니다. 우리는 한하운 시의 '문둥이' 주체가 서정주로 대표되는 한국 서정시에 나타난 정화의 이념을 전유함으로써 탄생한 것으로 추정할 수 있다. 그러한 '문둥이' 주체는 죄인-낙인을 전시하는 기표로서 극단적 자기 부정의 대상이다.

쓰레기통과
쓰레기통이 나란히 앉아서
밤을 새운다

27 최현식, 『서정주 시의 근대와 반근대』, 소명출판, 2003, 50쪽.

28 자세한 내용은 최서윤, 「'병든 수캐'로부터 '귀신'되기—서정주 초기 시의 은유의 실패에 관하여」, 『비교한국학』 25권 1호, 2017, 264~267쪽 참고.

눈 깜박하는 사이에
죽어버리는 것만 같았다

눈 깜박하는 사이에
아직도 살아있는 목숨이 꿈틀 만져진다

배꼽 아래 손을 넣으면
37도의 체온이
한 마리의 썩어가는 생선처럼 멍클 쥐어진다

아 하나밖에 없는
나에게 나의 목숨은
아직도 하늘에 별처럼 또렷한 것이냐

—「목숨」

화자는 생사의 경계에서 자신의 병든 육체를 감각하는데, 그것을 폐기물과도 같은 "한 마리의 썩어가는 생선"에 비유한다. '썩어가는 생선'은 극단적 자기 비하self-depreciation를 나타낸다. 그러나 마지막 연에서 화자는 돌연 폐기물과 같다고 진술한 자신의 "목숨"을 지고한 존재인 "하늘에 별"에 비유한다. 문제는 그러한 돌발적인, 존재론적 고양의 내적 필연성inevitability은 시의 문면에 드러나지 않는다는 점이다. 어떻게 가능한가? 결론을 앞당겨 이야기하면, 「목숨」의 핵심은 '영혼'인 별의 보존에 있다.

한하운의 시에서 별은 '영혼'을 의미한다. 「수수야곡」에서 문둥이인 화자는 그의 어머니로부터 "별을 닮은 네 눈이 위태롭다고" 꾸중을 듣는다. '눈은 영혼의 창'이라는 관용적 표현cliché을 떠올리면, 그의 영혼이 별을 닮았기 때문에 그의 눈이 별을 닮은 것임을 알 수 있다. 이처럼 그는 자신의 '목숨'을 영혼과 육체의 이분법에 근거하여 인식한다. '썩어가는 생선'은 그의 육체에, '별'은 그의 영혼에 해당한다. '썩어가는 생선'이라는 자기 비하적 표현은 '별'과 대조되어 그의 영혼의 아름다움을 한층 더 강조하는 기능을 수행한다.

하지만 화자가 '별'에 비유한 '목숨'은 영혼이 아닌 유한한 육체에 토대를 둔 것이다. 왜 그러한가? 영혼은 생사의 경계에서 보존되어야 할 대상이 아니다. 영혼 불멸설에 의하면, 죽음으로 인해 육체는 사라지지만 영혼은 영원히 존재한다. 그러나 그는 영혼을 육체와 같이 죽음의 위협에서 보존해야 할 대상으로 무의식적으로 인식한다. 그렇다면, 「목숨」을 '문둥이 시인'의 자기 미화가 아닌, 자기 인식의 무의식의 서사 구조를 재현한 시로 읽을 수는 없을까?

시 「목숨」은 공동체에서 죄인 취급받는 '문둥이'라는 사실 하나 때문에, 그가 문학을 잃어버릴 위기를 경험하는 사건이 무의식의 드라마로 재현된 것이다. 한하운은 「목숨」을 해설한 산문에서 "서울 거리에서 영하 십여 도나 내려가는 추운" 1947년 겨울 밤 "집도 돈도 먹을 것도 입을 것도 건강도 이 땅위의 것은 아무것도 없"었으므로, "추위와 주림과 피로"에 지쳐 자신도 모르게 "어느 쓰레기통과 쓰레기통 사이에" 쓰러져 밤을 지샜던 체험을 토대로 쓴 시[29]임을 밝혔다. 그런데 그는 산문 「방랑과 향수」에서 '문둥이'에게 겨울은 "죽음과 같은 지

29 자세한 내용은 『전집』, 546~548쪽 참고.

옥"이고 "동사할까 밤을 새우면 생리적으로 목이 쉬어버리고 시력이 희미"해지므로 "사고력 따위는 벌써 없어지고 등신같이 되어버린"다고 언급하였다. 그 때 "사색"도 얼어붙는다. '사색'은 유랑하는 그에게 "유일한 벗"이었고 "사색에서 우러나오는 것이 나의 문학이"[30] 되었다. 그리고 이병철은 앞에서 살핀 「한하운시초를 엮으면서」에서 "그러나 불우不虞의 시인 한하운은 오늘 시를 쓰고 싶어도 쓰지 못하게 되었다. 손가락이 떨어져버렸다. 지난 겨울의 추위에 시력마저 잃어버렸다"[31]고 언급했다. 우리는 '겨울의 추위'가 한하운에게 문둥이-육체로 인해 시를 쓸 능력을 상실할 수 있는 위기를 상징함을 추정할 수 있다. 그런데 한하운은 황토길 서문에서 "시詩를 영혼靈魂으로 쓴다"고 고백했다. 「목숨」에서의 별은 문둥이가 아닌 '시인'인 그의 영혼을 상징한다. 위기에도 불구하고 그가 보존한 것은 '시인'으로서의 자기 자신이다.

흥미롭게도, 자전 『고고한 생명 — 나의 슬픈 반생기』에서 한하운은 시인으로서의 자기 자신을 보존해야 할 존재로서 서술했다. 그는 『고고한 생명 — 나의 슬픈 반생기』에서 한센병의 증세가 심각해지자 자신의 본명인 한태영을 버리고 한하운이라는 이름을 스스로 지었음을 밝혔다.

> 하루는 어머니에게 나의 이름을 매장시켰다는 것을 이야기하였다.(…중략…) 나는 어머니보고 이제는 본 이름을 아예 부르지 말라고 하였다. 그리고 하운何雲이라 불러달라고 하였다. (…중략…) 나는 '하운'이란 이

30 위의 글, 756쪽.
31 이병철, 「한하운시초를 엮으면서」, 177쪽.

름의 '하'에 대하여 애를 썼었다. 무제시無題詩에는

> 춘수는 만사택이요(春水滿四澤)
> 하운은 다기봉이라(夏雲多起峰)
>
> 무제시의 하운은 여름 하늘에 뭉게뭉게 피어오르는 적란운의 아름다운 로맨틱의 몽환을 말하는 것으로만 여겨진다. 눈물 속에서 마지막으로 인간의 애증을 넘어서 생각할 때 나는 내가 결코 하운夏雲이 될 수 없다고 생각하였다. 나는 누구의 기억에도 있을 수 없는 하운何雲이라 생각할 수밖에는 없었다. 아름다운 하운夏雲은 하운대로 무제시 속에 고이 간직하여, 시를 읊조리는 풍류에게 영원한 로망을 꿈꿀 수 있도록 옛날과 같이 그냥 두어버렸다.[32]

한하운은 '문둥이 : 육체 : 추=시인 : 영혼 : 미'로 도식화되는 이분법적 사고를 토대로 시를 쓰며 자신이 죄인임을 부인disavowal했다. 시詩는 문둥이인 하운何雲이 아닌, '아름다운 존재'인 하운夏雲을 "고이 간직"할 수 있는, 즉 보존할 수 있는 장소였다. 그에게 문둥이로서의 추한 육체는 항상 그의 아름다운 영혼의 생존에 위협을 가할 수 있는 대상이었다. 반면 시詩는 그의 영혼에 마땅한 아름다운 육체였다. 문제는 시가 가상의imaginary 육체라는 점이었다.

32 「고고한 생명—나의 슬픈 반생기」, 『전집』, 269~270쪽.

3. 하운何雲/하운夏雲의 세계로서의 자연

한하운의 시 세계에서 미적인 것은 주로 '별과 꽃'으로 상징된다. 그리고 '사람'은 다음과 같이 꽃에 비유되었다: "사람이 꽃이지요/꽃이 사람이지요"(「창경원」) 하지만 「삶」에서 '문둥이'인 화자는 "꽃과 같던 삶과 / 꽃일 수 없는 삶과의 / 갈등 사잇길에 쩔룩거리며" 서 있다가 결국 "잠깐이라도 이 낯선 집 / 추녀 밑에서 서서 운"다. '꽃과 같던 삶'은 건강했던 하운夏雲을, '꽃일 수 없는 삶'은 '문둥이' 하운何雲을 빗대어 표현한 것이다. 시를 쓰는 것은 '꽃과 같던 삶'의 보존을 의미할 터이다. 그러나 그는 여전히 "갈등 사잇길"에 서 있다. 여기에서 우리는 시를 쓰고 있음에도 불구하고, 그가 "나의 문둥이란 꽉 막힌 운명의 벽"[33]을 극복하고 오직 아름다운 시인 하운으로만 존재하는 일이 불가능함을 감지했음을 추정할 수 있다. 추녀 밑의 '울음'은 그로 인한 느낌을 표출한 것은 아닐까? 「청지유정靑芝有情」은 그러한 '울음'이 전경화된 시이다.

내가 울고 싶어서
파랑 잔디를 찾아갑니다.

남몰래 한恨이 가도록 울고 싶어서

33 "나의 문둥이란 꽉 막힌 운명의 벽을 뚫고 나갈 수 없는가……뚫고 나갈 수 없는 절대적 상황인가? 아니, 나를 다시 회복할 수 있는 길은 과연 무엇일까? 이 문둥이가 나를 다시 찾는다는 진실된 자아는 도대체 무엇이냐?" 「고고한 생명—나의 슬픈 반생기」, 『전집』, 455쪽.

파랑 잔디를 찾아갑니다

인간 폐업
천형원한天刑怨恨을 울었습니다

몇백 번 죽음을 고쳐 죽어도 자욱 자욱 피맺힌
그리움과 뉘우침이 가득 찬 문둥이 아니겠습니까

실컷 울어봐도 유한有恨이 가시지 않아
그래도 울음이 울음을 눈물이 눈물을
달래주는 자위自慰가 그립습니다

눈 감고 눈 감고 누워서 조는
미령靡寧의 피로한 몸에
푹신한 파랑 잔디는
생명의 태반인 양
지령地靈의 혈맥이 이다지도
내 혈관에 싱싱한 채 순환합니다

—「청지유정」

이 시는 일견 '문둥이'인 화자가 파랑 잔디에서 자신의 한恨에 겨워 울다 지쳐 잠이 들었다가 마음이 회복된 과정이 드러난 것으로 읽힌다. 이 과정에서 울음이 그의 한을 승화시키는 작용을 하였음을 추측할 수도 있겠다. 그러나 우리가 시를 꼼꼼히 읽어보면, 그가 울음을 통해 카타르시스를 경험할 수는 없음을 알 수 있다. 그에게 카타르시스는 그리움의 대상이다. 그는 "울음이 울음을 달래주는 자위가 그립다"고 밝혔다.

그런데 화자는 시의 첫머리에서 "파랑잔디"에 "울고 싶어서" 간다고 언급했다. 울음으로 한이 풀리지 않음에도, 즉 목적을 달성할 수 없음에도 불구하고 그는 어째서 파랑 잔디를 찾아 가는 것일까? 우리는 잔디가 "생명의 태반"처럼 그에게 생명의 숨결을 불어넣어 주었다는 점에 주목할 필요가 있다. 그와 같이 화자가 '파랑 잔디'로 인하여 삶을 재긍정하게 된 것처럼 서술했으므로, 마지막 연에 가서 독자는 '문둥이'인 그를 '파랑 잔디'로 이끌고 간, "몇백 번 죽음을 고쳐 죽어도 자욱자욱 피맺힌 그리움과 뉘우침" 덩어리인 한恨이 풀렸다는 인상을 받을 수 있다.

그러나 잔디에서 생명을 공급받는 것과 가슴 속에 응어리진 한이 풀리는 것이 동일한 일로 간주될 수는 없다. 화자에게 생명의 기운을 불어넣은 것은 땅의 영혼인 '지령地靈'이다. 따라서 파랑 잔디에게서 생명을 공급받은 것은 그의 육체가 아닌 그의 영혼이다. 흥미롭게도, 그는 생명을 공급받은 것을 "지령의 혈맥"이 그의 "혈관에 싱싱한 채 순환"하는 일에 비유했다. 잔디의 영혼인 지령의 일부가 그의 영혼에 깃들어 있으므로, 마지막 연에서 그의 영혼은 '파랑 잔디'의 일부로서 거듭나게 되었다.

지금까지의 분석을 바탕으로 위 시를 정리하면 다음과 같다.

① 그는 '인간폐업', '천형원한'인 문둥이의 한을 풀고 싶었다.

② 그는 울고 싶어서 파랑 잔디를 찾아갔다.

③ 파랑잔디는 그를 위로해주지는 않는다.

④ 그러나 파랑 잔디는 그의 영혼에 생명을 공급해 주었다.

⑤ 그는 파랑 잔디의 일부가 되었다.

이와 같이, 「청지유정」의 서사는 시인-영혼의 생존이 위기에 처했으나 지령으로부터 생을 공급받아 다시 살아난 상황을 재현한 것이다. 앞에서 울음이 "꽃과 같던 삶과 / 꽃일 수 없는 삶과의 / 갈등"의 순간, 즉 사람인 '꽃'이 되는 일의 불가능성을 감지한 순간에 표출된 것임을 살폈다. 그 순간은 존재의 위기crisis를 가리킨다. 더 이상 아름다운 존재인 시인 하운을 보존할 수 없음을 의미하기 때문이다. 그는 이 위기를 어떻게 극복할 것인가? 그를 구원해 준 것은 파랑 잔디, 즉 '자연'이었다. 아름다운 자연이 그를 자신의 일부로 수용해 주었으므로, 그는 미적 존재인 시인을 보존할 수 있었다. 왜 그는 '자연'이 신처럼 그를 구원해줄 수 있다고 믿었는가? 구원자로서의 자연 표상은 문둥이/이방인으로서의 삶의 산출물인가? 아니면, 한하운이 당대의 일반적 시의 문법을 습득하여 발화한 결과물인가? 아래에 인용한 시에서 이 질문들에 대한 답의 단서가 다음과 같이 드러난다.

산은 산대로
들은 들대로
빛도 고운 색채 과잉의 축연祝宴
그 사이로 가도 가도 붉은 황톳길은
하늘과 구름과 가즈런히 멀기도 한데

마을 느티나무 아래
옛날이나 오늘이나 흙과 막걸리에
팔자를 묻은 사람들이
세월의 다사로움을
물방아 돌아가듯이
운명을 세월에 띄워 보낸다

전설이 시름없이 전해지는
저 느티나무 아래서
나는 살아왔었다

저 느티나무 아래서 나를 기르신
선조들이 돌아가셨다
저 느티나무 아래서 저 사람들과
적자생존의 이치를 배웠다

이제 나보고 병들었다고
저 느티나무 아래서 성한 사람들이
나를 쫓아내었다

그날부터 느티나무는 내 마음속에서
앙상히 울고 있었다

다 아랑곳없이 다 잊은 듯이

그 적자생존의 인간의 하나하나가
애환이 기쁨에 새로워지며
산천초목은 흐흐 느끼는 절통切痛으로
찬란하고 또 찬란하다

아 살고 가을길 하늘 끝 간 데
가고 싶어라

황톳길 눈물 뿌리치며
천리 만리 걸식 길이라도
국토편력 길은 슬기로운 천도天道 길이라

—「국토편력」 부분

화자는 '고려장'을 당한,[34] 버려진 존재이다. 그는 "저 느티나무 아래"에서 살았다. 그곳은 "물방아 돌아가듯이 / 운명을 세월에 띄워 보내는" 신화적 공간이다. 하지만 그는 문둥이라는 이유로 "선조들"이 대대로 살아온 고향에서 쫓겨나 "가도 가도 붉은 황톳길" 위에서 유랑 중이다. "가도 가도 붉은 황톳길"은 한하운의 시에서 '문둥이'인 그가 공동체에서 쫓겨나 유랑하는 삶의 양상을 압축적으로 제시하는 시적 진술이다.[35]

34 "굶주림과 / 병고와 / 저주 받으며 집 없이 유걸(流乞) 한평생 / 문둥이는 고려장인가"(「제13회 세계 나자의 날에」)

35 이병철이 엮었던 한하운의 첫 시집 『한하운시초』(1949, 정음사)의 표지는 정현웅이 그린 황토길이며, "숨막히는 더위" 속에서 병든 몸으로 발가락이 잘리면서도 소록도를 향해 "가도 가도 붉은 황톳길"을 걷고 있는 화자의 모습이 드러난 「전라도 길—소록도로 가는 길에」가 시집의 서시로 실려 있다. "가도 가도 붉은 황톳길 / 숨 막히는 더위뿐이더라 // 낯선 친구 만나면 / 우리들 문둥이끼리 반갑다 // 천안 삼거리

하지만 그를 추방한 공동체의 사람들과 달리 마을의 '수호신'인 "느티나무"는 "울고 있었다". 중요한 것은 느티나무가 "앙상히" 울었다는 점이다. '앙상히'는 보통 나뭇잎이 진 뒤 스산하게 가지만 남은 겨울나무를 묘사할 때 쓰이는 단어이다. '앙상한 울음'은 그의 추방을 느티나무가 자기 상실로 받아들였음을 의미한다. 따라서 느티나무의 울음은, 화자가 자신의 추방을 '성한 사람들'의 비도덕적인 행위로 인하여 자연(느티나무)이 화자를 상실한 사건으로 의미화함을 나타낸다.

「국토편력」과 앞에서 살핀 「청지유정」의 공통점은 화자의 '한/슬픔'이 자연에 의해 해소된다는 것이다. 그것은 그가 '문둥이'라는 이유만으로 공동체에서 멸시되었을 때 발생한다. 한/슬픔은 그가 정상성을 회복하여 '성한 사람'이 되거나, 아니면 공동체에 '문둥이'로서 수용될 때 해소될 것이다. 하지만 이 두 가지 해법의 실행이 모두 가능하지 않으므로, 그는 자연을 발견한다. 그는 자연에 소속되어 시인인 스스로를 보존하는 동시에 자신이 문둥이임을 부인함으로써 공동체로 복귀하고자 한다. 자연은 데우스 엑스 마키나deux-ex-machina로서 그가 봉착한 위기에 개입하여 이를 해결하고 있다. 반복해서 묻는다면, 어떻게 가능한가?

흥미롭게도, 한하운의 시에서 드러난 자연에 의한 시인 보존의 구조는 정과리가 제출한 '한국적 서정'의 구조와 흡사하다. 정과리는 「한국적 서정의 정신적 작업」에서 '한국적 서정'의 구조를 다음 10가지 절차로 규명하였다.

를 지나도 / 쑥세미 같은 해는 서산에 남는데 // 가도 가도 붉은 황톳길 / 숨 막히는 더위 속으로 쩔룸거리며 / 가는 길…… // 신을 벗으면 / 버드나무 밑에서 지까다비를 벗으면 / 발가락이 또 한 개 없다 // 앞으로 남은 두 개의 발가락이 잘릴 때까지 / 가도 가도 천리 먼 전라도 길"

① 마음의 상처는 외재화되었다.

② 외재화된 사건은 타자의 사건이다.

(나는 몫을 상실한다. 혹은 나는 몫을 떠넘긴다. 나는 해방된다.)

③ 이 타자는 자연이다.

④ 자연은 보편적 존재이며 그 넉넉한 힘으로 슬픔을 승화시킨다.

⑤ 자연은 존재의 총칭이며, 따라서 나도 자연의 일부이다.

⑥ 나는 하나의 자연으로서 내가 떠났던 사건에 다시 참여한다.

⑦ 나의 마음에는 이제 슬픔 대신 기쁨이 차오른다.

⑧ 보편자로서의 자연은 적대적 존재를, 심지어 대립적 존재마저, 갖지 않는다.

⑨ 자연은 슬픔과 기쁨의 대립이 무화되는 자리, 그 대립이 순수한 기쁨으로 지양되는 자리이다. 왜냐하면 기쁨은, 자연이 준 것인 한, 대타 정서를 갖지 않기 때문이다.

⑩ 미적 쾌락이 도덕적 정당성(혹은 무색무취함)의 용기에 담긴다. 순수 기쁨은 그것을 대가로 '타인들에게' 다른 슬픔을 유발하지 않기 때문이다. 또한 나는 그럼으로써 거리낌을 가질 필요가 없기 때문이다.[36]

위의 절차에 따라, 지금까지 「국토편력」을 분석한 것을 정리하면 다음과 같다. 첫째, 공동체에서 문둥이라는 이유로 쫓겨난 화자의 상처는 자연인 '느티나무'의 상실로 외재화되었다. 둘째, 상실은 느티나

36 정과리, 「한국적 서정의 정신적 작업」, 『시와 정신』, 2003, 139~140쪽. 서정주의 「풀리는 한강가에서」를 정과리의 한국적 서정의 알고리즘으로 분석한 논의로는 강계숙, 「1950년대 한국시의 변화양상에 대한 고찰–'한국적 서정'의 구축과 이반을 중심으로」, 『동남어문논집』 36, 2013, 95~97쪽 참고.

무의 '앙상한 울음'으로 형상화되었는데, 울음의 '앙상함'은 그가 자연의 일부임을 암시한다. 셋째, 자연의 넉넉한 힘은 한하운의 시에서는 '지고의 아름다움'으로 드러난다. 「국토편력」에서 가을 하늘은 "도라지 꽃 빛"이고, 산과 들은 "빛도 고운 색채 과잉의 축연"이다. 자연은 그 아름다움으로 그의 슬픔을 승화시킨다. 넷째, 이로써 그는 자신의 육체의 한계를 극복할 수 있게 된다. 자연에 의한 추한 육체의 극복은 다음과 같은 논리로 정리된다. 그는 "인간은 꽃이다. 문둥이는 인간이 아니다. 그러므로 문둥이는 꽃이 아니다"에 근거하여 자신을 인식했다. 전술하였듯, 한하운은 자신의 육체를 시인 영혼의 보존의 불가능성을 표지하는 한계로 규정하고 부정했다. 하지만 그가 스스로를 지금과 같이 자연에 속한 존재로 간주할 경우 자기 인식의 논리는 다음과 같이 달라진다. "시인은 자연이다. 꽃도 자연이다. 그러므로 시인은 꽃이다." 다섯째, 갈등이 무화되고 '순수한 기쁨으로 지양'되었다. 그것은 인용된 시에서는 "그 적자생존의 인간의 하나하나가/애환이 기쁨에 새로워지는" 상황으로 드러난다.

이와 같이, 한하운은 아름다움을 구현할 수 있는 시인이 되었다. 데우스 엑스 마키나deux-ex-machina인 자연에 의하여 최종적으로 갈등이 봉합되었다. 그는 오직 시인으로서 축출당한 공동체에 돌아가 참여할 수 있게 되었다. 「국토편력」의 마지막에서 화자는 자신의 유랑이 단지 "걸식 길"만이 아니며 "슬기로운 천도길"임을 밝혔다. '슬기로운'은 그의 방랑이 윤리적 의미를 획득하게 되었음을 알린다. 요컨대 그는 '정상성'[37]을 획득하였다. 그러나 중요한 것은 그가 자신의 난제를

37 '정상성'에 대해서는 다음을 참고할 수 있다. "사실 강한 의미의 정상성이란 습관들에 외적으로 순응한다거나 법들에 순종한다는 단순한 사실에 있는 것이 아니라, **보편적인 것으로의 동일화**에 속에 있고, 따라

'문둥이'의 삶에서 산출될 수 있는 구체적이고 특수한 공식이 아니라, 전술하였듯 한국 시단의 일반적 서정의 공식으로써 해결하였다는 점이다. 그러한 문제 해결 과정은 이해력 결핍에서 비롯된 타인에 대한 폭력적 발화로 이어질 수 있다는 점에서 문제적이다.

4. 시인의 사명으로서의 세계–정화와 침묵의 모호성

한하운은 1964년 출판된 『정본 한하운 시집』의 서문에서 수록된 시 "모두가 나의 영혼으로 쓴 영가"[38]임을 밝혔다. 시는 "제2의 생명"이며, "소망을 잃어버린 어두운" 그를 "백광같은 빛을 마련해주고 용기와 의지의 청조晴條 길"로 인도[39]한다. 그에게 시작詩作은 "시에 귀의"[40]하며 사는 것을 의미했다.[41] 그는 시를 진리를 계시하는 종교와도 같은 것으로 받아들였다. 그것은 한하운이 시를 영원성의 심급에 위치시킨 것에서도 확인된다. 시詩는 "옛날의 목가"이며 "인간 이전에 있었을 것이라고 믿"어지는 것이고, "영겁의 세월에 걸쳐"서 존재한 "인간의 감정의 기록"[42]이다.

서 개별 주체가 "인간적인"(진실로 인간적인) 주체의 모범형(examplar)에 대한 표상들을 내면화하고 그 표상들을 자신에게 통합하는 것을 의미하는데, 이 주체의 모범형이란 본질 또는 이론적 유형이라기보다는 모델 또는 행동규칙들의 집합이다." 에티엔 발리바르, 『대중들의 공포–맑스 전과 후의 정치와 철학』, 최원 · 서관모 옮김, 도서출판b, 2007, 532쪽.

38 『전집』, 23쪽.

39 「황토길」, 『전집』, 511쪽.

40 「황토길」, 『전집』, 500쪽.

41 그러한 인식은 '수도'라는 단어에서도 드러난다. "인간의 조건은 육체적 문제보다도 정신적인 것이 우위에 있다는 것이 시작 수도에서 느낀 체험이다." 「황토길」, 『전집』, 519쪽.

한하운에게 시인은 세속적인 모든 것을 초월하여 존재하는, 진리를 설파하는 선지자를 의미했다. 영감의 계시를 통해 시인은 "절정의 옥좌에 앉아" 실재와 이상을 구별할 수 있다.[43] 그는 시인이 인류를 구원하여, 시시대詩時代라는 '새로운 세대'[44]를 만들 수 있음을 의심치 않았다. 한하운은 시인의 사명을 "인간이 구원을 받을 수 없는 막다른 절벽에 직면한", "악에 가득 찬 이 시대를 아름답게 정화"하는 것으로 인식했다.

중요한 것은, 그가 '정화purification'를 '시인詩人'만이 현실에서 수행할 수 있는 일로 인식했다는 점이다.[45] 그에게 정화의 대상인 현실은 "인환人寰의 거리"였다. '인환'은 한하운이 만든 단어로서 "사람들이 살고 부적부적거리는 거리"를 의미한다. "보리피리 불며 / 인환의 거리 / 인간사 그리워 / 피―ㄹ닐리리"(「보리피리」)에서 드러나듯이, '인환의 거리'는 '문둥이'인 그에게 그리움의 대상이었다. 하지만 동시에 환멸의 대상이었다. 그의 눈에 명동 거리는 자연과 달리 "한 떨기 꽃도 피어날 수 없고 / 한 마리 새도 울 수 없는" 아름다움이 소거된 곳이고, "사람이 망가진 인조인간들이 // 네온 불 원색을 밟고 // 벌레

---

42 「시작 과정」, 『전집』, 513쪽.

43 "영감의 계시는 커다란 슬픔에 누워 있는 밤의 청산(靑山)같이 장엄하고, 실재와 이상의 윤곽의 구별은 마치 산마루의 능선의 선같이 시공(時空)을 뚜렷하게 하고 있다. 그 그늘진 청산의 거무스레한 곳과 검은 잿빛 밤하늘과 그 하늘에 별이 반짝이는 것은 명상과 예지와 영감의 계시와 같은 어떤 인과관계가 있는 것처럼 나를 어떤 절정의 옥좌에 앉히는 것이다. 어떤 시작의 은총이 없으면 나는 사색의 고민에 문학―또 문학과는 동떨어진 책의 책장을 마구 뒤쳐보든지 또 먼저 말한 바와 같은 행동을 되풀이한다." 「시작과정」, 『전집』, 516~517쪽.

44 「인간에 대한 반항정신으로」, 『전집』, 737쪽.

45 "지금 세상은 막되어 먹어가는 세상이다. 이 시대를 정화시키는 데에는 시밖에는 아무 것도 없을 것 같다. 이 인류의 불기피한 고민을 구원할 수 있는 것은 시밖에 없다. 공산주의보다도 민주주의보다도 예수보다도 이 세대를 구원하기 위해서는 시인이 봉홧불을 쳐들어야 하겠다. 그리고 시시대란 새로운 세대를 만들고 높이 외치는 데에 현대 시인의 사명이 있고 고민하는 세대를 구할 수 있을 것이다." 위의 글, 『전집』, 737쪽.

먹은 서울 어두운 골짜기를 헤"매는 장소[46]였다.

한하운은 나해방癩解放을 그러한 '정화'의 선결 조건으로 주장했다. 나해방은 "인류의 구원의 염원"(「한국기독교구라회 창립 총회」)이었다. 나해방의 제1의 과제는 "굶주림과 / 병고와 / 저주 받으며 집 없이 유걸流乞 한평생"(「제13회 세계 나자의 날에」)에서 벗어나기 위하여 "나환자만의 신천지 무하공화국"[47]을 건설하는 일이었다. 한하운은 한센병 환자들을 대표하여 무하공화국이라는 '문둥이를 위한 천국'을 건설하는 데 앞장섰다.

> 그러나 내가 구상하는 무하공화국은 이상의 유토피아 기록과는 본질적으로 정녕 다르다. 첫째 유토피아 문학이나 또는 논설은 정치적 종교적 또한 사회질서의 폭력과 불안에서 산출된 것이라 지적하며 나의 신천지 무하공화국은 나병 환자가 인간으로서 집단적으로 학대받고 생존권마자 위협을 느낀 나머지의 절규 같은 필요에서 산출된 것이다. 인간의 존엄성에 대한 투쟁이며 병신 몸이면서 살겠다는 의욕이 강한 멍텅구리들만이 가지는 자유와 행복의 집합처이며 그곳에는 폭력도 불안도 없고 흙을 사랑하고 자연의 일목일초를 사랑하고 서로가 사랑으로써 삶을 구가하려는 새로운 복지낙토이다.[48]

한하운의 이상적 세계인 무하공화국은 극치의 아름다움이 실현된

46 "여기 '명동 거리'는 인간 본능의 욕망이 팽창되어서 방종이 넘실거리고 병든 독버섯이 날름거리고 있다. 사회라는 것은 권력과 금력이 횡포하는 속에 인간의 가장 심한 타락이 있는 것을 나는 내 눈으로 보았다." 「황토길」, 『전집』, 575쪽.

47 「천형 시인의 비원—무하공하국 수기」, 『전집』, 722쪽.

48 위의 글, 『전집』, 724~725쪽.

곳이다. "폭력도 불안도 없고" "서로가 사랑으로써 의지하는" 장소이다. 하지만 그의 비전vision을 어떻게 실현할 수 있을 것인가? 인류의 긴 역사 속에서 그러한 공동체의 존속은 가능하지 않음이 어느 정도 판명되었다. 중요한 것은, 한하운은 '무하공화국' 건설의 근거로 '나병 환자가 집단적으로 학대받아 생존에 위협을 느낀' 것을 제시했다는 점이다. 그러한 확신은 '건강한 사람과 한센병 환자는 근본적으로 다르다' 혹은 '한센병 환자는 건강한 사람과 달리 아름다움을 실현한다'는 전제 하에 구축된다.[49] 유토피아로서의 무하공하국에 대한 그의 비전은 아我와 피아彼我를 식별하듯 '문둥이'와 '성한 사람'을 나누는 '이분법적 사고'를 토대로 작동하고 있다.

문제는 그러한 이분법적 사고가 한센병 환자가 아닌 다른 소수자들을 폭력적으로 배제하는 기제로 작용할 수 있다는 점이다. 그는 다른 소수자들을 또 다른 정화의 대상으로서 보았다. 그는 "가난을 팽개쳐버린 / 계집들이 가는 곳이 여기밖에는 없는가 // (…중략…) // 돈이 무서운 주인이라 / 애당초 / 이 땅의 아이를 낳아야 할 여자이건만 / 흰둥이 새끼를 낳는다 / 껌둥이 새끼를 낳는다 / 온갖 열두 가지 새끼를 낳는다"(「양갈보」)는 등의 지독히 폭력적인 발언을 서슴없이 했다.

그러나 타인에게 언어 폭력을 가할 수 있는 그러한 이분법적 사고는 당시 한국 사회에서 낯선 것은 아니었다. 흥미롭게도 이북의 수용소에 있다가 3년 만에 남한으로 송환된 주인공을 그린 박영준의 소설

49 이러한 이분법적 사고는 다음에서도 엿볼 수 있다. ""나는 조용히 말을 하였다. "이 사람은 하늘에서 천형을 받은 사람이오. 그러한 까닭으로 천형을 벗는 날까지는 이 지상적인 것에 대하여서는 나하고는 무관한 것이오. 또 그러한 일은 건강이 있는 사람들만이 할 수 있는 일이며……설사 그러한 일에 내가 열정을 쏟아놓았다 하더라도 그 사람들이 병든 나를 상대하지 않을 것이오."" 「고고한 생명－나의 슬픈 반생기」, 『전집』.

「용초도근해」에서 귀환은 '괴뢰의 더러운 옷을 벗고 새 옷으로 갈아입는' 정화에 비유[50]되었다. 아래의 인용문에서 박영준 소설에 나타난 정화와 공산당에 대한 한하운의 발언이 유사함을 확인할 수 있다.

> 해괴한 일은 남한 땅에 공산당이 공공연하게 행동을 하고 그뿐인가 그 세포조직을 확장하고 행동의 자유를 갖고 있는 점이다. (…중략…) 남한 땅 실정을 목격한 나머지 통절하게 느껴지는 것이 남한의 역사적 사명의 인식이 박약하다는 것을 지적하고 싶다. 공산당을 타도 배격하는 결정적 요소는 미군정이 빚어내는 온갖 부패성과 판권과 독정의 악순환을 제거하는 것이 선행되어야 할 것이고 또한 민족 반역 행위를 근절시키는 데에 신흥 한국의 새 건국의 요소가 있고 자주독립의 번영이 있을 것이라, 캄캄한 여관방에서 적색 테러에 쑤시고 멍든 팔다리를 만져가면서 생각을 전개한다.[51]

이처럼 한하운의 이분법적 사고는 '공산당'을 적으로 규정할 때에도 작동한다. 따라서 당시의 사회적 분위기를 고려했을 때, 정화, 즉 타자에 대한 인식적 폭력이 "육체 : 정신=문둥이 : 시인=미美 : 추醜"로 정리되는 한하운의 고유한 인식 구조에서 파생된 것으로 단정할 수는 없다. 그의 이분법적 사고의 기원을 '문둥이'로서의 자기 정체성

50 "괴뢰의 옷을 벗어버렸다는 것이 그저 씨원할 따름이었다. (…중략…) 용수는 여러 귀환장병과 함께 대한민국이 주는 옷을 새로 입었다. 모자에서 양복 양말 구두 할것없이 모두 새것이었다. 용수는 틀림없이 대한민국의 날개 밑으로 들어 왔다는 확신을 더욱 굳게 하였다." 박영준, 「용초도근해」, 『전시한국문학선』, 국방부정훈부, 1954, 129쪽을 전소영, 「해방 이후 '월남 작가'의 존재 방식」, 『한국현대문학연구』 44, 한국현대문학회, 2014.12, 413쪽에서 재인용. 아울러 그러한 '탈의' 행위를 월남 후 국민으로 재탄생하는 의례로서 분석한 자세한 내용은, 전소영, 앞의 글, 413~414쪽 참고.

51 「고고한 생명－나의 슬픈 반생기」, 『전집』, 432쪽.

을 부인한 결과인 '자기 학대'로 정초하는 것은 자기 인식에 개입하는 사회적 영향 관계의 복잡한 구조망을 간과할 수 있다는 점에서 위험하다.

> ① 이 시(전라도 길-인용자)에는 괴롭다거나 슬프다는 말이 한마디도 없다. 이런 감정을 일부러 빼놓고 그대로의 것을 시작한 것이다. 슬프다거나 괴롭다거나 하는 말이 하나도 없지만 가슴에 뭉클 찌르는 호소가 있을 것이라 본다. 구천에도 사무칠 나위 없는 슬픔과 괴로움을 삼키면서 발가락이 잘려도 쩔룸거리며 자리도 나지 않는 삼복더위 길 천 리를 학대를 받아가며 가는 길이란 자학의 길이라 하지 않을 수 없다.[52]

> ② 감정의 부재는 합리성을 일으키지도 않으며 조장하지도 않는다. "참을 수 없는 비극"에 비추어 볼 때 "초연함과 냉정함"이 오히려 "두려운" 것일 수 있는데, 이를테면 그것이 통제의 결과가 아니라 이해력 결핍의 명백한 징후인 경우에 그렇다. 합리적으로 대응하기 위해서는 우선 '감동'해야만 하며, 감정적인 것의 대립물은, 어떤 의미에서도 '합리적'인 것이 아니라, 감동에 대한 무감성으로서, 대개 병리적인 현상이거나, 아니면 감상으로서, 느낌의 도착이다.[53]

인용문 ①에서 한하운은 시에서 문둥이로서 겪은 '괴로움과 슬픔'을 시에서 발화하지 않았음을 밝혔다. 그는 시에서 자신의 삶에서 길어낼 수 있었던 독특한sui generis 느낌에 대해서는 침묵했다. 그는 '문

---

52 「황토길」, 『전집』, 540쪽.
53 한나 아렌트, 김정한 옮김, 『폭력의 세기』, 이후, 1999, 101쪽.

둥이'로서 겪은 고통을 침묵으로 발화했는데, 독자들이 그것을 "가슴에 뭉클 찌르는 호소"로서 감지하기를 원했다. 주목할 것은 그러한 침묵이 '초연한' 시적 태도와 불화한다는 점이다.

인용문 ②에서 아렌트는 '초연함과 냉정함'을 "이해력 결핍의 명백한 징후"로 제시하였다. 이것은 한하운의 문단에의 통행권으로 작용했던 '냉엄을 지키면서 관찰하는 눈'을 상기시킨다. '냉엄을 지키면서 관찰하는 눈'은 전술한 다른 소수자에 대한 언어폭력의 기층에서 작동하고 있었을 것이다. 문제는 '누구'의 이해력 결핍인지 '모호'하다는 점이다. '문둥이-육체'에 대한 부인을 표지하는 '초연함과 냉정함'이 그의 고유한 자기인식을 비추는 거울인지, 아니면 반공 체제 하에서 '문둥이'를 비롯한 타자를 수용하지 못했던 당대의 집단사고를 비추는 거울인지 그 경계가 불분명하다. 이러한 불분명함은 그의 '통행권'이었던 침묵의 자발성 역시 근본적으로 '모호함'을 의미한다는 점에서 문제적이다.

5. 결론을 대신하여 – '침묵'의 문제

이 글은 한하운의 텍스트를 '모호성vagueness'으로 조명함으로써 반공 체제에서 나타난 타자에 대한 정화의 논리가 무비판적으로 반영된 하나의 사례로 한하운의 시를 새롭게 이해할 수 있음을 밝혔다. 한하운의 시 세계에서 '문둥이'인 화자는 죄인으로 나타난다. 한하운은 '문둥이 : 육체 : 추=시인 : 영혼 : 미'로 도식화되는 이분법적 사고를 토대로 시를 쓰며 자신이 죄인임을 부인했다. 시는 문둥이인 하운이 아닌, 아름다운 존재인 시인 하운을 보존할 수 있는 장소였다. 보존은 자연에 편입되어 자연의 일부로 거듭남으로써 이루어진다. 그는 절대적 아름다움을 구현할 수 있는 시인이 되어, 시인의 임무를 정화로 선언한다. 그의 이분법적 사고에서 비롯된 '정화'는 타인에 대한 차별적이고 폭력적인 인식을 수반한다. 그런데 당시 반공 체제에서 그러한 사고는 일반적인 것이었다. 즉, 자신의 문둥이-육체 및 타인에 대한 초연한, 폭력적인 인식은 당대의 집단의식과 분리하여 볼 수 없다. 문제는 한하운이 고통에 대한 파토스적 호소가 부재한 시에서 이율배반적으로 자신의 '비정상적인' 육체로 인한 고통을 표출한 비명이 '침묵'으로써 들리기를 갈망했다는 점이다.

서론에서 한하운이 시인이 된 사건을 '환대'로 이해할 수 있음을 밝혔다. 우정으로서의 환대는 "주는 힘을 주는 것이며, 받는 사람을 줄 수 있게 만들어주는"[54] 행위이다. 따라서 이 글의 남은 과제는 '문둥이' '시인' 한하운이 제기한 구체적이고도 특수한 질문을 심사숙고하는 일에서 시작된다. 어째서 고통에 찬 그의 비명은 시에서 억압된 침묵으로서 발화될 수밖에 없었는가?[55] 그것은 '누구'의 침묵이었는가? 침묵이 고유한sui generis 언어를 말할 자격을 박탈당했음을 암시한다

54 김현경, 『사람, 장소, 환대』, 문학과지성사, 2015, 197쪽

55 우리가 한하운의 텍스트에 재현된 '승화'를, '시적 질서'라는 법에 순응한 결과로서 인식할 수 있음을 암시받을 수 있다는 점을 고려하면, 김윤식의 다음 발언은 문제적이다. "인간이 되려는 希願이 이토록 절실하게 또는 강렬하게 던져진 때는, 자기로서는 중요한 일이나 성한 사람 편에서 보면 어떤 抵抗感을 느끼게 되기 쉽다. 선한 사람을 대상으로 투쟁한다는 意志가 드러날 때 선한 사람은 어떤 嫌惡感을 갖기 쉽고, 또 그것은 그럴 수도 있는 것이다. 이것은 文學的으로 말하면 詩的 昇華가 채 이룩되지 못한, 감정이 너무 거친 것으로 볼 수 있다. 시에는 시로서 바라보는 秩序의 세계가 있기 때문이다. 그것은 感情의 洗練을 요청한다. 이런 관점에서 볼 때, 가장 빼어난 작품으로 「보리피리」를 들 수 있다." 김윤식, 앞의 글, 140쪽.

면, 그는, 우리는 자유로운가?

가령, '자유'의 문제와 관련하여 '문둥이'를 다룬 이청준의 『당신들의 천국』을 참고할 수 있다.

> 원장님께서는 이 섬을 그냥 누구나 살기 좋은 사람의 천국이 아니라, 쫓기고 학대받아온 문둥이들을 위한, 그 문둥이들만의 천국으로 만들고 싶어 하신 바로 그 점이 또한 그 천국의 철조망이 아닐 수 없습니다. 원장님께서는 이 섬을 모든 나환자들의 자랑스런 고향으로 만들어 그 나환자끼리 이곳에서 오순도순 함께 살아가기를 희망하십니다. (…중략…) 그야 가난한 자의 천국은 우선 재산을 누리는 곳에서, 병을 앓는 자의 천국은 건강을 되찾는 곳에서 먼저 만나질 수 있을는지도 모르겠습니다. 그러나 재산이나 건강은 그것이 극도로 결핍된 처지에서나 어떤 특수한 천국의 내용이 될 수 있을 뿐, 그것들이 모든 인간의 궁극적인 천국의 내용일 수는 없습니다.[56]

『당신들의 천국』의 보건 과장인 이상욱은 '오마도 간척 사업'을 주도한 조백헌 원장에게 "문둥이 천국"을 건설하려는 그 사업이 도리어 '철조망'으로 기능할 수 있음을 주장했다. 이상욱과 조 원장의 대립은 개인적 차원의 불화를 의미하지 않는다. 그것은 한센병 환자라는 특수한 조건에서 기인한 '천국'은 보편적 이상[57]이 될 수 없음을 가리킨

56 이청준, 『이청준 전집 11 – 당신들의 천국』, 문학과지성사, 2012, 453~455쪽.

57 '보편적 이상'에 대해서는 에티엔 발리바르의 '이상적 보편성'을 참조할 것. "철학자들이 '부정성'이라고 불러온 전복적 요소는 내가 여기서 **이상적 보편성**이라고 부른 것에 조응한다. 그렇다 해도 역사 속에서 모든 정치적 헤게모니는 '혁명적' 경험이나 '인민의 봉기'에 기초하는 것 같다. 그러나 헤게모니의 한복판에서 작동 중인 부정성이 필연적으로 모든 제도적 시민권을 넘어선다는 점에는 변함이 없다. (…중략…) 이와 같은 보편성의 이상은 정치의 이미 확립된(constitué) 언어를(특히 **개인주의**의 언어나 **사회**

다. 그리고 보편적 이상으로 나아가기 위해서는 현재의 소록도를 부정해야만 한다. 그것은 "어떠한 타협의 가능성도 배제하며, 그 화해 불가능성을 통째로 구원의 가능성으로 옮겨 놓는"[58] 일이다. 그런데 한하운의 텍스트에서는 특수한 조건에서 비롯한 천국은 드러나지도 않았고, 사회적으로 용인될 수 있는 화해적 이상이 제출되었다. 중요한 것은, 시적 발화로서 침묵이 그러한 화해적 이상에 회수될 수 없는 잔여물이라는 점이다. 과잉으로서의 침묵의 발화 구조를 억압·반공·시적 이상이 맺고 있는 역동적 관계망 내에서 분석하여 한하운의 시가 한국 현대 시사에 제기한 자유의 문제를 (재)구성하는 작업은 후속 과제로 남긴다.

주의의 언어를) 말한다는 사실과도, 또 정치에서 기성의 규칙들에 따라 게임을 한다는 사실과도 아무 상관이 없다. **반대로, 그것은 공적 교통의 장벽들을 "돌파할" 새로운 언어의 발명을 목표로 한다.**"(밑줄은 저자, 강조는 인용자) 에티엔 발리바르, 앞의 책, 548쪽.

58 정과리, 「마침내 사랑이 승리했을까? 혹은 반복의 간지에 대해—이청준의 세계관에 대한 하나의 질문」, 『네안데르탈인의 귀환—소설의 문법』, 문학과지성사, 2008, 57쪽.

참고문헌

1. 자료

한하운, 인천문화재단 한하운 전집 편찬위원회 엮음, 『한하운 전집』, 문학과지성사, 2010.

이병철, 「癩詩人 韓何雲 詩抄」, 『신천지』 4권 4호, 1949.4.

「흡혈귀 나환자」, 『동아일보』, 1949.7.18.

2. 논문 및 단행본

강계숙, 「1950년대 한국시의 변화양상에 대한 고찰–'한국적 서정'의 구축과 이반을 중심으로」, 『동남어문논집』 36, 2013.

고 은, 『오늘도 걷는다』, 신원문화사, 2009.

김동리, 「문학적 사상의 주체와 그 환경–본격 문학의 내용적 기반을 위하여」, 『김동리전집』 7, 민음사, 1997.

김수이, 「박탈당한 '인간'과 세상, 공동체 밖의 삶–한하운의 시와 '나병'」, 정과리·이일학 외, 『감염병과 인문학』, 강, 2014.

김신정, 「고통의 객관화와 '인간'을 향한 희구–한하운의 삶과 시」, 『현대문학의 연구』 7, 1996.

김윤식, 「天刑과 詩人–한하운론」, 『한국현대시론비판』, 일지사, 1986.

김창직 엮고지음, 『가도가도 황톳길』, 지문사, 1982.

김한식, 「김동리 순수문학론의 세 층위–반공문학과 순수문학의 상동성을 중심으로」, 『상허학보』 15, 2005.

______, 「해방 후 순수 문단과 세계문학의 개념–김동리와 조연현을 중심으로」, 『민족문화연구』 28, 2008.

김현경, 『사람, 장소, 환대』, 문학과지성사, 2015.

박민규, 「'한하운 사건' 이후의 한하운과 시 세계의 변모 양상」, 『우리문학연구』 47, 2015.

유임하, 「'순수'의 이데올로기적 기반–해방기 김동리의 순수문학론과 그의 소설에 나타난 좌익 인물의 이미지」, 『우리말글』 38, 2006.

이청준, 『이청준 전집 11－당신들의 천국』, 문학과지성사, 2012.
전소영, 「해방 이후 '월남 작가'의 존재 방식」, 『한국현대문학연구』 44, 한국현대문학회, 2014.12.
정과리, 「한국적 서정의 정신적 작업」, 『시와정신』, 2003
_____, 「마침내 사랑이 승리했을까? 혹은 반복의 간지에 대해－이청준의 세계관에 대한 하나의 질문」, 『네안데르탈인의 귀환－소설의 문법』, 문학과지성사, 2008
정우택, 「'한하운 시집 사건'(1953)의 의미와 이병철」, 『상허학보』 40집, 2014.
정정훈, 『인권과 인권들－정치의 원점과 인권의 영속혁명』, 그린비, 2014.
정진석, 『전쟁기의 언론과 문학』, 소명출판, 2012.
최서윤, 「'병든 수캐'로부터 '귀신'되기－서정주 초기 시의 은유의 실패에 관하여」, 『비교한국학』 25권 1호, 2017.
최원식, 「한하운과 『한하운시초』」, 『민족문학사연구』 54, 2014.
최현식, 『서정주 시의 근대와 반근대』, 소명출판, 2003.
한수영, 「'순수문학론'에서의 '미적 자율성'과 '반근대'의 논리－김동리의 경우」, 『국제어문』 29, 2003.
한순미, 「'서러움'의 정치적 무의식」, 『사회와역사』 94, 2012.

에티엔 발리바르, 최원 · 서관모 옮김, 『대중들의 공포－맑스 전과 후의 정치와 철학』, 도서출판b, 2007
자크 데리다, 남수인 옮김, 『환대에 대하여』, 동문선, 2004.
피터 브룩스, 박인성 옮김, 『정신분석과 이야기 행위』, 문학과지성사, 2017.
한나 아렌트, 김정한 옮김, 『폭력의 세기』, 이후, 1999.

한하운 연보

1921년 2월 24일	출생하다.
1935년 4월 5일	이리농림학교 수의축산과 입학하다.
1940년 3월 4일	이리농림학교 수의축산과 졸업하다.
1941년~1943년	중국, 일본 등지를 떠돌며 유학하고 요양하다.
1946년 3월 13일	이북 공산치하에서 함흥 학생의거사건으로 소련군에 체포되어 함흥형무소에 투옥되다.
1947년 5월	아우가 주동한 북괴(北傀)전복사건에 연좌되어 투옥되다.
1947년 7월	원산형무소를 탈옥하다.
1949년 4월	잡지 『신천지』에 「전라도길」외 12편의 시를 게재, 5월 『한하운시초』(정음사) 발간하다.
1949년 8월	수원 세류동(細柳洞) 하천(河川)가 부락에 입주하다.
1949년 12월 30일	밤 8시에 70명 환자를 부평으로 인솔해 오다.
1950년	부평 성계원을 조성하다.
1952년 5월	부평 신명보육원을 창설하여 원장에 취임하다.
1953년 6월	『한하운시초』(정음사) 재판을 발간하다.
1953년 8월	신문과 국회에서 그를 좌익으로 단정하는 논란이 발생하고 필화가 발생하다.
10월 15일	시 「보리피리」를 『서울신문』에 발표하다.
1955년 3월	『보리피리』 발간(인간사).
1955년 5월	『희망』지에 「나의 슬픈 반생기」 연재 시작.
1956년 6월	『한하운시전집』 발간(인간사).
1956년 12월	『현대문학』지에 「나의 시작 수업」 연재.
1958년	『나의 슬픈 반생기』 발간(인간사).
1959년	9월부터 1년간 동진원장(東震園長)에 취임하다.

1960년	『황토길』 발간(신흥출판사).
1960년 2월	청운보육원(靑雲保育院)을 이양 받아 재발족하여 원장에 취임하다.
1960년 3월	나(癩)음성판정을 받고 사회복귀하여 「한미제약회사(韓美製藥會社)」를 창설하여 취체역(取締役) 회장에 취임하다.
1960년 3월	자작시 해설 「황토길」을 출판하다.
1960년 7월	도서출판 「무하문화사(無何文化社)」를 창설. 사장에 취임하다.
1962년	『(한하운 이항성) 시화집』 발간(문화교육출판사).
1964년 12월	『정본 한하운시집』 발간(무하문화사).
1975년 2월 28일	인천시 북구 십정동 자택에서 간경화로 타계.

편집 후기

2016년 인천광역시에서 시행하는 인천가치재창조사업에 부평구청의 '지역문화활성화를 위한 한하운 재조명사업'이 선정되었다. 이 사업의 일환으로 지역에 흩어져있던 한하운 관련 자료를 수집하고 새로운 연구성과를 생산할 수 있게 되었다.

2016년 12월 민족문학사연구소와 협력하여 총 5명의 연구자를 선정하여 연구프로젝트를 진행하였다. 2017년 9월 연구 결과를 수합하여 국제학술심포지엄 '한하운, 그의 삶과 문학'을 개최하였다. 이 자리에는 시인으로서 한하운에게 받은 영향을 숨김없이 밝혀오던 고은 시인의 축사가 있었고 한국작가회의 이사장 최원식 인하대 명예교수의 기조발제가 있었다. 아울러 그간 모호하던 한하운의 생애와 학력 등을 밝히고 한하운의 작품세계를 새로이 조명하는 일본의 요시카와 나기, 중국의 최옥산, 고봉준, 박연희, 김현석 선생의 논문발표가 이어졌다.

이 연구서는 이 심포지엄에서 발표된 고은 시인의 말씀과 논문 그리고 이번 연구에 참여한 분들의 추천을 참고하여 기존 연구에서 정우택, 박민규, 최서윤 선생의 논문을 실었다.

1부에서는 한하운의 첫 시집 『한하운시초』를 둘러싼 사건의 전말과 역사적 의미를 짚어본 최원식, 정우택, 박민규 선생의 논문을 묶었다. 불치병, 난치병이 허다한 세상에서 완치 가능한 질병의 하나에 불과한 '나병'이 사회적 편견을 매개로 강력한 타자로 소환되고 여기에 당시 남한사회의 새로운 타자 '좌익'이 결합하여 한하운이 이중의 질곡을 겪게 된 전말을 정확히 읽어낼 수 있다.

2부는 이번 프로젝트에서 가장 두드러지는 성과이다. 한하운의 생애를 다시 밝히는 김현석, 요시카와 나기, 최옥산 선생의 논문을 묶었다. 이 논문들을 통해 그간 한하운이 재학했다고 생각되어 왔던 일본 세이케이고등학교 학력이 거짓이며 북경대학교 농학원 학력 또한 왜곡된 것임을 확인할 수 있게 되었다. 아울러 이러한 약력의 왜곡이 작가 자신의 필요에 의한 것이며 이토록 겹겹으로 포장된 이력을 만들어내야 했던 한하운의 내면이 어떤 것이었는가를 짐작할 수 있게 되었다.

3부에서는 한하운의 작품세계를 점검하는 새로운 시도를 모았다. 고봉준, 박연희, 최서윤 선생의 논문은 한하운의 작품을 보는 참신한 관점이다. 이 연구서 자체가 앞으로 한하운 연구를 시도할 분들에게 훌륭한 길잡이가 되리라 믿는다.

한편 본 사업을 진행하는 동안 주관기관인 부평역사박물관에서는 한하운에 대한 자료수집을 시행하여 한하운의 가계를 보여주는 족보 자료, 이리농림의 학적부, 한하운의 여러 시집 등 개인연구자로서는 단기간에 구하기 어려운 자료를 다량 수집하였다. 앞으로 적절한 과정을 거쳐 필요한 연구자들과 공유할 수 있기를 희망한다.

이렇게 다양한 자료를 모으고 그간 불분명하던 많은 부분을 해명한 성과도 있지만 프로젝트 진행과정에서 끝내 해결하지 못한 문제도 있다. 그 하나가 『한하운시초』의 우철판(右綴版)이다.

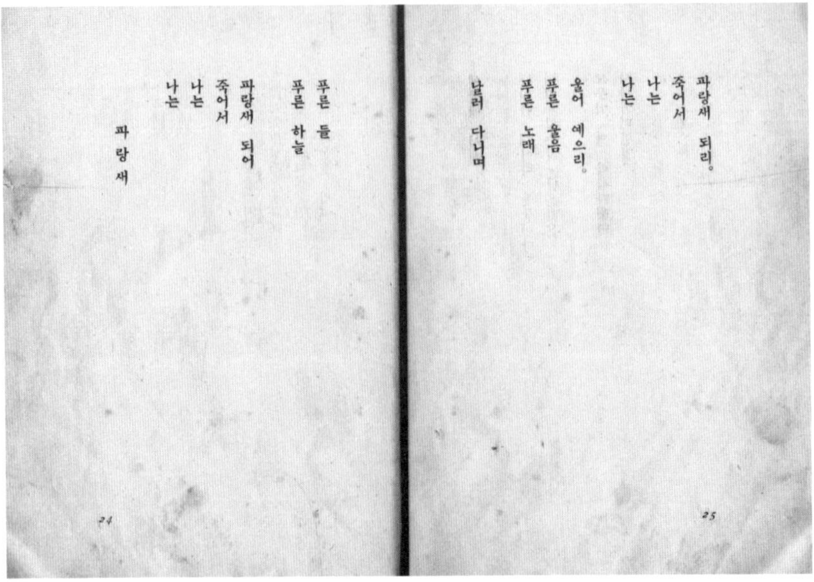

파랑새

나는
나는
죽어서
파랑새 되어
푸른 하늘
푸른 들

24

날러 다니며
푸른 노래
푸른 울음
울어 예으리。

나는
나는
죽어서
파랑새 되리。

25

『한하운시초』(정음사, 1949) 24~25쪽에 실린 「파랑새」

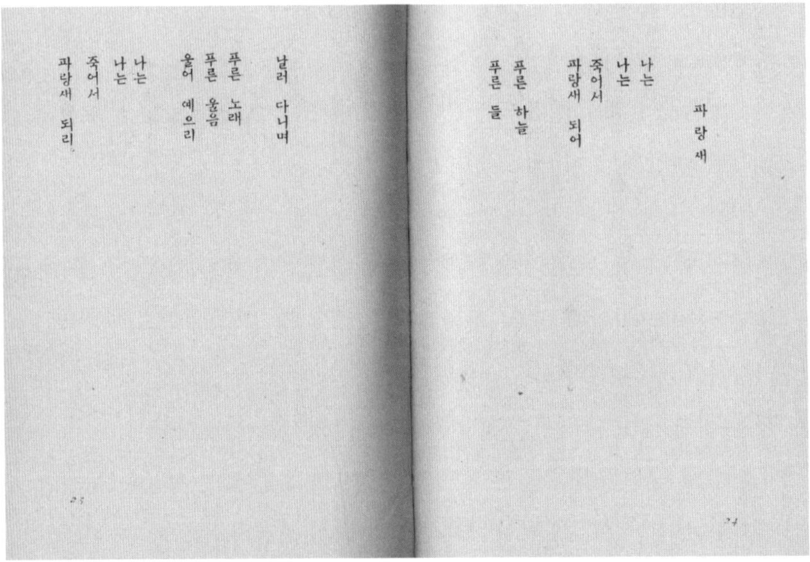

파랑새

나는
나는
죽어서
파랑새 되어
푸른 하늘
푸른 들

24

날러 다니며
푸른 노래
푸른 울음
울어 예으리

나는
나는
죽어서
파랑새 되리

25

『한국현대시사자료집성』(태학사, 1983)에 수록된 『한하운시초』의 「파랑새」

『한하운시초』는 세로쓰기로 조판되어 있으나 특이하게도 왼쪽으로 제본한 좌철판(左綴版)이다. 보통 가로쓰기 조판은 좌철을, 세로쓰기 조판은 우철을 택하지만 『한하운시초』는 세로쓰기임에도 우철을 택했던 것이다. 이 시집이 좌철이라는 점이 '한하운 사건'의 와중에 한하운을 '좌익'으로 몰아가는 어처구니없는 증거로 쓰이기도 했었다.

그런데 시 연구분야에서 기초적인 자료로서 유수한 시집들을 종합하여 영인한 『한국현대시사자료집성』에 수록된 『한하운시초』는 좌철판이 아니라 일반적으로 볼 수 있는 우철판이다. 하여 현재 『한하운시초』를 소장하고 있는 전국의 대학과 공립도서관의 판본을 확인했으나 『한국현대시사자료집성』에서와 같은 우철판은 볼 수 없었다. 정음사의 『한하운시초』 활판이 유실되는 과정에서 산출된 해적판으로 추정된다는 전문가의 의견이 있었지만 해당 영인본의 원본은 끝내 확인하지 못하였다. 이 책에는 표지가 수록되어 있지 않아 해당 판의 실체조차 가늠할 수가 없었다.

두 판본을 대조한 결과 각 면의 내용과 글씨체 등은 동일하였으나 앞의 이미지에서 볼 수 있듯이 오로지 글의 진행방향이 왼쪽에서 오른쪽인가, 오른쪽에서 왼쪽인가가 다를 뿐이다.

또 하나 아쉬운 점은 한하운 작품의 정본화 작업을 제대로 수행할 수 없었던 것이다. 정본화 작업을 거친 작품집의 출간이 연구의 기초이며 시작이라는 것은 상식이지만 해당 프로젝트의 기간이나 자원을 감안할 때, 섣불리 시작할 수 없는 일이었다. 물론 2010년 인천문화재단에서 펴낸 『한하운 전집』(문학과지성사)이 있어 첫걸음은 시작된 셈이지만 충분하다고는 할 수 없었다.

예를 들면 초판에 실린 시 「자화상」의 마지막 구절은 "지나는 거리마다 쑈윈도 유리창마다 / 얼른 얼른 내가 나를 알아볼수없는 나의 얼굴"이다. 이것이 『한하운 전집』에서는 1964년 무하문화사의 『정본 한하운시집』에 의거하여 "지나는 거리마다 쇼윈도 유치창마다 / 얼른 얼른 내가 나를 알아볼 수 없는 나의 얼굴"이라고 수정되었다. 현대독자의 편의를 고려하여 띄어쓰기가 이루어진 것은 이해할 수 있다. 그러나 띄어쓰기가 되어 있지 않은 '알아볼수없는'이란 구절에서는 유리창에 비치는 모습이 일그러져 보이는 것은 흔히 있을 수 있는 일임에도 특별히 자신의 얼굴만을 알아볼 수 없는 것으로 이해하는 시인의 절망적 감정이 응축되어 있는 것으로 느껴진다. 더욱이 '얼른 얼른'을 '얼른얼른'으로 수정하는 것이 이 시의 본의를 제대로 표현하고 있는가에 대해서는 이론이 있을 수 있다. 유리창에 자신을 비춰보며 '얼른'과 '얼른'을 띄어 쓴 그 휴지의 시간 동안 자신에 대한 성찰의 시도와 그 실패 사이를 오가는 시인의 절망이 곡진한 깊이를 획득하고 있다고 할 수 있기 때문이다. 아울러 그렇게 보면 '쇼윈도'로 순화된 표현은 그대로 사물을 지시할 뿐이지만 '쑈윈도'로 표현된 시어는 시인을 배제하는 가식적인 현실을 좀 더 강렬한 느낌으로 환기하고 있으니 이것이 '얼른'이란 단어가 전통놀이에서 '마술'을 뜻하는 어휘였다는 점과 연속되면 단순히 길가 가게의 유리창에 자신의 모습이 어른거린다는 의미에 국한되지 않는다는 것은 자명하다.

요컨대 시어 하나하나의 의미와 깊이를 추적하면서 시인의 의취를 확인하고 시의 완성도를 추구하는 정본화 작업은 단기간에 한 명의 연구자에게 맡기기에는 너무도 중차대한 일이어서 도저히 엄두를 낼 수 없었다. 앞으로 학계의 관심과 지원 속에서 현명하고 성실한 연구자의 작업이 이어지길 간절히 바란다.

그리고 미처 사업 목표로 세우지 못하여 시도조차 하지 못했으나 한하운과 한하운의 작품에서 생산된 2차적인 문화콘텐츠에 대한 연구와 수집도 남아있다. 한하운의 시는 여러 종류의 노래로 만들어져 불리고 있고 한하운의 일화를 다룬 영화 등도 남아있어 이 또한 본격적인 관심을 기다리고 있다. 이번 사업과 연구서의 출간을 계기로 연구가 지속되길 희망한다.

결코 짧지 않았던 시간 동안 이 연구에 매진한 여러 선생님들과 이 사업을 도와주신 많은 분들께 고개 숙여 깊이 감사드린다.

2017년 12월 실무추진단의 뜻을 모아 윤진현 씀